Les ombres du manoir

Le poids de la suspicion

CASSIE MILES

Les ombres du manoir

Traduction française de
CHARLOTTE DEMANIE

BLACK ROSE

HARLEQUIN

Collection : BLACK ROSE

Titre original :
COLD CASE COLORADO

HARPERCOLLINS FRANCE
83-85, boulevard Vincent-Auriol, 75646 PARIS CEDEX 13
Service Lectrices — Tél. : 01 45 82 47 47 - www.harlequin.fr
ISBN 978-2-2804-6519-9 — ISSN 1950-2753

Composé et édité par HarperCollins France.
Imprimé en décembre 2021 par CPI Black Print (Barcelone)
en utilisant 100% d'électricité renouvelable.
Dépôt légal : janvier 2022.

MIXTE
Papier issu de sources responsables
FSC® C159065

Pour limiter l'empreinte environnementale de ses livres, HarperCollins France s'engage à n'utiliser que du papier fabriqué à partir de bois provenant de forêts gérées durablement et de manière responsable.

1

Dans le ciel nocturne, seulement éclairé par la lune, les nuages filaient comme des ombres fantomatiques. Vanessa Whitman se tenait devant l'entrée du cimetière, sereine malgré l'obscurité. Elle ne croyait pas aux fantômes, même si elle aurait aimé revoir son père qui venait de mourir et qui avait été incinéré quelques jours plus tôt.

Elle se glissa dans une brèche de la haie qui bordait le grand cimetière de plus de soixante hectares, situé à l'ouest de Denver. Les hautes portes en fer forgé de l'entrée principale avaient été fermées une heure plus tôt. Après la tombée de la nuit, les visiteurs étaient censés signaler leur présence mais, pour une fois, elle allait devoir enfreindre les règles.

S'immobilisant un instant, elle observa les rangées irrégulières de pierres tombales et les statues d'anges gardiens. Elle était seule ici. Le délicieux parfum des lilas en fleur flottait dans l'air frais de la nuit et une douce brise faisait frémir les jeunes feuilles des peupliers et des trembles.

Les nuages s'écartèrent et le clair de lune lui montra le chemin. Délicatement, elle avança sur le doux tapis d'herbe. Dans ses mains, elle portait un bocal en verre qui contenait une partie des cendres de son père. Elle avait l'intention de répandre celles-ci sur la parcelle qu'il avait achetée, quinze ans plus tôt, à la mort de la mère de Vanessa. Se doutant que les gardiens du cimetière n'approuveraient probablement pas cette idée, elle ne pouvait suivre le protocole officiel et attendre les autorisations nécessaires. De plus, les frais étaient trop élevés pour elle et, même s'il était vrai qu'elle pouvait attendre ou trouver un moyen d'emprunter l'argent, elle voulait honorer la dernière volonté de son père. Et elle voulait le faire immédiatement.

Ces quatre dernières années, il avait tant souffert de ce satané cancer et de ses nombreuses complications que Vanessa et lui avaient eu le temps de parler de ce qu'il souhaiterait qu'elle fasse une fois qu'il ne serait plus là. Il avait envie de laisser une trace de lui dans les coins les plus reculés du monde, du sommet du mont Everest au plus profond de la fosse des Mariannes. Mais Vanessa avait réussi à le convaincre d'accepter quelque chose de plus réalisable, lui proposant de disperser une partie de ses cendres dans les montagnes où il avait grandi, une autre dans l'océan en hommage à ses nombreux voyages et, enfin, une dernière partie là où était enterrée son âme sœur.

Elle s'arrêta devant la tombe de sa mère. En regardant la plaque de bronze posée à plat sur la terre, un souvenir lui revint en mémoire. Elle avait toujours voulu ressembler à sa mère, qui avait les traits délicats et les cheveux bruns. Mais elle avait hérité des cheveux en bataille couleur miel de son père ainsi que de son sourire et de ses taches de rousseur. Sur la pierre tombale on pouvait lire :

MARGARET WHITMAN,
ÉPOUSE ET MÈRE BIEN-AIMÉE

Dessous se trouvaient sa date de naissance et celle de son décès.

Quinze ans étaient passés depuis qu'elle avait quitté ce monde. Dès que Vanessa aurait réuni l'argent nécessaire, elle ferait ajouter sur la plaque le nom de son père, Joseph Whitman, suivi de ces quelques mots : mari, père, voyageur et poète.

Soudain, le son d'une portière de voiture qu'on claque brisa le silence nocturne. Surprise, Vanessa jeta un coup d'œil vers l'entrée mais tout semblait calme. Il n'y avait personne en vue. Pourtant, elle ne put s'empêcher de frissonner. Elle ne se sentait pas effrayée, mais un peu inquiète. Comme si quelqu'un l'observait. Se pouvait-il qu'il s'agisse de nouveau de ce type louche qui la suivait depuis quelques jours ? Elle attendit un instant qu'il se montre mais rien ne se passa. Elle avait dû rêver, il n'y avait personne ici.

Elle s'agenouilla devant la tombe de sa mère. Plus tôt dans la journée, dans la petite chapelle de l'université, elle avait récité le poème de Dylan Thomas que son père préférait. Elle savait qu'il aurait été fier de la façon dont elle avait réussi à garder son sang-froid.

Et maintenant ? Les larmes lui montèrent aux yeux puis commencèrent à couler sur ses joues.

Elle plaça le bocal à terre, déposa quelques baisers sur le bout de ses doigts puis caressa la plaque de bronze comme pour rassurer sa mère. Ses larmes n'étaient pas que le fruit de sa tristesse. Elle se sentait également soulagée que les souffrances de son père soient terminées. Chagrin, colère et… tension. D'un revers de manche, elle essuya ses larmes. Son avenir lui semblait aussi sombre qu'une nuit sans lune.

Après avoir quitté son poste d'enseignante d'anglais au lycée pour s'occuper de son père, elle n'avait à présent aucune idée de ce qu'elle allait bien pouvoir faire. Elle avait dépensé toutes ses économies ainsi que celles de son père… Le flot de factures médicales avait tout emporté. Et même si sa mère avait souvent dit que les Whitman ne pourraient jamais se trouver dans le besoin car ils étaient depuis toujours une famille fortunée, tout ce qui leur avait appartenu avait aujourd'hui été saisi.

Elle sentit une vague de colère, mêlée d'un peu de peur, monter en elle. Son cher père était responsable de cette situation. Pour financer ses voyages, il avait vendu leurs œuvres d'art, leurs propriétés, il avait dilapidé tout leur patrimoine. Elle savait qu'elle aurait dû surveiller ses dépenses, lui en parler, et probablement refuser qu'il fasse ce dernier voyage à Bali pour voir le soleil se coucher derrière les pagodes et les palmiers. Mais elle n'en avait pas eu la force. Voir son père, John Joseph Whitman, mourir le sourire aux lèvres était ce qui comptait le plus pour elle. Elle ramassa le bocal en verre et en dévissa le couvercle, puis versa un peu des cendres de son père dans la paume de sa main. Elles lui semblèrent brûlantes. D'un geste rapide, elle les parsema autour de la tombe de sa mère.

Elle entendit alors un bruit de pas sur les graviers et se retourna. Cette partie du cimetière était relativement récente et comprenait plus de tombes que de sépultures murales ou de caveaux. Elle avait donc une vue totalement dégagée et put rapidement constater que personne ne rôdait dans les environs. Malgré tout, elle se sentait épiée. Se préparant au pire, elle serra la bombe de spray anti-agression qu'elle avait fourrée dans la poche de son sweat-shirt avant de partir.

Cela faisait environ deux mois qu'elle avait vu pour la première fois l'homme qui la traquait. Alors qu'elle sortait de l'hôpital, tard dans la nuit, elle avait remarqué qu'il se tenait immobile, de l'autre côté de la rue. Il portait une casquette noire et un masque de ski, et l'avait appelée par son prénom avant de la montrer du doigt. Il n'était pas assez près d'elle pour qu'elle puisse l'observer en détail mais il lui avait paru d'une taille et d'un poids plutôt normaux. Sans traîner, elle avait sauté dans sa voiture et était rentrée se mettre à l'abri chez elle.

Elle l'avait ensuite revu quelques fois, mais elle était bien trop débordée et surtout bien trop épuisée pour s'en préoccuper… Quand son appartement avait été cambriolé, elle avait prévenu la police. Mais, après avoir inspecté les lieux, ils n'avaient rien trouvé de suspect. Rien ne manquait. Les agents lui avaient recommandé d'aller s'installer chez des amis ou de la famille pendant quelques jours et c'est la raison pour laquelle elle était entrée en contact avec son oncle Simon Markham, qui vivait près d'Aspen. Ravalant sa fierté, Vanessa avait osé lui demander un peu d'argent et, à sa grande surprise, Simon leur avait offert, à son père et à elle, une suite privée dans un établissement médical.

Toujours agenouillée devant la tombe de sa mère, elle finit de disperser les cendres qui restaient dans le bocal sur la pelouse. Maintenant son père et sa mère étaient réunis. Pour toujours. Il lui sembla alors les voir, main dans la main, flâner dans une somptueuse roseraie, leurs visages resplendissant de joie et d'amour. Leur calvaire était terminé… Le sien commençait.

Dans son dos, elle entendit de nouveau le bruit de pas dans les graviers. Des oiseaux s'envolèrent. Quand elle se retourna une nouvelle fois, elle aperçut une silhouette dans l'obscurité. Se dissimulant derrière les tombes, l'homme avançait dans sa direction. Pendant quelques instants, elle le perdit de vue.

Pourquoi la traquait-il ? La colère fit disparaître sa peur. Elle prit une profonde inspiration, se releva et cria dans la nuit :

— Laissez-moi tranquille !

— Vanessa…

La brise nocturne lui apporta une réponse.

— Vanessa, je ne te veux aucun mal.

— N'approchez pas, répondit-elle. Restez où vous êtes !

L'homme se montra. Il ne se trouvait qu'à une trentaine de mètres d'elle. Vêtu de vêtements sombres, il portait encore son masque de ski.

À grandes enjambées, il avança vers elle.

— Vanessa, Vanessa…

— Non ! lui cria-t-elle. Reculez !

Elle lança le bocal vide dans sa direction et il rebondit sur son torse. En plein dans le mille ! L'inconnu trébucha mais retrouva vite son équilibre.

— Espèce de petite salope !

Elle sortit son spray et visa son visage et ses yeux.

Hurlant de douleur malgré le masque, il tomba à terre. Elle en profita pour s'enfuir en courant. Les pieds touchant à peine le sol, elle se précipita jusqu'au passage qu'elle avait emprunté pour entrer dans le cimetière.

Jetant un coup d'œil par-dessus son épaule, elle vit qu'il ne l'avait pas suivie mais garda la même allure jusqu'à sa voiture dans laquelle elle monta en hâte. Elle démarra en trombe et tourna à gauche. Six blocs plus loin, elle rejoignit la circulation et se demanda si elle était à présent en sécurité. Le serait-elle d'ailleurs un jour ?

Devant elle, les montagnes s'élevaient comme de puissants remparts contre le ciel nocturne. Comme une forteresse, cette terre escarpée la protégerait. Les implacables Rocheuses étaient le berceau de la famille Whitman. Là où tout avait commencé. Son père souhaitait d'ailleurs qu'une partie de ses cendres soit dispersée parmi les majestueux sommets de son enfance.

Elle tendit la main et tapota l'urne posée sur le siège passager.

— Ne t'inquiète pas, papa. Je vais te ramener chez toi.

2

Assise devant la longue table de la bibliothèque aux pieds sculptés, Vanessa se laissa aller en arrière et prit un instant pour faire le point. Cela faisait aujourd'hui quatre mois qu'elle avait quitté Denver. Apparemment, l'homme qui la traquait ne semblait pas l'avoir suivie jusqu'à l'immense manoir de son oncle Simon, qui se trouvait perché dans les montagnes, non loin d'Aspen. Elle avait maintenant un toit au-dessus de la tête et de quoi se nourrir. Son compte en banque n'était pas en pleine forme mais, grâce à Simon, qui était un chef célèbre et l'avait engagée pour rédiger son dernier livre, la situation n'était plus aussi catastrophique. Elle semblait donc aujourd'hui avoir remonté la pente et sa vie avait pris une meilleure tournure.

Elle se leva et referma *Les Légendes du comté de Tremont*, un grand livre aux photos sépia fanées qui offrait une version peu vraisemblable de l'histoire locale. Malgré les mensonges et les légendes bizarres, le récit était loin d'être palpitant.

Elle se dirigea vers les hautes fenêtres à battant de la bibliothèque, située au deuxième étage, et ouvrit l'une d'entre elles. Immédiatement, la douce brise de ce début d'automne s'engouffra à l'intérieur. Passant la tête dehors, elle contempla un instant la vue panoramique qui était époustouflante. La lumière, en cette fin d'après-midi, illuminait la vallée. À plusieurs kilomètres de là, au-delà des pâturages, un projet immobilier était en cours de réalisation. Près d'un siècle auparavant, cette terre qui s'étendait devant elle à perte de vue appartenait tout entière à la famille Whitman. Son arrière-arrière-grand-père avait alors un vaste élevage de bétail. Et c'était son fils qui avait construit cette immense résidence en briques, cèdre et granit ciselé, aux seize chambres, qui était connue sous le nom de « Château Whitman ».

Son oncle Simon en était aujourd'hui le propriétaire. Il avait hérité du manoir, douze ans plus tôt, lorsque sa femme, la tante de Vanessa, Dorothy, avait disparu. Des mois plus tard, on avait retrouvé le corps de Dorothy dans la montagne. Il y avait eu des complications concernant son testament, mais Vanessa et son père ne vivaient pas ici à cette époque et n'y avaient pas prêté grande attention. Il faut dire que son père – paix à son âme – n'avait jamais été très intéressé par ce genre de choses ni vraiment doué en ce qui concernait le domaine juridique. Elle leva les yeux et regarda l'urne, qu'elle avait posée sur une des immenses étagères afin de toujours l'avoir à l'œil.

Puis elle traversa le tapis persan pieds nus pour aller s'en emparer. Elle avait cherché l'endroit idéal pour disperser les dernières cendres de son père mais elle n'avait pas encore réussi à se décider. Cette tâche avait pris pour elle une importante signification et il lui semblait primordial de faire les choses correctement. Et, avant de pouvoir tourner la page pour aller de l'avant, elle se posait encore certaines questions concernant son passé. Des questions auxquelles elle voulait trouver une réponse. Elle devait comprendre d'où elle venait pour savoir où aller. Le seul avantage dans le fait d'avoir touché le fond, était de pouvoir tout recommencer.

Mona Oliver, la gouvernante du château, passa la tête par l'entrebâillement de la porte. Mince et petite, elle était toujours vêtue de noir et d'un tablier à rayures noué à la taille. Ses longs cheveux gris étaient relevés en un chignon serré.

En voyant Vanessa déposer l'urne sur la table de la bibliothèque, elle entra dans la pièce et posa la main sur son cœur.

— Ton pauvre père… Il doit tellement te manquer.

— Tu le connaissais ? lui répondit Vanessa en acquiesçant.

— Malheureusement non, il n'est jamais venu nous rendre visite ici.

— Depuis quand travailles-tu au château, Mona ? Neuf ans ?

— C'est ça, Simon venait tout juste d'épouser Chloe et, avec le ménage, les rénovations et les visites, je n'avais pas une minute à moi, lui répondit-elle d'un ton enthousiaste. La maison était toujours pleine d'amis, d'associés, de parents éloignés… Encore plus qu'aujourd'hui. Il faut dire que Simon aime recevoir.

— C'est un homme très généreux, approuva Vanessa.

Son oncle pouvait être arrogant, insensible et coléreux, mais son sens de l'hospitalité était indéniable.

— Je n'oublierai jamais ce qu'il a fait pour moi, ajouta-t-elle.

Mona marcha vers Vanessa et posa une main sur son bras.

— Quand j'ai parlé de parents éloignés, je ne pensais pas à toi, ma chérie. Tu n'as rien à voir avec ces gamins pourris gâtés qui n'ont jamais appris à faire leur lit et laissent le désordre derrière eux. Tu es polie et ordonnée, et j'apprécie cela.

— Tant mieux, car j'ai l'impression que je vais rester ici un peu plus longtemps que prévu.

— C'est une excellente nouvelle, ma chérie, mais puis-je te demander pour quelle raison ?

— Simon va m'engager pour être son « fantôme ».

— Je te demande pardon ? dit Mona en fronçant les sourcils.

— Je vais rédiger son autobiographie à sa place, lui répondit Vanessa avec un sourire. Il me raconte ses histoires et je me charge de les écrire et de les rassembler dans ses mémoires. Après ce dernier livre de cuisine, son éditeur lui a demandé d'écrire quelque chose de plus personnel, une biographie agrémentée de ses recettes préférées.

— Alors tu vas devenir une véritable auteure ?

— Pas vraiment, non. Mon nom n'apparaîtra pas sur l'ouvrage.

— Cela ne me semble pas très juste, cet arrangement te convient ?

— J'ai toujours voulu écrire, lui répondit Vanessa, commencer par jouer les prête-plumes me semble être un bon point de départ.

— Si tu le dis, dit Mona d'un ton dubitatif en lissant les pans de son tablier. Mais au fait, on m'a prévenue en bas que tu voulais me voir ?

— Ah oui, se souvint soudain Vanessa, je voulais te prévenir qu'il y aurait une personne de plus ce soir au dîner, j'ai invité le shérif Ty Coleman.

En entendant ce nom, Mona eut une réaction inattendue. Elle couvrit sa bouche de ses mains et se mit à pouffer en haussant les sourcils.

— Le nouveau shérif ? Oh ! mon Dieu, est-ce un rendez-vous galant ?

— Je ne l'ai jamais rencontré, je lui ai seulement parlé au téléphone pour lui demander des informations sur les vieilles histoires du coin.

Pour écrire les mémoires de son oncle, Vanessa avait en effet besoin d'en savoir plus sur les circonstances de la disparition et de la mort de Dorothy – un sujet délicat pour Simon, mais incontournable dans son parcours de vie.

— Quoi qu'il en soit, reprit-elle, j'ai pensé qu'il serait de bon ton de le rencontrer en chair et en os.

— Oh ! J'aurais aimé que ce soit un rendez-vous, tu devrais fréquenter plus de gens de ton âge, enfin, quand je parle de gens, je veux surtout parler d'hommes.

Si la gouvernante voulait jouer les entremetteuses, elle perdait son temps, Vanessa ne cherchait pas de petit ami. Elle voulait s'occuper d'elle, réparer et consolider son cœur, avant de se lancer dans ce genre de relation. Malgré cela, elle promit à Mona de garder les yeux ouverts.

— Tu ne vas pas être déçue, poursuivit la gouvernante, le shérif Ty est un véritable plaisir pour les yeux… Tu as prévenu Simon de sa venue ?

— Oui.

— Alors, vous serez douze pour le dîner, déclara

Mona en quittant la pièce. Quand le shérif sera arrivé, je l'emmènerai jusqu'ici pour que tu puisses le rencontrer… en tête à tête.

— Cela ne sera pas nécessaire, Mona, lui cria Vanessa tandis que la gouvernante s'éloignait dans le couloir.

— Tu verras, tu me remercieras ! lui répondit celle-ci.

Quelques instants plus tard, Simon fit son entrée dans la bibliothèque.

— J'ai apporté les contrats pour notre petit projet d'écriture, lui lança-t-il en avançant vers elle, le sourire aux lèvres. Je sens que nous allons faire une excellente équipe, toi et moi, Vanessa. Ensemble, nous allons pouvoir guérir la grande blessure familiale.

— Je l'espère.

S'ils n'avaient encore jamais évoqué ce point ensemble, Vanessa savait de quoi son oncle parlait. Une vingtaine d'années plus tôt, alors qu'elle n'avait que dix ans, son père et sa sœur, Dorothy, s'étaient éloignés l'un de l'autre. Leur relation avait semblé se briser brusquement, sans aucune explication. Tout avait changé. Les parents de Vanessa avaient quitté le Château Whitman et étaient partis s'installer à Denver.

Personne n'avait plus jamais abordé ce sujet. La mère de Vanessa était décédée cinq ans plus tard, sa tante Dorothy, trois ans après.

Avec la vive énergie qui le caractérisait, Simon se dirigea vers la table de bibliothèque dont Vanessa se servait comme bureau. Simon était un homme d'extérieur, il aimait vivre en plein air, avait le teint hâlé et les traits burinés par le soleil. Et, bien qu'il ait soixante-cinq ans passés, pas un seul cheveu gris ne se mêlait à sa flamboyante chevelure rousse. Il déposa sur la table une petite pile de feuilles et se retourna vers Vanessa.

— Même si nous sommes de la même famille, je pense qu'il est important d'avoir des accords écrits, je suis certain que tu seras d'accord avec moi.

Elle saisit l'un des trois exemplaires du contrat de cinq pages et s'assit dans son fauteuil pivotant pour l'étudier. Ayant déjà lu le brouillon, elle survola rapidement le texte.

— Laisse-moi une minute, lui demanda-t-elle malgré tout.

— Dépêchons-nous, je voudrais redescendre en cuisine pour superviser la préparation du repas, lui répondit-il en réajustant les boutons de sa veste de chef, qui était d'un rouge profond.

— Tu n'as qu'à me laisser les contrats, lui proposa-t-elle, et je te les rendrai plus tard.

— Non, faisons cela maintenant, dit-il en claquant des doigts.

Même si cette attitude ne lui plaisait pas, Vanessa décida de ne rien dire à Simon. Il n'était pas nécessaire de réveiller son tempérament de feu. Sa seconde femme, Chloe, affirmait que cette intensité était due à un excès de perfectionnisme, lié aux responsabilités que lui imposait son restaurant, le Simplicity. Cependant Vanessa voyait les choses de manière beaucoup plus simple : Simon était juste le roi des narcissiques et le fait qu'il soit chef cuisinier, mécanicien ou chirurgien n'y changeait absolument rien. C'était seulement un trait de sa personnalité et, même si c'était parfois plutôt difficile à vivre, elle l'acceptait comme il était.

Tandis que son oncle faisait les cent pas autour de

la table, Vanessa n'arrivait pas à se concentrer. Elle leva les yeux et vit qu'il l'observait.

— Tu sais, Vanessa, tu ressembles beaucoup à Dorothy. Tu as la même chevelure blonde aux reflets couleur de miel, les yeux marron chocolat et son teint de pêche…

Sa description avait tout d'une recette de dessert.

— Oui, tu me l'as déjà dit.

— Quand tu souris, tu as aussi ce même petit écart entre les dents de devant, on appelle ça les dents du bonheur.

Restant concentrée sur le document, Vanessa en feuilleta les pages. Le texte énonçait clairement une clause de confidentialité et lui interdisait de publier une partie de ses mémoires ou de ses recherches sans la permission de Simon. Cette préoccupation était légitime car le chef avait une foule d'ennemis qui rêvaient de ruiner sa carrière exemplaire.

Son regard tomba enfin sur le montant de ses honoraires. Le total était supérieur à ce qu'elle aurait pu gagner en deux ans d'enseignement au lycée, sans compter qu'en prime, elle pouvait résider au Château Whitman sans frais pendant tout le temps où elle écrirait. C'était une très bonne affaire.

Elle attrapa un stylo et signa les trois exemplaires du contrat. Simon l'imita puis, au lieu de lui donner une poignée de main, il la serra dans ses bras. L'étreinte dura quelques secondes de trop au goût de Vanessa, la veste de Simon sentait l'ail, le graillon et la sueur.

— Nous dînerons à 20 heures, conclut-il. 20 heures précises.

— Je serai là.

L'importance qu'il accordait à la ponctualité était aussi un signe de son perfectionnisme, ou peut-être était-ce un petit abus de pouvoir…

Mona passa de nouveau la tête par la porte.

— Le shérif Coleman est ici, j'ai pensé que Vanessa pourrait lui faire faire le tour de la propriété avant le dîner.

Quand le shérif entra, Vanessa comprit pourquoi Mona avait réagi si bizarrement lorsqu'elle l'avait prévenue de sa venue au dîner. Ty avait le charme des authentiques cow-boys, beau mais sans prétention, comme s'il ignorait à quel point il était séduisant. Grand, musclé, puissant, il avait un corps magnifique, et portait un jean et une veste grise qui lui allaient parfaitement. Ses cheveux blonds étaient coupés très court.

— Ravi de vous rencontrer, dit-il à Simon en avançant vers lui pour lui serrer la main.

— Je n'arrive pas à croire que vous ne soyez pas encore venu dîner chez nous, lui répondit celui-ci. Il est sage pour nous qui travaillons dans la gastronomie d'avoir de bons rapports avec les forces de l'ordre du coin.

— Pourquoi donc ?

— Car, comme vous, nous travaillons dans le domaine des relations humaines, lui répondit Simon en riant. Mais racontez-moi, comment avez-vous rencontré Vanessa ?

— En fait, nous ne sommes encore jamais rencontrés, intervint Vanessa. J'ai eu le shérif au téléphone, un peu plus tôt aujourd'hui, car je cherchais des documents qui auraient pu se trouver dans les archives de la police locale.

— Pourquoi vas-tu fouiller dans ce genre de choses ? demanda soudain Simon en changeant de ton.

— Je fais ces recherches dans le cadre de la rédaction de tes mémoires, Simon. Quand j'ai parlé à ton éditrice, elle a montré un grand intérêt pour tout ce qui concernait le Château Whitman et tante Dorothy.

— Vraiment ?

Vanessa acquiesça. Simon avait lui-même parlé de guérir cette blessure familiale. Pourquoi semblait-il soudain si contrarié ?

— Mettons les choses au clair, Vanessa. Ce livre parle de moi, si tu as des questions concernant le passé, c'est à moi que tu viens en parler en premier, ajouta-t-il avant de se retourner vers le shérif. Êtes-vous déjà allé dîner dans mon restaurant, le Simplicity ?

— Pas encore, mais il paraît que le steak au poivre y est absolument délicieux.

— En effet, approuva Simon.

Il ne manquait jamais une occasion de faire l'éloge de son restaurant gastronomique franco-italien, qui était régulièrement récompensé par le guide Michelin. Vanessa pensa que, si elle ne changeait pas de sujet maintenant, il allait leur parler du menu dans son intégralité. Elle avança et serra la main de Ty.

En sentant sa peau toucher la sienne, elle fut surprise par l'intensité de leur connexion. Un frisson lui parcourut l'échine et la fit trembler de la tête aux pieds comme un léger séisme. Elle se perdit pendant un instant dans les reflets de ses yeux gris-vert.

— Peut-être avez-vous déjà dîné dans l'un des restaurants de la franchise de mon oncle, ils s'appellent les Simple Simon ? lui demanda-t-elle pour essayer de rester malgré tout sur le même sujet.

— Un nom stupide, si vous voulez mon avis, déclara Simon en levant les yeux au ciel, il n'y a rien de simple chez moi, vous pouvez me croire. C'est mon associé, Keith Gable, qui dirige l'entreprise des franchises.

Mona s'éclaircit la gorge bruyamment avant de les interrompre :

— Les autres invités sont en train d'arriver.

— Je crois que je ferais mieux de retourner à ma ratatouille, lança alors Simon. La plupart des gens ne savent pas apprécier la subtilité de toutes ses saveurs mais…

— Oh ! Je suis certaine qu'ils vont être enchantés à l'idée d'essayer, le coupa Mona qui ne semblait pas vouloir laisser une recette contrecarrer ses plans d'entremetteuse.

Attrapant Simon par le coude, elle le guida avec fermeté jusqu'à la porte avant d'ajouter :

— Laissons-les un peu seuls.

Quand Mona referma derrière eux, un calme merveilleux envahit la pièce. Les sons de la maison semblaient ne pas pouvoir pénétrer ici. Si Vanessa arrivait encore vaguement à entendre les gens rire et discuter au rez-de-chaussée, l'atmosphère était devenue paisible… et sûre. Elle se demanda soudain pourquoi elle ressentait cette étrange sensation de sécurité.

— Vous n'avez pas l'air de vivre ici depuis longtemps, déclara Ty. D'où venez-vous ?

— Je me suis enfuie de Denver.

— Enfuie ?

Elle regretta d'avoir utilisé ce mot. Parler des raisons

pour lesquelles elle était venue se réfugier ici était bien la dernière chose dont elle avait envie à cet instant.

— Je crois que quelqu'un me traquait, reconnut-elle.

— C'est-à-dire ? Dites-m'en davantage.

— Oh ! rien de très original… Il portait un masque de ski noir et me suivait partout. Il s'est même introduit dans mon appartement pendant mon absence, j'ai dû avertir la police, ajouta-t-elle, en essayant de paraître détachée. Il a aussi tenté de m'attaquer.

— Qu'avez-vous fait ?

— Je lui ai jeté un bocal à la figure avant de l'asperger de spray anti-agression puis j'ai pris mes jambes à mon cou.

— Vous avez bien fait, approuva Ty. Si vous avez l'impression qu'il rôde de nouveau près de vous, prévenez-moi immédiatement. Prendre soin des gens qui vivent dans le comté de Tremont est mon boulot, vous savez.

Quand il avança vers elle et posa une main sur son avant-bras, elle ressentit une réplique de ce premier tremblement de terre si agréable.

— Vous êtes prêt pour la visite du château ? demanda-t-elle.

— Absolument.

Était-ce seulement de la politesse ? La plupart des gens se moquaient totalement des vieilles pierres.

— Si vous préférez, nous pouvons aussi aller boire un verre sur la terrasse. Il semblerait que Simon ait une incroyable collection de bonnes bouteilles de vin.

— Non, j'aimerais mieux voir la maison, lui répondit-il en haussant les épaules. L'architecture m'intéresse beaucoup, j'ai été menuisier, par intermittence, pendant une grande partie de ma vie.

Vanessa n'avait aucun mal à l'imaginer avec une ceinture d'outils à la taille, torse nu…

— C'est ce que vous faisiez avant de devenir shérif ?

— La plupart du temps, oui. Mais je suis surtout un grand amateur de ski. L'été, je travaillais comme menuisier et l'hiver, dans la patrouille de ski. Après avoir suivi une formation de secouriste, j'ai trouvé un poste dans les opérations de recherche et de sauvetage. Ce qui m'a conduit à intégrer les forces de l'ordre, je suis devenu adjoint du shérif et, quand celui-ci est décédé, eh bien, c'est moi qui ai hérité de son job.

C'était un résumé très concis. Mais, s'il avait probablement de nombreuses autres choses à raconter sur sa vie, Ty ne semblait pas être le genre d'homme à aimer parler de lui-même.

— Pourquoi Mona vous surnomme-t-elle le « nouveau shérif » ?

— Je n'ai été élu qu'il y a un an et demi. Mon travail consiste la plupart du temps à gérer des problèmes de circulation, des vols, des bagarres dans les bars et des violences domestiques. J'ai toujours l'intention d'aller m'inscrire à des cours médico-légaux, mais je ne sais pas si les quatre heures de route pour me rendre là-bas en valent vraiment le coup. Le changement vient lentement chez les gens du comté de Tremont. Peut-être que nous sommes un peu démodés… comme cette pièce.

Il s'interrompit un instant pour parcourir la bibliothèque du regard puis ajouta :

— On dirait que rien n'a bougé depuis le début du XXe siècle. J'ai toujours rêvé d'avoir des étagères qui aillent du sol jusqu'au plafond, même si je n'ai pas assez de livres pour espérer pouvoir les remplir.

— Trouver des livres n'est pas une chose difficile, les lire demande plus d'efforts…

Intérieurement, elle grimaça. Pourquoi avait-elle dit une telle chose ? Ce genre de propos allait la faire passer pour la plus prétentieuse des intellos.

— Je travaillais comme professeure d'anglais au lycée… précisa-t-elle comme pour se justifier.

— Je sentais que vous étiez intelligente.

Elle pivota, s'empara de l'urne qui contenait les cendres de son père et alla la ranger sur l'étagère. Puis elle se dirigea vers la porte.

— Suivez-moi, lui dit-elle.

Quand il lui emboîta le pas, sa proximité ne la rendit pas nerveuse. Non, ce qu'elle éprouvait de nouveau ressemblait plus à un profond sentiment de confiance. Elle se sentait enfin… en sécurité.

Elle marcha jusqu'au large balcon et se retourna pour lui faire face.

— On appelle cette pièce, qui a plus de dix mètres de hauteur de plafond, le grand hall. Il sépare la partie d'origine du Château Whitman des parties rénovées et des agrandissements. La partie inférieure du mur opposé est constituée de granit extrait d'une carrière locale, lui expliqua-t-elle en lui montrant du doigt l'endroit en question. La partie supérieure est en cèdre et a été ajoutée en 1968.

Ty se pencha par-dessus la balustrade et regarda à droite puis à gauche.

— Ce balcon s'étend d'un bout à l'autre de la pièce, il doit bien faire une cinquantaine de mètres ?

— À peu près, oui, les dimensions sont proches de celles d'un bassin de piscine olympique, lui répondit-elle avant de lever les yeux vers le lustre qui était accroché au plafond. Là-haut, ce sont des cristaux Swarovski, le design de cette suspension est unique en son genre. Elle est censée représenter les constellations.

Après avoir pris le temps d'étudier le luminaire, le shérif baissa les yeux vers la longue table qui se trouvait au centre du grand hall. Le service était déjà dressé, porcelaine et argenterie avaient été rigoureusement disposées.

— Combien de personnes peuvent dîner là ?

— Vingt-deux, mais nous ne serons que douze ce soir.

— Impressionnant.

Comme il semblait enthousiaste, elle lui fit signe de la suivre.

— Au bout de ce balcon, se trouve un escalier qui mène au premier étage. Un autre balcon y surplombe là aussi le grand hall.

Une fois qu'ils furent parvenus au premier étage, elle le guida le long de la grande balustrade, lui expliquant l'histoire des tableaux et des sculptures qu'elle connaissait depuis son enfance. Ils avaient presque terminé quand une porte s'ouvrit avec fracas et que des cris de colère s'élevèrent.

— Écoute-moi ! S'ils vendent, nous récupérerons tout, chaque centime. Nous gagnerons des millions !

En tendant le cou, Vanessa aperçut sa cousine, Bethany Whitman-Burke, qui avançait dans leur direction. Elle était soigneusement maquillée, ses longs cheveux blonds ondulaient derrière elle comme des rubans et sa jupe crayon noire se fendait à chacun de ses pas.

— Salut, Bethany, ça va ? lui lança Vanessa en s'écartant de justesse pour la laisser passer.

— La ferme, Vanessa. Oh ! mon Dieu, que tu es naïve…

Elle continua sa route et s'enferma dans une pièce dont elle claqua violemment la porte. En l'entendant verrouiller celle-ci derrière elle, Vanessa trouva tout cela bien étrange… Pour quelle raison Bethany allait-elle s'enfermer dans la chambre de Simon ?

3

Ty regarda la porte fermée un instant avant de se retourner vers Vanessa.

— Comment s'appelle-t-elle ? lui demanda-t-il.

— Bethany Whitman-Burke.

Son instinct lui soufflait que cette jeune femme blonde dans sa jupe moulante était une fautrice de troubles de première catégorie, mais il n'était là ce soir qu'en tant qu'invité et devait reconnaître qu'il ne savait pas grand-chose des habitants du Château Whitman. Après tout, peut-être avaient-ils l'habitude de faire des esclandres juste avant le dîner…

— Pensez-vous que nous devrions aller la voir ? A-t-elle besoin d'aide ?

— Non, je ne pense pas, lui répondit-elle en secouant la tête. Le fait de verrouiller derrière elle était assez clair sur son intention de vouloir rester seule.

— Tant mieux, je n'avais pas la moindre envie de défoncer cette porte. J'ai cependant une question : est-ce que Bethany a souvent ce genre de comportement ? Qui est-elle pour vous ?

— Une lointaine cousine, je ne la connais pas très bien. Nous nous sommes rencontrées quand son mari et elle ont emménagé ici, il y a quelques semaines.

— Mais vous portez le même nom de famille…

— Il existe une douzaine de gens qui portent le nom de Whitman et seuls quelques-uns ont un réel lien avec notre famille. Mona les appelle « les parents éloignés ».

Elle s'appuya contre l'une des colonnes qui soutenaient le balcon et la balustrade du deuxième étage. La lumière qui provenait des fenêtres au fond de la grande salle commençait à baisser et quelqu'un, probablement la gouvernante, avait allumé les lustres de cristal. Des points de lumière étincelaient tout autour de Vanessa. Dans son chemisier bleu vaporeux et sa jupe en jean, elle semblait irréelle, avec ses boucles dorées, ses yeux sombres et ses quelques taches de rousseur élégamment dispersées autour de son petit nez légèrement retroussé.

Il secoua la tête pour revenir à la réalité.

— Pourquoi les gens veulent-ils être des Whitman ?

— Ils pensent qu'il y a un patrimoine attaché à ce nom, mais ils se trompent. Je suis une descendante directe de la lignée et j'ai du mal à joindre les deux bouts.

Même si c'était vrai, Ty soupçonnait Vanessa de ne pas toujours avoir été dans la même situation financière. Il y avait quelque chose d'élégant et de chic dans sa manière d'être, de se déplacer et même de sourire. Sa voix était douce et précise sans être snob. Quand elle l'avait invité à dîner, au téléphone, il avait été curieux d'en savoir plus sur elle, mais ce n'était pas la raison principale pour laquelle il avait accepté de venir dîner au château.

Quelques jours plus tôt, il avait eu une piste concernant un dealer de drogue qui travaillait au restaurant de Simon, le Simplicity. La situation était délicate car ce n'était pas le genre d'endroit où Ty pouvait enquêter ouvertement. De plus, s'il s'entendait bien avec Simon, peut-être pourrait-il en apprendre plus et remonter la piste jusqu'aux trafiquants plutôt que d'arrêter un simple dealer. Enfin, plus vraisemblablement, il transmettrait ses informations à la DEA et les laisserait faire leur boulot. Ty ne cherchait pas de nouvelles responsabilités, il était pleinement satisfait de son rôle de shérif dans cette petite ville où rien de réellement grave ne se produisait jamais.

— Et vous ? Votre famille habite dans la région ? lui demanda-t-elle.

— Nous sommes originaires du Montana, près de la rivière Little Bighorn. Quand des réunions familiales sont organisées, on se retrouve par dizaines de Coleman et je connais chacun d'entre eux.

La famille était quelque chose de très important pour Ty. Deux fois par an, à Noël et en été, il rentrait chez lui pour se ressourcer et rassurer sa mère sur le fait que se marier et fonder une famille faisaient toujours partie de ses projets.

— J'ai un frère et une sœur, ajouta-t-il. Et vous ?

— Je suis fille unique.

La façon dont elle lui répondit lui laissa deviner le poids de sa solitude, même s'il était probablement encore un peu tôt pour porter ce genre de jugement. Il s'approcha d'elle et jeta un œil par-dessus la balustrade. La disposition de cette immense pièce avec ces deux grands balcons ressemblait à Simon Markham qui aimait regarder les gens de haut. Au rez-de-chaussée, Ty remarqua une femme aux cheveux blond platine vêtue d'un pull en cachemire blanc qui disposait les compositions florales sur la longue table.

— C'est Chloe Markham, indiqua Vanessa.

— Je l'ai déjà croisée en ville, on dirait qu'elle porte toujours du blanc.

— C'est peut-être pour cette raison que les gens la surnomment la Princesse des Glaces, lui répondit Vanessa avant d'ajouter : son physique et son caractère forment un accord parfait avec la chevelure flamboyante et le tempérament fougueux de Simon. Il faut croire que les contraires s'attirent.

Une délicieuse odeur flottait dans l'air et Ty inspira profondément.

— On dirait que quelqu'un s'active en cuisine.

— Du pain maison sera probablement servi avec le repas.

La seule idée de muffins ou de petits pains frais réveilla l'estomac de Ty qui se mit à gargouiller. Il n'avait rien avalé depuis le déjeuner où il s'était contenté d'un vulgaire hamburger et de quelques frites.

— Comment est-il possible que je ne sente que l'odeur du pain au lieu des arômes de la ratatouille ?

— À cause de l'architecture, lui répondit-elle. Cette partie du château a été ajoutée au corps originel en 1968. La partie centrale, avec les trois niveaux et les balcons, était un seul bloc. Au dernier étage, se trouve la bibliothèque. Au milieu, là où nous nous trouvons, se trouvent la suite de Simon et une chambre d'amis avec une salle de bains. Le rez-de-chaussée est réservé à la cuisine. Quand Simon prépare un repas important, les pains et les gâteaux sont confectionnés à la boulangerie qui se trouve juste à côté du grand hall. Voilà pourquoi les arômes montent jusqu'à nous.

— Les trois niveaux sont similaires ?

— Il existe un monte-plats qui va du haut jusqu'en bas, lui répondit-elle. Les emplacements des fenêtres sont aux mêmes endroits, ainsi que les salles de bains et les conduits de cheminées.

Ty ne comprenait pas bien pour quelle raison on avait décidé d'ajouter ce bloc à la structure initiale, mais trouvait l'idée intéressante. Pendant plus de cent ans, le Château Whitman s'était agrandi selon les caprices de ses différents propriétaires.

— Continuons notre visite, lui proposa Vanessa.

Elle le guida jusqu'à l'escalier, puis ils traversèrent le grand hall et se dirigèrent vers la partie la plus ancienne du bâtiment. L'utilisation de la pierre ciselée et du bois teinté de couleur sombre donnait à l'ensemble une atmosphère médiévale, tout comme les grands volumes des chambres et le mobilier robuste. Ils passèrent par un salon avec des portes vitrées qui s'ouvraient sur un bureau massif. Vanessa était un excellent guide touristique et ne cessait de lui raconter un tas d'anecdotes intéressantes. Dans le vestibule, à l'extérieur du grand hall, elle lui montra un immense escalier à la rampe sculptée.

— Au niveau inférieur se trouve une salle de projection avec des sièges inclinables et une machine à pop-corn. À l'étage, il y a d'autres chambres à coucher, dont la mienne, reprit-elle en laissant ses doigts fins courir sur le bois lustré de la rampe. J'aurais d'ailleurs probablement dû choisir une chambre plus proche de la bibliothèque où je fais mes recherches…

Même si ce château le fascinait, Ty devait reconnaître que Vanessa l'intéressait tout autant.

— Les recherches que vous faites pour le livre que vous écrivez sur Simon ?

— Ses mémoires, le corrigea-t-elle avec un sourire. Une des raisons pour lesquelles j'ai accepté ce projet était l'opportunité de fouiller dans l'histoire de ma famille, de creuser pour explorer l'origine de nos racines, dans le comté de Tremont. J'ai habité ici avec mon père et ma mère jusqu'à mes dix ans.

Une fois sur le palier du premier étage, elle ouvrit des portes coulissantes en verre qui donnaient sur une terrasse extérieure avec une piscine et une vue impressionnante sur les sommets au loin. Ty se fit la réflexion qu'il se réveillerait bien chaque matin en face d'un tel panorama.

Une femme anguleuse, vêtue comme une vieille bibliothécaire, les rejoignit. Ses longs cheveux gris étaient rassemblés en une tresse qui descendait jusqu'à la moitié de son dos.

— Shérif Coleman ? Mais que faites-vous ici ?

Ty perçut un tremblement dans la voix de la femme et vit des traces de larmes sur ses joues.

— Tout va bien, madame Ingram ?

— Oui, oui, ça va, merci. Je suis contente de voir que vous ne portez pas toujours votre uniforme, enfin, vous comprenez ce que je veux dire, lui répondit celle-ci en se tordant les mains avec nervosité. Vous n'auriez pas vu mon mari, par hasard ?

— Non, pas du tout. Vous restez au château, ce soir ?

La femme acquiesça puis ajouta :

— Je crois que j'ai besoin d'un verre.

Sur ces mots, elle fit demi-tour et les laissa.

Vanessa regarda Ty en fronçant les sourcils.

— Comment connaissez-vous Martha Ingram ?

— Son mari, George, est le médecin légiste de la ville, nous travaillons donc ensemble. Ils vivent tous les deux ici depuis si longtemps qu'ils font presque partie du paysage.

Il avait un autre lien avec eux, plus personnel. Il avait arrêté leur petit-fils adolescent quatre ou cinq fois, mais il préférait garder cette information pour lui. Il lui montra du doigt un escalier étroit qui semblait monter à un nouvel étage.

— Qu'y a-t-il là-haut ? lui demanda-t-il pour changer de sujet.

— Cela mène à une tour où se trouve l'atelier de couture de ma tante Dorothy. Simon l'a fermé à double tour le jour où elle a été retrouvée et déclarée morte, et je crois que personne n'y a mis les pieds depuis.

Ty n'était pas surpris d'apprendre que Simon avait verrouillé à double tour la pièce préférée de sa femme décédée. Il ne doutait pas de son excentricité.

Il suivit Vanessa dans un labyrinthe de couloirs et d'escaliers jusqu'à ce qu'il ne puisse plus dire s'il se trouvait dans la partie originelle du château ou dans son extension. Ils finirent par entrer, au deuxième étage, dans une grande salle de jeux où se trouvaient une table de billard, une télévision à écran géant, une table de ping-pong et de nombreux autres jeux. Par les immenses fenêtres, il aperçut les derniers rayons du soleil couchant. Dans le fond de la pièce, un homme maigre, aux lunettes de vue démesurément grandes, faisait les cent pas, une pipe éteinte à la bouche, sans prêter attention à eux.

— C'est le mari de Bethany, lui chuchota Vanessa. Il s'appelle Lowell Burke, il est avocat.

L'homme sursauta en les remarquant soudain. Tandis qu'il se dirigeait vers eux, Ty admira son allure dans sa veste en lin et son jean impeccablement repassé. Après leur avoir serré la main, il se présenta rapidement et expliqua à Ty que Bethany et lui venaient de Los Angeles et comptaient bientôt emménager dans le Colorado.

— Nous avons croisé Bethany tout à l'heure, lui dit Vanessa. Elle s'est enfermée dans la chambre de Simon.

Ty regarda Burke qui, en apprenant cette information, fronça seulement légèrement les sourcils.

— Elle semblait bouleversée, ajouta Vanessa, elle a dit quelque chose à propos de millions de dollars.

— Tout va bien, lui répondit enfin Burke un peu trop vite au goût de Ty. Ma femme a un caractère plutôt impétueux et il lui arrive souvent de s'énerver pour des broutilles.

— Quel genre de broutilles ? lui demanda Ty.

— Rien dont j'ai envie de discuter, shérif, déclara Burke en gardant son sourire malgré son ton agressif. Désolé, je suis moi-même un peu à cran, j'ai un problème avec un client, veuillez m'excuser.

Ty n'était pas policier depuis très longtemps mais il pouvait lire la tension de Burke sur son visage et son envie de cacher ses problèmes. Même s'il n'était pas là pour enquêter, Ty pensa que, s'il se passait quoi que ce soit ce soir, Burke se trouverait au sommet de la liste des suspects.

— Vous n'auriez pas vu Keith Gable par hasard, j'étais censé le retrouver ici ? leur demanda Burke.

— Il doit être en cuisine avec Simon, lui répondit Vanessa.

— Ah oui, tu as probablement raison. À plus tard.

La manière dont il les quitta donna l'impression à Ty que cet homme fuyait quelque chose. Se pouvait-il qu'il ait un lien avec le trafic de drogue qui avait lieu au Simplicity ? La prochaine fois que Ty parlerait à son contact qui travaillait pour la DEA, il lui demanderait de jeter un coup d'œil dans le passé de Lowell Burke.

— Et maintenant, lui dit Vanessa, je vais vous emmener dans un endroit que la plupart des invités n'ont pas la chance de pouvoir visiter.

Elle marcha jusqu'à une rangée de quatre flippers. Celui qui se trouvait à l'une des extrémités arborait une décoration Star Wars et présentait l'image lumineuse de la princesse Leia en bikini doré.

— C'est ma scène préférée, déclara Ty avec un sourire.

— Rien de très surprenant, tous les hommes adorent Leia dans son soutien-gorge doré.

Elle s'immobilisa à côté du flipper, tendit la main et appuya sur une barre en plastique rouge qui se trouvait sur le côté. Un pan de mur s'ouvrit alors, glissant sur des charnières silencieuses. Ty la regarda ensuite pénétrer à l'intérieur et appuyer sur un interrupteur qui éclaira un escalier en colimaçon en fer forgé descendant dans la pénombre. Un passage secret !

Il se sentit soudain aussi émerveillé que s'il avait huit ans !

— Il mène trois étages plus bas, à la cave à vin.

— En route !

— Passez le premier, je vous en prie.

Il ne se fit pas prier et commença à descendre, ses bottes cliquetant sur les marches de fer. L'espace entre les murs permettait à peine à un homme de son envergure de passer de face.

Une fois en bas, Vanessa attrapa une chaîne sur un des murs de granit, la tira et une petite porte s'ouvrit. Ils se trouvaient dans un sous-sol, où se suivaient des rangées et des rangées de bouteilles de vin, soigneusement disposées sur des étagères. Ty en saisit une et la fit rouler entre ses doigts. Amateur de bière, il n'y connaissait pas grand-chose en vin.

— C'est une bonne bouteille ? demanda-t-il à Vanessa.

— Aucune idée, lui répondit celle-ci en refermant la porte du passage secret.

— Enfant, vous vous faufiliez ici pour chiper des bouteilles de vin ?

— Oh ! L'alcool ne m'a jamais vraiment intéressée, mais j'ai toujours aimé m'éclipser grâce à ce passage secret. J'ai fouillé tout le château pour essayer d'en trouver un second. Il y a le passe-plat dans la bibliothèque, mais il n'est pas assez large pour pouvoir s'y glisser. Il existe aussi quelques placards qui ont des doubles-fonds derrière lesquels on peut se cacher.

Elle s'interrompit et pouffa.

— Ce qui peut aussi être utile quand on a une liaison.

— Il semble y avoir beaucoup de secrets dans cette maison.

— Et dans cette famille, ajouta-t-elle. Les gens parlent toujours de la valeur de cet endroit et des œuvres d'art qui s'y trouvent, mais ce n'est pas la raison de mon amour pour lui. Vivre ici m'a toujours paru être une aventure. C'était très amusant.

— Et votre famille ?

— Eh bien, Simon n'est pas très drôle mais mon père l'était, lui répondit-elle, les yeux pleins de larmes. John Joseph Whitman était tellement irresponsable qu'il pouvait me rendre folle, mais il savait me faire rire comme personne.

Ty la suivit parmi les rangées de bouteilles de vin jusqu'à une lourde porte en chêne. Quand ils tendirent ensemble la main vers la poignée et que leurs doigts se touchèrent, Ty sentit quelque chose passer entre eux. Vanessa leva les yeux vers lui et leurs regards se croisèrent.

— Y a-t-il autre chose que vous vouliez me montrer ? lui demanda-t-il.

— Non, je pense que cela suffira pour aujourd'hui. Nous devrions retourner sur la terrasse pour prendre l'apéritif, le dîner sera servi à 20 heures et Simon aime que tous les invités soient assis à leur place à l'heure prévue.

— Il ne serait pas un peu psychorigide ?

— On est chez lui, lui répondit-elle en haussant les épaules, on suit ses règles.

La terrasse dallée qui se trouvait à l'arrière du bâtiment donnait sur un terrain couvert de potentilles jaunes et de nombreuses fleurs. Sous les guirlandes lumineuses qui étaient accrochées dans les pins, Chloe, la Princesse des Glaces, leur présenta Yuri et Macy Kirov, un couple renommé du Vermont. Ils avaient collaboré avec le mari de Bethany dans le cadre de l'achat d'un chalet de ski dans la région. Bizarrement,

Macy, qui était une femme plutôt grande et forte, était habillée comme une amazone avec une robe légère, des collants aux motifs étoilés et une cape. Indifférent, Ty ne chercha pas les raisons d'un tel accoutrement.

La femme le salua d'un signe de tête puis se tourna vers Vanessa avec un sourire avide.

— Votre père était bien John Whitman ?

— Oui, confirma Vanessa.

— Je le connaissais. C'était un excellent skieur.

— Ma femme a failli être sélectionnée pour les Jeux olympiques, intervint Yuri.

Ty se souvint soudain avoir déjà entendu parler de Macy, mais elle ne portait pas le même nom de famille à l'époque.

— Vous vous appeliez Macy Anderson, non ?

— Quelle mémoire, shérif, nous nous sommes déjà rencontrés ?

— Pas que je me souvienne, lui répondit Ty qui se rappelait avoir vu la grande Macy descendre les pistes sur un écran de télévision. C'est un honneur de vous rencontrer.

Gloria Gable vint se joindre à eux. Ancien mannequin, elle avait une allure incroyablement chic avec ses longues boucles brunes qui lui tombaient dans le dos. Bien qu'elle soit mariée à Keith depuis plus d'une dizaine d'années, elle ne manquait jamais une occasion de flirter. Elle se frotta contre le bras de Ty avec l'avidité d'une lionne en chaleur.

— Shérif Coleman, grogna-t-elle d'une voix haletante, je ne vous avais pas vu depuis des lustres. Vous ai-je manqué ?

— Votre mari et vous, oui, beaucoup, lui répondit-il

en regardant autour d'eux. À ce propos, où se trouve Keith ?

— En cuisine, avec Simon, évidemment. Que voulez-vous ? Rien ne les excite plus qu'une nouvelle recette de ratatouille…

Keith était un autre contact intéressant, et Ty voulait lui parler de cette possibilité de trafic de drogue au Simplicity. Peut-être en aurait-il l'occasion après le dîner.

Quand il fut 20 heures, Chloe les mena jusqu'à la salle à manger.

— Où se trouve Bethany ? leur demanda-t-elle une fois qu'ils furent arrivés devant la grande table.

Elle avait l'air très inquiète. Manifestement, qu'ils ne soient pas au complet au moment de passer à table était un véritable problème. Simon apparut et, se plaçant en bout de table, salua ses invités avant de jeter un coup d'œil à sa montre.

— N'étions-nous pas censés être douze ce soir ? demanda-t-il en fronçant les sourcils.

— Il manque Bethany, lui répondit Mona. Elle était à l'étage, je vais la chercher.

Comme Ty savait exactement où se trouvait la jeune femme, il suivit la gouvernante.

— Je vous accompagne, lui dit-il.

— Moi aussi, ajouta Vanessa.

— Vous êtes sérieux ? s'exclama Simon, en éclatant d'un rire teinté de colère. Vous avez vraiment besoin d'être trois pour aller chercher cette petite blonde écervelée ?

— Peut-être voulez-vous aussi nous accompagner, mon oncle ? lui dit alors Vanessa en essayant de détendre l'ambiance. Nous l'avons vue se réfugier dans votre chambre et verrouiller la porte derrière elle.

— Ma chambre ? Mais enfin, qu'est-ce que c'est que cette histoire ?

Ils montèrent tous ensemble l'escalier et, en arrivant devant la porte de la suite de Simon, Mona frappa doucement en appelant Bethany. Puis elle se tourna vers Ty.

— Peut-être qu'elle ne m'entend pas, pourriez-vous frapper plus fort, shérif ?

— Bien sûr, lui répondit-il avant de marteler bruyamment la porte. Bethany ! Vous êtes là ?

Mais personne ne leur répondit.

Y avait-il lieu de s'inquiéter ? Ty décida de reprendre son rôle de shérif. Quelqu'un, très probablement Bethany, était enfermé dans cette pièce et, pour une raison qu'il ignorait, ne pouvait ou ne voulait pas en sortir.

— Mona, que pensez-vous que nous devrions faire ? demanda-t-il à la gouvernante.

— Je crois que vous devriez enfoncer la porte, lui répondit-elle avec un petit sourire malicieux.

— Bon sang, mais c'est hors de question ! protesta Simon. Mona, vous devez bien avoir un double de la clé, non ?

— Il existe d'autres jeux, oui, mais ils se trouvent tous au rez-de-chaussée dans les cuisines, lui répondit-elle avant de descendre l'escalier.

— Bon sang ! répéta Simon en s'avançant vers la porte pour y cogner à son tour. Ouvre, Bethany ! Ce n'est pas drôle !

Ty était du même avis. Si Bethany s'était enfermée dans la chambre de Simon pour faire une plaisanterie, ce dont il doutait, il était temps que cela cesse. Il sentait d'ailleurs grandir en lui un très mauvais pressentiment quant à ce qu'ils allaient découvrir derrière cette porte close.

Après un moment qui lui parut interminable, Mona glissa enfin le double de la clé dans la porte. Et, avant que quiconque puisse avoir le temps de protester, Ty entra le premier et se tint dans l'embrasure de la porte, bloquant ainsi l'accès aux trois autres.

— Je m'en charge, dit-il d'un ton qui ne laissait pas place à la discussion.

— Cela m'étonnerait, protesta Simon en bombant le torse. C'est chez moi, ici. Personne ne me dit ce que je dois faire.

— Ne compliquons pas les choses, lui répondit Ty d'une voix douce mais ferme. Je n'ai pas envie de vous arrêter pour obstruction ou agression à l'encontre d'un agent des forces de l'ordre, alors, soyez raisonnable et reculez de quelques pas.

Simon resta silencieux et s'exécuta.

Ty pénétra dans la chambre et referma la porte derrière lui. L'atmosphère de la suite était lourde, le silence pesant. D'un regard, il aperçut, à côté du lit king-size, Bethany, allongée face contre terre. L'arrière de son crâne et ses cheveux étaient ensanglantés. Avant même qu'il constate que le pouls de la jeune femme n'était plus perceptible, il savait déjà que celle-ci était morte.

4

Ce n'était pas la première fois que Ty découvrait quelqu'un qui venait de mourir de façon plutôt violente. Lorsqu'il était secouriste, son équipe et lui avaient même retrouvé les corps d'un groupe d'escaladeurs tombés de si haut qu'ils s'étaient brisé tous les os. Et des randonneurs, morts d'hypothermie. Ils avaient également trouvé le cadavre d'un homme qui avait été dévoré par un puma, une famille entière calcinée par un feu de forêt… Il y avait aussi des accidents de chasse mais, dans ces cas-là, les victimes s'en sortaient, la plupart du temps. Le vrai danger survenait surtout quand les hommes se confrontaient aux éléments et dépassaient leurs limites. La nature se chargeait alors de leur rappeler qui menait la danse.

La mort de Bethany était différente. Il ne s'agissait pas d'un accident. Elle était allongée par terre, sur le ventre, à côté du lit, et, le bras droit tendu, serrait encore dans son poing le tapis soyeux bleu et blanc. Elle avait manifestement été frappée plusieurs fois à l'arrière du crâne et avait perdu beaucoup de sang.

Quand Ty s'agenouilla près de son corps pour l'inspecter avec plus d'attention, il aperçut de blancs éclats d'os et des morceaux de tissu cérébral dans ses cheveux blonds ensanglantés. Suivant la procédure, il prit son pouls et se servit de la lampe torche de son téléphone pour vérifier la contraction de ses pupilles. Elle n'était pas morte depuis longtemps, sa température corporelle n'avait pas eu le temps de chuter mais sa chair avait déjà perdu de son élasticité. Serrée dans son autre poing, se trouvait une chaîne en or avec un médaillon. La petite photo à l'intérieur ressemblait à Vanessa… Étrange. Il glissa le collier dans la poche de sa veste, ce qui n'était pas autorisé par le protocole officiel mais lui semblait être la meilleure décision à prendre.

S'il en avait su davantage sur la médecine légale, il aurait pu se faire une idée de la façon dont Bethany avait trouvé la mort. Il aurait pu examiner les traces, les éclaboussures de sang et étudier tous les menus détails qui pouvaient déterminer avec quelle force et quel élan les coups avaient été portés.

Mais à cet instant, les seules conclusions qu'il pouvait tirer de ce qu'il voyait étaient évidentes pour tous… Une longue trace de sang sur le tapis indiquait que Bethany s'était traînée depuis le centre de la pièce jusqu'auprès du lit, peut-être pour essayer d'atteindre le téléphone qui se trouvait sur la table de chevet. Sur le sol, à côté du canapé, gisait un lourd vase d'environ quarante-cinq centimètres de haut dont le socle en marbre blanc était taché de sang. Peut-être était-ce l'arme du crime…

Lentement, Ty se releva et s'éloigna du corps. Il semblait maintenant flagrant qu'il ne s'agissait pas d'un suicide. Bethany avait été assassinée.

Trouver qui était responsable de sa mort et le traduire

en justice était le travail du shérif et, pour ce faire, il allait avoir besoin d'aide. George Ingram, le médecin légiste de la région, se trouvait en bas dans la grande salle à manger mais Ty avait vu le vieil homme avaler de nombreux verres d'apéritif comme s'il s'agissait d'eau claire et il n'était pas certain qu'il puisse tirer de lui quelque chose d'utile.

Il sortit son téléphone et appela Gert, l'agente chargée de l'accueil au bureau du shérif. Avant même d'avoir pu lui expliquer la situation, celle-ci lui dit :

— Mais dans quelle galère vous êtes-vous encore fourré, shérif ? J'ai reçu un appel de Mona, la gouvernante du Château Whitman, qui m'a dit que quelque chose de terrible venait de se produire. Et un autre appel de l'agent spécial Morris du bureau d'enquête du Colorado. Je vous ai envoyé son numéro privé par SMS.

— Il vous a dit ce qu'il voulait ?

— Pas en détail mais il m'a parlé du château… Qu'avez-vous fait, shérif ?

— Rien du tout, lui répondit Ty qui savait qu'il valait mieux ne rien confier à Gert. Je ne peux pas en parler et je voudrais que vous ne disiez rien à personne non plus. Si on vous demande quoi que ce soit, dites simplement qu'il s'agit d'une enquête en cours.

— Est-ce que je peux dire : « Pas de commentaire » ? J'ai toujours rêvé de le dire, ça me donne l'impression d'être dans une série policière.

— S'il n'y a que ça pour vous faire plaisir, Gert… Par contre, s'il vous plaît, prévenez tous les agents et dites-leur de me rejoindre au château.

— Randall et Chuck sont déjà rentrés chez eux pour la nuit.

— J'ai besoin d'eux, le plus vite possible.

— Très bien, shérif.

Ty raccrocha. De l'autre côté de la porte, il pouvait entendre les autres invités qui tous étaient maintenant des suspects potentiels. Quelqu'un, parmi eux, avait également déjà prévenu le bureau du Colorado. Il s'agissait probablement de Simon, il semblait être le genre de personne à vouloir parler au responsable, qu'il s'agisse du bureau d'enquête du Colorado, du FBI ou du gouverneur lui-même. Ty se souciait peu de ce que pouvaient penser ou dire ses supérieurs. La hiérarchie n'avait jamais représenté grand-chose à ses yeux. Il était devenu shérif après avoir été secouriste et patrouilleur à ski, et son but était avant tout de servir et de protéger les citoyens du comté de Tremont. C'était la première fois qu'il se retrouvait avec un meurtre sur les bras.

Il jeta un regard à la porte. L'une des personnes qui se trouvaient derrière avait probablement assassiné Bethany et il allait devoir commencer son enquête sur-le-champ. Mais de quelle façon s'y prendre ? Il devait réfléchir. Par quoi commencer ? Le sang. Le tueur ou la tueuse devait avoir des traces de sang sur ses vêtements. Dès que ses adjoints seraient arrivés, il chargerait l'un d'eux d'inspecter toutes les tenues et chaussures. Il demanderait ensuite à un autre de ses agents de sécuriser la scène de crime. Personne ne devait pénétrer dans la chambre de Simon tant que le médecin légiste et son équipe ne seraient pas venus inspecter la pièce et que le corps ne serait pas parti pour l'autopsie. Cette dernière tâche serait prise en charge par le bureau du Colorado. Le bon vieux Dr Ingram, même s'il était médecin légiste depuis plus de quinze ans, n'était pas qualifié pour ce genre d'analyse. Quant à l'équipe scientifique, Ty esquissa un sourire en pensant que les relevés d'empreintes digitales étaient considérés par les agents du comté de Tremont comme relevant de la plus haute technologie.

Ty allait aussi devoir parler à Lowell Burke pour lui annoncer la mort de sa femme. Cependant, celui-ci était également un suspect… Ty décida d'attendre que ses adjoints arrivent sur les lieux et que les choses soient totalement sous contrôle avant d'avertir le mari de Bethany.

Soudain, Simon tambourina sur la porte en criant :

— Shérif, que se passe-t-il ?

Ty fit un pas en arrière. Il aurait aimé pouvoir garder cette découverte pour lui jusqu'à l'arrivée des renforts, mais il allait devoir affronter la situation seul et prendre les choses en main. C'était ce qui incombait au shérif. C'était son boulot.

Il se redressa, inspira profondément puis sortit de la pièce en refermant soigneusement la porte derrière lui. Le silence se fit. Tous les yeux étaient maintenant rivés sur lui.

Debout devant Ty se tenaient Simon et sa femme. L'associé du chef, Keith Gable, était accoudé à la balustrade. Vanessa, qui se trouvait près de la porte de la chambre, semblait effrayée et nerveuse, même si elle était la seule personne ici à avoir un solide alibi puisqu'elle n'avait pas quitté le shérif depuis qu'ils avaient vu Bethany s'enfermer dans la chambre de Simon, un peu plus tôt dans la soirée.

En jetant un coup d'œil au rez-de-chaussée par-dessus la balustrade, Ty vit que le vieux médecin légiste et sa femme étaient tous les deux en train de grignoter du pain à table tandis que Burke discutait avec Yuri Kirov. L'avocat ne semblait pas particulièrement inquiet au sujet de sa femme et des raisons pour lesquelles celle-ci avait bien pu s'enfermer dans la chambre de Simon. Il leur avait confié que son épouse était quelqu'un de passionné. Cela pouvait-il être un mobile ?

Macy, dans ses collants étoilés, rôdait autour de la table en se plaignant d'avoir faim. Un verre de vin à la main, la grande et belle Gloria Gable se tenait légèrement en retrait et observait les autres avec l'air froid et distant d'un top model.

Les joues en feu, Simon vint se planter devant le shérif.

— Que se passe-t-il, shérif ?

— Avez-vous appelé le bureau d'enquête du Colorado ?

— Je veux les meilleurs sur cette affaire.

— De quelle affaire parlez-vous au juste ? lui demanda Ty en soutenant le regard agressif de Simon. Que pensez-vous qu'il se soit produit ?

Il se demanda soudain si celui-ci savait qu'une jeune femme morte se trouvait maintenant au pied de son lit.

— Rien de bon, c'est certain, lui répondit Simon en avançant vers la porte pour poser sa main sur la poignée.

Ty lui bloqua le passage et donna deux tours de clé. Il ne souhaitait pas qu'on risque de contaminer la scène de crime.

— Je ne peux pas vous laisser entrer.

— Mais bon sang, c'est chez moi, ici !

— Je vous remercie de votre collaboration, mais la

prochaine fois, avant d'alerter tout le monde, je vous saurais gré de vous adresser à moi en premier.

Tandis que résonnaient au loin les sirènes des véhicules de police, Ty avança pour s'adresser à tout le groupe.

— Mes adjoints seront là d'ici quelques minutes. En attendant d'avoir pris vos déclarations, je vous demanderais de ne pas quitter le château.

— Nos déclarations sur quoi ? demanda Simon. Que diable s'est-il passé là-dedans ?

— Je ne peux pas encore vous l'expliquer, lui répondit Ty avant de se tourner vers la gouvernante. Mona, pouvez-vous prévenir le personnel du château que personne ne doit quitter le bâtiment avant d'avoir été entendu par un des agents de police qui vont arriver ? Vanessa, suivez-moi, s'il vous plaît.

Après avoir rouvert la porte de la chambre, avoir attirée Vanessa dedans, puis avoir refermé la porte sur eux, il se demanda soudain si l'emmener sur la scène de crime était une si bonne idée. Après tout, il ne connaissait pas Vanessa et, si elle s'avérait être du genre à ne pas supporter la vue du sang, à vomir ou à faire une crise de nerfs, il risquait de le regretter amèrement. Il se tint devant elle de sorte à lui cacher le cadavre de Bethany.

— J'aurais dû vous poser cette question avant de vous faire entrer ici, mais êtes-vous de nature sensible ?

— J'ai passé ces quatre dernières années à m'occuper de mon père alors qu'il subissait les traitements les plus invasifs qui existent pour lutter contre son cancer. Il en faut beaucoup pour me choquer, vous pouvez me croire sur parole.

— Bethany a été assassinée.

Malgré ce qu'elle venait de lui dire, elle grimaça.

— Oh ! Je suis désolée d'entendre ça.

Elle baissa les yeux au sol et des larmes commencèrent à couler le long de ses joues.

Il savait qu'elle n'était pas particulièrement proche de Bethany mais elle était malgré tout un membre de sa famille. Il se pencha vers elle et tapota doucement son épaule.

— Ça va aller ?

— On dirait que je ne suis pas aussi forte que ce que je pensais.

— On dirait, en effet.

Elle se laissa aller contre lui et il sentit que ce contact lui faisait du bien. Elle laissa échapper un soupir.

— Est-ce qu'elle… Est-ce qu'elle se trouve ici ?

— Oui, de l'autre côté du lit.

— Comment savez-vous qu'il s'agit d'un meurtre ? lui demanda-t-elle en s'écartant de lui.

— Parce qu'elle est morte suite à de graves blessures à la tête et je doute fort qu'elle ait pu se les infliger elle-même.

— Oh ! mon Dieu, c'est terrible… Nous avons de la chance que vous soyez des nôtres ce soir.

Il n'était pas si certain de cela. Cette enquête semblait bien trop complexe pour lui. Il n'avait pas suivi les cours sur la manière dont devaient être menés les interrogatoires, la recherche de suspects et la collecte de preuves. Il n'était pas très bien organisé et, déjà, il avait l'impression que la situation lui échappait.

— C'est mon premier homicide, reconnut-il.

— Et moi, c'est la première fois que je suis suspecte dans une affaire criminelle, lui répondit-elle en essayant péniblement de sourire. C'est vrai, n'est-ce pas, je suis sur la liste ?

— Vous êtes la seule personne dont je sois sûr de l'innocence, nous étions ensemble au moment où le drame s'est produit.

— Et les autres ? Le médecin et sa femme, Macy la skieuse, Simon…, dit-elle d'une voix qui faiblit. C'est l'un d'entre eux qui l'a tuée ?

— Il est possible qu'il s'agisse de quelqu'un d'autre, lui répondit-il pour tenter de la rassurer – même s'il ne pensait pas que cela soit le cas. Savez-vous si le château est équipé d'un système de caméras de surveillance ?

— Oui, lui indiqua-t-elle en levant les yeux vers lui. Mais, dites-moi, pour quelle raison m'avez-vous fait entrer ici ?

— Vous me paraissez être quelqu'un d'efficace, capable d'affronter des situations stressantes…

— La plupart des femmes préfèrent entendre parler de leurs mystérieux regards ou de leur chevelure en cascade, mais l'efficacité et le sang-froid sont pour moi les plus beaux des éloges. Merci.

Tandis que le rouge montait aux joues de Vanessa, Ty eut la confirmation qu'elle s'était parfaitement remise du choc procuré par l'annonce de la mort de Bethany.

— Que puis-je faire pour vous aider ? lui demanda-t-elle.

— J'ai besoin que vous gériez les invités et les employés. Que vous vous assuriez que personne ne quitte le château. Quand mes adjoints seront là, demandez à tout le monde d'aller les voir.

— Je peux m'en charger, lui confirma-t-elle en opinant du chef. Après cela, je pourrais vous aider avec les déclarations, j'ai le matériel d'enregistrement nécessaire, il se trouve dans la bibliothèque.

Ty comprit qu'il avait eu raison de lui faire confiance, Vanessa était quelqu'un sur qui on pouvait compter.

— Pour le moment, je vais rester dans cette chambre pour m'assurer que personne ne risque de compromettre la scène de crime.

— Cela ne devrait pas être difficile, lui répondit-elle en lui montrant la porte. Il n'y a qu'un moyen d'entrer et de sortir d'ici.

Les sirènes indiquaient que les véhicules de police se trouvaient maintenant devant le château. Son équipe était arrivée, et Ty s'apprêtait à prendre les rênes d'une enquête criminelle digne d'un roman policier. Avant de commencer, il lui restait cependant une dernière chose à faire. Il sortit le collier de sa poche et le montra à Vanessa.

— Bethany le tenait serré dans son poing.

— Laissez-moi y jeter un coup d'œil.

Alors qu'elle s'apprêtait à lui prendre le collier des mains, il recula brusquement.

— Attendez, il faut que vous mettiez des gants.

— Vous aussi.

— Oh c'est vrai, je n'y ai pas pensé, dit-il en regrettant de ne pas être plus professionnel.

Il devait se ressaisir et cesser de faire des erreurs de débutant. Il ouvrit le médaillon et montra à Vanessa la photo que celui-ci contenait à l'intérieur.

— Reconnaissez-vous cette femme ?

— Oui, c'est ma tante, Dorothy.

— Bethany portait-elle souvent ce collier ?

— Je ne crois pas, non, mais il ne me semble pas neuf pour autant.

Ty rangea la chaîne dans sa poche. Il avait l'intuition qu'il s'agissait d'une preuve importante.

— Si cela ne vous dérange pas, demanda-t-il ensuite à Vanessa, j'aimerais vous présenter mes collègues et vous expliquer de quelle manière nous allons procéder.

— Bien sûr, approuva-t-elle.

Dès qu'ils furent tous les deux sortis de la chambre de Simon, Ty appela l'agent Morris du bureau d'enquête du Colorado. Il ne l'avait jamais rencontré en personne mais connaissait bien le ton efficace et officiel de l'homme. Il lui fallut moins de deux minutes pour lui expliquer le peu de preuves dont il disposait.

— Un traumatisme crânien, répéta Morris. Vous êtes bien certain qu'elle est morte ?

— J'ai été secouriste pendant cinq ans…

— Je sais qui vous êtes, Ty Coleman. Vous êtes ce jeune homme, ancien skieur, qui s'est retrouvé shérif sans jamais avoir suivi la moindre formation. Vous pensez ne pas avoir besoin de conseils ?

— Si, monsieur, bien sûr, j'accepte toute l'aide qu'on voudra bien me procurer.

— Vous ne nous aviez encore jamais contactés.

— Je n'en avais encore jamais ressenti le besoin.

Le comté de Tremont n'était pas ce qu'on pouvait appeler un repaire de truands. Ty et sa petite équipe avaient réussi à gérer les cambriolages, les bagarres de soûlards et les violences domestiques sans trop de problèmes. Un juge itinérant ouvrait la salle d'audience du tribunal les mardi et jeudi pendant quelques heures et leur petit comté, peu peuplé, aurait dû fusionner avec celui de leur voisin, le comté de Pitkin, mais une longue querelle continuait de les séparer.

— Quel va être votre angle d'attaque ? lui demanda Morris.

— Je n'en ai pas.

— À cause de Simon Markham, de ce fichu château et de Macy Kirov, la skieuse professionnelle, ce meurtre va être très médiatisé. Si vous voulez mon avis, cette enquête pourrait bien être un véritable accélérateur de carrière pour le shérif d'une petite ville perdue dans les montagnes.

Ty ignora sa remarque. Il s'était retrouvé shérif un peu par hasard et n'était pas intéressé par la politique.

— Je vous le répète, Morris, je vais avoir besoin de votre aide. Il faudrait déjà que vous m'envoyiez votre équipe scientifique pour venir inspecter la scène de crime. Et vos informaticiens. Je voudrais aussi vous confier le corps, je préfère que ce ne soit pas le vieux médecin légiste de la région qui pratique l'autopsie.

— On dirait que vous voulez que le bureau du Colorado fasse votre boulot à votre place…

— Vos gars savent ce qu'ils font. Ils ont de l'expérience. Ici, nous n'avons pas eu de meurtre à élucider depuis de nombreuses années.

— Êtes-vous prêt à nous céder l'enquête ?

— Sans aucune hésitation, approuva Ty. Prenez les rênes, je vous en prie.

— Un de mes agents se trouve à Aspen, il vous contactera dans l'heure.

— J'attends son appel, lui répondit Ty, impatient de remettre cette bombe à retardement dans d'autres mains que les siennes.

5

Une heure plus tard, Vanessa était assise à la longue table de la bibliothèque, attendant d'interroger son premier suspect.

Elle avait aménagé ici, quelques jours plus tôt, un espace pour pouvoir interviewer Simon dans le cadre de la rédaction de ses mémoires, et cet endroit était idéal pour interroger les suspects. Dehors, la nuit était devenue agitée.

De violentes bourrasques faisaient grincer les huisseries. Soulagée d'être occupée, Vanessa baissa les yeux et regarda le carnet de notes posé devant elle. Plusieurs lignes étaient déjà rayées. Bien qu'il s'agisse de la première liste qu'elle établisse au sujet d'une enquête criminelle, le principe d'organisation n'était pas si différent de ceux des tâches ménagères ou d'un projet de travail. Elle avait commencé par noter l'objectif principal qui, dans ce cas, était d'interroger tous les suspects. Puis elle avait répertorié les besoins, incluant les stylos, le papier et le matériel pour enregistrer les déclarations ainsi que des bouteilles d'eau. Elle avait fini par faire la liste des invités.

Ty avait vu juste à son sujet. Un de ses plus grands talents était l'efficacité. En travaillant ensemble, ils avaient réparti les tâches. Ty avait demandé à l'un de ses agents de rester sur la scène de crime pour prendre des photos détaillées avec son téléphone et à un deuxième de partir à la recherche d'éventuelles traces de sang sur les vêtements ou dans les chambres des invités. Les relevés d'empreintes digitales et collecte des preuves d'ADN attendraient l'arrivée de l'équipe scientifique et du médecin légiste.

Un autre agent escorta Keith Gable jusqu'à eux. Vanessa fit à ce dernier un aimable signe de la main avant de lui demander de bien vouloir s'asseoir.

— Pourquoi ? lui répondit Keith.

— Je procède à quelques interrogatoires préliminaires pour la police. J'ai besoin de relever ton nom, ton adresse et là où tu te trouvais à l'heure où Bethany a été assassinée.

— Je suis le premier ? demanda Keith en regardant autour de lui.

— Oui.

Vanessa ne le connaissait pas bien, même s'ils vivaient tous les deux parfois au château. Les bureaux principaux de Keith pour la franchise des restaurants Simple Simon se trouvaient à Denver et elle avait déjà envisagé d'aller travailler pour lui, une fois les mémoires de Simon rédigées. Même s'il ne le lui avait jamais proposé…

Keith ne semblait se soucier que de ce qui pouvait le servir, et ce trait de caractère peu attractif était de notoriété publique. Si Vanessa représentait quelque chose d'intéressant pour lui, alors il ne se ferait pas prier, elle le savait. Sinon… il ne la remarquerait même pas. C'était un type d'apparence normale qui avait cependant un sourire étincelant, et c'était grâce à ce charme superficiel et à ses talents de vendeur qu'il avait réussi à convaincre les clients de Simple Simon qu'un simple hot-dog pouvait être un plat gastronomique.

À présent perché sur le bord de sa chaise, en face d'elle, il se pencha en avant et posa son coude sur la table puis plissa les yeux comme si la lumière était trop vive.

— Eh bien, allons-y, Vanessa.

— Je suppose que ton adresse et ton numéro de téléphone sont corrects puisque ce sont ceux du château, commença-t-elle.

— Bien sûr.

— Peux-tu me dire où tu te trouvais entre 18 h 30 et 20 heures, ce soir ?

— Dans la cuisine. J'essayais de convaincre Simon d'ajouter des boulettes au menu de Simple Simon. Au poulet, au crabe et aux légumes.

— Du crabe ? répéta Vanessa, surprise de voir un aliment si cher dans la liste.

— Une imitation de crabe, qu'est-ce que tu crois ? Que je veux faire faillite ?

Un instant, elle avait seulement pensé qu'il pouvait avoir envie d'offrir le meilleur aux clients mais elle décida de ne pas s'appesantir sur ce sujet.

— Pendant cette heure et demie, as-tu quitté la cuisine ?

— Je crois que je me suis rendu aux toilettes, oui.

Vanessa se remémora soudain la conversation que Ty et elle avaient eue avec le mari de Bethany.

— Lowell Burke te cherchait. Avez-vous fini par vous retrouver ?

Keith se laissa aller en arrière sur sa chaise et, après l'avoir observée pensant quelques secondes, lui lança son sourire étincelant.

— Pourquoi travailles-tu avec la police, Vanessa ?

— Le shérif avait besoin d'aide.

— Le shérif Ty Coleman…, répéta-t-il en prenant un air séducteur. J'ai remarqué que tu t'étais changée et que tu avais enfilé ce jean slim et ce T-shirt échancré. Tu es très sexy dans cette tenue… Tu sors avec le shérif ?

— Je l'ai rencontré ce soir pour la première fois, Keith, et l'ambiance n'est pas vraiment romantique, si tu vois ce que je veux dire.

— Comment Bethany est-elle morte ?

— Apparemment suite à un traumatisme crânien.

— Quelqu'un l'a frappée à la tête ? Tu as vu le corps ? Que peux-tu me dire d'autre ?

Vanessa jeta un coup d'œil embarrassé en direction du magnétophone qui enregistrait leur conversation. Elle regretta d'avoir donné des informations sur le meurtre à Keith, qui avait maintenant pris le contrôle de la conversation.

— Le mari de Bethany, reprit-elle, l'as-tu vu ?

— Oui et nous avons convenu de nous retrouver au calme, un peu plus tard, pour discuter.

— À part la fois où tu t'es rendu aux toilettes, as-tu quitté la cuisine pour une autre raison ?

— Je suis allé vérifier la cuisson des pains dans le grand hall. Puis je suis allé chercher une veste propre dans le vestiaire des employés, lui répondit-il en lissant le devant de sa blouse de chef d'un blanc immaculé. Un stupide pâtissier m'avait renversé de la compote de cerises dessus.

— Combien de temps es-tu resté dans chacun de ces endroits ?

— Vanessa, soupira-t-il. Tu ne vas quand même pas croire que j'ai pu faire le moindre mal à Bethany. Surtout pas en la matraquant. Je suis un chef. Naturellement, si je devais choisir, mon arme du crime serait le poison.

— Que veux-tu dire ?

Il se leva brusquement.

— Que nous en avons terminé.

Elle était d'accord. Sa mission n'était pas de l'interroger, elle avait seulement besoin de relever son alibi pour ensuite transmettre ce point de départ aux véritables inspecteurs. Elle suivit Keith jusqu'à la porte de la bibliothèque, le remercia puis fit entrer Martha Ingram et Ty.

Martha tomba dans les bras de Vanessa et la serra fort contre elle. La femme aux cheveux gris était si mince que la jeune femme sentit chacune de ses côtes.

— Ma chère, chère enfant, lui dit Martha. Je suis si désolée de la mort de votre cousine, vous devez être effondrée de chagrin.

« Effondrée » était un mot un peu fort et assez peu approprié à ce que ressentait Vanessa en réalité. Même si le meurtre de Bethany l'avait choquée, elle ne se sentait pas profondément bouleversée. Mais elle était d'accord avec Martha sur l'horreur des circonstances.

— C'est terrible, approuva-t-elle.

— Elle se trouve toujours dans cette pièce, la police n'a pas fait enlever le corps. Si vous voulez mon avis, je trouve ça totalement irrespectueux.

Martha laissa échapper un profond soupir et Vanessa

sentit une forte odeur de whisky dans son souffle. Martha se tourna vers Ty et leva les yeux vers lui.

— Ne pouvez-vous donc rien faire pour cette pauvre Bethany ? lui demanda-t-elle.

— Tout va bien, madame Ingram, la situation est sous contrôle, ne vous inquiétez pas, lui répondit le shérif en la prenant par le coude pour la guider jusqu'à la table. Asseyez-vous ici, Vanessa va vous poser quelques questions, répondez du mieux que vous pouvez.

Prendre la déclaration de Martha aurait dû être assez simple, mais celle-ci avait bu et semblait très contrariée. Vanessa se demanda de quelle manière elle allait pouvoir gérer la conversation.

— Peut-être serait-il mieux que ce soit vous qui interrogiez Martha ? suggéra-t-elle à Ty.

— Vous vous en sortirez très bien, lui répondit-il avant de sortir de sa poche son téléphone qui sonnait.

Il regarda son écran un court instant puis traversa la pièce jusqu'au manteau de cheminée pour aller répondre.

En face de Vanessa, Martha Ingram sembla se ressaisir.

— Allez-y, ma chère, lui dit-elle en serrant ses doigts noueux.

— Pensez-vous que le numéro de téléphone et l'adresse que Chloe m'a donnés sont corrects ?

— Absolument, George et moi n'avons pas déménagé ni changé de numéro depuis vingt ans. Cela avait toujours été notre rêve de venir prendre notre retraite dans les montagnes. À l'époque, nous étions tous les deux des passionnés de ski.

Vanessa écouta poliment Martha qui se lança dans un monologue à propos du ski qui était devenu trop cher et sur le fait que les gens étaient devenus bruyants et agressifs. Plus elle parlait, plus elle s'échauffait, et elle finit par entrer dans un schéma où elle jurait puis s'excusait, jurait puis s'excusait avant de recommencer à jurer de plus belle. Elle semblait avoir l'habitude de jouer avec sa longue tresse grise et ne cessait de la déplacer d'une épaule à l'autre. Bientôt, le rouge lui vint aux joues.

— Tout va bien, Martha ? lui demanda Vanessa en tendant la main vers la carafe d'eau. Voulez-vous que je vous serve un verre d'eau ?

— Oui, je veux bien. Oh ! bon sang, je suis désolée. Merde, merde, merde.

— Une dernière petite question, ajouta Vanessa. Où vous trouviez-vous entre 18 h 30 et 20 heures ce soir ?

— Je ne sais pas.

Cet interrogatoire était un véritable désastre.

— Vous souvenez-vous du moment où nous vous avons croisée, le shérif et moi-même ? Près de la piscine ?

— Oui, répondit-elle vivement. Je cherchais George.

— Et avant cela, où vous trouviez-vous ?

— Dans notre chambre, j'ai fait une sieste.

— Et après ?

Martha fronça les sourcils et resta silencieuse quelques secondes avant de répondre.

— Je me suis promenée en bas. Le château est si grand que j'ai tendance à me perdre et à errer dans les couloirs.

— Vous avez dit que vous vouliez un verre, lui glissa Vanessa.

— Ah oui, ça me revient, répondit Martha en claquant

des doigts. Je suis sortie sur la terrasse, j'ai retrouvé George et j'ai commandé un Manhattan au barman.

— Super, merci Martha, voilà, c'est tout ce que j'avais besoin de savoir.

Quand Ty les rejoignit et qu'il tapota son épaule, Martha sembla se détendre. Elle leva un regard chaleureux vers le shérif, changea sa tresse de place et dit, à voix basse :

— Je ne devrais pas dire du mal des morts. Cela ne se fait pas. Pourtant je crois que vous devez être mis au courant.

— Tout va bien, madame Ingram, lui dit Ty d'une voix rassurante. Vous n'êtes pas obligée de nous en dire davantage, c'est juste une déclaration préliminaire, demain les agents du bureau fédéral du Colorado vous interrogeront plus en détail.

— Ah ça, je ne risque pas de parler à ces gens de Denver, ces habitants des plaines…, déclara-t-elle en se raidissant et en relevant le menton. Je n'ai pas la moindre envie qu'ils viennent fouiner dans mes affaires.

— De quelles affaires parlez-vous ?

— Je me fiche des rumeurs, je me moque de ce que les gens peuvent dire. Mon mari est un homme bien. George n'a jamais été déloyal envers moi.

Vanessa se souvint soudain que, lorsqu'elle avait croisé Martha, elle avait eu l'impression que celle-ci venait de pleurer. Suspectait-elle son mari d'avoir une liaison ? Celui-ci devait bien avoir dans les soixante-dix ans…

— Oh ! Je suis aussi certaine que c'est un homme de confiance, en effet, approuva Vanessa. Depuis combien de temps êtes-vous mariés ? Trente-cinq ou quarante ans ?

— Il n'en a pas l'apparence, lui répondit Martha avant d'étouffer un nouveau juron. Pourtant, sachez ma chère que George est un véritable don Juan. Même s'il a les cheveux blancs comme neige, il reste un vrai séducteur.

— D'accord, acquiesça Vanessa qui ne voulait pas contredire Martha.

— Je suis sa seconde femme, vous savez. J'ai quinze ans de moins que lui et, quand nous nous sommes rencontrés, j'étais une vraie beauté. J'étais aussi blonde que Bethany.

Elle s'interrompit, se releva, jura puis s'excusa une nouvelle fois avant d'ajouter :

— Écoutez, tout le monde en ville savait que Bethany avait une liaison.

Ty se tenait à côté d'elle. Même si son expression restait de marbre, Vanessa pouvait voir qu'il était surpris par la déclaration de Martha.

— Qui vous a parlé de ça ? lui demanda-t-il après s'être éclairci la gorge.

— Je ne me souviens plus, quelqu'un dans un dîner ou peut-être était-ce à l'église.

— Et on vous a dit qu'il s'agissait de George ?

— Pas du tout ! Personne ne connaît l'identité de son amant, mais vous pouvez être sûr qu'il s'agit d'un homme marié et d'un sacré menteur.

— Merci pour ces informations, madame Ingram, lui répondit Ty en la guidant jusqu'à la sortie. Je vais demander à l'agent Randall de vous raccompagner jusqu'à votre chambre. Mettez-vous au lit de bonne heure et passez une bonne nuit. Nous nous reparlerons demain.

Dès que la porte se fut refermée derrière elle, Ty s'appuya contre le battant et laissa échapper un profond soupir.

— C'était bien plus que ce que je voulais entendre…, dit-il en levant les yeux au ciel.

— Mais c'est une information importante… Si Bethany avait une liaison, cela pourrait expliquer que quelqu'un ait voulu sa mort, non ?

— Fournir un mobile, oui, mais pouvons-nous vraiment croire ce que nous a dit Mme Ingram ?

— Je ne sais pas, mais nous ne pouvons l'ignorer.

— Nous confierons de toute façon les enregistrements au bureau du Colorado.

Vanessa s'interrogea sur la réticence du shérif à creuser cette piste. Certes, elle n'était pas inspectrice, mais elle avait vu suffisamment de films et lu assez de livres pour savoir que le mobile était primordial dans la résolution d'une enquête criminelle.

— Nous devons vérifier ce qu'elle nous a dit, affirma-t-elle à Ty. Peut-être que Bethany a été tuée par son amant qui voulait protéger sa réputation ?

— Ou par la femme de celui-ci qui souhaitait sauver son mariage.

— Sa femme ? répéta Vanessa qui avait du mal à imaginer une femme s'en prendre aussi violemment à une autre. Vous croyez qu'elle aurait pu avoir autant de force ?

— Macy Kirov est une grande sportive, une ancienne skieuse professionnelle…, lui répondit-il en revenant vers le centre de la pièce. Gloria Gable travaille tous les jours pour entretenir son corps de mannequin et Chloe Markham est en bonne forme, elle aussi.

— Vous devriez rester avec moi pendant que j'interroge tout le monde, lui proposa-t-elle. Les gens sont plus à l'aise avec vous, ils seront plus enclins à se confier.

— Je ne suis pas le responsable de cette affaire, résoudre des affaires de meurtre ne relève pas de mes compétences.

— Mais vous êtes le shérif, et le château se trouve au beau milieu du comté de Tremont.

— J'ai transféré l'enquête à l'agent Morris du bureau fédéral du Colorado. C'est lui qui a l'affaire en main à présent, et il va envoyer une équipe pour venir chercher le corps, procéder aux relevés d'empreintes et prendre les échantillons d'ADN.

— Celui d'Aspen... Comment s'appelle-t-il ? Jenkins ?

— Je crois, oui, lui répondit Ty en venant poser ses mains sur ses épaules avant de plonger son regard dans le sien. Nous devons coopérer avec ces gars, ils ont beaucoup d'expérience. Ils ont aussi le matériel nécessaire et savent s'en servir correctement.

Le courant qui passait entre eux était à la fois chaleureux et sécurisant, apaisant et excitant. Elle avait envie de laisser glisser ses mains sur son torse et de l'attirer vers elle pour sentir son corps serré contre le sien... Serait-ce un geste inapproprié ? Totalement ! Elle secoua la tête et le regarda avec un sourire.

— Je ferais mieux de me remettre à mes entretiens.

— Ce n'est pas une bonne idée, lui répondit-il. Je n'aurais d'ailleurs pas dû vous confier une telle responsabilité. Vous n'êtes pas flic, cela aurait pu être dangereux.

— Mais il ne m'est rien arrivé et cela me plaît d'être impliquée dans cette enquête.

— Quand vous m'avez parlé de cet homme qui vous harcelait à Denver, je vous ai conseillé de me prévenir si vous vous sentiez de nouveau menacée. Je suis shérif, mon travail est de protéger les gens, pas de les exposer au danger.

Même si elle aimait considérer Ty comme son protecteur, Vanessa ne se sentait ni vulnérable ni impuissante.

— Mais je ne me sens pas menacée.

— Vous ne pouvez ignorer la réalité, Vanessa. Quelqu'un dans cette maison a commis un crime.

Elle savait qu'il était en effet fort probable que celui qui avait tué Bethany soit l'un des convives présents au château, ce soir. Mais personne n'avait aucune raison de s'en prendre à elle. Collaborer à l'enquête lui plaisait et elle redoutait la perspective de se tourner les pouces dans une telle situation.

— Je vais bien, shérif, je vous assure.

— Votre prochaine entrevue est avec le suspect le plus plausible.

Elle prit un instant pour réfléchir puis le regarda, un sourire aux lèvres.

— Je sais de qui il s'agit.

— Dites-le-moi.

— Si Bethany avait une liaison, alors celui qui aurait pu être le plus en colère contre elle serait son mari. Et souvent, c'est lui que la police soupçonne. Il s'agit donc de Lowell Burke.

— Je veux le garder à l'œil, acquiesça Ty en se servant un verre de la carafe d'eau qui était posée sur la table. Je vais rester à vos côtés.

6

Son verre d'eau à la main, Ty faisait les cent pas dans la bibliothèque. Après réflexion, c'était cette pièce qu'il préférait dans le château. Plus que la piscine, le passage secret, la salle de jeux et surtout la chambre où cette pauvre Bethany avait été assassinée. Non, la bibliothèque de Vanessa avait quelque chose de chaleureux, de douillet, probablement parce que celle-ci y passait beaucoup de temps et que la pièce reflétait sa personnalité : organisée, calme et douce.

Il s'arrêta en bout de table, à l'opposé de là où Vanessa avait posé son matériel d'enregistrement. À l'extérieur, un vent violent faisait plier les branches des pins comme un typhon sur une mer agitée. La nature lui donnait un avertissement. Chaque personne présente ici ce soir était un potentiel suspect. Pire encore, ils se trouvaient tous en danger car le tueur était en liberté. Et Vanessa était la plus vulnérable car elle était la seule à avoir une chambre privée. Si le tueur décidait de s'en prendre à elle, elle n'aurait nulle part où se cacher, personne pour l'aider. Avant de quitter le château, il devrait s'assurer qu'elle pourrait bien s'enfermer à double tour pour la nuit.

Lowell Burke fit son entrée, ramenant Ty à la réalité.

Le shérif allait devoir tenter de faire preuve d'empathie à l'égard de ce tout récent veuf, même s'il avait du mal à accepter son attitude méprisante et son narcissisme.

Une heure plus tôt, quand Ty lui avait appris la mort de sa femme, l'avocat guindé avait eu une réaction de choc tout à fait crédible. Chancelant, il s'était effondré sur une chaise et, se prenant la tête dans les mains, avait éclaté en sanglots. Quand il avait essuyé ses joues baignées de larmes avec un mouchoir, Ty avait compris que Burke appliquait du fond de teint sur son visage pour obtenir cette mine éclatante. L'homme avait pris le temps de se cacher derrière un masque décontracté qui ne dupait pourtant personne : il semblait à bout de nerfs, capable d'exploser à tout moment.

En remarquant que l'avocat s'était changé – il avait enfilé un nouveau pantalon et une chemise propre –, Ty se souvint de demander à ses agents de chercher les anciens vêtements de Burke pour les inspecter soigneusement.

— Que se passe-t-il, shérif ? lui demanda l'avocat, le visage crispé.

— Nous allons seulement vous poser quelques questions, vous demander de nous confirmer votre nom, votre adresse et vos numéros de téléphone. Demain, l'agent Morris, du bureau fédéral du Colorado, prendra la relève et entrera plus dans les détails. Vanessa et moi, ouvrons juste la voie.

Ty se tut un instant, observant la réaction de Burke, puis ajouta :

— Il n'est pas nécessaire d'appeler votre avocat, tout du moins, pas encore.

— Seriez-vous en train de sous-entendre que je suis un suspect ?

— Je ne sous-entends rien du tout.

— Allez vous faire voir, shérif ! s'exclama Burke en se retournant vers la porte. Je parlerai aux véritables inspecteurs, demain.

— Oh ! S'il te plaît, intervint Vanessa, assieds-toi, Lowell. Pourrais-tu au moins me confirmer tes coordonnées ?

Il remonta ses lunettes sur son nez avant de lui répondre :

— Pourquoi le ferais-je ?

— Parce que tu es prêt à tout pour nous aider à découvrir l'identité de celui qui a tué Bethany. Et parce que sinon…

Elle s'interrompit un instant pour ménager ses effets puis ajouta :

— Sinon, ça pourrait paraître louche.

Comme il n'avait rien à objecter, Burke se laissa tomber sur la chaise en face de Vanessa.

— On dirait que personne ne comprend ici combien cela est terrible de perdre son épouse bien-aimée, gémit-il. Comment vais-je pouvoir surmonter ça ?

Ty resta silencieux pendant que Vanessa essayait de le réconforter. Celle-ci appela les cuisines pour qu'on lui fasse monter une infusion de camomille et, quand elle commença à lui poser les questions, Burke transforma chacune de ses réponses en un roman. Il ne pouvait pas lui donner son adresse car Bethany et lui avaient quitté leur maison de Los Angeles et faisaient à présent suivre leur courrier, ici, au Château Whitman.

Voulait-elle le numéro de sa boîte postale ? Celle de Los Angeles ? Celle d'Aspen ?

Enfin, Vanessa parvint à l'essentiel.

— Où étais-tu entre 18 h 30 et 20 heures, ce soir ?

— Tu veux mon alibi ? lui répondit Burke en fusillant le shérif du regard. J'attendais de rencontrer Keith dans la salle de jeux. C'est d'ailleurs à cet endroit que vous m'avez retrouvé tous les deux et que vous m'avez suggéré d'aller le chercher en cuisine, ce que j'ai fait. Nous avons eu une discussion plutôt brève, vous n'aurez qu'à lui demander de vous le confirmer. Puis je suis sorti sur la terrasse où j'ai retrouvé Chloe et Gloria, ainsi que mes clients, Macy et Yuri.

— Si cela ne te dérange pas, lui demanda Vanessa, pourrais-tu nous dire en quoi consiste ton travail pour Macy et Yuri Kirov ?

— Des affaires immobilières, c'est ma spécialité. Ils veulent acheter le restaurant Simplicity et quelques autres propriétés dans la région.

— Cela doit être un travail plutôt compliqué, lui fit-elle remarquer. Était-ce à propos de cette future transaction que Bethany était si remontée et qu'elle a parlé de millions de dollars ?

— Elle mélangeait tout ça avec la mort de sa tante Dorothy et avec sa succession. Mais cette histoire appartient au passé, ce ne sont que des ragots et des fantasmes. Il ne manque aucun million…

— Elle pensait qu'elle devait toucher une partie de l'héritage ? lui demanda Vanessa. Pourquoi ?

— Bethany n'a jamais su l'expliquer de manière rationnelle, répondit-il d'une voix plus douce. Dans notre couple, j'étais le cartésien, elle était la rêveuse.

— Et tu es certain qu'elle n'était pas au courant de quelque chose de particulier ?

— Non, elle était seulement obsédée par cette idée farfelue.

— En tant qu'avocat, j'imagine que tu ne crois plus aux trésors et aux contes de fées depuis longtemps, déclara Vanessa. Je suppose que ta commission sur la vente du Simplicity va être substantielle ?

— Et c'est grâce à mes compétences et à mon expertise que j'aurai gagné chaque centime de cette somme.

— Rien ne vaut une bonne journée de travail honnêtement menée.

Ty sourit à Vanessa. Il avait perçu le sarcasme dans le ton de sa voix, mais cette nuance semblait avoir échappé à Burke. Il était étonnant que cet avocat sournois pense sincèrement que ses manipulations diverses puissent être considérées comme un travail intègre.

Un des employés de la cuisine entra dans la bibliothèque en portant un plateau sur lequel était posée une tasse fumante. Burke se leva et, d'un geste de la main, fit signe au serveur de faire demi-tour avant de demander :

— Nous avons fini, n'est-ce pas ?

— Je pense, oui, approuva Vanessa.

Quand la porte se referma derrière Burke, Ty vint s'asseoir à côté de Vanessa.

— Interrogatoire rondement mené, dit-il à Vanessa. Bravo. J'ai particulièrement apprécié la façon dont vous avez réussi à garder votre calme malgré ses distorsions, vous avez fait preuve d'une grande patience.

— J'ai eu l'occasion de m'entraîner à ce genre de choses en écoutant Simon me raconter ses histoires pour la rédaction de ses mémoires. Lowell et lui sont de véritables égocentriques.

— Et narcissiques, ajouta Ty.

— J'ai aussi enseigné l'anglais pendant quatre ans au lycée, ce qui m'a appris à gérer les comportements adolescents.

Ty fourra la main dans sa poche. Il savait qu'il aurait mieux valu ne pas toucher la chaîne en or qui s'y trouvait – ce bijou était une preuve importante –, mais il glissa son pouce sur le dessin qui était gravé à l'avant du médaillon et qui représentait une flèche et un cœur. Il aurait dû mettre cette chaîne sous scellés et demander un relevé d'empreintes dès qu'il l'avait trouvée, mais il était trop tard à présent.

— Donc, d'après ce que Burke a dit, Bethany semblait obsédée par l'histoire de sa tante Dorothy…, répéta-t-il à Vanessa.

— Même si je n'aime pas beaucoup partager son avis, je dois reconnaître qu'il a raison sur les nombreuses histoires qui courent sur l'affaire de Dorothy. Et la plupart sont fausses…

— Pouvez-vous me raconter les circonstances de sa disparition ?

— Je ne sais pas grand-chose. Cela fait environ vingt ans que ma famille, mon père, ma mère et moi, nous sommes éloignés de Dorothy et de Simon. Cinq ans après notre départ, ma mère est décédée. Après cela, mon père a passé la plupart de son temps à voyager, à écrire de la poésie et à enseigner dans des séminaires universitaires, ignorant tout ce qui pouvait venir des Whitman. La seule chose que je sais, c'est qu'il y a douze ans, Dorothy est partie faire un tour à cheval et n'est jamais revenue.

— Quel âge aviez-vous ?

— Je venais d'entrer à l'université de Northwestern, à Chicago. J'ai un peu honte mais je ne suis pas revenue ici pour les obsèques.

— Mais le corps avait été retrouvé ?

— Les battues ont duré des jours et des jours. C'était le début de l'hiver et une tempête de neige a rendu impossible la poursuite des recherches. Après le dégel, au printemps, on l'a retrouvée. C'est le Dr Ingram qui a déclaré sa mort.

— George Ingram ? demanda Ty qui n'était pas surpris d'entendre le nom du vieux médecin légiste. Le don Juan ?

— Apparemment, poursuivit Vanessa en acquiesçant, ce qui restait du corps était suffisant pour pouvoir procéder à une identification ADN.

— Il n'y avait pas de signe de violence ? Ce n'était pas un assassinat ?

— Pas à ma connaissance, lui répondit-elle en haussant les sourcils. J'aime bien votre changement d'attitude, on dirait un inspecteur.

— Vous savez, je suis quand même le shérif de la région.

Même s'il n'avait pas de formation en criminalistique, en profilage ou en cybercriminalité, Ty avait prêté le serment de servir, protéger et prendre soin des douze mille habitants du comté de Tremont. Et si cela signifiait devoir faire appel à des experts, alors il le ferait. Mais s'il y avait des choses qu'il pouvait résoudre seul dans cette enquête, il n'hésiterait pas non plus.

— Je me répète, mais y aurait-il des éléments qui laisseraient à penser que votre tante Dorothy ait pu être assassinée ?

— D'après ce que j'ai cru comprendre, c'est sur ce sujet que courent les rumeurs, lui répondit Vanessa. Certaines personnes ont blâmé Simon, lui reprochant de ne pas l'avoir accompagnée ce jour-là, ou de ne pas avoir signalé sa disparition plus tôt. D'autres ont pensé qu'elle avait dû chuter violemment de son cheval et succomber à ses blessures. Ses restes auraient été abîmés par des charognards… Mais il existe aussi des gens qui pensent que Dorothy a pu être assassinée, en effet.

— Par son mari ?

— C'est le suspect le plus plausible, approuva Vanessa qui s'étira en bâillant. L'argent qu'il a hérité d'elle, ainsi que la propriété et tous ses biens, tout cela était suffisant pour relancer le Simplicity et créer la franchise des restaurants Simple Simon.

Toutes ces hypothèses venaient alimenter le débat… Ty regarda Vanessa se diriger vers la grande fenêtre et poser ses doigts fins sur la vitre comme si elle souhaitait toucher le vent.

— Mais vous, vous ne pensez pas que Simon ait pu la tuer ?

— Si je pensais un instant qu'il pouvait être un meurtrier, jamais je n'aurais pu travailler pour lui, lui répondit-elle en se retournant vers Ty. Simon a une personnalité agaçante, comme vous l'avez dit, c'est un grand narcissique, mais il aimait Dorothy. Mon père se souciait peu d'eux mais il respectait leur relation et n'a pas été surpris quand il a appris que Simon avait fait fermer le cabinet de couture de Dorothy. C'était l'acte d'un homme désespéré, un homme au cœur brisé.

Ty vit qu'elle pensait chacun de ses mots.

— Avez-vous déjà parlé de la mort de Dorothy avec lui ? lui demanda-t-il.

— Pas encore, mais c'est un sujet que nous allons devoir aborder. L'éditrice qui va publier son livre a déjà mentionné qu'elle s'intéressait plus à cette affaire qu'à la propre histoire de Simon. Elle exige des détails sur la disparition tragique de Dorothy ainsi que des photos du Château Whitman.

Ty se doutait bien de l'intérêt médiatique de cette affaire mais se demandait quels bénéfices les membres de la famille tireraient de toute cette publicité.

— Pourquoi s'intéresse-t-elle au château ?

— Cet endroit donne sa particularité à Simon. Au lieu de la traditionnelle histoire du petit garçon qui a appris à faire cuire les pâtes avec sa grand-mère, Simon apparaîtra comme le chef qui s'est remis de la perte tragique de sa femme adorée en construisant un empire culinaire depuis son château perdu dans les montagnes.

— Lorsque vous commencerez à creuser, méfiez-vous de ce que vous risquez de trouver.

— J'ai prévu de commencer par les archives judiciaires.

— Voilà donc la raison pour laquelle vous m'avez contacté.

Il l'aurait aidée, même sans avoir été invité à dîner au château, pensa-t-il. Mais, maintenant qu'il l'avait rencontrée, il passerait bien volontiers des heures entières à faire des recherches avec elle.

— De nombreuses personnes ont beaucoup de choses à dire sur ce sujet, ajouta-t-il, à commencer par George Ingram.

— Et Keith, qui était impliqué dans la construction de la franchise. Il connaissait ma tante Dorothy.

— Je pourrais vous obtenir un rendez-vous avec les équipes de recherche et de sauvetage, lui proposa-t-il. J'aimerais savoir pour quelles raisons il a été si difficile de retrouver sa dépouille.

— Je dois faire attention à ne pas divulguer trop d'informations, le contrat que j'ai signé avec Simon comporte une importante clause de confidentialité, le prévint-elle en revenant s'asseoir à sa place. C'est bon, je suis prête, nous pouvons reprendre tout ce cirque, faites entrer les clowns !

— Vous êtes fatiguée ?

— Pas vraiment.

— Soyez prudente, Vanessa, lui dit-il de nouveau. Quand vous aurez terminé, appelez-moi sur mon téléphone portable et je viendrai vous chercher pour vous raccompagner à votre chambre.

La porte s'ouvrit soudain sur Macy Kirov qui marcha d'un pas énergique jusqu'à Vanessa. Ses collants étincelaient et sa cape tourbillonnait derrière elle. Dans la main gauche, elle tenait une assiette de cookies au caramel et aux noix de macadamia.

— Quelqu'un a faim ? demanda-t-elle avec un sourire.

— Bien sûr ! lui répondit Ty en s'emparant d'un biscuit avant de quitter la pièce.

Vanessa termina les entretiens peu avant minuit. Elle se sentait épuisée et avait le corps endolori par toutes les tensions accumulées. Avec un gémissement, elle étendit ses jambes devant elle puis se leva et se dirigea vers le grand canapé en cuir surplombé d'une immense toile qui représentait les monts enneigés et un ruisseau gelé serpentant dans une forêt. Elle s'y laissa tomber en soupirant de nouveau. Elle aurait pu s'endormir ici en quelques minutes à peine, mais elle avait promis à Ty de le prévenir une fois qu'elle aurait terminé. Quand elle l'appela, il répondit à la deuxième sonnerie.

— Vous avez terminé ?

— Oui et je n'ai rien appris d'intéressant si ce n'est que Macy n'hésiterait pas à tuer toute femme qui envisagerait d'avoir la moindre relation avec son mari. Enfin, ses mots exacts ont plutôt été « que personne ne s'avise jamais de toucher à mon Yuri ».

— Vous êtes drôle, lui répondit-il en riant.

— Oui, il semblerait que je sois une rigolote, lui répondit Vanessa, qui aurait préféré qu'il la complimente sur son sourire.

Pourquoi Keith l'avait-il trouvée sexy dans son jean moulant alors que Ty ne semblait même pas l'avoir remarqué ? Elle avait souvent été admirée pour son esprit mais assez peu pour son sex-appeal.

— J'ai aussi découvert que Gloria Gable était capable de soulever plus de quarante kilos et qu'elle semble avoir la force musculaire suffisante pour causer un traumatisme crânien. Quant à Simon et Chloe, ils sont tous les deux furieux qu'un meurtre se soit produit dans leur demeure.

— Et maintenant, où vous trouvez-vous ? lui demanda-t-il.

— Je suis toujours dans la bibliothèque.

— De mon côté, je suis allé chercher quelques affaires dans ma voiture, je suis en train de revenir au château. Si vous voulez, attendez-moi devant la bibliothèque. Sinon vous pouvez demander à l'agent qui se trouve devant la porte de vous escorter jusqu'à votre chambre.

Ou peut-être pourrais-je m'y rendre seule ? pensa-t-elle avant de lui répondre :

— Je suis épuisée, je vais demander à votre collègue.

— Très bien, je passerai vous voir plus tard pour m'assurer que tout va bien.

Après avoir raccroché, Vanessa se leva du canapé, fit quelques mouvements pour détendre ses épaules nouées puis sortit de la bibliothèque. Dehors, l'agent Randall veillait. Vêtu de son uniforme noir, son badge accroché sur sa chemise, son arme à la ceinture, il avait l'air d'un vrai policier mais son sourire timide et son attitude sympathique venaient adoucir le tableau. Quand elle le remercia de passer la nuit ici et lui demanda des nouvelles de ses enfants, il sembla ravi de lui parler de sa petite fille de quatre ans.

Pendant tout le trajet, du grand hall jusqu'à sa chambre, il enchaîna les anecdotes les unes après les autres. Mais Vanessa ne pensait qu'à une seule chose : dormir. Une fois qu'ils furent arrivés devant sa chambre, l'agent toucha le bord de son chapeau de cow-boy et lui souhaita bonne nuit.

— N'oubliez pas de verrouiller votre porte, lui dit-il.

Il fallut à Vanessa beaucoup de volonté pour ne pas s'écrouler sur son lit si confortable et douillet, avec sa couverture tricotée à la main verte et bleue. Mais elle prit soin de se déshabiller et d'enfiler son pyjama de soie noire avant de se glisser dans ses draps. Cependant, une fois allongée, son cerveau se mit à fonctionner à plein régime. Les visages des suspects lui revenaient à l'esprit, chacun paraissant plus coupable que le précédent. Puis, elle se mit à penser à Bethany.

Toutes les deux n'avaient jamais été proches mais Vanessa savait que sa cousine allait lui manquer. Avait-elle réellement été tuée car elle avait une liaison ? Cela paraissait si triste, si stupide. Mais peut-être que le mobile était tout autre, peut-être que son meurtre avait quelque chose à voir avec la disparition de leur tante Dorothy…

Les yeux grands ouverts, Vanessa fixait le plafond de la chambre. Le clair de lune passait par la fenêtre. Un brusque tremblement fit vibrer les vitres. Le vent semblait crier, comme une voix torturée qui gémissait dans les ténèbres. Alors, elle l'entendit.

— Vanessa, Vanessa… Je ne te ferai pas de mal, Vanessa…

Elle sauta hors du lit. Les mots étaient les mêmes. Mais cela n'était pas possible, il ne pouvait s'agir de l'homme qui l'avait poursuivie. Elle était si fatiguée que son imagination devait lui jouer des tours.

— Vanessa, continua la voix sifflante. Viens à la fenêtre, regarde la sorcière.

Où est-il ? se demanda Vanessa en regardant autour d'elle. Il ne se trouvait pas dans la chambre mais n'était pas loin. Il devait s'agir d'un enregistrement, d'une machine qu'on pouvait enclencher à distance.

Elle avança vers la fenêtre. Sa chambre se trouvait au premier étage, bien trop haut pour que son harceleur puisse l'atteindre, et elle avait verrouillé la porte. Scrutant l'obscurité, elle regarda la danse sauvage des branches d'arbres balayées par le vent. De l'autre côté d'un ravin peu profond, se trouvait une formation rocheuse plutôt massive qu'on appelait le Rocher de la Sorcière car on pouvait y voir l'image d'une vieille sorcière penchée sur sa canne. Quand elle était enfant, elle avait de nombreuses fois imaginé que celle-ci allait un jour s'animer et venir s'en prendre aux habitants du Château Whitman.

C'est à mi-hauteur du rocher, sur un rebord en saillie, qu'elle le vit. L'homme, entièrement vêtu de noir, portait encore un masque de ski. Son harceleur. Il leva le bras et la pointa du doigt.

7

Vanessa sentit la panique la submerger. Pensant qu'elle allait perdre connaissance, elle ferma les yeux. C'était comme si le monde s'arrêtait de tourner. C'était impossible ! Quand elle regarda de nouveau autour d'elle, elle se rendit compte qu'elle s'était éloignée de la fenêtre et qu'elle se tenait à présent à l'autre bout de la pièce, appuyée sur le bord du bureau, le souffle court. Cela ne pouvait pas être le même homme. Il n'avait donné aucun signe de vie depuis qu'elle avait quitté le cimetière en roulant à toute vitesse, les cendres de son père posées sur le siège passager… Pourquoi refaisait-il surface maintenant ? *Oh ! Bon sang, et si c'était lui, le meurtrier ?*

Elle cacha son visage dans ses mains. Cet homme n'était-il que le fruit de son imagination ? N'était-il qu'une sorte de croque-mitaine qui apparaissait quand elle était effrayée ou en colère ? Elle retourna à la fenêtre et scruta les ténèbres. Les branches des arbres ployaient sous les bourrasques. De légers et minces nuages blancs filaient dans le ciel sombre comme des moutons d'écume sur une mer houleuse. Le Rocher de la Sorcière se dressait devant elle. Son harceleur avait disparu. Il n'y avait plus aucun signe de sa présence.

En prêtant une oreille attentive, elle n'entendit rien d'autre que le souffle du vent. Personne ne l'appelait ni ne lui parlait. Elle savait pourtant qu'il s'était bel et bien trouvé là. Quand il était apparu au cimetière, elle avait filé. Mais elle ne le ferait pas cette fois.

Elle ne voulait pas le fuir. Elle ne voulait pas non plus se recroqueviller sur elle-même dans sa chambre fermée à double tour. Elle devait retrouver cet homme et découvrir pour quelle raison il la traquait ainsi.

Sans se laisser le temps de changer d'avis, elle enfila une paire de baskets et une veste en jean sur son pyjama. Elle attrapa la petite lampe torche qu'elle gardait dans sa table de nuit ainsi que son spray anti-agression puis changea d'avis et reposa ce dernier. Elle n'en aurait pas besoin puisque cette fois, elle ne serait pas seule. Ty serait à ses côtés.

Il lui avait promis de passer voir si tout allait bien mais elle ne pouvait pas l'attendre. Elle devait se rendre au Rocher le plus vite possible avant que ce pervers ne file. Au pire, un des autres agents en service dans le château pourrait l'accompagner.

S'emparant de son téléphone et de ses clés, elle se précipita dans le couloir faiblement éclairé par des appliques qui ressemblaient à des lanternes. Aux murs, les photos des nombreux voyages de la famille lui rappelaient que la génération qui la précédait avait déjà disparu… Sur une des photos, elle devait avoir huit ans, coiffée de deux nattes, elle se tenait devant le Grand Canyon, entourée de son père, sa mère et sa tante Dorothy. Cette époque lui parut soudain si lointaine…

Elle sortait son téléphone de sa poche pour appeler Ty quand elle l'aperçut sur le palier en haut de l'escalier.

En le retrouvant, elle se sentit immédiatement apaisée et retrouva ses esprits. Ty Coleman était un adversaire de taille pour affronter son harceleur. Il n'aurait aucun mal à lui botter l'arrière-train.

Sans réfléchir, elle se jeta dans ses bras. Son corps était aussi ferme et musclé que ce qu'elle avait imaginé. Il sentait bon le savon, même si elle savait qu'il n'avait probablement pas eu le temps de prendre de douche depuis le matin. Elle laissa glisser ses mains jusqu'à sa ceinture et sentit le métal froid de son revolver.

— Vous êtes armé.

— Que se passe-t-il, Vanessa ?

— Il est là. Le pervers qui me traquait à Denver, il est ici.

— Vous l'avez vu ?

Elle acquiesça vigoureusement.

— J'ai regardé vers le Rocher de la Sorcière par ma fenêtre. Le vent soufflait et agitait violemment les branches des arbres. J'ai d'abord entendu sa voix qui m'appelait. Puis je l'ai vu qui se tenait là, sur le Rocher. Je me suis détournée et, quand j'ai regardé de nouveau, il avait disparu.

Ty garda un de ses bras serré autour de sa taille et de son autre main dégagea une mèche de cheveux de son visage.

— Laissez-moi m'occuper de ça.

— Non, lui répondit-elle catégoriquement. Je ne vais certainement pas me cacher dans ma chambre et je refuse de fuir encore une fois. Nous allons partir à la recherche de ce type tout de suite, ensemble.

— Je peux demander à l'agent Randall de rester à vos côtés pendant que je me lance à sa poursuite.

— Comment saurez-vous où le chercher ?

— Oh ! Je me débrouillerai…

Vanessa était sceptique… et vexée. Il ne semblait pas la prendre au sérieux. Elle le repoussa, recula d'un pas et observa son visage.

— Vous ne me croyez pas.

— Je n'ai pas dit ça.

Il n'avait pas besoin de le lui dire, elle avait perçu dans sa voix une petite note de condescendance qui prouvait bien qu'il n'allait se rendre là-bas que pour lui faire plaisir.

— Ce ne sont pas des hallucinations, vous savez ! s'exclama-t-elle. Ce n'est pas non plus une crise de panique ou un épisode de stress post-traumatique. Je vais descendre, sortir et je vais vous le ramener. Vous verrez.

— Toute seule ?

— Si j'y suis obligée, lui répondit-elle en relevant le menton fièrement. Bien sûr, je préférerais que vous m'accompagniez, car je ne sais pas si ce type est dangereux. Et puis, vous êtes armé.

Ty n'était pas du genre à tergiverser. Il retira son chapeau, passa la main dans ses cheveux courts puis le remit.

— Alors, allons-y.

Une fois qu'ils furent parvenus au rez-de-chaussée, elle le conduisit jusqu'à une sortie qui se trouvait dans le vestiaire attenant à la cuisine. Après avoir inséré une carte magnétique et composé le code sur le boîtier électronique, la porte se déverrouilla.

— Comment est-ce que cela fonctionne ? demanda Ty. Le code change tous les jours ?

— C'est un peu comme les distributeurs automatiques des banques. Nous avons tous notre propre code. Simon ne vous a pas expliqué tout ça quand il vous a montré les vidéos des caméras de surveillance ?

— Nous ne sommes pas allés jusque-là. Simon préfère attendre l'arrivée de l'agent spécial Morris pour partager ses secrets.

— Cela a dû vous blesser.

— Un peu, oui. Enfin, en attendant, j'ai chargé l'un de mes adjoints de surveiller les caméras.

— Cela n'a pas dû beaucoup plaire à Simon, il ne s'est pas mis en colère ?

— Je suis le shérif, c'est moi qui dicte les règles.

Dans son uniforme, Ty avait l'air encore plus autoritaire que lorsqu'il était en civil.

— Quand vous êtes-vous changé ? lui demanda-t-elle en fronçant les sourcils.

— Mon uniforme se trouvait dans ma voiture, lui répondit-il. Je n'ai pas grand espoir de trouver un intrus sur les images des caméras. Dans une maison aussi grande, il n'y a pas beaucoup de moyens de vérifier qui entre et qui sort. N'importe qui pourrait se glisser à l'intérieur par une fenêtre ouverte ou un passage secret.

Vanessa sortit dans le jardin. Bien que les bourrasques semblent s'être calmées, elle prit dans sa poche un bandeau en laine aux motifs norvégiens et en couvrit ses oreilles. Puis elle attrapa sa lampe torche mais ne l'alluma pas car le clair de lune suffisait largement à éclairer leurs pas.

Derrière la clairière, elle retrouva le chemin qui montait sur la colline rocheuse et boisée.

— Vous aviez raison, lui dit-il en rompant le silence

nocturne. Sans vous, je n'aurais pas pu me repérer et je n'aurais jamais trouvé ce sentier tout seul.

— Je ne vous crois pas une seconde, vous chassez, shérif ? Je suis sûre que vous êtes capable de suivre un lièvre à la trace, même un jour de pluie.

— Encore heureux ! Mais je ne chasse pas les lapins, mes talents de pisteur me viennent surtout de mes années de recherche et de sauvetage.

— Il y a plusieurs façons de se rendre au Rocher de la Sorcière, mais cet itinéraire est le plus direct. Il n'y a pas de grottes mais de nombreuses bonnes cachettes.

— Comment connaissez-vous tout ça ?

— J'ai fait pas mal d'escalade par ici. Depuis que je suis revenue, je cherche l'endroit idéal pour disperser les cendres de mon père.

— C'est l'urne que j'ai vue dans la bibliothèque ?

— Oui, lui répondit-elle avant de revenir au sujet qui la préoccupait. En ce qui concerne cet homme qui me harcèle, je pense que nous devrions nous tenir sur nos gardes, il pourrait se cacher n'importe où.

Ty dégaina son arme et alluma sa puissante lampe torche. Il pointa le faisceau de celle-ci sur la paroi sombre puis éclaira les obstacles sur le sentier étroit et irrégulier. Il était facile de trébucher dans l'obscurité. L'anxiété de Vanessa lui donnait pourtant envie d'accélérer le pas.

— Là-haut ! dit-elle en montrant le rocher du doigt.

De là où ils se trouvaient, le promontoire n'avait plus rien d'une sorcière.

— Vous voyez cette avancée dans la roche ? ajouta-t-elle. C'est là qu'il se tenait. Il avait une attitude menaçante, comme à Denver.

Ty s'agenouilla près d'un cerisier de Virginie qui n'avait pas perdu ses feuilles.

— L'accès jusque là-haut semble difficile, je vais y aller en premier. Et quand je vous ferai signe, vous pourrez me rejoindre.

— Quel signe ?

— J'allumerai puis j'éteindrai ma lampe. Alors, vous pourrez monter et je vous couvrirai. En attendant, cachez-vous.

Vanessa regarda par-dessus son épaule. Si son harceleur voulait s'en prendre à elle, ce serait le moment idéal.

— Vous croyez qu'il est toujours ici ?

— Je n'ai pas suivi de formation sur ce genre de cas mais je suppose que son truc doit plutôt être d'épier les gens à distance. Malgré tout, restons prudents.

Elle se cacha derrière un arbre et le regarda grimper jusqu'au bord du rocher puis longer l'étroite crête et avancer doucement vers l'avancée plus large. Bien que Ty ne porte pas de tenue réellement adaptée pour l'escalade, il semblait très à l'aise et se déplaçait avec facilité.

Le vent soufflait de nouveau, faisant grincer les branches des arbres qui entouraient Vanessa. Les ombres se déplaçaient et changeaient de forme. C'était à son tour. Tandis qu'elle avançait vers le rocher, elle eut l'impression que chaque lueur qui transperçait au travers de la végétation se changeait en démons qui se précipitaient vers elle.

— Vous allez y arriver, l'encouragea Ty. Vous voulez que je vous éclaire ?

— Non, ça va, merci.

Si son harceleur était encore dans les parages,

elle ne voulait pas être visible. En s'accrochant à la rugueuse paroi de granit, elle se cassa un ongle et se rendit compte qu'elle n'était pas obligée de se cramponner, la crête étant assez large pour qu'elle puisse l'emprunter prudemment. Ty avait bien suivi ce même passage alors qu'il portait des bottes de cow-boy. Mais les bourrasques et les ombres la perturbaient. Si elle basculait dans le vide, jusqu'où tomberait-elle ? Elle baissa les yeux et le regretta immédiatement. Elle sentit ses jambes fléchir et sa tête commencer à tourner. S'apercevant qu'elle perdait l'équilibre, elle se plaqua contre la paroi rocheuse.

Ty lui prit alors la main et l'attira doucement jusqu'au rebord, où elle vint se blottir contre lui. Les yeux fermés, elle tenta de reprendre son souffle.

— Le vertige ? lui demanda-t-il.

— C'est la première fois, dit-elle en ouvrant les yeux pour regarder son visage rassurant. D'ordinaire, je n'ai pas peur de prendre de la hauteur. Mais peut-être est-ce la peur…

— C'est un peu normal…

— Je n'aime pas me sentir impuissante, et il y a tant de choses dans ma vie que je ne peux contrôler. Et si ce type avait une arme et nous tirait dessus ?

— La vie est pleine de surprises, lui répondit Ty en posant une main sur son épaule. Et c'est vrai que c'est quelque chose d'assez terrifiant, alors la seule option qui nous reste, c'est nous débrouiller comme on peut avec ce qui nous arrive.

Il avait ôté son chapeau et le clair de lune faisait briller ses mèches courtes. Vanessa retint son envie de passer doucement la main sur son crâne.

— Vous arrive-t-il d'avoir peur, à vous aussi ?

— Tout le temps, reconnut-il en lui souriant. En vous attendant, j'ai trouvé quelque chose d'assez intéressant. Un gant.

Il avait déjà glissé l'objet dans un sac en plastique et il le lui tendit pour qu'elle puisse le regarder. Il s'agissait d'un gant de cuir noir avec un liseré blanc et une doublure intérieure, qui semblait de très bonne qualité.

— Cela ne me dit rien.

— S'il appartient à quelqu'un qui habite au château, il ne sera pas difficile de trouver de qui il s'agit, lui répondit Ty.

Sentant le vent souffler autour d'eux, Vanessa fut parcourue d'une vague de frissons. D'une certaine manière, tout était lié au château et aux invités du dîner. Pourtant, il lui était difficile d'imaginer que l'un d'eux puisse être celui qui l'avait agressée et s'était introduit chez elle par effraction à Denver.

— Comment serait-il possible que la personne qui me harcèle habite au château ?

— Qui d'autre cela pourrait-il être ? lui demanda Ty en s'asseyant sur une grosse pierre. Qui pourrait savoir quelle chambre vous occupez ? Et que, de celle-ci, vous avez vue sur le Rocher de la Sorcière ? Qu'un meurtre et une tentative d'intimidation puissent se produire le même soir au même endroit sans être liés me paraît peu vraisemblable.

— Mais c'est Bethany qui a été tuée.

— Oui, et c'est votre cousine. Vous êtes liées. Vanessa, vous avez beaucoup d'ennemis ?

— Aucun ! Je suis professeure d'anglais et auteure, je vis une vie tout à fait banale et tranquille…

Ty se releva et inspecta les lieux en balayant la paroi rocheuse du faisceau de sa lampe.

— D'après ce que je sais, dit-il en éclairant un autre rebord plus élevé, les harceleurs sont la plupart du temps motivés par l'argent, le sexe ou parfois un besoin de revanche. Vous n'avez pas de relation houleuse avec un de vos ex ?

Vanessa s'assit et essaya de réfléchir.

— Pendant les dernières années de la maladie de mon père, je n'ai même pas eu le temps de voir mes amis, alors une relation amoureuse…

— Pourrait-il y avoir un homme blessé par le fait que vous ne vous intéressiez pas à lui ? Qui aurait peut-être pu se sentir rejeté ? Il n'en faut pas beaucoup pour que certains se racontent des histoires, un clin d'œil, une accolade ou encore un baiser sur la joue, et ils s'imaginent tout un tas de choses…

— Les hommes sont étranges…, conclut-elle en se relevant.

Ty lui prit la main et la conduisit jusqu'à la paroi, qui devait faire près de trois mètres de hauteur.

— Asseyez-vous ici, lui dit-il. Les rochers qui entourent cette zone bloquent la vue, ici nous ne pouvons être vus que si l'observateur se trouve juste en face de nous, perché sur le toit du château.

Elle jeta un coup d'œil par-dessus son épaule au sommet de la tour qui se trouvait dans la plus ancienne partie du bâtiment. Pour imiter les remparts d'un vrai château, une rangée de pierres décoratives avait été disposée le long du mur supérieur. Mais ce n'était pas ce travail de maçonnerie qui retint son attention. Une lumière brillait à la plus haute fenêtre de la tour. Dans le cabinet de couture de Dorothy. Dans cette pièce qui n'avait pas été ouverte depuis douze ans.

— Mon Dieu, laissa-t-elle échapper dans un souffle.

— Je le vois aussi, acquiesça Ty qui avait suivi son regard.

Il passa à l'action immédiatement. Au lieu de descendre du rocher, de courir jusqu'au château et de grimper le long escalier qui menait à la tour, ce qui aurait pris un temps fou, il sortit son téléphone de sa poche et appela ses adjoints. Ses instructions furent courtes et précises. Et, s'ils avaient besoin d'aide pour trouver la pièce, ils devaient demander l'assistance de Mona, la gouvernante.

— Bien joué, lui dit Vanessa quand il eut raccroché.

— Ce n'est pas mon premier rodéo, lui répondit-il dans un sourire, mais par contre c'est la première fois que je poursuis un harceleur dans un château.

— Combien de temps pensez-vous qu'il faudra à Randall pour pénétrer dans cette pièce ?

— Quelques minutes. Il se trouvait déjà dans la partie ancienne du bâtiment.

Ils se rassirent au sol, le dos appuyé contre la paroi. Une question de minutes… Vanessa espérait que Ty avait raison. Découvrir l'identité de son harceleur pourrait tout résoudre. Soudain la lumière s'éteignit dans la salle de couture. Trop tard, l'homme était parti. Il s'était échappé.

— Oh non, gémit-elle.

— Nous venons de perdre une belle opportunité de lui mettre la main dessus…, laissa échapper Ty dans un soupir.

Alors qu'il rappelait ses adjoints pour organiser une

fouille du château, elle repensa à leur conversation concernant les raisons que pourrait avoir cet homme de la harceler de la sorte. Elle était certaine que cela n'avait rien à voir avec une relation amoureuse. Quant à l'argent, source de tant de malveillance et de conflits, cela semblait également peu probable, puisqu'elle n'en avait pas.

Alors, si ce n'était pas pour le sexe ni pour l'argent, il restait la piste de la vengeance ou d'une vieille rancune contre sa famille… Peut-être que les raisons de ce harcèlement étaient plus compliquées que ce qu'elle imaginait, peut-être que tout cela avait un lien avec la disparition de sa tante Dorothy ? Était-ce le harceleur qui s'était trouvé dans sa salle de couture ? Dans ce cas, qu'y cherchait-il ?

Elle se souvint du médaillon avec le dessin du cœur et de la flèche que Bethany serrait dans son poing. Sa tante Dorothy semblait être une pièce importante de ce puzzle…

Quand Ty eut fini de passer ses appels, il se leva et avança vers le bord pour observer le château et la forêt alentour. Tout dans sa posture indiquait qu'il était passé de chassé à chasseur. Il allait attraper ce type.

— Donnez-moi la main, lui dit-il en se tournant vers elle.

Lorsqu'il l'aida à se relever, elle se rendit soudain compte qu'elle avait eu plus de contacts physiques avec lui ces dernières heures qu'avec quiconque au cours des derniers mois écoulés. Elle n'avait pas fui les hommes, bien au contraire. Mais sortir avec quelqu'un alors qu'elle s'occupait de son père à temps complet était impossible.

— J'aimerais tant que mon père soit encore en vie.

— D'où vous vient cette pensée ?

— Il n'est jamais loin de moi, lui avoua-t-elle.

Si cela faisait aujourd'hui quatre mois qu'il était mort, elle continuait d'avoir l'impression qu'il était juste sorti faire un tour et qu'il allait revenir d'une seconde à l'autre.

— Il aurait pu nous aider à faire le lien avec l'affaire de tante Dorothy, il aurait adoré relever ce challenge.

— Et moi j'aurais bien aimé le rencontrer.

— C'est bizarre, j'ai passé énormément de temps et dépensé beaucoup d'énergie à être en colère contre lui, pourtant, aujourd'hui, ce qui me manque le plus ce sont justement ses décisions spontanées qui m'agaçaient tant. Si je pouvais revenir en arrière, je crois que je déciderais de lui ressembler davantage.

— Ce n'est pas difficile d'être impulsif, lui répondit-il. Il suffit de choisir dans quelle direction aller, et sauter.

— Comme ça ? dit-elle en prenant le visage de Ty dans ses mains.

Et, avant d'avoir le temps de réfléchir aux conséquences de ses actes, elle déposa un baiser sur ses lèvres. Celles-ci étaient fermes et avaient un goût de… cannelle. Choquée, elle eut l'impression que son cerveau se figeait tandis que son cœur, lui, battait la chamade. Elle leva les yeux vers lui. Que se passait-il une fois qu'on avait sauté ?

8

Le lendemain matin, Ty se réveilla à l'extérieur, allongé sur un transat à côté de la piscine qui se trouvait au premier étage de la partie la plus ancienne du château. La veille, il avait d'abord inspecté le bâtiment dans ses moindres recoins avec ses adjoints. Puis il était venu prendre l'air et, après avoir ouvert les baies vitrées qui donnaient sur la terrasse, il avait enlevé ses bottes et s'était assis au bord de la piscine, plongeant ses pieds dans l'eau. Puis il s'était allongé sur une chaise longue et maintenant le jour se levait.

Il ôta le chapeau de son visage et sentit le soleil chauffer ses joues. La vue sur les montagnes Rocheuses était si belle… Le ciel rose de l'aube illuminait les lointains sommets enneigés au-dessus des épaisses forêts, leur donnant des éclats dorés. Baissant les yeux devant lui, il admira ensuite la belle eau turquoise de la piscine.

Puis il se leva et s'étira avant d'entendre les portes coulissantes s'ouvrir derrière lui. Vanessa, vêtue d'un long peignoir jaune, avançait dans sa direction, une tasse de café fumante à la main.

— Merveilleux, lui dit-il en pensant que jamais encore il n'avait connu réveil si agréable.

— Que faites-vous ici ? lui demanda-t-elle en lui tendant la tasse.

— Je vous protège, votre famille, vos amis et vous.

— Du soleil matinal ? lui demanda-t-elle en haussant un sourcil. Vous pensez que nous sommes des vampires ?

— Cela expliquerait pas mal de choses, lui répondit-il avant de prendre une gorgée de son café.

Celui-ci était exactement comme il l'aimait : noir, sans sucre, sans crème. Et très fort.

— Randall, Chuck et moi avons passé la nuit à inspecter et à surveiller le château, ajouta-t-il.

— Je sais, j'ai croisé Chuck dans la salle du petit déjeuner, au rez-de-chaussée. Il était en train de dévorer une énorme assiette de gaufres et de saucisses de bœuf de Kobé.

— Waouh ! Du bœuf de Kobé ?

— L'un des avantages quand on vit avec un chef réputé est que nous avons de l'excellente nourriture…

— Je descends tout de suite, lui dit-il en déposant sa tasse sur une table basse pour remettre ses bottes. Notre recherche nocturne n'a rien donné, malheureusement, la seule chose que nous avons pu prouver est que vous êtes bien harcelée.

— Qu'avez-vous découvert ?

— Nous avons trouvé un magnétophone sur lequel étaient enregistrés des bruits effrayants et une voix qui murmurait votre nom. L'appareil pouvait être déclenché à distance.

— Bizarre…

— Oui, je suis presque sûr qu'il ne s'agit pas d'un professionnel. Mais cela ne signifie pas qu'il n'est pas dangereux pour autant, déclara-t-il en enfilant sa seconde botte. Tout le reste de la maison était calme, tout le monde dormait bien sagement dans son lit, derrière les portes fermées à double tour. Mona nous a ouvert la salle de couture de votre tante pour que nous puissions y jeter un coup d'œil. L'endroit est triste, preuve d'une vie interrompue. Il y a des projets qui n'ont jamais été terminés, dont une courtepointe qui a d'incroyables couleurs roses et vertes. Des classeurs traînent même encore ouverts sur son bureau.

— Cette salle n'a pas été occupée depuis douze ans, il devait y avoir une sacrée couche de poussière.

— Pas du tout. Mona nous a dit qu'elle s'y rendait deux fois par mois pour tout épousseter, balayer et nettoyer les vitres. Ce sont les ordres de Simon. C'est comme s'il espérait le retour de Dorothy.

— Il en a fait un sanctuaire, répondit Vanessa en haussant les épaules. C'est un peu macabre mais si gentil. Vous et vos adjoints avez pu fouiller la pièce ?

— Non, nous n'avons pas eu cette chance, lui dit-il avant de reprendre une gorgée de café.

— Pourquoi donc ?

— Pour la même raison que je n'ai pas pu inspecter la suite de Simon. Nous attendons l'arrivée de l'agent spécial Morris du bureau fédéral du Colorado et de son équipe d'experts pour le faire.

Ty commençait à se demander s'il n'avait pas fait une erreur en acceptant de déléguer l'affaire sans opposer la moindre réticence. Même s'il n'avait pas la formation nécessaire ou la moindre expérience dans ce domaine, il avait un lien avec la victime. Il voulait maintenant en savoir plus sur les suspects, protéger les innocents et arrêter le coupable.

— Ils étaient censés quitter Denver à 4 heures ce matin et ils ont trois heures de route pour venir jusqu'ici, ils ne devraient plus tarder, ajouta-t-il.

— Ce qui signifie que vous feriez bien de descendre prendre votre petit déjeuner, lui fit remarquer Vanessa en tendant la main pour lui caresser la joue.

Il croisa son regard sombre, espérant un nouveau baiser. Mais elle entrouvrit les lèvres, laissa échapper un soupir et secoua la tête.

— Peut-être pourriez-vous aussi vous raser, shérif…

Quand il entra dans la salle réservée au petit déjeuner, douché et fraîchement rasé, il y avait trois tables libres et le buffet débordait encore de fruits, de pâtisseries, de quiches, de saumon fumé et de charcuterie. Il y avait également du café, du thé et un assortiment de jus de fruits. Si on le souhaitait, il était possible de faire cuire des gaufres ou des omelettes…

Ty regarda le tout avec étonnement.

— Que puis-je vous servir, shérif ? lui demanda Mona en se postant à ses côtés.

— J'ai l'impression d'être au paradis du petit déjeuner.

— Ce n'est pas la première fois qu'on me le dit, lui répondit la gouvernante en le guidant jusqu'à une chaise libre. Je vais vous chercher du café. Voulez-vous une gaufre ?

— Volontiers.

Assis en face de lui se trouvait l'agent qui venait d'Aspen et qui, selon Vanessa, s'appelait Jack Jenkins.

Solidement bâti, cet homme semblait apprécier la bonne nourriture. Il leva les yeux de son omelette et sourit à Ty.

— Je crois que Simon Markham devrait embaucher un professionnel de la sécurité à temps plein au château. Je me porterais volontaire, il n'aurait même pas besoin de me payer, les repas me suffiraient.

— En effet, cela ne semble pas une mauvaise affaire, acquiesça Ty. Mais dites-moi, quel est votre lien avec le bureau d'enquête du Colorado, travaillez-vous toujours avec eux ?

— Non, je suis agent de terrain à temps partiel, la plupart du temps je gère les situations comme hier soir, j'appelle les ambulances, je supervise la levée des corps et je récolte les échantillons d'ADN.

— Quand vous avez effectué les relevés d'empreintes digitales, avez-vous remarqué quelque chose d'intéressant ? Des casiers judiciaires ou des mandats en cours ?

— Parmi tout le personnel de la maison et les employés de cuisine, il y a quelques personnes qui ont commis des délits mineurs, certains liés à la drogue, mais pas de grands criminels.

Cela n'avait rien de surprenant. Ty connaissait la plupart des habitants du coin et il s'agissait de personnes bien sous tous rapports. Les visiteurs ponctuels le préoccupaient davantage.

— Y a-t-il quelque chose que je devrais savoir sur les invités du dîner d'hier soir ?

— Macy Kirov a eu un tas de contraventions pour excès de vitesse. Il y a dans le groupe un avocat, le mari de la victime, qui travaille sur des affaires avec des litiges et des procès en cours. Bref, rien qui sorte de l'ordinaire.

Ty repensa soudain au fait que Bethany avait peut-être une liaison.

— Et y avait-il des signes de comportement déviant, comme une ordonnance restrictive ou une plainte de voyeurisme ?

— Rien qui soit une entrave à la loi, lui répondit Jenkins en haussant les épaules. Il y a quelques divorces, mais les seuls à avoir des enfants sont les Ingram, dont le petit-fils vit d'ailleurs avec eux.

Ty cessa ses questions en voyant revenir Mona qui portait une assiette avec deux gaufres parfaitement dorées, chacune recouverte de beurre fondant. Après avoir déposé l'assiette devant lui, elle lui tendit un petit pichet de sirop d'érable et marmonna quelque chose qu'il ne comprit pas. Tout son être semblait consumé par la vue et l'odeur de ce petit déjeuner.

La première bouchée fut aussi puissante qu'un orgasme. Il ferma les yeux et laissa échapper un soupir de plaisir. En revenant à lui, il vit Vanessa qui avançait vers eux. Elle avait rassemblé ses boucles dorées en une queue-de-cheval haute et simple, et retroussé les manches de sa chemise blanche comme pour signifier qu'elle était prête à se mettre au travail. Son jean moulant mettait en valeur ses longues jambes et ses fesses musclées.

— Tu devrais goûter les gaufres, lui dit-il en passant la langue sur ses lèvres.

— C'est déjà fait, lui répondit-elle en s'asseyant à ses côtés et en le regardant par-dessus sa tasse de café.

Je suis ici pour te prévenir que l'agent Morris et son équipe approchent de l'entrée principale.

— Je vais faire comme si je n'avais rien entendu, dit Ty à Jenkins. Cette gaufre a besoin de moi.

— Je suis de votre avis, acquiesça Jenkins en souriant.

— Très bien, déclara Vanessa. Je vais aller les accueillir et leur dire de s'installer dans la salle de conférences qui se trouve à côté du grand hall.

Elle se leva et, tandis qu'elle s'éloignait, Ty reporta son attention sur ses gaufres au sirop d'érable et au beurre fondant. Après avoir fini la première, il posa sa fourchette sur le bord de son assiette et leva les yeux vers Jenkins :

— Je suppose que nous ferions mieux d'aller retrouver votre chef, dit-il.

— Oh ! Je ne suis pas pressé, je n'ai rien de très important à lui dire, et toutes les informations que j'ai pu récolter depuis hier se trouvent dans le rapport.

— Puis-je en avoir une copie ?

— C'est prévu, lui répondit Jenkins en sortant une clé USB de son portefeuille attaché à sa ceinture. Voilà le double de ce que j'ai remis à Morris, je savais que vous voudriez être tenu au courant.

Cette coopération enthousiaste surprit Ty. Le patron de Jenkins avait été plutôt agressif mais l'agent d'Aspen, lui, était tout à fait amical.

— Merci, lui répondit-il en prenant la clé, que Jenkins avait posée à côté de son assiette.

— J'ai entendu dire le plus grand bien de vous, apparemment les gens vous font confiance, ajouta Jenkins en coiffant son Stetson avant de se lever. Ils pensent que vous êtes honnête, intelligent et que vous n'avez pas peur de travailler dur. Bonne chance avec Morris !

Sur ces mots, il s'éloigna dans la direction qu'avait prise Vanessa.

Après avoir terminé sa seconde gaufre et achevé une nouvelle tasse de café, Ty remercia Mona pour son sens de l'hospitalité puis se dirigea vers la salle de conférences où l'agent Morris avait pris ses quartiers. De nombreux équipements électroniques et informatiques avaient été installés sur deux longues tables. Une femme aux cheveux coupés presque aussi court que les siens travaillait sur un ordinateur portable dont l'écran, affiché au mur grâce à un rétroprojecteur, présentait les permis de conduire des convives.

Morris, comme Ty, semblait penser que le tueur était l'une des personnes qui se trouvaient au château la veille.

Vanessa, qui était assise aux côtés de Morris, fit un signe de la main à Ty. Quand elle fit les présentations, il sentit pointer la personnalité de l'agent spécial jusque dans sa poignée de main agressive et son regard acerbe. Son sourire était moqueur, son salut, un grognement du bout des lèvres. Ty était plus grand, plus jeune et probablement plus fort que Morris, mais lui n'était pas du tout du genre bagarreur.

Même s'il n'avait pas été dans les forces armées et qu'il n'était shérif que depuis quelques mois, Ty comprenait la nécessité d'un chef expérimenté aux commandes d'une telle enquête. La hiérarchie était un système intelligent et fiable pour gérer une affaire aussi complexe comprenant autant de paramètres flous.

C'était une responsabilité exigeante, une responsabilité qu'il ne souhaitait pas endosser.

— En quoi puis-je vous aider, agent Morris ?

— Vanessa vient de me résumer ses entretiens et m'a donné les enregistrements. Manifestement tous les invités ont des alibis, ce qui n'est pas surprenant. J'ai tendance à privilégier l'hypothèse d'un meurtre en lien avec l'infidélité de la victime.

Ty ne put s'empêcher de désapprouver la façon dont l'agent Morris avait énoncé sa théorie. Comme si le fait d'avoir une liaison pouvait légitimer ce qui était arrivé à Bethany.

— Que cette jeune femme ait eu ou pas une liaison ne justifie en rien qu'elle soit morte de cette manière. Elle n'est en aucun cas responsable de ce qui lui est arrivé.

Morris laissa échapper un ricanement méprisant avant de se tourner vers Vanessa :

— Vanessa, ai-je dit une telle chose ?

— Pas vraiment, non, lui répondit-elle, manifestement bien plus diplomate que Ty.

— Avez-vous des informations qui pourraient nous aider à connaître l'identité de son amant ? demanda celui-ci.

— C'est ce que nous révélera la criminalistique, lui répondit Morris d'un ton confiant. Mon équipe est déjà au travail dans la suite, sur la scène de crime. Nous allons trouver quelque chose. Nous trouvons toujours… Pendant ce temps, je vais interroger les suspects. Je vais me servir de l'espace vous avez aménagé à cet effet dans la bibliothèque, ainsi que de votre station d'enregistrement.

— Désolée, intervint Vanessa en faisant la grimace. Mais j'ai besoin de cette pièce pour mon travail avec Simon.

— Pour jouer les écrivains fantômes avec ses mémoires ? Pensez-vous vraiment que cela soit aussi important qu'une enquête criminelle ?

— Non, mais Simon le pense, lui, lui répondit-elle d'une voix glaciale en sortant son téléphone portable de sa poche. Mais pourquoi ne l'appelleriez-vous pas pour lui demander son avis ? Comme la plupart des gens célèbres, il n'a pas la réputation d'être particulièrement patient, mais je suis certaine qu'il comprendra la raison pour laquelle vous le dérangez.

— C'est bon, marmonna Morris.

Ty eut soudain le pressentiment que Vanessa et lui n'allaient pas tarder à être évincés de l'enquête. Peu importait que Morris soit odieux, Ty avait malgré tout envie de garder un œil sur cette affaire et, pour ça, il allait devoir tenter d'avoir une bonne relation avec l'agent spécial. Il fouilla dans sa poche, sortit le sac qui contenait le gant et le posa sur la table.

— Il y a une autre piste à explorer, expliqua-t-il à Morris. Hier soir, Vanessa et moi avons trouvé ce gant sur le Rocher de la Sorcière, nous pensons qu'il appartient à l'homme qui la harcèle depuis quelque temps.

Morris attrapa le sachet du bout des doigts et regarda l'objet à travers le plastique.

— Qu'est-ce qui vous fait croire, Vanessa, que quelqu'un vous harcèle ?

Vanessa prit le temps de raconter en détail toute son histoire en prenant bien soin de stipuler qu'elle avait porté plainte auprès des forces de l'ordre après que l'homme était entré par effraction dans son appartement de Denver.

— La nuit dernière, c'était la première fois que je le revoyais depuis que je suis venue vivre au château. Je suis immédiatement allée chercher le shérif et nous nous sommes rendus ensemble à l'endroit où l'homme se trouvait mais, à notre arrivée, il avait bien sûr disparu.

— Pourquoi pensez-vous que ce type puisse avoir un lien avec le meurtre de votre cousine ? demanda Morris en haussant les épaules.

— Du haut du rocher, le shérif et moi avons vu de la lumière dans une des chambres de la tour du château, dans le cabinet de couture de ma tante Dorothy pour être plus précise. Et, d'après ce que je sais, cette pièce est fermée à double tour depuis douze ans.

Morris pivota pour regarder Ty.

— Vous avez attrapé ce type ?

— J'ai appelé mes adjoints qui se trouvaient ici, ils se sont rendus immédiatement dans cette salle mais il était trop tard. C'est Mona, la gouvernante, qui leur a déverrouillé la porte.

— Il n'y avait aucune trace de poussière, ajouta Vanessa. À la demande de Simon, Mona a pris soin de cet endroit pendant toutes ces années.

— J'ai demandé à mes gars de bloquer l'accès à cette pièce avec du ruban et de le marquer comme « scène de crime », ajouta Ty. Personne n'y est entré, je pensais qu'il serait judicieux de laisser l'équipe scientifique faire son travail.

— Que pensez-vous qu'ils pourraient y trouver ? lui demanda Morris.

— J'espère découvrir des éléments qui pourraient

nous renseigner sur l'identité du harceleur de Vanessa, mais j'ai des doutes…, répondit Ty en croisant les bras. L'apparition de ce type avait tout d'une mise en scène. Il commence par se manifester sur le Rocher de la Sorcière pour attirer Vanessa à l'extérieur – nous avons retrouvé un magnétophone déclenchable à distance dans sa chambre –, puis il laisse tomber un gant à un endroit où il est certain que nous le trouverons… Et enfin, il allume une lampe dans la salle de couture de Dorothy… Je pense que tout cela est l'œuvre d'une seule et même personne.

— Une mise en scène…, répéta Morris. Bien vu.

— Je crois seulement que nous devons rester sceptiques à propos d'éventuelles nouvelles preuves que nous pourrions trouver. Malgré cela, nous devons continuer à enquêter, car cet homme existe bel et bien, et représente une menace réelle. Et si c'est bien lui qui se trouvait dans le cabinet de la tante de Vanessa, alors il n'est pas le seul suspect dans cette affaire.

— Qui d'autre ? demanda Morris.

— Apparemment, lui répondit Ty, Bethany aurait dit à son mari qu'une partie de l'héritage de Dorothy lui revenait.

— Et qu'en pense Lowell Burke ?

— Il ne croit pas que cette hypothèse soit crédible et accorde peu de crédit aux dires de sa femme.

— Burke est avocat, ce serait bien la première fois que je vois une de ces sangsues tourner le dos à une belle somme d'argent, répondit Morris en donnant une tape dans le dos de Ty avec condescendance. Je prends bonne note de vos soupçons et je vais envoyer mon équipe scientifique dans cette pièce, mais je crois que vous avez raison quand vous parlez de mise en scène. Quelqu'un joue avec vous.

— J'aimerais être tenu informé des résultats après le passage des experts, lui demanda Ty qui songeait que selon lui un meurtre n'avait rien d'un jeu.

— Bien sûr, mon garçon. Et ne vous inquiétez pas, nous résoudrons cette enquête. Je vous parie d'ailleurs que le tueur est l'amant de Bethany.

Mon garçon ? Ty avait probablement une dizaine d'années de moins que l'agent Morris mais il n'appréciait pas qu'on le traite comme un gamin. Il se redressa et se prépara à se comporter comme un bon soldat aux ordres de son supérieur hiérarchique. Mais en même temps, il referma ses doigts sur le collier en or dans sa poche, qu'il avait maintenant rangé dans un sac de preuves.

Bethany tenait cet objet serré dans sa main quand elle avait été tuée. C'était une preuve importante. Centrale dans l'enquête. Et Ty ne voulait pas partager cette pièce du puzzle avec Morris. Peut-être n'était-il pas si obéissant, après tout. Peut-être était-il plutôt fait pour occuper la place du chef…

Dans une résidence aussi vaste que le château, Ty pensa qu'il ne devait pas être difficile de se mettre à l'écart, mais il devait réfléchir avec soin à l'endroit qu'il choisirait pour s'entretenir avec Vanessa sans risquer d'être entendu. Peu de temps avant l'heure du déjeuner, il l'attendit à côté de la piscine, surveillant l'escalier que les invités commençaient à emprunter pour descendre au rez-de-chaussée et rejoindre la salle où le repas allait être servi. D'après les délicieux effluves qui s'échappaient des cuisines, Ty pariait sur un plat de pâtes, probablement accompagnées de pain à l'ail.

Il vit passer les Ingram qui, main dans la main, ne semblaient pas avoir besoin de parler pour se comprendre. Après tant d'années passées aux côtés l'un de l'autre, ils avaient tout du couple paisible mais Ty savait qu'ils avaient eux aussi leur lot de problèmes… Leur petit-fils se droguait, George avait un sérieux penchant pour la boisson et Martha le suspectait d'avoir lui aussi une liaison.

Gloria Gable venait ensuite, se déplaçant avec tant d'élégance que son simple jean et sa chemise semblaient tout droit sortis de la dernière collection d'une marque de haute couture.

Puis vint le couple Kirov. Yuri avait été identifié comme étant le propriétaire du gant que Ty avait retrouvé sur le Rocher de la Sorcière, ce qui n'avait pas grand sens. Yuri pouvait être l'amant de Bethany mais il n'avait aucun lien avec Vanessa. Et il n'avait aucune raison apparente de l'avoir traquée à Denver. Plus que jamais, ce gant et l'apparition du harceleur semblaient être les éléments d'une mise en scène, probablement pour distraire tout le monde du meurtre de Bethany. En parlant de distraction… Macy cherchait encore une fois à attirer l'attention, avec sa voix tonitruante et une nouvelle tenue tout en couleurs flashy. Elle portait une robe *tie and dye* et tant de colliers de perles multicolores qu'elle aurait pu se tenir sur un des chars qui défilent lors du mardi gras à La Nouvelle-Orléans.

Quand Vanessa fit glisser les portes coulissantes, Ty sentit le soulagement l'envahir. Elle était toujours vêtue d'une simple chemise blanche et d'un jean. Il remarqua, sur sa ceinture, une boucle en argent plutôt imposante qui ressemblait aux trophées remis lors des rodéos.

— Je pensais que tu étais encore enfant quand tu as quitté les montagnes mais apparemment tu avais déjà l'âge de faire du rodéo.

— Little Britches Rodeo ! lui répondit-elle avec un sourire. J'avais neuf ans à l'époque, je concourais chez les juniors mais tu n'imagines pas ce que faisaient les concurrents adultes !

— Et tu as gagné ?

— Oh oui, acquiesça-t-elle en affichant un petit sourire arrogant. Mais tu voulais me voir ?

— Je suis mis un peu à l'écart, lui expliqua-t-il en haussant les épaules, car Morris m'a clairement fait comprendre qu'il n'avait pas besoin de mon aide. Il m'a demandé de renvoyer mes adjoints chez eux et m'a dit que je pouvais faire de même. Par contre, il voudrait que nous revenions à la tombée de la nuit pour garder l'œil ouvert.

— Ce n'est pas juste, déclara-t-elle d'une voix déterminée. Il ne peut pas débarquer ici comme ça et donner des ordres à tout le monde. Pour qui se prend-il ?

— Pour un agent du bureau fédéral du Colorado. Et puis c'est moi qui lui ai demandé de reprendre les rênes de l'enquête.

Ty avait d'ailleurs été impressionné par le travail accompli par toute l'équipe de Morris, y compris la laborieuse tâche qu'avait accomplie une de leurs collègues sur l'ordinateur concernant les antécédents des différents témoins.

— Après ce qui s'est passé la nuit dernière, ajouta-t-il, je suis inquiet pour ta sécurité. S'il se passe quoi que ce soit d'anormal, appelle-moi. Plus tard ce soir, nous pourrions essayer de nous introduire dans la salle de couture de Dorothy pour y jeter un coup d'œil. Je viendrai te retrouver après le dîner.

— Est-ce un rendez-vous ?

— Non, sauf si violer une barrière de scène de crime pour fouiller une pièce où personne n'a mis les pieds depuis douze ans est ton idée d'un moment romantique.

— Pour tout te dire, lui répondit-elle, ça sonne mieux que la plupart de mes rendez-vous galants.

9

La prochaine session d'enregistrement avec Simon était prévue pour 14 heures, ce qui laissait un peu de temps libre à Vanessa. Elle aurait aimé pouvoir suivre Ty dans sa ronde du château mais ne voulait pas passer pour un petit chien en adoration derrière son maître. Cela faisait maintenant si longtemps qu'elle n'avait pas eu de rendez-vous galant qu'elle ne savait trop comment les choses allaient évoluer. Devait-elle ériger des barrières ou au contraire les abaisser ? Elle l'ignorait totalement.

Elle décida de rejoindre les autres pour le déjeuner. Ce repas serait peut-être un moment gênant pour tous les invités mais les plats étaient toujours si délicieux quand Simon était aux fourneaux… Les convives, à qui on avait demandé de rester sur place après le déjeuner afin de pouvoir être interrogés par l'agent spécial Morris, étaient tous installés à des tables dans la salle où tout le monde avait pris le petit déjeuner.

Vanessa se retrouva assise avec Chloe, les Ingram et Macy Kirov.

Yuri Kirov était assis un peu plus loin avec Burke, Jack Jenkins et Keith Gable. Les quatre hommes parlaient à voix basse et, d'après les bribes de conversation que Vanessa put entendre, il était surtout question d'immobilier.

L'ambiance n'était pas la même à sa table. Aussi, pour tenter de briser la glace, Vanessa se tourna vers Macy et lui dit :

— J'aime beaucoup vos perles colorées. Les violettes et les vertes me rappellent les colliers typiques de La Nouvelle-Orléans.

— Vous ne les trouvez pas trop criards ?

— Pas du tout.

— J'ai pensé lancer ma propre marque de mode, une collection pour les grandes femmes comme moi, expliqua Macy en relevant le menton pour parcourir la salle des yeux. Je devrais en parler à Gloria, un mannequin international comme elle devrait avoir de bons conseils à me donner en la matière. Vous la voyez ?

— Oh ! Gloria ne déjeune jamais, intervint Chloe tout en continuant de manger sa salade. Elle a demandé qu'on lui prépare un smoothie détox selon une recette qu'elle a apportée et Simon a essayé de le refaire à sa façon, en améliorant le goût tout en en gardant les vertus.

— Et qu'est-ce que ça a donné ? demanda Vanessa.

Chloe fit une grimace avant de lui répondre avec un sourire :

— Ce n'était pas vraiment savoureux.

— Je dois manger des protéines à chaque repas, et rien ne vaut un bon faux-filet, ajouta Macy en donnant un coup de coude complice à George Ingram qui se trouvait à côté d'elle. N'est-ce pas, docteur ?

Celui-ci acquiesça en silence. La conversation dura encore une bonne dizaine de minutes pendant qu'ils se servaient de la salade, des *penne* à la crème servies avec du *prosciutto*, du parmesan et des fruits. Tout était absolument délicieux.

— Bon, lança soudain Macy à tout le monde, arrêtons maintenant les faux-semblants, voulez-vous ? Nous avons parmi nous, assis ici dans cette pièce, quelqu'un qui s'avère être un tueur de sang-froid.

— Pas forcément, intervint Jenkins depuis l'autre table. J'ai parcouru les bandes-vidéo des caméras de surveillance, et il est très possible que le meurtrier se soit introduit dans le château depuis l'extérieur.

— Je ne pense pas, déclara Chloe. Toutes les issues sont surveillées.

— Mais pas toutes les fenêtres ni les autres accès comme la terrasse, les balcons, la piscine... Votre système de sécurité est performant, madame, mais pas infaillible. Dans une maison aussi vaste que la vôtre, quelqu'un d'habile peut forcément trouver un moyen de s'introduire sans se faire remarquer.

— Cette nouvelle est censée nous réconforter ? demanda Macy en haussant les sourcils. Je déteste l'idée que l'un d'entre nous ait pu assassiner cette pauvre Bethany, mais je n'aime pas non plus penser qu'un intrus rôde dans les couloirs, prêt à attaquer de nouveau.

Chloe s'empara du pichet d'eau et se mit à faire tinter sa cuillère en argent contre le verre.

— Écoutez-moi tous. Je ne crois pas que nous devrions parler du meurtre de Bethany avant d'avoir rencontré l'agent spécial Morris. Il nous a d'ailleurs demandé d'éviter d'en discuter entre nous.

— Elle a raison, approuva Jenkins. Laissons le travail d'enquête aux professionnels.

Vanessa eut soudain l'impression d'entendre les propos condescendants de Morris : « Laissez-nous nous occuper de tout cela, nous les experts. Vous n'y connaissez rien… » Si elle ne pouvait prétendre savoir quoi que ce soit sur les empreintes digitales ou sur les relevés d'ADN, elle pouvait malgré tout réfléchir aux mobiles, et elle en savait plus sur ce château et sur cette famille que tout le monde. Elle était née Whitman. Et elle avait bien l'intention de tirer toute cette histoire au clair, à commencer par ce qui avait pu se passer concernant sa tante Dorothy. Sa disparition et les conditions mystérieuses de sa mort méritaient d'être élucidées.

Dans la bibliothèque, Vanessa se préparait pour la nouvelle session d'enregistrement avec Simon. Celui-ci aimait avoir de l'eau fraîche et avoir le choix entre différents types d'assises ; parfois il aimait s'asseoir sur une chaise en bois au dossier droit et, d'autres jours, il s'installait dans le confortable fauteuil inclinable en cuir qui était assorti au canapé. Réunir assez d'informations pour rédiger ses mémoires pouvait être une tâche difficile, d'autant plus que Simon n'avait pas une idée précise de l'image qu'il voulait donner de lui-même. Vanessa lui avait suggéré de lire quelques biographies d'autres grands chefs, mais il n'avait pas semblé intéressé par sa proposition. Comme la plupart des gens, il préférait survoler le texte, étudier les recettes et savourer les superbes photos de plats qui illustraient les ouvrages.

Quand il entra dans la bibliothèque et se dirigea

directement vers le monte-plats qu'il activa en appuyant sur l'interrupteur, Vanessa comprit immédiatement qu'il était de mauvaise humeur. En même temps, qui ne le serait pas dans sa position ? Un crime s'était produit dans sa propre chambre et des agents fédéraux traînaient dans tous les couloirs de sa maison. Il avait le visage plus rougeaud encore que d'ordinaire.

— J'ai quelque chose, là, qui pourrait aider à mieux comprendre ma jeunesse, déclara-t-il en attrapant un plat dans le monte-charge. Tu es prête ? C'est… la pizza napolitaine.

Vanessa reconnut immédiatement la pizza recouverte de sauce tomate, de mozzarella et de basilic frais, et elle savoura son parfum riche et épicé. C'était aussi l'un de ses plats préférés.

— Mais, Simon, je viens de déjeuner.

— Ce n'est pas pour manger. Cette pizza a une histoire, elle est originaire de Naples et, si elle est rouge, blanche et verte, c'est parce qu'elle représente les couleurs du drapeau italien.

Vanessa décida de se laisser prendre au jeu.

— Et qu'est-ce que cette merveilleuse pizza a à voir avec ta vie ?

— Tant de grands chefs racontent comment ils ont appris, enfants, à cuisiner avec leurs grands-mères ou leur maman. Ils ont des anecdotes chaleureuses et folkloriques auxquelles les gens peuvent les identifier. Alors, voilà ! Moi, quand j'étais petit garçon, j'ai passé de nombreux étés avec ma douce grand-mère juive, ma Zaidy, qui vivait à Naples, en Italie. Tiens, regarde, c'est elle, là, sur cette photo.

Vêtue à la mode des années 1980 – minijupe et veste

à épaulettes –, sa grand-mère, sa Zaidy, ne ressemblait pas du tout à l'idée qu'on peut se faire d'une gentille mamie gâteau qui préparait dans son four de bonnes pizzas pour son petit-fils adoré.

— Elle est très belle, remarqua Vanessa.

— Mais pas très chaleureuse… Qu'en penses-tu ?

— Ça dépend, lui répondit-elle en sentant une idée poindre dans son esprit. Le plus important, Simon, c'est que tu sois authentique. Laisse les autres chefs raconter leurs propres enfances modestes, ta grand-mère à toi était cosmopolite et très élégante.

— Oh ! Ça oui, acquiesça-t-il avec fierté.

— Et quand elle t'emmenait dîner dehors, je suis certaine que c'était dans des endroits incroyables.

— Absolument, elle connaissait d'ailleurs la plupart des chefs de ces restaurants.

— Penses-y, Simon. Peut-être qu'elle ne t'a pas appris à manier le rouleau à pâtisserie ni ne t'a transmis les secrets de la muscade ou de la coriandre, mais elle a su te révéler à sa manière ce qu'est la bonne cuisine.

Vanessa vit une lueur s'allumer dans les yeux de Simon. Ça y est, il avait compris ce qu'elle lui suggérait.

— Cosmopolite, murmura-t-il. Elle s'est toujours assurée que je porte un costume propre et un nœud papillon. Je devais me tenir droit et complimenter le chef à la fin des repas. Magnifique !

Simon lui raconta ensuite plusieurs anecdotes sur les endroits dans lesquels il était allé et les plats qu'il avait dégustés avec sa grand-mère chic, à Naples. Vanessa laissa le magnétophone faire son travail et se leva pour aller se couper une part de la pizza, qui était absolument délicieuse. Elle écoutait Simon avec grand intérêt car, quand celui-ci ne faisait pas semblant d'être quelqu'un d'autre, ses histoires étaient passionnantes.

Tout en continuant de parler, il devint soudain plus rouge et se leva brusquement pour faire les cent pas.

— Ce sont de vrais souvenirs.

— Et ils sont captivants, approuva-t-elle.

— Et après cela ?

— Je crois que nous en avons assez fait pour aujourd'hui, lui répondit-elle. Je vais retranscrire les enregistrements et tu pourras les relire et décider de ce que tu veux garder.

— Je pourrais faire un petit voyage à Naples pour aller visiter quelques-uns de ces restaurants. Dorothy et moi nous y sommes rendus. Elle avait rencontré ma grand-mère et toutes les deux s'étaient d'ailleurs très bien entendues.

Vanessa sentit que c'était le bon moment pour elle d'aborder le sujet qui la hantait. Elle alla éteindre le magnétophone et lui demanda :

— Simon, il y a quelque chose dont je voudrais te parler, sans l'enregistrer. C'est à propos de Dorothy et de la façon dont elle est morte.

Même s'il lui tournait le dos, elle vit qu'il se raidissait.

— Je n'ai rien à dire sur ce sujet. Tu es déjà au courant de tout ce que nous avons découvert.

— Laisse-moi vérifier, insista Vanessa. Papa m'a toujours raconté que ma tante Dorothy était partie faire une promenade à cheval un après-midi du mois de novembre alors qu'il faisait beau. Et qu'elle n'était jamais revenue. Son cheval, lui, était rentré à l'écurie à la tombée de la nuit. Les équipes de recherche et de sauvetage qui étaient partis à sa recherche ne l'ont pas retrouvée. Quelques jours plus tard, le blizzard s'est levé. Et le sol a vite été recouvert d'une épaisse couche de neige.

— Nous n'avons retrouvé son corps qu'après le dégel du printemps, continua Simon. Fin de l'histoire.

— Cela ne ressemble pas à une conclusion, j'ai encore des questions, insista Vanessa. Des tests ADN ont-ils été réalisés afin de prouver que les restes étaient bien ceux de Dorothy ?

— Oui.

— Qu'avez-vous retrouvé exactement ?

— Je ne les ai jamais vus, lui confia Simon en s'asseyant à table. À ce sujet, tu devrais consulter le Dr Ingram ou Keith. Je sais qu'il y avait un crâne, un fémur et d'autres os.

— Quelle était la cause de sa mort ?

— Traumatisme crânien.

Comme Bethany, pensa Vanessa. Existait-il un lien entre ces deux morts ? Y avait-il quelque chose que Vanessa ne comprenait pas ?

— Je sais qu'aborder ce sujet est douloureux pour toi, et j'en suis désolée, mais je dois découvrir la vérité. Le shérif peut me donner accès aux dossiers qui concernent cette affaire et je vais aller parler au Dr Ingram, qui était déjà le médecin légiste à cette époque.

— Cesse de jouer ce petit jeu avec moi, Vanessa. Tu sais très bien ce que tu vas découvrir.

Simon était souvent agressif et pouvait même parfois être effrayant, mais cette fois Vanessa se sentait seulement désolée pour lui.

— Je ne vois pas ce dont tu veux parler.

— Dorothy et moi traversions une période difficile

dans notre mariage. Mon restaurant, le Simplicity, connaissait un réel succès, tant au niveau des critiques qu'en termes de fréquentation. Pourtant, malgré cela, je perdais de l'argent, chaque mois un peu plus. Il n'y avait pas assez de clients dans cette région, Keith et moi avons alors commencé à parler d'ouvrir une franchise. Dorothy a tout de suite détesté cette idée. Elle disait que, si je commençais ce nouveau projet, nous passerions encore moins de temps ensemble.

— Ce qui était probablement vrai, fit remarquer Vanessa.

— Elle affirmait qu'elle avait assez d'argent, l'argent de sa famille, pour nous permettre de vivre confortablement et sans problème jusqu'à la fin de nos vies.

Ce qui était aussi vrai. Tante Dorothy était quelqu'un de sensé.

— Et cela te posait un problème ?

— Je suis peut-être un peu vieux jeu, mais j'ai toujours pensé que c'était l'homme qui devait entretenir la famille. Le jour où Dorothy est sortie à cheval, nous nous étions disputés. Je suis parti au restaurant pour le reste de la journée. J'aurais dû l'attendre, j'aurais dû avertir les autorités et les secours bien plus vite. J'aurais pu empêcher ce qui s'est passé.

Il prit sa tête entre ses mains et se mit à sangloter.

Vanessa s'approcha de lui et posa la main dans son dos.

— Tu ne peux pas t'en vouloir.

— Ma Dorothy, murmura-t-il à voix basse. Ma chérie, mon amour. Ma Dorothy qui s'est… suicidée.

10

Tout en observant le Rocher de la Sorcière illuminé par le clair de lune depuis la fenêtre de sa chambre, Vanessa résumait à Ty la discussion qu'elle venait d'avoir avec Simon. Même s'il s'était passé quelques heures depuis, ses paroles résonnaient encore dans son esprit.

— Suicide, répéta-t-elle. Ma tante Dorothy s'est suicidée.

Elle se retourna face à Ty qui était assis sur la chaise de bureau, ses longues jambes étendues devant lui. Dès son retour au château pour son service de veille nocturne, il était monté dans sa chambre. Elle s'était attendue à ce qu'il manifeste quelques signes de fatigue mais il paraissait en pleine forme. Il avait dû profiter de son temps libre pour rentrer se reposer chez lui, ce qu'elle aurait probablement dû faire également au lieu de compter sur ses nerfs pour rester alerte.

— Tout va bien ? lui demanda-t-il.

— Je crois, oui, mais cette idée de suicide m'a bouleversée.

— Mais tu es certaine de sa véracité ?

— C'est le Dr Ingram qui a fait l'autopsie et il a confirmé qu'elle s'était bien suicidée en se tirant une balle dans la tête. Cela semble pourtant insensé…

— Tu connaissais bien ta tante Dorothy ?

— Non, pas vraiment.

D'après ses propres souvenirs et ceux que son père avait partagés avec elle, Vanessa avait l'impression que Dorothy était une femme forte, déterminée, qui savait ce qu'elle voulait et ne craignait pas de tout mettre en œuvre pour y parvenir. Sur les photos, elle paraissait confiante, le menton fier, le regard dirigé vers l'objectif.

— Je suppose que tu ne m'as pas tout dit, ajouta Ty. Qu'est-ce que Simon t'a raconté d'autre ?

— Qu'il n'avait pas voulu voir ses restes.

— Ce qui est compréhensible... Son corps avait été exposé aux éléments pendant des mois, les charognards n'avaient dû laisser que les os. Quand je travaillais comme secouriste, nous avions pour habitude de conseiller aux survivants de bien mûrir leur décision avant de voir le corps de ceux qu'ils avaient perdus. Parfois, il est moins douloureux de se souvenir de ceux qu'on aimait dans de bonnes circonstances.

Vanessa acquiesça. Une des raisons pour lesquelles elle était heureuse que son père ait choisi d'être incinéré après sa mort était qu'elle n'aurait pu supporter de le voir allongé, inerte, dans un cercueil, ravagé par le cancer qui ne lui avait laissé que la peau sur les os. Il n'était pas juste que sa dernière image de lui soit si triste.

— Simon ne souhaitait pas qu'elle soit incinérée, ses os ont été déposés dans un coffre scellé.

— Avait-elle laissé une note parlant de son suicide ? lui demanda Ty.

— Quand je lui ai posé la question, Simon m'a répondu que non.

— Si elle en avait écrit une, il est probable qu'elle

n'a jamais pu être retrouvée, surtout si elle l'avait emmenée, à l'extérieur…

— Enfin, reprit Vanessa avec un soupir, c'est Keith Gable qui s'est chargé de tout ça après la découverte de ses restes. C'est le Dr Ingram et lui qui sont venus annoncer à Simon que, suite aux résultats des tests ADN et à de multiples analyses, la mort de Dorothy avait été qualifiée de suicide. Manifestement, elle s'était tiré une balle en pleine tête.

Elle se souvint de l'expression de profonde tristesse qu'avait affichée Simon en lui révélant cette information. Encore aujourd'hui, douze ans après ce terrible événement, ses yeux s'étaient embués de larmes et ses lèvres avaient tremblé.

— Il a eu le cœur brisé, conclut-elle.

— Je trouve cela surprenant que tu n'aies pas été au courant du fait que ta tante avait mis fin à ses jours. Tu étais quand même sa nièce…

— Simon voulait rester discret à ce sujet, je crois qu'il se sent coupable et responsable du malheur de Dorothy… Il pense qu'il aurait dû être plus attentif. De mon côté, à cette époque, j'étais à l'université et je n'ai plus revu Simon avant de nombreuses années. Je ne suis même pas allée aux obsèques, qui se sont tenues avant Noël, alors que le corps n'avait pas encore été retrouvé.

Vanessa savait qu'elle aurait dû s'y rendre pour représenter la famille Whitman. Son père se trouvait alors à l'étranger et n'avait pas pu y assister lui non plus. Quelques années plus tôt, quand il avait appris qu'il était atteint d'un cancer, il avait évoqué son enfance et sa relation avec Dorothy. Il avait toujours beaucoup respecté sa grande sœur mais n'avait pu s'empêcher de lui en vouloir malgré tout de sa position d'aînée qui lui avait conféré, de fait, le contrôle du patrimoine de leurs parents après leur mort.

— Son suicide a dû apparaître sur les documents officiels, déclara Ty. George Ingram, qui était le médecin légiste, a dû l'inscrire comme cause du décès. Ce ne pouvait pas être un secret.

— Tu as raison, approuva-t-elle en venant le rejoindre. Si j'avais cherché à en savoir plus, je l'aurais vite découvert, il ne semble d'ailleurs y avoir aucun lien entre cette information, le meurtre de Bethany et mon harceleur.

— Mais pour quelle raison celui-ci s'est-il rendu dans le cabinet de couture de Dorothy ? demanda Ty en sortant de sa poche le sac de preuves. Et pour quelle raison Bethany serrait-elle ceci dans son poing quand elle est morte ?

— Nous devons approfondir nos recherches.

— Je pense à une chose, commença Ty en penchant la tête sur le côté pour la regarder, le suicide est une cause d'annulation des paiements de polices d'assurance… Se pourrait-il que quelqu'un ait mis en scène un prétendu suicide pour priver Simon de son héritage ?

— C'est la première fois que j'entends parler d'une telle chose.

— Ce n'est qu'une idée…

— Qui n'a aucun sens dans cette configuration. Quand les restes de ma tante ont été découverts, Simon et Keith étaient déjà sur le point de lancer la franchise du restaurant. Simon s'est d'ailleurs servi du château et de leurs autres propriétés comme garanties de prêts.

— Malgré tout, insista Ty, cela pourrait valoir le coup de jeter un œil à ces anciennes polices d'assurance et au testament de ta tante. Simon a peut-être eu le cœur brisé mais l'argent reste un mobile fréquent de meurtre.

Il se leva, marcha jusqu'à elle et passa son bras autour de son cou avant d'ajouter :

— Allons jeter un œil à ce mystérieux cabinet de couture…

Vanessa se blottit contre lui. Elle semblait parfaitement trouver sa place au creux de ses bras.

— Et qu'allons-nous chercher ?

— Nous le saurons quand nous le découvrirons.

Quand il la serra contre lui, elle se laissa aller et s'attarda un instant, espérant davantage. Car, qu'ils le veuillent ou non, ils ne pouvaient plus nier l'évidence : quelque chose était en train de se nouer entre eux.

Alors qu'ils se trouvaient devant la porte verrouillée du cabinet de couture de Dorothy, Ty marqua une pause. Le ruban jaune désignant l'endroit comme scène de crime dessinait une grande croix sur le cadre de la porte. Il fouilla dans l'une des poches de sa ceinture d'outils et en sortit deux paires de gants en latex bleu et deux paires de chaussons jetables.

— Enfilons ça, l'équipe scientifique a déjà inspecté la pièce mais je ne veux surtout pas risquer de contaminer quoi que ce soit.

— Est-ce qu'ils ont trouvé quelque chose ?

— Les seules empreintes qu'ils ont pu relever étaient celles de Mona. Il y avait également des traces, probablement laissées par le harceleur, mais lui aussi portait des gants. Hormis cela, tout était impeccable.

— Comment allons-nous entrer ?

Il essaya de tourner la poignée et la porte s'ouvrit.

— Je suppose que l'équipe du bureau du Colorado ne pense pas que cet endroit constitue une pièce importante dans l'enquête, lui répondit-il en haussant les épaules. Essaie de passer sans déchirer le ruban.

Elle se baissa pour se faufiler entre les bandes jaunes et entra dans la pièce, Ty sur ses talons. Une fois à l'intérieur, le shérif referma la porte derrière eux et alluma le plafonnier. La pièce était grande et une table de couture se trouvait en son centre. L'atmosphère y était féminine et un peu étrange avec ces deux torses de mannequins qui se trouvaient devant la fenêtre, comme s'ils regardaient les montagnes au loin.

— Cet endroit te rappelle des souvenirs ? demanda-t-il à Vanessa.

— Oh oui, j'adorais venir jouer ici pendant que ma tante cousait.

Vanessa se tenait devant un mur de casiers transparents. Certains contenaient du matériel, des ciseaux, des bobines, des rubans à mesurer. D'autres boîtes, de différentes tailles, renfermaient des fermetures à glissière, des tissus à motifs et diverses sortes de boutons sans oublier de nombreux coupons de tissus de tailles, couleurs et textures variables.

Vanessa tapota du bout de son doigt ganté les boîtes, les unes après les autres, tout en marmonnant des mots dont le sens échappait parfois à Ty. Il l'entendit fredonner quand elle s'approcha du grand placard qui se trouvait contre le mur du fond. À l'intérieur de cette penderie, étaient suspendues des housses à vêtements, toutes en plastique transparent. Vanessa en ouvrit une et recula pour admirer la robe moulante bleu nuit à sequins qui se trouvait à l'intérieur.

— Oh ! Dorothy aurait été sublime dans cette tenue, murmura-t-elle. La seule chose qu'elle appréciait dans les événements mondains était l'occasion de se mettre sur son trente et un. Peut-être travaillait-elle sur cette robe pour le bal annuel donné à l'ouverture de la saison de ski à Aspen.

Passer du temps à coudre une robe pour une telle occasion ne semblait pas être le genre de choses que ferait quelqu'un qui prévoyait de se suicider, pensa Ty. Il avança vers la table qui se trouvait au centre de la pièce et posa la main dessus.

— À quoi ce meuble sert-il ? demanda-t-il à Vanessa.

— Tu ne devines pas ? lui répondit-elle avec un sourire. Allez, je te donne un indice, ça ne sert pas à pratiquer des autopsies !

— Je m'en doute bien, lui rétorqua-t-il en lui rendant son sourire. Mais c'est tellement propre et bien rangé, ici, qu'elle aurait pu y pratiquer des dissections !

— Ma tante Dorothy ne laissait jamais rien traîner, et elle ne me permettait même pas de prendre mon goûter ici, lui expliqua-t-elle en sortant une paire de ciseaux crantés d'un tiroir sous la table. Cherche encore…

— Je donne ma langue au chat, dit-il en haussant les épaules.

— Il s'agit d'une table de découpe pour la disposition des motifs et la coupe des bords. La dernière fois que je l'ai vue, ma tante finissait la courtepointe verte et bleue qui se trouve dans ma chambre.

Pour la première fois, Simon eut l'impression que Vanessa avait bien un lien avec la légendaire famille Whitman. Elle et sa tante semblaient être faites du même bois et Ty se demanda si Vanessa, comme Dorothy, avait, elle aussi, envisagé le suicide après les années difficiles qu'elle semblait avoir traversées.

— Et toi, tu as déjà été déprimée ? lui demanda-t-il.

— Tout le monde traverse un jour ou l'autre des périodes de dépression, pourquoi me poses-tu cette question ?

— J'ai entendu dire que certains comportements avaient parfois des causes génétiques, comme l'alcoolisme ou d'autres addictions. Et, en découvrant cette pièce avec toi, j'ai l'impression que tu ressembles à ta tante.

— Je vois, lui répondit-elle, l'air dubitatif et un peu confus.

Ty regretta sa dernière remarque et sa maladresse. Il s'éclaircit la gorge et lui demanda d'une voix plus douce :

— As-tu déjà pensé à mettre fin à tes jours ?

— Bien sûr que non, lui lança-t-elle, le regard noir.

Elle fit claquer le tiroir de la table et se mit à arpenter la pièce de long en large. Quand elle s'arrêta devant les mannequins, Ty pensa un instant qu'elle allait les rouer de coups de poing comme s'ils étaient des sacs de frappe.

— Tu penses peut-être que, parce que nous vivons dans un château, la famille Whitman est trop riche pour être confrontée à la réalité de la vie, mais tu te trompes. Je suis issue de lignées d'hommes et de femmes fortes qui ont réussi à se faire un chemin dans l'Ouest alors que tout était contre eux. Nous ne fuyons pas. Nous n'abandonnons pas.

— Dans ce cas, qu'est-il réellement arrivé à ta tante Dorothy ? lui demanda-t-il.

— Je ne peux imaginer qu'elle se soit fait sauter la cervelle, dit Vanessa avant d'écarquiller les yeux. Oh ! Attends ! Je viens de me souvenir de quelque chose qui a peut-être son importance.

Vanessa retourna vers le placard et repoussa les cintres de chaque côté, révélant un petit coffre-fort intégré dans le mur avec une serrure à combinaison. Elle s'agenouilla devant et fit tourner le cadran, passant d'un chiffre à un autre avec un peu d'hésitation.

— Comment te souviens-tu de ça ? lui demanda-t-il avec étonnement.

— C'est ma date d'anniversaire.

Elle et sa tante semblaient avoir eu une relation bien plus forte que ce que Ty avait imaginé. Cela semblait toutefois très sensé, Dorothy n'ayant jamais eu d'enfants, peut-être parce qu'elle était mariée à un homme qui lui-même se comportait parfois comme un petit garçon.

— Qu'y a-t-il dans ce coffre ?

— J'espère y retrouver des documents… Peut-être son testament. Elle gardait aussi une arme ici. Un Walter PPK, comme James Bond.

Quand elle entra le dernier chiffre, Ty entendit le bruit de l'ouverture et, alors qu'elle tendait la main pour ouvrir le coffre, il l'arrêta.

— Attends une seconde. Je veux enregistrer ça, lui dit-il en sortant son téléphone de sa poche pour filmer. C'est bon, tu peux y aller.

Vanessa tira la porte du coffre. À l'intérieur, il y

avait deux boîtes. L'une contenait des bijoux, l'autre renfermait sans doute l'arme de Dorothy. Vanessa sortit la boîte à bijoux où se trouvaient quelques pièces classiques dont une parure en or blanc serti de diamants scintillants et de rubis.

— La seule fois où je l'ai vue la porter, c'était lors d'un rodéo où arborer des pierres précieuses était si inapproprié que ça en devenait incroyablement cool.

— Pourquoi avait-elle fait une telle chose ?

— Elle m'avait dit qu'un nouvel habitant avait l'intention de battre tous les locaux à la course avec son pur-sang. Les diamants et les rubis étaient sa façon de rappeler aux gens que les nouveaux arrivants étaient bien sûr les bienvenus mais que la famille Whitman régnait sur la région depuis le château.

Surpris, Ty garda le silence. Vanessa avait reçu une étrange éducation. D'un côté, on lui avait appris qu'elle n'avait pas le droit aux moindres privilèges mais, d'un autre, qu'elle pouvait se considérer comme membre d'une famille royale locale. Puis, elle et ses parents avaient déménagé et elle était devenue une enfant lambda, une parmi tant d'autres sur les aires de jeux.

Ty lui montra l'autre boîte.

— Ouvre-la.

— Elle doit être vide, supposa-t-elle en actionnant le loquet. Si Dorothy s'est réellement donné la mort, c'est avec cette arme qu'elle a tiré.

Mais le Walter PPK était à sa place.

— N'y touche pas, lui demanda-t-il. Il y a peut-être des empreintes.

— Cette arme est bien la preuve que ma tante ne s'est pas suicidée. Si elle l'avait fait, pourquoi ne se serait-elle pas servie de sa propre arme ? Pourquoi l'aurait-elle laissée ici ?

— Douze ans se sont passés et personne n'a jamais retrouvé l'arme, constata-t-il. Pourquoi ?

— J'ai la réponse à cette question : c'est parce que je suis la seule à connaître l'existence de ce coffre. C'est pour ça que le code est ma date d'anniversaire.

— Nous devons poursuivre nos recherches. Avant de parler à Morris de cette cachette, je veux tout examiner. Remets l'arme et la boîte à bijoux là où tu les as trouvées et fouillons le reste de cette pièce.

Le sens de l'organisation de Vanessa rendit leurs recherches plus faciles. Ty commença à fouiller le contenu de chacun des tiroirs avec la plus grande concentration et trouva bientôt un petit cahier noir à spirale qu'il montra à Vanessa.

— Il me semble avoir vu un carnet similaire sur ton bureau, non ? lui demanda-t-il.

— Oui, pour mes listes de tâches… J'avais oublié que c'était Dorothy qui m'avait donné cette habitude. D'un côté, j'y inscris les choses à faire pour la journée, de l'autre les projets en cours.

— Et tu rayes chaque tâche quand elle est effectuée ?

— La plupart du temps, mais je ne suis pas non plus obsessionnelle. Ce type de liste m'était surtout très utile quand j'enseignais. Mais, dès que mon père est tombé malade, ma vie est devenue plus chaotique, tout ce que je prévoyais ne cessait d'être remis en cause.

— Et aujourd'hui, tu as recommencé à faire des listes ?

— Oui, quand j'ai commencé à travailler comme prête-plume pour Simon et j'ai aussi un planning avec les dates des échéances à respecter, lui répondit-elle en lui prenant le carnet des mains pour le feuilleter. Elle a noté beaucoup de choses concernant le bal d'ouverture de la station d'Aspen. Apparemment, elle était responsable d'une vente aux enchères.

Ty se pencha pour lire par-dessus son épaule. Ces notes reflétaient le quotidien d'une femme très active, à la vie sociale bien remplie. De nouveau, rien ne semblait, dans ses écrits, annoncer le moindre signe de désespoir, de tristesse ou de dépression.

Vanessa retourna le petit carnet et lui montra les dernières pages.

— Tu vois, elle a commencé à écrire ici la liste des cadeaux de Noël. Pour quelle raison quelqu'un qui envisage de se suicider ferait-il une chose pareille ?

— Peux-tu tenir le carnet devant toi pour que je le prenne en photo ? lui demanda Ty. Nous devons tout laisser intact dans cette pièce.

Il avait déjà pris avec lui le médaillon, il ne voulait pas faire d'autres erreurs et risquer d'être exclu de l'enquête.

Vanessa reposa le carnet à côté de la machine à coudre et avança jusqu'au petit panneau d'affichage accroché au mur où quelques photos étaient punaisées.

— Je suis surprise de voir autant de photos de moi…

Sur les clichés, Ty vit une enfant adorable, à la chevelure d'or, coiffée en tresses ou en couettes, et au malicieux visage constellé de taches de rousseur. Même sur ces photos, elle semblait en mouvement, elle devait être le genre de petite fille qui ne tient pas en place.

— Regarde ! Là je suis déguisée en Martienne verte, pour Halloween, lui dit-elle en pointant du doigt les photos les unes après les autres. Là, je porte une robe que Dorothy m'avait cousue, et ici, me voilà dans mon petit costume de rodéo.

Elle détacha un cliché du tableau et le regarda avec un peu plus d'attention.

— Voilà mon père et Dorothy. Ils doivent avoir huit et onze ans. Ils se tiennent devant la tombe de Monsieur Boule de Poils, leur gros chat roux.

— Ils ont joliment décoré la sépulture, avec tous ces dessins à la peinture jaune et ces fleurs bleues.

— Il y a toute une histoire sur leur voyage pour transporter Monsieur Boule de Poils jusqu'à sa dernière demeure, quand ils ont creusé sa tombe et sur la cérémonie qui a suivi. Mon père a même écrit un poème au sujet de cette journée.

Quand elle leva les yeux vers lui, Ty vit qu'une larme coulait sur sa joue.

— C'est à cet endroit, Ty. La tombe de Monsieur Boule de Poils, c'est là que je dois disperser les cendres de mon père.

— Cela me semble sensé, en effet.

Elle laissa échapper un profond soupir.

— J'ai l'impression d'être enfin de retour chez moi.

11

Après avoir passé la nuit à patrouiller dans le château, Ty s'était offert une petite sieste matinale dans l'une des chambres d'amis encore disponibles et, après s'être lavé les dents et rafraîchi, il descendait à présent l'escalier qui menait au rez-de-chaussée. Bien qu'il ne soit que 6 heures du matin, un de ses adjoints était déjà en train de boire un café dans la salle réservée au petit déjeuner.

— Alors, quels sont tes pronostics, MacNally ? lui demanda Ty en se servant une tasse. Tu crois que le petit déjeuner va être aussi bon aujourd'hui que celui d'hier ?

— Je l'espère, lui répondit le jeune agent qui était maigre comme un clou. Selon Mona, il y aurait au menu des *empanadas*, des *frittatas* et une salade de fruits.

De délicieuses odeurs de pâte frite, d'oignons caramélisés et de poivrons flottaient dans la pièce et Ty ferma les yeux pour mieux savourer ces effluves avant de demander à son adjoint s'il avait quelque chose à signaler sur la nuit qui venait de se passer.

— Non, tout était calme, hormis le boucan causé par Vanessa et vous dans le cabinet de couture à l'étage. D'ailleurs, vous avez trouvé quelque chose d'intéressant ?

— Peut-être, oui, lui répondit Ty, décidant de ne pas relever l'insinuation de son collègue.

Il espérait que l'agent spécial Morris serait du même avis. Le bureau fédéral du Colorado se concentrait sur la résolution du meurtre de Bethany, mais Ty était certain que l'affaire classée de la mort de Dorothy avait quelque chose à voir avec celle qui les avait tous fait venir ici en premier lieu.

— Je reviens, profite de ton petit déjeuner, lança Ty au jeune homme avant de s'éloigner.

Après avoir traversé le grand hall, il se dirigea vers la salle de conférences, où Morris avait établi ses quartiers. En passant la tête par la porte, il découvrit une multitude de fichiers, de photos et de documents éparpillés sur les tables, et de grands tableaux blancs couverts d'annotations. Au fond de la pièce, sur une grande planche de liège, avaient été accrochées des photos des témoins, des suspects et des invités. En voyant le portrait de Vanessa parmi les autres, Ty ne put s'empêcher d'être contrarié.

Tout au bout de la table, l'agent Morris était absorbé devant son écran d'ordinateur portable. Ses lourdes épaules s'affaissaient comme si sa colonne vertébrale n'arrivait pas à le soutenir. Le gris sur ses tempes semblait avoir gagné du terrain et ses sourcils étaient froncés derrière ses lunettes à monture métallique. Ty pensa que l'enquête ne se déroulait pas aussi facilement que ce que Morris avait laissé entendre, mais il se retint de fanfaronner.

Tout en prenant une chaise pour s'asseoir à côté de lui, il dit :

— Je vois que vous avez trouvé le café.

— Oui, et il est fichtrement bon…

— Je vous recommande le petit déjeuner.

Morris se laissa aller en arrière dans son fauteuil, ôta ses lunettes et se frotta les yeux en soupirant.

— Vous êtes venu me voir pour savoir ce que nous avons récolté comme preuves, c'est ça ?

— Oui, si c'est possible.

Ty avait initialement pensé que Morris était le genre de flic plus intéressé par l'avancée de sa carrière que par la résolution d'une enquête mais il se rendait maintenant compte qu'il s'était trompé.

— Pour faire court, commença Morris, Bethany avait une liaison. Nous sommes entrés en contact avec certains de ses amis à Los Angeles qui nous ont confirmé qu'elle faisait n'importe quoi ces derniers temps. Apparemment, son amant est très riche. Ils nous ont aussi raconté que son mari, lui aussi, la trompait.

— Est-ce que l'un des témoins ou suspects pourrait être cet homme ?

— Je mise sur Kirov ou Gable.

— Vous avez trouvé quelque chose sur eux dans les dossiers de la police ?

— Rien du tout.

— Et les analyses des éclaboussures de sang ?

Ty espérait apprendre quelque chose auprès de l'équipe scientifique, qui était très expérimentée.

Morris remit ses lunettes, tapa quelques mots sur son clavier et fit apparaître à l'écran un plan de la scène de crime.

— Comme vous pouvez le voir ici, d'après les éclaboussures de sang, Bethany a d'abord été frappée, à côté de la salle de bains, avec la base de l'urne décorative qui est en marbre. Il semble clair qu'il s'agit d'une arme improvisée. Le tueur était probablement droitier et peut être un homme ou une femme. Après avoir reconstitué ce qui a pu se passer, nous pensons que Bethany s'est disputée avec son assassin et que celui-ci a attrapé la première chose qu'il a pu trouver pour la frapper.

— Bethany n'a pas tout de suite perdu connaissance, fit remarquer Ty.

— Elle a essayé de ramper pour s'éloigner de son agresseur, et s'est traînée sur quelques mètres en direction du lit. Mais le second coup l'a achevée.

— Quelle est la cause du décès ?

— Nous n'aurons les résultats de l'autopsie complète que dans quelques jours. Le corps a été transféré au centre médico-légal avec lequel nous avons l'habitude de travailler à Denver. L'hôpital d'Aspen a délivré un certificat de décès préliminaire et a effectué un dépistage des toxines pour détecter celles qui auraient pu disparaître rapidement.

— Il y avait des drogues ?

— Non, aucune présence de drogue ni de poison.

Ty décida d'aborder l'autre sujet dont il voulait parler avec Morris.

— Est-ce que votre équipe a trouvé des preuves dans le cabinet de couture de Dorothy ?

— Pas d'empreintes, pas de fibres, l'endroit était incroyablement propre, lui répondit Morris avant de le regarder en fronçant les sourcils. J'ai entendu dire que Vanessa et vous aviez décidé d'aller fouiller cette pièce de votre côté ?

— Qui vous a dit cela ?

— Simon lui-même. Il avait du mal à dormir, d'autant qu'il ne peut plus coucher dans son propre lit. En se promenant dans le château, il vous a vus monter l'escalier.

— J'ai pensé qu'il y avait peut-être dans cette pièce quelque chose qui pourrait rafraîchir la mémoire de Vanessa au sujet de la mort de sa tante.

— Et ? demanda Morris en haussant les sourcils. Vous avez trouvé ce quelque chose ?

— Nous avons découvert plusieurs éléments qui contredisent l'hypothèse d'un suicide.

Morris se redressa et regarda Ty avec sévérité.

— Cette affaire date d'une douzaine d'années. Est-ce réellement important qu'il s'agisse d'un accident ou d'un suicide ?

— Je le pense, lui répondit Ty. Et voilà les raisons pour lesquelles je ne pense pas que Dorothy se soit suicidée. Tout d'abord, c'était une femme prévoyante et organisée, et elle était en train d'achever une robe qu'elle avait prévu de porter au bal d'ouverture de la saison de ski d'Aspen. Ensuite, elle tenait sa liste de tâches à jour et commençait à réfléchir à ses cadeaux de Noël. Et enfin, son arme, un Walter PPK, est toujours rangée dans son coffre. Pour quelle raison, si elle avait réellement prévu de mettre fin à ses jours, ne s'est-elle pas servie de sa propre arme ?

— Tout cela est juste, en effet, approuva Morris en hochant le menton lentement. Surtout en ce qui concerne cette arme... La mort de Dorothy mériterait une réouverture de l'enquête, mais je ne vois toujours pas le rapport qu'il pourrait y avoir entre cette affaire et le meurtre de Bethany.

Ty ne savait pas réellement comment expliquer l'intuition qu'il avait concernant le lien qu'il croyait exister entre ces deux morts, mais il sentait qu'il avançait dans la bonne direction.

— Je voudrais continuer à enquêter, dit-il à Morris. Cela m'aiderait si je pouvais utiliser certains de vos agents, surtout les experts informatiques, comme Liz Hurtado.

— Tant que vous n'interférez pas, cela ne me pose aucun problème.

— Merci, monsieur.

Morris avait changé d'attitude et de ton. Lors de leur première rencontre, il avait arboré un air supérieur et avait clairement demandé à Ty de se tenir à l'écart. Mais depuis, il semblait avoir changé son fusil d'épaule et décidé d'adopter un comportement plus souple et détendu.

— Au fait, shérif, ajouta Morris, vous et votre équipe n'aurez pas besoin de patrouiller cette nuit dans le château. Je vais renvoyer la moitié de mes gars à Denver et demander aux autres de rester ici. Je vais aussi donner la permission aux invités de rentrer chez eux. Mais ils devront rester joignables à tout moment et ne pourront pas quitter l'État.

D'un certain côté, ces décisions marquaient l'évolution de l'enquête, pourtant quelque chose déplaisait à Ty. Il s'inquiétait pour Vanessa. Serait-elle encore en sécurité sans la présence de tous ces agents ?

Quand Vanessa sortit de son lit, elle découvrit qu'elle avait reçu un SMS de la part de Ty. Il était en train de faire des recherches dans les archives judiciaires et lui demandait de le rejoindre à l'écurie qui se trouvait derrière le château à 15 heures.

L'horaire était parfait, elle avait rendez-vous avec Keith et Simon à 13 heures, après cela, elle était libre comme l'air et partir faire une balade à cheval lui semblait une excellente idée. Cela faisait des mois qu'elle était revenue vivre au château, mais elle n'avait pas trouvé le temps de monter à cheval plus d'une fois par semaine. Quand elle avait raconté à Ty ses souvenirs de rodéo, la veille, elle s'était souvenue des sensations de puissance et de liberté qu'elle ressentait en galopant. Et la profonde joie qu'elle sentait monter en elle quand elle traversait les forêts, assise à califourchon sur son cheval en regardant les nuages filer dans le ciel et en écoutant le chant du vent entre les branches des pins.

Elle lui envoya un bref message lui indiquant qu'elle était d'accord et le ponctua d'un smiley. Était-ce trop ? se demanda-t-elle. Elle voulait que Ty sache combien elle appréciait son aide… Sans lui, l'agent Morris n'aurait certainement pas accordé grande importance à ses questionnements.

Après avoir enfilé un jean, une chemise en flanelle à carreaux marron et sa paire de bottes, elle attrapa son chapeau de cow-girl et descendit à la salle à manger. Même si elle détestait sauter un repas, elle décida de ne pas prendre de petit déjeuner et attrapa un sandwich au jambon et au fromage pour le déjeuner avant de grimper quatre à quatre les escaliers qui menaient à la bibliothèque. La première chose qu'elle voulait faire était trouver une copie du recueil de poésie et de nouvelles qu'avait écrit son père. L'ouvrage faisait moins d'une centaine de pages et s'intitulait : *Objets trouvés*, et était signé John Joseph Whitman. « Les Obsèques de Monsieur Boule de Poils », qui se trouvait en troisième position dans l'ouvrage, était un court texte concernant un ami, un chat roux aux yeux verts comme du jade, qui, un jour, n'était plus venu quand on l'appelait. Son récit de leur aventure, à Dorothy et à lui, pour trouver l'emplacement parfait de sa sépulture était chargé de métaphores et de symboles au lieu d'être précis et descriptif. Elle allait devoir se transformer en médium si elle voulait retrouver la tombe de ce maudit félin.

Quelques minutes avant 13 heures, Simon et Keith firent leur entrée dans la bibliothèque et prirent place dans les fauteuils qui encadraient le canapé. En les équipant tous les deux de micros, Vanessa se sentit soulagée à l'idée d'évoquer un souvenir plus léger que celui de la veille. Pour aborder le sujet du lancement de la franchise Simple Simon, elle décida de commencer par les questions les plus évidentes :

— Comment avez-vous choisi le nom de la franchise ?

— Ce n'était pas mon idée, répondit Simon, avec fermeté.

— C'était pour le marketing, ajouta Keith. Simon avait déjà construit sa réputation en tant que chef, et son restaurant, le Simplicity, était le symbole de sa carrière. Nous avons voulu grâce à cette association que les gens comprennent qu'il s'agissait d'un mode de restauration rapide mais qu'il y aurait également une dimension gastronomique.

— Malin, déclara Vanessa. Comme appeler les traditionnelles frites au fromage, un « gratin de pommes de terre ». Ou les hamburgers, des « steaks de Salisbury ».

— Ce n'est pas aussi simple, il y a quand même des différences notables dans ces recettes.

— Ce n'est pas ce que je voulais dire, j'aime beaucoup les intitulés de plats sur les menus de Simple Simon, et je me doute qu'il y a des secrets dans l'élaboration des recettes car les plats sont bien meilleurs qu'ailleurs.

Vanessa se souvenait encore de la manière dont Keith avait pris les choses la seule fois où elle avait remis en question ses talents culinaires... Cette fois, elle décida de ne pas lésiner sur les compliments.

— Je me demande d'ailleurs encore comment vous avez pu faire d'un simple hot-dog un plat aussi raffiné.

— Le secret réside dans les sauces et les condiments, lui répondit Keith en affichant son sourire éclatant. Tout est meilleur avec une bonne sauce, un peu de beurre ou une marinade.

Simon sembla soudain se réveiller. Quand les deux associés commençaient à parler cuisine, ils s'entendaient à merveille, semblaient compatibles et complices, et Vanessa prit bien soin de ne rien perdre de leurs échanges. Elle les laissa disserter sur le menu de Simple Simon puis décida de dévier un peu le cours de la conversation.

— Comment Dorothy percevait-elle la franchise ?

— Elle n'aimait pas ce projet, répondit Simon en s'assombrissant.

— Dorothy considérait son mari comme un génie culinaire, ajouta Keith. Elle pensait que ces restaurants terniraient sa réputation et que ce n'était pas une bonne idée de rendre son style de cuisine accessible au plus grand nombre. Mais nous avons bien fait de ne pas l'écouter. Ni elle ni ma propre femme, d'ailleurs.

— C'est vrai, acquiesça Simon en se levant d'un bond, comme s'il était resté assis trop longtemps. Gloria mange à peine, quant à Chloe, ce n'est qu'une grignoteuse. Elles n'y connaissent rien, voilà tout.

— Les restaurants de cette franchise ont représenté d'importantes rentrées d'argent et ce, dès leur ouverture.

— Mais vous ne vouliez pas les vendre ? leur demanda Vanessa. Yuri Kirov ne vous a pas fait une offre ?

— Pas encore, répondit Keith.

— Pour le moment, nous étudions toutes les options, ajouta Simon. Nous envisageons tous les deux de prendre notre retraite et Kirov a de grands moyens. Quant à Macy, elle, c'est une femme qui a beaucoup de goût et… d'appétit.

— Autant qu'un loup, approuva Keith.

— Ma Dorothy était du même genre. Elle pouvait manger autant qu'elle voulait sans jamais prendre un gramme, dit Simon en faisant les cent pas dans la bibliothèque. Elle me manque tant, je ne cesse de penser à elle. Le meurtre de Bethany a fait remonter de douloureux souvenirs en moi.

— L'enquête avance, déclara Keith. Les policiers disent que nous pouvons rentrer chez nous, à présent. Les Ingram sont ravis, je crois qu'ils étaient contrariés de manquer leur programme télévisé préféré. Gloria, quant à elle, n'avait plus assez de tenues, elle est d'ailleurs partie faire quelques courses à Aspen.

Vanessa saisit l'opportunité et mit fin à leur session d'enregistrement. Elle retrouverait Simon pour la suite dans deux jours car il avait d'autres engagements.

Dès que les deux hommes eurent quitté la pièce,

Vanessa se dépêcha de ranger son matériel et fila à l'écurie. Elle était un peu en retard, aussi fut-elle soulagée de voir que Ty l'attendait, à côté de deux chevaux déjà sellés.

Assis sur un étalon couleur ébène, il était l'archétype même du cow-boy. Il avait équipé pour elle une jument alezane à la crinière tombante qui répondait au nom de Coco.

— Prête à m'accompagner ? demanda-t-elle à la bête en lui caressant l'encolure.

— Le gars de l'écurie prétend que c'est ta préférée…

— Il a raison, dit-elle en montant sur le cheval. Je me réjouis de cette balade, mais comme nous sommes au beau milieu d'une enquête, cela me paraît malgré tout un peu déplacé… Peut-être peux-tu m'expliquer les raisons de ce rendez-vous ?

— Je ne crois pas que nous puissions faire quoi que ce soit d'autre d'utile cet après-midi. Un peu plus tôt, j'ai fouillé les archives judiciaires et les dossiers de la police. Il y avait une montagne de paperasse. Le comté de Tremont n'a commencé à numériser les documents que l'année dernière, la zone de classement compte plus de cent ans de fichiers… Il va falloir étudier tout ça au cas par cas.

— Autant chercher une aiguille dans une botte de foin, lui répondit Vanessa qui, malgré son goût pour les recherches, se sentit défaillir devant l'ampleur de la tâche. Mais cela n'explique pas les raisons de cette promenade ?

— J'ai pensé au service de recherches et de secourisme pour lequel je travaillais, la plupart de leurs informations sont répertoriées sur des cartes et sur le GPS. Ils ont été ravis de me filer un petit coup de main et m'ont transmis le dossier de ta tante. Alors, puisque j'ai les coordonnées GPS, je me suis dit que nous pourrions aller jeter un coup d'œil.

— Jeter un coup d'œil à quoi ?

— Au chemin qu'elle a pris, le jour de sa dernière balade. Nous pouvons suivre l'itinéraire qu'elle a suivi il y a douze ans, et voir où elle est descendue de son cheval et l'endroit où on a retrouvé ses restes.

Vanessa ne put s'empêcher d'être impressionnée par l'idée qu'il avait eue. Remonter le chemin du passé pouvait être utile pour tenter de comprendre ce qui avait pu se passer ce jour-là. Alors qu'elle tirait sur les rênes et le suivait en s'éloignant de l'écurie, elle remarqua qu'il avait emporté un fusil avec lui, dans le fourreau de sa selle. Manifestement, il se préparait à rencontrer d'éventuels ennuis.

12

Ils suivirent un étroit sentier qui traversait la forêt puis, une fois qu'ils eurent gravi la colline située derrière le château, ils purent admirer les vastes pâturages qui s'étalaient devant eux et où quelques troupeaux paissaient paisiblement. Un fil de fer barbelé séparait la route des prés. Le ciel, qui en cette fin d'après-midi était clair et dégagé, rappelait à Ty la douce mélancolie de la ville de Yellowstone où il avait grandi. Il avait commencé à monter à cru dès son plus jeune âge et s'adapter au rythme de l'étalon lui semblait la chose la plus naturelle du monde.

Même s'ils étaient censés enquêter sur un crime, ce qui était tout à fait sérieux, il ne pouvait s'empêcher de se sentir d'humeur légère et joyeuse, un peu comme si Vanessa et lui étaient en train de vivre leur premier rendez-vous.

Celle-ci tira sur ses rênes pour remonter à son niveau. Sa jument brune était plus petite que sa propre monture mais semblait plus énergique, un peu comme la jeune femme qui la chevauchait.

Ty l'observa un instant. À l'aise dans son jean moulant et ses bottes, quelques mèches de cheveux dorés s'échappant du bord de son chapeau, elle avait les joues roses et le sourire aux lèvres.

— On fait la course ? lui proposa-t-elle en lui lançant un regard malicieux. Jusqu'à ce gros rocher-là, au sud de la prairie, celui qui ressemble à un gros bouddha.

— C'est parti ! lui répondit-il en réajustant son chapeau.

Il lui laissa quelques secondes d'avance mais se rendit vite compte qu'elle ne semblait pas avoir besoin de ses faveurs. Penchée en avant sur Coco, elle frappa de ses talons les flancs de la jument et celle-ci fila à la vitesse du vent.

Vanessa remporta la course et célébra sa victoire en poussant un cri et en serrant l'encolure de Coco.

— Qu'est-ce que ça fait du bien ! s'exclama-t-elle. Que cela te serve de leçon, monsieur le shérif, jamais tu ne pourras battre une ancienne minichampionne de rodéo !

— Je tâcherai de m'en souvenir…

— Merci de m'avoir proposé cette balade, cela faisait longtemps que je ne m'étais pas autant amusée, lui confia-t-elle avant de reprendre son sérieux. Bon, et maintenant, nous avons du pain sur la planche, quelle direction devons-nous prendre ?

— Un peu plus au sud, en direction de Rattlesnake Ridge.

— Comment sais-tu que c'est par là que ma tante est partie ? Tu as une carte ?

— Simple bouche-à-oreille. Avant de quitter le château, ta tante aurait dit à l'homme qui s'occupait des chevaux qu'elle comptait se rendre là-bas. Et le chef des secours m'a confirmé cette information.

Rattlesnake Ridge était une destination très prisée des cavaliers, il s'agissait d'une corniche rocheuse assez haute et suffisamment large pour que deux chevaux puissent l'emprunter côte à côte. Le site se trouvait en face de la lisière d'une épaisse forêt et offrait un panorama époustouflant.

— Je connais bien cet endroit, déclara Vanessa. J'aime aller y admirer le coucher du soleil.

— Dans quelques heures, ce sera déjà le crépuscule.

Ty avait l'intention d'être de retour au château avant la tombée de la nuit. Ils étaient à découvert, dans les pâturages, et il ne voulait pas risquer d'être pris en embuscade.

En attendant, la nature environnante et le chant des oiseaux le rendaient contemplatif et, se rappelant soudain les raisons de leur présence ici, il décida de se creuser un peu les méninges.

— Je me demande, commença-t-il en regardant Vanessa, ce à quoi pouvait bien penser Dorothy quand elle a fait cette dernière promenade…

— Si elle avait vraiment prévu de se suicider, l'endroit qu'elle avait choisi pour le faire devait avoir pour elle une importance capitale. C'est du moins ce que les poètes aiment à croire. Mon père a toujours aimé réfléchir aux grandes questions de la vie… Que nous arrive-t-il après la mort ? Est-ce que le paradis existe ?

— Dorothy avait, elle aussi, une nature philosophique ?

— Je ne sais pas, lui répondit-elle en haussant les épaules, mais une certaine excentricité coule dans le sang de cette famille.

— Pourquoi une telle femme voudrait-elle mettre fin à ses jours ?

— Je ne crois pas qu'elle se soit donné la mort. Il est certain qu'elle devait être en colère, peut-être qu'elle repensait à la dispute qu'elle venait d'avoir avec Simon mais pas au point de souhaiter cesser de vivre…

— Était-il en colère contre elle ? Est-ce qu'ils étaient le genre de couple qui se chamaille beaucoup ?

— Ce n'est pas le souvenir que je garde d'eux, non, mais à l'époque je n'étais qu'une enfant. Simon est un homme passionné qui peut exploser comme un volcan, mais je ne pense pas qu'il puisse être violent. Quant à Dorothy, elle n'était pas du genre à se laisser faire.

Elle regarda Ty et claqua des doigts avant d'ajouter :

— Au fait, j'ai retrouvé le texte que mon père a écrit à propos des funérailles de leur chat, Monsieur Boule de Poils. C'est une jolie petite allégorie.

Ty eut beau remonter aussi loin qu'il le pouvait dans ses souvenirs scolaires, fouiller parmi les métaphores et autres figures de style, il allait avoir besoin que Vanessa lui apporte quelques éclaircissements.

— Peux-tu me donner quelques explications ?

— Je pense que le chat roux aux yeux verts est une référence à sa sœur aînée, Dorothy, qui se comportait avec lui comme un chat avec son propriétaire.

— L'ignorer, déchirer sa plus belle chemise, faire pipi sur ses chaussures ?

— Je ne crois pas qu'elle ait jamais fait ses besoins sur ses affaires, répondit Vanessa avec un sourire, mais c'est l'idée. Son dédain envers lui pourrait même expliquer le fossé qui les a séparés pendant vingt ans.

— Comment cela ?

— Ma famille avait d'étranges traditions en termes d'héritage. C'est Dorothy qui a tout reçu. Mon père a seulement obtenu un règlement en espèces. Il a pu leur en vouloir d'être ainsi mis de côté.

— J'aimerais bien voir ce texte, conclut-il en pensant que cette histoire constituait un nouveau mobile.

— Bien sûr, le livre se trouve dans la bibliothèque du château.

Ty passa devant Vanessa et les guida au travers des trembles, dont les feuilles commençaient à prendre des teintes dorées, jusqu'à ce qu'ils arrivent au sommet de la crête où les plaines s'étalaient sous leurs yeux jusqu'à l'horizon.

— Au loin, à l'ouest, lui dit-il comme s'il était guide touristique, tu peux voir la ville de Greenwell qui est le centre démographique du comté de Tremont. Et si tu suis cette route qui s'éloigne de la cité, tu arrives au chemin qui mène à mon chalet.

— Je ne savais pas que tu vivais si près du château, lui dit-elle.

La topographie des montagnes rendait l'évaluation des distances plus difficile que sur les plaines. Si on tirait une ligne droite entre sa maison et le château, il n'y avait probablement qu'une dizaine de kilomètres et, à vol d'oiseau, le trajet ne représentait que quelques minutes. Mais c'était sans compter le relief, les rivières et les forêts.

— C'est plus rapide de faire le chemin à cheval plutôt qu'en voiture.

Ils mirent pied à terre. Ty sortit son GPS portable et entra les coordonnées du premier arrêt de l'itinéraire de Dorothy. Il suivit la direction que lui indiquait le boîtier sur une vingtaine de pas et déclara :

— Voilà, c'est ici qu'elle s'est arrêtée et qu'elle est descendue de cheval.

— Comment le sais-tu ?

— J'ai pu lire les archives des secouristes, lui répondit-il en sortant son ordinateur portable de sa sacoche. L'équipe de recherche avait pris des notes détaillées pour connaître le début et la fin de son itinéraire. Sur cette affaire, ils ont bénéficié de l'aide de beaucoup de bénévoles.

Vanessa se rapprocha de lui et regarda l'écran.

— Trente-deux volontaires ont aidé aux recherches pendant plus de dix heures le lendemain de sa disparition.

— Dans ce genre de situation, l'hypothèse qu'on privilégie toujours, c'est que la victime ait eu un accident, une chute de cheval par exemple.

— Comment l'ont-ils découverte ?

— Le responsable de l'équipe est souvent un expert des recherches. Il sait traquer, étudier les traces sur le sol, les branches cassées, les empreintes de pas… et il peut retrouver dans quelle direction la victime est partie. Ces gars-là ont la plupart du temps des compétences incroyables, et leurs investigations sont encore plus efficaces que les recherches effectuées par satellite, GPS ou drones.

— Les secouristes utilisent des drones ?

— Ils se servaient autrefois d'hélicoptères pour chercher les randonneurs perdus. Mais les drones peuvent couvrir deux fois plus de superficie à moindre coût. Les opérations de recherches et de sauvetage, en particulier dans une zone de villégiature aussi luxueuse qu'Aspen, bénéficient maintenant de la plus haute technologie.

Il se tut un instant pour regarder son écran de nouveau, puis ajouta :

— Apparemment, Dorothy est allée par là, en descendant la colline depuis la crête. Les notes disent qu'elle n'est pas tombée mais qu'elle a quand même fait ce trajet à pied.

— Pourquoi aurait-elle décidé d'aller dans cette direction ? C'est très escarpé…

— Peut-être cherchait-elle quelque chose ? Il n'y a aucun moyen de le savoir.

— Je n'ai pas particulièrement envie de suivre son exemple et de tomber, déclara Vanessa, ne pourrait-on pas retrouver sa trace en bas ?

— C'est ce qui est prévu, acquiesça Ty.

Ils remontèrent tous les deux sur leurs montures et grimpèrent un peu plus haut sur la crête jusqu'à trouver un chemin sûr pour la redescendre. Tout en avançant, Vanessa parcourait des yeux les informations sur l'ordinateur portable de Ty.

— Il y a tout un tas de détails concernant son cheval qui aurait fait des allers et retours sur la crête. L'animal ne semblait pas être blessé.

— Mais il ne voulait pas la suivre dans la voie qu'elle avait empruntée, probablement car il devait la trouver dangereuse, ajouta Ty. Les chevaux sont si intelligents.

— Tu crois que la raison de sa disparition pourrait être aussi simple ? Qu'elle ait perdu son cheval ?

Il était frustrant d'évoquer toutes ces possibilités en sachant qu'aucune ne serait validée, pourtant, en suivant les traces de Dorothy, Ty se sentait plus utile qu'en restant à faire les cent pas dans les salles poussiéreuses du bureau du shérif. En bas de la colline, il mit pied à terre et se concentra sur le GPS. La piste de Dorothy dessinait maintenant un étrange zigzag avant de s'éloigner en direction du sud-est.

— C'est à ce stade, expliqua-t-il à Vanessa, qu'on a sollicité l'aide des bénévoles. Ils ont été dispersés sur toute la zone pour chercher le moindre indice.

Vanessa le suivit dans la prairie, tout en tenant les deux chevaux par les rênes.

— La façon dont elle se déplaçait, manifestement en titubant, me laisse penser qu'elle devait être soûle ou droguée, déclara Vanessa. Elle était peut-être malade, souffrait de quelque chose et s'est sans doute évanouie. Est-ce que tu sais si on pourrait avoir accès à son dossier médical ?

— Connais-tu le nom de son médecin ?

— Non, mais peut-être que George Ingram le connaît, nous devrions aller lui parler de tout ça… Je vais l'inscrire sur ma liste de tâches.

Dorothy semblait ensuite s'être arrêtée juste au bord d'un profond ravin. Vanessa fit défiler les documents sur l'écran de l'ordinateur…

— Oh ! Mon Dieu, Ty, lui lança-t-elle soudain. Regarde ça !

Sur l'écran apparaissait une photographie dont la légende indiquait qu'il s'agissait d'un objet trouvé par l'un des volontaires à cet endroit. C'était un médaillon en or, réplique parfaite de celui que Ty avait dans sa poche, avec le cœur et la flèche.

— C'est la preuve que nous sommes sur la bonne piste, déclara-t-il.

— Mais nous ne savons toujours pas ce que Dorothy était venue faire ici, répliqua Vanessa en s'asseyant un instant sur un rocher pour regarder tout autour d'elle. Fuyait-elle ou venait-elle chercher quelque chose ? Les secouristes ont-ils découvert un indice qui aurait pu laisser croire qu'elle venait ici retrouver quelqu'un ?

— Ils n'ont rien noté dans ce sens, non.

Vanessa était perdue dans ses pensées et Ty constata qu'elle semblait avoir une excellente faculté de concentration. Même si elle avait été séparée de sa tante encore enfant et ne l'avait pas revue depuis, le lien qu'elle avait avec les membres de sa famille paraissait puissant et profond. Elle était une Whitman des pieds à la tête. Tous les autres faits ou preuves semblaient moins importants que les souvenirs logés au plus profond d'elle-même, dans son ADN. Ty ne croyait pas aux pouvoirs psychiques et surnaturels, mais il ne pouvait nier le lien qui existait entre Vanessa et sa tante décédée.

— Si je devais deviner, dit-elle enfin, je dirais que Dorothy fuyait quelque chose ou quelqu'un qui l'avait suivie depuis Rattlesnake Ridge. Cela expliquerait sa démarche étrange et la raison pour laquelle elle a dévalé la pente raide au lieu d'emprunter une voie plus sûre pour descendre… Elle essayait de s'échapper.

— Tu penses que quelqu'un la pourchassait depuis la crête ?

— Son erreur a été de descendre ; une fois en bas, elle n'avait plus d'endroit où se cacher, elle était à découvert. Elle devait être une cible facile pour un tireur placé en haut de Rattlesnake Ridge.

Vanessa ne faisait que des suppositions. Il n'y avait

pas de faits. Pourtant, tout cela semblait cohérent. Ty vint s'asseoir à ses côtés. Seuls quelques centimètres séparaient leurs deux corps.

— Comment as-tu pensé à cette hypothèse ? lui demanda-t-il.

— J'ai beau avoir les pieds sur terre, comme ma tante, j'ai aussi beaucoup d'imagination, comme mon père. Quand j'aurai découvert le fin mot de toute cette histoire, je te préviendrai, lui dit-elle en lui caressant la joue doucement avant de se lever. Et que te dit le GPS maintenant ?

— À partir d'ici, c'est simple et direct. Elle a couru tout droit, vers Buzzard Creek.

À cette époque de l'année, au tout début de l'automne, il n'y avait déjà plus beaucoup d'eau au fond de la rivière. Son lit ne faisait que quelques mètres de large. Dorothy savait qu'en plein hiver, celui-ci était souvent presque à sec.

Ty suivit Vanessa dans un large ravin où un simple filet d'eau suivait un chemin sinueux parmi les arbustes et quelques peupliers.

Si ce qu'imaginait Vanessa était juste et que Dorothy avait bien cherché à s'enfuir, emprunter cette direction semblait tout à fait logique. Une fois au fond du ravin, elle pouvait se mettre à l'abri et se cacher d'un éventuel assaillant muni d'un fusil. Vanessa s'arrêta au bord de l'eau et laissa Coco se désaltérer quelques instants.

— De quel côté est-elle partie ensuite ?

— Je l'ignore.

Les informations communiquées par le GPS n'étaient plus très claires. Certains signes montraient que Dorothy était partie vers la droite, d'autres vers la gauche.

— Que disent les notes ? demanda Ty à Vanessa.

— À peu près la même chose que toi, lui répondit-elle en étudiant les données. Elle semble avoir avancé sur quelques mètres dans une direction puis être revenue sur ses pas pour prendre l'autre.

Ty eut alors une révélation.

— Et c'est là qu'elle a disparu ! Rien n'indique clairement qu'elle ait quitté le ravin ou qu'elle ait rejoint quelqu'un à cheval. Elle a simplement… disparu.

Vanessa se pencha sur l'écran pour lire les derniers documents.

— Les bénévoles ont continué les recherches jusqu'à la tombée de la nuit sur plus de cinq kilomètres, mais ils n'ont rien trouvé.

— Et le lendemain, il est tombé près de quinze centimètres de neige, et presque autant le surlendemain.

— Pile au bon moment, constata-t-elle. Après la fonte des neiges, il ne devait pas rester grand-chose à étudier pour les équipes de secouristes.

— Mais ils n'ont pas baissé les bras. Les policiers ne sont pas les seuls à être hantés par les affaires qu'ils n'ont pas pu résoudre, tu sais.

Tout au long de l'hiver et au printemps, des opérations de recherche avaient été menées ici dès que les équipes avaient eu un moment de libre.

— En mars, au début du printemps, ils ont retrouvé ses restes dans une grotte de l'autre côté de la rivière. La question de savoir comment elle a pu traverser le ruisseau et gravir cette colline reste sans réponse car seuls son crâne, quelques os et des côtes ont été retrouvés.

— Il n'y avait rien d'autre ?

— Non.

Ty caressa le flanc de l'étalon tandis que celui-ci buvait à la rivière et sentit ses muscles puissants sous sa peau. Soudain, l'animal releva la tête puis regarda à gauche, vers Rattlesnake Ridge. Ty suivit la direction de son regard et vit briller le reflet d'un rayon de soleil sur du métal. Était-ce le canon d'un fusil ? Sans attendre, il sortit son arme et cria :

— Vanessa, couche-toi au sol !

Du coin de l'œil, il la vit se cacher derrière un bosquet de buissons puis il donna une claque sur la croupe de son cheval pour lui faire signe de déguerpir. Il refusait que celui-ci risque de se prendre une balle perdue.

Il pointa alors le canon de son fusil vers l'endroit où il avait vu le reflet et mit son œil dans le viseur.

L'autre tireur ouvrit le feu en premier.

13

Allongée à côté du ruisseau, Vanessa était incapable de bouger, paralysée par la panique. Même si les coups de feu que Ty tirait avec son fusil étaient assourdissants, elle ne pouvait le quitter des yeux. Tout dans son attitude prouvait qu'il était un tireur aguerri.

Elle lui faisait confiance, elle savait qu'il ferait tout pour la protéger. Mais l'écho des coups de feu venus d'en face la terrorisait. Quelqu'un leur tirait dessus, quelqu'un les avait pris pour cibles. Pour proies. Ce qu'elle ressentait à présent était-il semblable à ce que sa tante Dorothy avait pu vivre lorsqu'on lui avait tendu l'embuscade qui lui avait coûté la vie ? Mais peut-être que tout cela n'était que le fruit de son imagination et que Dorothy avait seulement mis fin à ses jours, comme l'enquête l'avait prouvé…

Ty jeta un regard dans sa direction et lui cria quelque chose. Elle ne pouvait l'entendre, pourtant elle essaya de le rassurer en lui faisant un signe du pouce.

— Je vais bien, ajouta-t-elle.

Mais était-ce seulement vrai ? Elle ne pensait pas avoir été touchée, cependant elle ne pouvait bouger ni ses bras ni ses jambes. Elle remua les orteils, tapota les diverses parties de son corps, chercha d'éventuelles traces de sang… et découvrit soudain une tache rouge sur sa chemise en haut de son bras gauche. Elle avait été effleurée par une balle et ne l'avait même pas sentie.

— Vanessa ! cria Ty.

— Qu'y a-t-il ?

Il lui jeta son téléphone portable.

— Appelle le numéro d'urgence, tu vas tomber sur Gert au bureau du shérif. Dis-lui que j'ai besoin de renforts, le plus vite possible. Si nous voulons attraper ce gars, il va falloir être rapide.

Les balles sifflant au-dessus de sa tête, Vanessa fit ce qu'il lui demandait.

— Shérif, lui répondit Gert de sa voix éraillée, dans quels ennuis vous êtes-vous encore fourré ?

— Bonjour, c'est Vanessa Whitman, je suis avec le shérif et il a besoin de renforts, envoyez tous les agents, le plus rapidement possible !

— Que se passe-t-il ?

— Nous sommes au beau milieu d'une fusillade, lui expliqua Vanessa qui n'avait pas le temps de bavarder. J'ai été touchée, nous nous trouvons à Buzzard Creek, à côté de Rattlesnake Ridge.

Vanessa raccrocha avant que Gert soit tentée de lui poser d'autres questions. Elle se demanda soudain comment elle pouvait se trouver dans une telle situation. Cela ressemblait à un véritable cauchemar. Comment elle, la respectable professeure d'anglais, écrivaine prête-plume pour les mémoires d'un chef réputé, pouvait-elle être prise pour cible ? Qui voulait sa mort ?

Ty baissa son fusil, se déplaça jusqu'à elle en restant courbé puis s'allongea à ses côtés, dans la terre.

— Tout va bien ?

— Ça pourrait aller mieux, lui répondit-elle en lui montrant les traces de sang sur sa chemise. J'ai été touchée, je pense que ce n'est qu'une éraflure mais je n'en suis pas certaine.

Ty releva doucement sa manche pour regarder la blessure.

— Ça n'a pas l'air trop grave, lui dit-il d'une voix rassurante. La balle t'a juste effleurée, mais tu vas peut-être devoir inscrire une petite visite aux urgences sur ta liste de choses à faire. Sinon, tu risques de garder une cicatrice.

— Et si je veux une cicatrice ?

Ce qu'elle voulait surtout, pensa-t-elle, c'était qu'il la réconforte, qu'il la prenne dans ses bras et qu'il lui caresse les cheveux en lui disant que tout allait s'arranger. Elle voulait le remercier de lui avoir sauvé la vie, mais se demandait s'il était judicieux de baisser ainsi sa garde et de se montrer aussi vulnérable. Alors, elle ajouta :

— Cette blessure par balle pourrait faire de moi quelqu'un de bien plus intéressant…

— Oh ! Tu es déjà très intéressante, tu sais, lui répondit-il en se penchant vers elle pour l'embrasser sur le front.

Un baiser qui la réchauffa immédiatement…

— Vanessa, je dois te demander une faveur, ajouta-t-il.

— Oui ?

— Est-ce que tu accepterais de rester seule ici quelques instants ?

— Toute seule ? Oh ! Mon Dieu, non, non.

— L'homme qui se trouve là-haut, sur Rattlesnake

Ridge, ne tire plus depuis deux ou trois minutes, il est peut-être en train de s'enfuir et je veux l'arrêter.

Vanessa sentit une vague de colère l'envahir, mélange de peur et de confusion. Elle n'arrivait pas à croire que Ty puisse envisager de la laisser seule ici, sans défense, pour partir aux trousses d'un meurtrier.

— Les renforts ne sont pas censés arriver d'une seconde à l'autre ?

— Nous perdons du temps, lui expliqua-t-il. Mais je ne partirai pas si tu as besoin que je reste auprès de toi.

Elle se rendit compte qu'elle ne voulait pas jouer le rôle de la victime peureuse et lui répondit :

— Je viens avec toi.

Il eut l'air choqué et surpris. Elle se leva et épousseta le devant de son jean. Une centaine de mètres plus loin, leurs chevaux broutaient comme si de rien n'était. Vanessa siffla puis fit claquer sa langue, et Coco releva la tête. Toutes les deux avaient passé suffisamment de temps ensemble pour avoir développé leur propre langage.

En quelques secondes seulement, la jument fut à ses côtés, labourant impatiemment la poussière de ses sabots.

— On dirait que ton cheval n'a pas envie de bouger, lança Vanessa à Ty d'un air taquin tout en lui rendant son téléphone.

Elle entendit alors les sirènes retentir au loin. Depuis la route qui venait de la ville, deux voitures de police approchaient, gyrophares allumés. Si le tireur n'avait pas déjà filé, il n'allait plus tarder.

— Il n'a pas pu partir bien loin, déclara Ty en appelant son cheval qui, en l'entendant, détourna le regard.

Si nous arrivons à retrouver l'endroit où il se trouvait, nous pourrons savoir s'il était à cheval ou à pied.

— Ou sur un vélo ou une moto, ajouta-t-elle en montant sur Coco. Une méthode de recherche plus efficace serait peut-être de se concentrer sur le nombre limité de personnes qui peuvent se trouver dans les parages et qui savent ce que nous recherchons.

— Nombre limité ?

Il y avait huit invités présents au dîner la veille, ainsi que le personnel employé au château et les chefs présents en cuisine. Sans oublier les adjoints de Ty, les policiers d'Aspen et ceux du bureau fédéral du Colorado.

— La liste me semble plutôt longue… Et le tireur est peut-être quelqu'un que nous ne connaissons pas, un mercenaire embauché pour nous tirer dessus par la personne qui veut ta mort, par exemple ?

Cette enquête s'annonçait plus compliquée que Vanessa l'avait envisagé. Si elle remontait dans le temps, elle pourrait probablement se souvenir d'une douzaine d'autres personnes qui pouvaient avoir des griefs contre elle ou la famille Whitman.

— Coco et moi allons te ramener ton cheval, dit-elle à Ty. Quel est son nom ? Diablo ?

— Apparemment, il a du caractère.

— Oui, il porte bien son nom.

Tandis qu'elle s'approchait doucement de l'étalon, celui-ci se mit à piétiner la terre en secouant la tête. Mais, grâce à la discrétion de Coco, Vanessa réussit à l'approcher sans mettre pied à terre, attrapa les rênes et guida le cheval jusqu'à Ty qui l'attendait, son fusil posé contre son épaule.

Derrière eux, une des voitures de police avait quitté la route et traversait le champ dans leur direction.

— Voilà ce que je te propose, commença Ty, tu vas rentrer en ville avec Randall en voiture. Il va te ramener au bureau du shérif où tu resteras avec Gert. Pendant ce temps, mes adjoints et moi allons ramener les chevaux à l'écurie, expliquer ce qui s'est passé à l'agent Morris et mener une petite enquête pour déterminer qui aurait pu se trouver sur la crête. Ensuite, je viendrai te chercher.

— Ça me va, acquiesça-t-elle.

Avant de monter sur son cheval, Ty caressa le museau de Diablo et lui murmura à l'oreille :

— On t'a peut-être donné le nom du démon, mais moi je sais que tu m'as sauvé la vie. Jamais je n'aurais vu ce tireur si tu ne m'avais pas montré où il se trouvait.

Sur ces mots, il déposa un baiser sur le museau du cheval et Vanessa ne put s'empêcher de trouver ce dernier chanceux.

Le palais de justice du comté de Tremont se trouvait en face de la place centrale de la ville de Greenwell. Pour un si petit comté, le bâtiment de trois niveaux était plutôt impressionnant, construit dans le même granit que celui qui avait été utilisé pour le Château Whitman. Randall escorta Vanessa jusqu'à l'escalier principal et lui tint la porte du rez-de-chaussée ouverte pour la laisser passer.

— Sur votre droite, lui dit-il, se trouve la salle d'audience officielle avec une sculpture représentant la justice portant un bandeau sur les yeux. Le taux de criminalité est trop bas ici pour nécessiter la présence d'un magistrat à temps plein, mais un juge itinérant vient le mardi et le jeudi.

Vanessa aima l'idée d'une ville si paisible qu'elle n'avait besoin de justice qu'à mi-temps.

— Je peux jeter un œil à l'intérieur ? demanda-t-elle.

— Non, désolé, la salle est fermée quand elle n'est pas utilisée. Ainsi que tous les bureaux de cet étage. Les postes à responsabilités, le maire, le trésorier, le greffier, ont leurs propres espaces de travail mais ne sont pas présents à des horaires réguliers. Ils ont tous d'autres emplois. Étiez-vous déjà venue dans ce bâtiment ?

— Peut-être quand j'étais enfant, mais je ne m'en souviens pas.

— Dommage que vous ayez dû déménager, dit-il d'une voix chargée de regrets.

— Pourquoi dites-vous cela ?

— Grandir dans une petite ville comme Greenwell vous apporte un profond sentiment de sécurité et de paix. Pour rien au monde, je n'aurais voulu vivre ailleurs. Je connais certains de mes voisins depuis que je suis petit garçon. J'ai rencontré ma femme au lycée et nous avons déjà lancé la nouvelle génération avec une petite fille de quatre ans et un autre bébé qui est en route. D'ailleurs, je ne suis pas censé parler de ce nouveau bébé, c'est encore un peu tôt.

Randall semblait épanoui et heureux. Vanessa n'avait aucun mal à croire qu'il ne veuille rien changer à sa vie. D'une certaine manière, elle les enviait un peu, lui et tous ceux qui, comme lui, possédaient cette force d'identité. Si ses parents avaient décidé de rester vivre au château et qu'elle avait passé son enfance ici, elle aurait peut-être évolué de la même manière… ou pas. Certes, elle aimait le calme et la sérénité mais elle avait un besoin vital d'être stimulée. Elle avait au fond d'elle-même le même désir d'aventure que son père.

Randall la guida dans l'escalier qui menait au rez-de-jardin du palais de justice, niveau qui était entièrement réservé aux forces de l'ordre. Dans cet espace ouvert, les agents avaient tous des postes séparés par de fines cloisons. Ty, lui, avait son propre bureau. En face de l'entrée, Gert Hepple gérait l'accueil, le téléphone, les ordinateurs et tout le système de communication.

Alors que Vanessa avançait vers elle, cette dernière se laissa aller en arrière dans son fauteuil. Elle était plutôt petite et ses cheveux roux coupés court partaient dans toutes les directions. Quand son regard croisa celui de Vanessa, elle fronça les sourcils. Les deux femmes ne s'étaient encore jamais rencontrées et Vanessa se demanda pour quelle raison Gert semblait hostile envers elle. La réceptionniste congédia Randall d'un signe de la main et fit signe à Vanessa de s'approcher. Ses lèvres fines étaient pincées.

— J'ai été désolée d'apprendre la mort de votre père, lui dit-elle quand Vanessa arriva devant son bureau. C'était un cancer, c'est ça ?

— Oui, lui répondit Vanessa qui n'avait pas la moindre envie d'en parler. Merci.

— Il a été enterré à Denver ?

Quelle étrange question, pensa Vanessa. C'était bien la première fois que quelqu'un lui demandait où reposait le corps de son père.

— Il a été incinéré. J'ai répandu une partie de ses

cendres sur la tombe de ma mère et je pense disperser le reste dans les montagnes comme il le souhaitait, mais je n'ai pas encore trouvé l'endroit idéal.

— Oh ! Ce n'est pas compliqué, lui affirma Gert, il faut le faire à côté de Dorothy.

Dès que Gert fit cette suggestion, Vanessa comprit qu'elle avait raison. Voilà l'endroit qu'elle cherchait. Son père se moquait du château ou des multiples propriétés des Whitman. Et, même si lui et sa sœur avaient semblé s'éloigner l'un de l'autre, Vanessa savait au fond d'elle-même qu'il avait besoin de reposer à ses côtés.

— Savez-vous où elle a été enterrée ?

— Aucune idée, lui répondit Gert en débranchant son casque de téléphone pour sortir de derrière son bureau. Avant qu'on retrouve son corps, Simon avait organisé un grand service funéraire auquel tout le monde a assisté, là-haut dans la chapelle sur la colline. On s'est ensuite rendus au château où un buffet avait été dressé. J'y ai d'ailleurs mangé la meilleure côte de bœuf de toute ma vie. On peut dire ce qu'on veut sur Simon Markham, mais cet homme sait vraiment cuisiner.

Vanessa savait que la meilleure manière de dénicher des pépites dans les bavardages et les potins était d'écouter et de laisser parler son interlocuteur. Tôt ou tard quelque chose d'intéressant finissait toujours par surgir. Malheureusement, elle n'avait pas le temps d'écouter Gert lui parler pendant des heures car… quelqu'un lui avait tiré dessus.

— J'aime votre idée de disperser les cendres de mon père à côté de la sépulture de sa sœur ; vous pensez que le pasteur connaît l'endroit où elle repose ?

— Laissez-moi une minute, je vais l'appeler. Vous voulez une tasse de café ?

Vanessa accepta et suivit Gert jusqu'à la kitchenette, puis elles revinrent au bureau de l'accueil où celle-ci enfila son casque avant de composer le numéro de la chapelle. Sa conversation avec le pasteur dura un moment avant qu'elle raccroche puis explique à Vanessa qu'il n'en savait rien mais qu'elle-même allait continuer à chercher de son côté.

Vanessa prit une gorgée du café qui n'avait pas la même saveur que celui qu'on servait au château et se rendit compte que Gert ne se comportait pas avec elle comme une ennemie, bien au contraire.

— Que pouvez-vous me dire sur l'enquête policière concernant la disparition de Dorothy ? lui demanda-t-elle.

— Tout d'abord, c'est vous qui allez répondre à une petite question, mademoiselle, lui rétorqua Gert avec un sourire. J'ai entendu dire que votre cousine, Bethany, avait une liaison extraconjugale, c'est vrai ?

— Je ne sais pas si l'agent Morris souhaite que je partage cette information, lui expliqua-t-elle, mais la réponse est oui. Bethany avait un amant et apparemment depuis fort longtemps. Leur liaison semble avoir débuté quand elle vivait encore à Los Angeles.

Gert se pencha en avant, le regard brillant de curiosité.

— Ce ne serait pas avec ce type russe, Yuri Kirov ?

— Je ne crois pas, Yuri était le client de son mari, ce qui signifie que Bethany le connaissait depuis longtemps, mais… vous avez déjà rencontré Yuri et Macy ?

Gert pouffa.

— Nous n'évoluons pas dans les mêmes cercles sociaux.

— Macy vous plairait beaucoup, elle est haute en couleur.

Depuis son bureau, Randall interpella Vanessa.

— Ne lui dites rien d'autre, Vanessa ! À moins que vous ne vouliez que tout ça soit diffusé dans tout le comté !

— Personne ne t'a demandé ton avis, Randall, répliqua Gert. Et d'ailleurs, tu présenteras mes félicitations à ta femme pour votre nouveau bébé.

— Comment es-tu au courant ?

— J'ai mes sources.

Vanessa était ravie de constater que Gert semblait être au fait de tout ce qui se passait en ville. Découvrir les secrets de la région était exactement ce dont elle avait besoin. Pourquoi se donner la peine d'éplucher des milliers de dossiers d'archives alors qu'elle pouvait obtenir ces informations de première main ?

— J'ai entendu dire qu'il y avait eu des problèmes concernant le testament de Dorothy et ses assurances ?

— Oh non, pas du côté des assurances, lui répondit Gert en baissant la voix. C'était un suicide, Dieu ait son âme.

— Vous avez déjà croisé son avocat ? Il était du coin ?

— Pourquoi demandez-vous ça ? s'exclama Gert en fronçant les sourcils. Elle avait le même avocat que votre père. C'est le cabinet d'avocats de Greenwell qui gère les affaires personnelles de la famille Whitman depuis des années et des années, mais vous devez bien le savoir, non ?

Ces quatre dernières années, tandis que Vanessa tentait tant bien que mal de mettre de l'ordre dans les affaires de son père, elle avait eu affaire à des ribambelles d'avocats et de comptables. Chacun y allait de son petit numéro, cela avait été un véritable cirque et certains d'entre eux n'avaient rien à envier aux meilleurs clowns du pays.

— Je ne me rappelle personne venant de Greenwell.

— Attendez, j'ai leur numéro de téléphone, lui dit Gert avant de prendre un appel en urgence.

Assise en face d'elle, Vanessa regarda le crépuscule par les fenêtres. Où pouvait se trouver Ty à cet instant ? Cela faisait plus d'une heure et demie qu'ils s'étaient quittés, il aurait dû être de retour. Elle se demanda s'il la ramènerait au château après tout cela. Rien n'était moins sûr alors que quelqu'un cherchait à la tuer. Elle avait réussi à chasser la peur mais, alors qu'elle se laissait aller à fermer les yeux, elle sentit revenir le sentiment de danger… Elle se souvint du bruit des coups de feu. Des gerbes de terre que les balles soulevaient en touchant le sol.

— Vous avez l'air fatiguée, remarqua Gert en tambourinant des doigts sur son comptoir. Suivez-moi, il y a un canapé dans le bureau de Ty, vous serez mieux allongée.

— Non, ça va, je n'ai qu'une égratignure.

— Peut-être, lui répondit Gert, mais l'hôpital n'est pas tout près et une petite sieste ne pourra pas vous faire de mal.

Vanessa voulut protester mais le canapé gris à carreaux du bureau du shérif semblait bien trop confortable. Elle s'étira, s'étendit dans une position confortable et, en quelques secondes à peine, s'endormit profondément.

14

Lorsque Vanessa ouvrit les yeux, elle eut l'impression de n'avoir dormi que quelques minutes mais elle sut qu'elle se trompait en voyant que le soleil s'était couché. Dehors, il faisait nuit et il pleuvait. Quelqu'un l'avait couverte d'une couverture en laine bleue. Elle s'étira, se leva puis constata qu'elle était en chaussettes. En levant les yeux, elle vit que Ty l'observait depuis la porte.

— Il était temps que tu te réveilles, lui dit-il en souriant.

— Eh, protesta-t-elle, les paupières encore lourdes, n'inversons pas les rôles, c'est moi qui t'attendais. Vous l'avez attrapé ?

— Pas encore, non.

Vanessa vit ses espoirs disparaître. L'homme qui lui avait tiré dessus ainsi que son harceleur se trouvaient toujours en liberté, dehors dans l'obscurité. Et même si elle avait envie de croire qu'il s'agissait d'une seule et même personne, elle ne pouvait en être certaine.

— Et vous avez une idée de son identité ?

— Nous savons qu'il ne s'agit pas de Simon. Il était à un rendez-vous avec un des agents de la DEA, en lien avec l'enquête sur le meurtre de Bethany. Ce ne sont pas non plus Chloe ni Gloria Gable, qui étaient parties ensemble faire du shopping à Aspen. Mais personne d'autre n'a d'alibi. Dès que l'agent Morris les a prévenus qu'ils pourraient rentrer chez eux, ils ont filé.

— Il a commis une erreur en leur disant cela et c'est moi qui en ai fait les frais, déclara-t-elle en se laissant tomber sur le canapé.

— Morris met tout en œuvre pour trouver de qui il s'agit, il a appelé la police d'Aspen et les patrouilleurs en renforts, lui répondit Ty en venant s'asseoir à côté d'elle.

Vanessa posa sa tête contre son épaule et caressa le coton doux du sweat-shirt qu'il avait enfilé par-dessus son uniforme.

— Tu n'étais pas sous la pluie, remarqua-t-elle.

— Je voulais revenir ici le plus vite possible.

— Parle-moi des recherches à Rattlesnake Ridge, qu'ont-ils trouvé ?

— Les experts se sont rendus sur le site et ont découvert des traces de pneus qui correspondent à ceux d'un véhicule tout-terrain, ainsi que des empreintes de pas. Il y avait également une multitude de douilles, donc si jamais nous retrouvons son arme, nous pourrons faire une comparaison balistique.

Il se tut un instant, passa son bras autour de ses épaules et la serra contre lui avant de conclure :

— Puis, il s'est mis à pleuvoir.

— Et toutes les preuves ont été emportées…

— L'enquête poursuit son cours. La patrouille de l'État examine toutes les bandes des caméras de surveillance ainsi que tous les véhicules qui se sont promenés dans la région. Les flics et les autres agents, de leur côté, vérifient les alibis.

Même si Vanessa était certaine que tout le monde faisait de son mieux, elle ne pouvait s'empêcher de douter qu'on retrouve le tireur. Toutes ces recherches lui semblaient vaines et futiles. Elle referma les yeux.

— Ne te rendors pas, lui dit Ty, en la secouant doucement. Tu veux que je t'emmène à l'hôpital ?

— Le plus proche se trouve à Aspen, c'est à quarante-cinq minutes d'ici.

— Je vais te ramener pour que tu puisses dormir.

— Pas au château, non, protesta-t-elle en sentant des frissons lui parcourir l'échine. Je ne pourrais pas fermer l'œil.

— C'était une dure journée, lui murmura-t-il en resserrant encore son étreinte.

— Oui, pour le moins intense.

Elle laissa son esprit dériver et se remémora l'instant où, allongée face contre terre, elle avait entendu toutes ces balles siffler au-dessus de sa tête. Quelqu'un avait essayé de la tuer. À l'endroit où, douze ans plus tôt, les prédateurs s'étaient disputé les restes de sa tante.

Une douleur aiguë lui transperça le haut du bras gauche et soudain, tout lui revint en mémoire.

— J'ai été touchée.

— Je sais, lui répondit-il d'une voix aussi douce qu'une caresse.

— Tu penses que j'ai besoin de points de suture ?

— Si tu ne veux pas de cicatrice, oui, mais c'est toi qui vois.

— Ce serait probablement mieux. Je dois aussi me

rendre au cabinet d'avocats de Greenwell, murmura-t-elle. Je dois découvrir où Simon a enterré Dorothy.

— Quoi que tu aies à faire, nous nous en chargerons.

— Et Coco ? lui demanda-t-elle en se souvenant soudain de son cheval. Tu as pu la ramener à l'écurie ?

— Absolument, elle est en sécurité dans son box.

— En ce qui concerne ces points de suture, reprit-elle en se pelotonnant contre lui, je n'ai pas envie d'aller à l'hôpital.

— C'est ce que je pensais, lui répondit Ty. C'est pourquoi j'ai demandé au médecin de venir jeter un œil à ta blessure. Regarde derrière toi.

Vanessa se retourna vers le panneau vitré du bureau et aperçut, devant le bureau de l'accueil, le Dr Ingram et sa femme en pleine discussion avec Gert, une tasse de café à la main.

— Du café, dit-elle en fronçant les sourcils. Il n'est pas terrible mais j'ai besoin de caféine.

— Tu es prête à te faire recoudre ?

— Après une bonne tasse de café, je le serai.

Elle traversa le bureau en chaussettes, marcha jusqu'au bureau de Gert, salua tout le monde puis se rendit dans la kitchenette pour se servir une tasse. Le Dr Ingram la suivit, sa trousse à la main, et sa femme Martha sur ses talons. Tandis que celle-ci disait à Vanessa combien elle était courageuse, elle nettoya une des tables et la recouvrit de serviettes en papier.

— Merci, Martha, lui dit son mari en se lavant les mains.

— J'aime beaucoup être ton infirmière, lui répondit celle-ci en se haussant sur la pointe des pieds pour l'embrasser.

Le médecin lui fit signe de les laisser et montra une chaise à Vanessa.

— Asseyez-vous ici, retroussez votre manche et laissez-moi jeter un œil à cette blessure par balle.

— Je n'aurais jamais pensé entendre quelqu'un me dire un jour une telle chose.

— Il faut croire que votre vie est bien plus excitante que vous ne le pensez ; après tout, vous êtes une Whitman, vous savez.

— Qu'est-ce que c'est censé vouloir dire ?

— Que vous avez le droit de vivre des choses qui sortent de l'ordinaire.

Alors qu'il lui examinait le bras, Vanessa se rendit compte qu'elle n'avait jamais vraiment discuté avec George Ingram. Quand elle l'avait interrogé le soir de la découverte du meurtre de Bethany, il était avec sa femme et celle-ci semblait contrôler chacun de ses dires. Et puis il avait été ivre tout le reste de la soirée.

— Si vous avez peur d'avoir une cicatrice, lui dit-il en se servant de l'eau du robinet pour nettoyer sa blessure, je vous conseille d'aller voir un spécialiste à Aspen.

— Je veux seulement éviter que la plaie s'infecte, lui répondit-elle en haussant les épaules.

— Est-ce que c'est douloureux ? lui demanda-t-il. Sur une échelle de un à dix, vous diriez que ce que vous ressentez se situe à combien ?

Elle avait assisté à ce genre de scène des centaines de fois avec son père mais elle ne voulait pas de médicament trop puissant.

— Je voudrais soulager la douleur mais rester alerte, au cas où quelqu'un essaierait de nouveau de me tuer.

Le médecin esquissa un sourire et Vanessa comprit

pour quelle raison Martha était tombée amoureuse de cet homme dont elle disait qu'il était un vrai don Juan.

— Je n'ai jamais vraiment connu votre père, lui confia-t-il. Mais vous, vous me rappelez Dorothy.

— Pourquoi ?

— Vous êtes aussi intelligente et jolie qu'elle l'était.

Il prépara ses affaires, le produit antiseptique, le bandage, le fil et une seringue, puis ajouta :

— Vous allez ressentir un pincement, je vais anesthésier la zone où je vais recoudre.

— Sa mort a été une véritable tragédie.

— Une tragédie, en effet, répéta-t-il en lui enfonçant l'aiguille de la seringue si délicatement qu'elle le sentit à peine. Annoncer à Simon que sa femme s'était suicidée a été l'une des choses les plus difficiles que j'aie eues à faire de toute ma vie. Même si leur mariage n'était pas parfait, il l'aimait profondément.

Vanessa le croyait également. Sinon pourquoi Simon aurait-il transformé son cabinet de couture en un tel sanctuaire ?

— J'ai aussi traversé une phase difficile à cette époque, ajouta le médecin, j'avais des problèmes de vue. Pendant un temps, j'ai cru que j'allais devenir aveugle et j'ai failli rendre Martha folle. Mais, après quelques opérations chirurgicales réussies, j'ai pu m'en sortir.

— Vous avez eu de la chance.

— J'ai aussi eu des ordonnances pour pouvoir obtenir de la marijuana, lui glissa-t-il à l'oreille.

— Ne vous en faites pas, docteur, lui dit-elle d'un ton rassurant. C'est légal, vous savez.

Elle se souvint que Ty lui avait dit que Simon s'entretenait avec un agent de la DEA… Était-ce à propos d'une histoire de drogue ? Le petit-fils des Ingram, qui vivait avec eux, pouvait-il être mêlé à un trafic de drogue qui avait lieu au restaurant le Simplicity ?

— Et puis je suis certaine que vous gardez ça bien caché, n'est-ce pas ?

— Oh oui, imaginez si mon petit-fils tombait là-dessus, ce serait un vrai problème… Votre bras est-il engourdi ?

Elle hocha la tête et il reporta toute son attention sur la blessure. Tout en travaillant sur les points de suture, il déplaça son bras sous divers angles puis, quelques minutes plus tard, il annonça :

— C'est bon. Il y a sept points, vous voulez que je demande à Gert de vous apporter un miroir pour regarder ?

— Non, je vous fais confiance, docteur.

— Ah, vous êtes le genre de patiente que je voudrais avoir si je pratiquais encore la médecine de ville, lui dit-il avec un sourire. Mais cela n'est plus le cas, ma licence est expirée.

Ce n'était pas plus mal, pensa Vanessa. Même si George Ingram avait un certain charme, il semblait souffrir de problèmes physiques plutôt préoccupants, avait un sérieux penchant pour la bouteille et soulageait ses douleurs en fumant de l'herbe. Il avait l'air d'avoir été un excellent médecin pendant la plus longue partie de sa carrière mais méritait à présent de prendre sa retraite.

— Tout ce qu'il vous reste à faire à présent, docteur, lui dit-elle avec un sourire, c'est trouver dans quel lac lancer votre ligne de canne à pêche !

— Non, j'aime rester impliqué ici en tant que

médecin légiste. Il y a moins de pression, les patients sont déjà morts, je ne peux pas leur faire de mal ! lui répondit-il en sortant un petit instrument de sa poche.

— Qu'est-ce que c'est ? lui demanda-t-elle.

— Mon scalpel porte-bonheur, lui expliqua-t-il en lui montrant la lame brillante avant de couper les fils qui dépassaient de ses points. J'aime le garder avec moi, il me rappelle que je suis toujours médecin.

— Cela vous manque ?

— Parfois, oui, reconnut-il en enveloppant sa blessure dans un bandage bien serré. N'oubliez pas de bien nettoyer la plaie et voilà, nous avons terminé !

— Je vous remercie, docteur, lui dit-elle en remarquant une nouvelle fois combien son sourire était séduisant. Mais dites-moi, est-ce que je peux vous poser une question qui n'a rien à voir avec ma blessure ?

— Bien sûr, allez-y.

— Je voudrais me recueillir sur la tombe de ma tante, vous savez où se trouve sa sépulture ?

— Je pensais que vous le saviez, lui répondit-il en lui jetant un regard suspicieux. Pour tout vous dire, je croyais même que vous étiez la seule personne encore en vie qui le savait.

— Qu'est-ce qui pourrait vous faire croire une telle chose ?

— Dorothy avait fait une demande dans son testament, elle voulait que ce soit votre père qui l'enterre de la manière qu'il jugerait la plus appropriée et surtout dans un endroit qu'il choisirait lui-même.

Vanessa prit un moment pour digérer cette information et écouta le médecin qui continuait de parler. Décidément, il y avait quelque chose de très étrange en ce qui concernait les lieux de sépulture des membres de la famille Whitman. Son père avait voulu qu'on disperse ses cendres dans trois endroits différents et Dorothy, elle, avait demandé à son frère de se charger de cette tâche. Qu'avait pu faire son père des restes de sa sœur ? Un instant, elle pensa à l'urne qui contenait ses cendres dans la bibliothèque du château et elle eut l'impression qu'elle pouvait l'entendre rire.

Quand ils quittèrent le palais de justice, vers 22 h 30, il ne pleuvait presque plus, pourtant Ty escorta Vanessa en tenant un parapluie au-dessus d'elle jusqu'à sa voiture de service. Elle semblait déterminée à ne pas passer la nuit au château, aussi se demandait-il où il allait bien pouvoir l'emmener.

Une série d'éclairs illumina le ciel nocturne. Suivis de peu par le tonnerre. Les orages n'étaient pas rares dans le Colorado, mais ils entraînaient souvent des catastrophes comme des incendies de forêt.

Assis à l'intérieur du SUV, Vanessa et Ty frissonnèrent. Le taux d'humidité était plutôt élevé pour le climat qui d'ordinaire était aride dans cette région montagneuse.

— J'ai pris quelques-unes de tes affaires avec moi quand je suis revenu au château, lui dit-il en démarrant. Tu veux que je te dépose au motel ?

— Je ne veux pas être seule, lui répondit-elle. Je peux gérer ma peur mais je pense que j'ai besoin d'une protection.

— Nous pouvons aller dans mon chalet. Je l'ai

rénové pendant mon temps libre, il est assez grand et plutôt fonctionnel.

Il serra les dents, regrettant immédiatement ses mots. Sa relation avec Vanessa s'annonçait compliquée. Il la trouvait extrêmement séduisante et désirable, mais ne voulait pas avoir l'air insistant.

— Oui, nous pouvons aller chez toi, approuva-t-elle. Tu pourras me montrer ce que tu as fait.

Parler travaux toute la nuit ? Ce n'était pas forcément ce que Ty avait en tête en imaginant passer une soirée à deux…

— Ne t'emballe pas trop, lui répondit-il. J'ai beaucoup de projets en cours.

— Tu es comme un oiseau, tu ramasses tout ce que tu trouves à gauche et à droite pour construire un nid parfait pour tes œufs ?

— Malheureusement, les œufs ne m'intéressent pas beaucoup.

— C'est ce que tu crois, mais les œufs sont la raison d'être d'un nid. C'est l'endroit où les oisillons naissent et grandissent avant d'apprendre à voler.

Ty sentait que quelque chose lui échappait. Cela devait être une métaphore… ou une comparaison ? Une allégorie ? Il décida d'ignorer la dernière remarque de Vanessa et se concentra sur sa conduite. La route qui menait jusque chez lui était plutôt tranquille, ne présentant que quelques virages parmi les pins. De nouveau, une série d'éclairs vint illuminer le ciel nocturne.

— Les oiseaux fabriquent-ils tous des nids ? demanda-t-il malgré tout à Vanessa.

— Je crois, oui. Mais certains s'amusent d'abord un peu avant. Ils migrent des îles Aléoutiennes à

Guadalajara, parcourant des centaines de kilomètres pour changer de décor.

— Es-tu, comme eux, un oiseau migrateur exotique ?

— Je ne sais pas. Parfois j'ai besoin de la sécurité de mon nid et d'autres fois j'ai envie de déployer mes ailes et de partir à la découverte du monde, comme mon père, lui répondit-elle en agitant les bras comme un oiseau. En parlant de mon père…

— Oui ?

— Quand j'ai demandé tout à l'heure à George Ingram s'il savait où Dorothy avait été enterrée, il a été tout à fait surpris que je l'ignore, lui dit-elle en esquissant un léger sourire. Apparemment, dans son testament, ma tante avait demandé que ce soit mon père qui s'occupe de trouver sa dernière demeure, responsabilité qui pour la plupart des gens signifie trouver le cimetière où enterrer la personne.

— Sauf pour ton père qui, je le suppose, a dû suivre une autre voie…

— Il y avait déjà eu un service commémoratif quelques mois plus tôt, avant qu'on retrouve le corps de Dorothy, et Simon était si dévasté en apprenant qu'elle s'était suicidée que je crois qu'il a préféré ne pas faire de nouvelle cérémonie afin de rester discret sur ce sujet. Je ne crois pas qu'il voulait garder cela secret mais il ne devait pas avoir envie d'en parler.

Ty pouvait comprendre une telle chose. Les commérages allaient bon train dans la petite communauté et tout ce qui concernait la famille Whitman alimentait les ragots.

— Alors qu'a fait ton père ? lui demanda-t-il en haussant les sourcils.

— Quand il est venu au château, Simon était trop bouleversé pour gérer tout cela. C'est le Dr Ingram et Keith qui ont récupéré la boîte hermétique contenant les restes de Dorothy.

— Ce n'était pas un cercueil ?

— Non, il ne restait pas grand-chose de ma tante, son crâne, je crois, et quelques os. Mon père a pris la boîte, qui devait faire la taille d'une glacière. Il l'a mise dans sa camionnette et il est parti. Il n'a jamais dit à personne où il s'était rendu.

Dehors, le tonnerre gronda, ajoutant un aspect encore plus terrifiant à cette conversation morbide.

— George Ingram pensait que ton père te l'avait dit ?

— Ce qui semble logique... Ma mère est morte et enterrée depuis longtemps. Et je ne connais personne qui aurait pu être assez proche de Dorothy pour que mon père l'ait mis au courant.

Elle soupira avant d'ajouter :

— Nous allons devoir trouver le lieu de sépulture de Dorothy et fouiller cette boîte.

— Que Dieu me pardonne, je suis d'accord, approuva Ty qui sentait que cette vieille histoire classée renfermait des secrets qui les éclaireraient sur la situation présente. Cette boîte paraît suspecte, je veux aussi savoir ce qu'elle contient.

— Papa a peut-être laissé un indice dans le poème sur Monsieur Boule de Poils, dit Vanessa.

— Ah oui, je suis passé chercher le livre de ton père à la bibliothèque, lui apprit Ty. Il est dans ton sac.

— Cela va nous faire une très bonne histoire à lire avant de dormir.

Le dernier virage sur la route étroite qui menait à

son petit chalet en rondins à un étage leur fit longer un bosquet d'épais pins Ponderosa et d'impressionnants amas de rochers. Un jour, Ty louerait une pelleteuse pour déblayer toutes ces pierres. Mais pour le moment, le principal travail qu'il avait effectué à l'extérieur du bâtiment avait consisté à réparer le toit. À l'intérieur, il avait refait le plancher, repeint les murs, et remplacé et rénové toute la plomberie. Il avait pris du plaisir à faire tout cela et il était si fier du résultat qu'il s'interrogeait sur ce qu'avait dit Vanessa. Avait-il vraiment construit un nid ?

Quand elle passa la porte d'entrée, elle admira le parquet et le choix des peintures en utilisant un vocabulaire qui prouvait qu'elle s'y connaissait, elle aussi, en travaux de rénovation.

— On dirait que tu sais de quoi tu parles, lui fit-il remarquer. Tu as aussi rénové ton intérieur ?

— Même si je rêve de pouvoir un jour voler au-dessus de Buenos Aires, lui répondit-elle en fronçant le nez, je reste très concernée par la construction de mon propre nid.

— J'aime bien ce trait de caractère chez toi.

Leurs regards se croisèrent et Ty eut envie de s'approcher d'elle, pour sentir le doux parfum de sa chevelure, pour l'enlacer et la porter jusqu'à son lit. Un nouveau grondement de tonnerre l'encouragea à passer à l'action. Après tout, elle l'avait embrassé sur le Rocher de la Sorcière. Ty pensa qu'il était temps d'approfondir leur relation.

— Est-ce que nous sommes en sécurité, ici ? demanda-t-elle alors d'une petite voix.

— Même si ce type a compris que tu te trouvais

ici, lui répondit-il d'une voix confiante, mon chalet est équipé du meilleur système de sécurité qui soit et j'ai chargé deux de mes adjoints de le surveiller.

Vanessa fit un pas hésitant vers l'escalier puis demanda en levant les yeux vers lui :

— J'ai besoin de prendre une douche, la salle de bains se trouve à l'étage ?

La pluie tombait bruyamment sur la cabane en rondins. Les éclairs illuminaient la pièce par intermittence et le tonnerre grondait. Soudain, un cliquetis retentit à l'étage. Vanessa sursauta.

— Qu'est-ce que c'était ? murmura-t-elle, le souffle court.

— Un volet a dû se détacher, lui répondit Ty avant de grimper les marches quatre à quatre. Je ferais mieux de m'en occuper avant qu'il ne s'envole. Installe-toi dans la chambre d'amis, c'est la première porte à gauche, il y a une salle de bains attenante.

— Merci, lui dit-elle.

La nuit ne faisait que commencer. Tout pouvait encore arriver.

15

Vanessa sécha ses cheveux à l'aide d'une serviette moelleuse puis passa quelques coups de peigne pour les démêler. Rien ne valait une bonne douche chaude pour se détendre. La tension dans sa nuque avait disparu et elle respirait maintenant avec plus d'aisance. Elle regretta de ne pouvoir se glisser dès maintenant sous la couette bleu ardoise qui avait l'air si douce... Mais son pansement avait été mouillé et elle allait avoir besoin de Ty pour le changer. Le Dr Ingram lui avait donné un produit antiseptique, des compresses stériles et de la bande élastique. Elle avala un analgésique, prit le nécessaire puis descendit au rez-de-chaussée.

Elle retrouva Ty dans la cuisine. Il avait les cheveux humides et portait maintenant un T-shirt aux couleurs de l'université du Montana.

— Tu as fait tes études là-bas ? lui demanda-t-elle en pointant du doigt le logo en forme de griffe d'ours.

— J'y ai joué au football pendant quelques années, lui répondit-il avec un sourire. Allez les Grizzlis ! Jusqu'à ce que je me casse la jambe. Je n'ai jamais réussi à retourner en cours après ça.

— Je suis désolée.

— Ne le sois pas, c'est cet hiver-là que je suis venu à Aspen et que j'ai commencé à donner des cours de ski.

— Contre l'avis médical, je suppose ?

— Pas vraiment, non, les médecins m'avaient recommandé de faire un peu d'exercice pour retrouver la pleine mobilité de ma jambe, et apprendre aux enfants à skier n'est pas une tâche difficile. La saison suivante, j'ai intégré l'équipe de sauveteurs.

Tout en l'écoutant et en regardant autour d'elle, Vanessa remarqua qu'il avait préparé sur la table une théière et deux tasses ainsi qu'une assiette remplie de petits gâteaux.

— Goûter de minuit ?

— J'ai pensé que tu aurais probablement besoin que je change ton pansement et qu'une tasse de camomille pourrait nous aider à dormir cette nuit…

Ty était un chouette type mais ce genre d'attention dépassait toutes les espérances. Alors qu'il tirait une chaise pour elle, elle se demanda comment cet ancien joueur de l'équipe des Grizzlis pouvait être aussi délicat et gentil. Elle se souvint de leur baiser, si doux et si maîtrisé. S'ils s'embrassaient de nouveau, y aurait-il plus de passion cette fois ? Elle l'espérait…

Remplir leurs tasses, ajouter un peu de miel et tourner doucement les petites cuillères pour mélanger les saveurs, toutes ces actions la faisaient penser à une version démodée des préliminaires. Tant de romans se déroulant sous la Régence – qui étaient ses lectures préférées quand elle avait le temps de lire – évoquaient les désirs refoulés et les thés partagés. Elle regarda le beau shérif en portant sa tasse à ses lèvres. Pouvait-il être une version moderne de M. Darcy ?

— J'ai pensé que tu aimerais peut-être faire une liste des choses à faire pour demain ? lui dit-il en faisant glisser un petit carnet et un stylo sur la table.

Il avait vu juste. Faire la liste de ses responsabilités allait permettre à Vanessa de se clarifier l'esprit et également de cesser d'observer la forme de la bouche ou les douces nuances de vert qui brillaient au fond des yeux gris de Ty. Elle prit le stylo et le tapota sur la table. Elle n'avait pas d'entretien prévu avec Simon et, même si elle pouvait avancer dans son travail de retranscription, tout cela n'avait rien d'urgent.

— En premier lieu, commença-t-elle, il faut se concentrer sur le lieu de sépulture de ma tante Dorothy. Nous devons retrouver cette boîte et découvrir au plus vite ce qui s'y trouve. À quoi ce genre de contenant peut-il bien ressembler ?

— À une glacière ou à un minifrigo, lui répondit Ty en se versant une nouvelle tasse d'infusion avec la même élégance que le plus raffiné des *gentlemen*. Ce que nous ne devons absolument pas faire, c'est recommencer à nous promener à découvert dans les pâturages. Nous devons limiter notre zone de recherche.

— Nous devrions étudier le poème que mon père a écrit sur Monsieur Boule de Poils, ajouta-t-elle, ainsi que la photo de Dorothy et lui quand ils étaient enfants.

— Quand nous aurons trouvé où aller, j'ai une idée pour éviter de nous faire repérer.

— Laquelle ?

— Nous avons aujourd'hui accès à une technologie qui n'existait pas quand ta tante a disparu, commença-t-il avant de la regarder et de claquer des doigts. Les drones !

— Je suis impressionnée, lui répondit-elle en souriant. Tu en as un ?

— Les sauveteurs en ont plusieurs, oui. Une fois que nous aurons déterminé la zone de recherche, nous pourrons chercher tranquillement le lieu de sépulture du chat.

— Génial ! Quelle bonne idée, oh, je pourrais t'embrasser !

— C'est vrai ? lui rétorqua-t-il d'une voix plus grave. Ce n'est pas moi qui vais t'en empêcher…

Elle baissa les yeux et reprit :

— Deuxième chose, les documents administratifs. Gert m'a parlé du cabinet d'avocats de Greenwell, apparemment ce sont eux qui gèrent certaines des affaires de la famille Whitman.

— Que crois-tu qu'ils puissent nous apprendre ?

Il y avait eu tant de rebondissements dans l'histoire familiale des Whitman, tant de conflits et de secrets accumulés au cours des années qu'ils avaient dû d'une manière ou d'une autre se trouver consignés dans les multiples documents administratifs – les testaments, les actes de propriété, les polices d'assurance, etc. Vanessa soupira, grignota un petit gâteau et prit une nouvelle gorgée de son infusion.

— Je ne sais pas, mais ça vaut le coup d'aller y jeter un coup d'œil, lui répondit-elle.

— J'ai quelque chose à ajouter à ta liste : l'agent Morris veut faire une reconstitution pour savoir où chacun se trouvait et ce qu'il faisait au moment du meurtre de Bethany. Il a prévu d'organiser ça après-demain.

— Pourquoi faut-il que nous soyons présents, alors que nous ne sommes pas suspects ?

— Non, mais nous sommes témoins, et, en revivant ces instants, quelque chose d'important peut nous revenir en mémoire.

— Nous devrions repasser au château demain après avoir fait les recherches avec le drone, Morris aura peut-être reçu les résultats de l'autopsie. La journée va être chargée, nous devrions nous lever tôt…

— Oui, madame, approuva Ty avec un sourire. Allez, laisse-moi changer ton pansement.

Il marcha jusqu'à l'évier où il se lava les mains puis revint s'asseoir à côté d'elle. Quand il remonta la manche courte de son pyjama en flanelle légère et que sa main effleura sa peau nue, elle eut soudain la chair de poule.

— Alors, à quoi ça ressemble ? lui demanda-t-elle, maintenant qu'il avait retiré le pansement.

— Le Dr Ingram a fait du bon boulot, ses points de suture sont impeccables.

Il appliqua un peu de produit antiseptique et souffla dessus pour le faire sécher rapidement.

— Tu ne devrais pas garder de cicatrice, lui dit-il en reposant doucement le nouveau bandage.

Même si une si petite blessure ne nécessitait pas tant d'attention, Vanessa apprécia sa sollicitude.

— On ne m'avait encore jamais tiré dessus.

— Espérons que ce sera la seule et unique fois, lui répondit-il en finissant le pansement. Voilà, cela devrait tenir jusqu'à ta prochaine douche.

Elle tourna le visage et le regarda un instant.

— Tu sais prendre soin des autres, tu aimes construire ton nid, Ty, comment se fait-il que tu n'aies pas de petite amie ?

— J'ai l'impression d'entendre ma mère.

Vanessa regretta ses paroles, ce n'était certainement pas sur ce créneau qu'elle avait envie de jouer.

— Tu n'as pas envie de t'installer avec quelqu'un ?

— Je ne suis pas comme toi, Vanessa, lui expliqua-t-il en lui prenant la main. Je ne fais pas de liste, je ne raye pas les choses que j'ai faites, ma vie n'a rien d'organisé... Parfois, même, c'est assez déconcertant. Je n'ai pas de femme dans ma vie car on ne rencontre pas les gens comme on va acheter du pain. Je crois que je la rencontrerai quand ce sera le bon moment. Mais cette décision aura quelque chose de spontané, je ne peux pas le prévoir, c'est certain.

— Comme une aventure, ajouta-t-elle. Quand penses-tu que tu la rencontreras ?

— Je ne sais pas, c'est peut-être déjà arrivé.

— Sur le Rocher de la Sorcière, c'est moi qui t'ai embrassé. J'espère que nous allons bientôt passer aux choses sérieuses, lui dit-elle en le regardant droit dans les yeux.

Alors, sans lui lâcher le bras, Ty se leva et se rapprocha d'elle.

— Passer aux choses sérieuses ? Et que veux-tu dire par là ?

— Je parle d'un vrai baiser, de ceux qui me donnent des frissons de la tête aux pieds et qui me font grimper au septième ciel.

Sans plus attendre, il posa ses lèvres sur les siennes. Sensuellement, sa langue pénétra sa bouche et commença à danser avec la sienne. Vanessa pressa son corps contre celui de Ty, cherchant à se fondre en lui, en proie à des vagues de multiples sensations. Elle avait l'impression d'être entrée dans un rêve, dans un endroit où elle ne pouvait plus distinguer le dur du doux, le chaud du froid, le haut du bas. Sa remarque à propos du septième ciel n'était pas si exagérée… Leur baiser lui donnait l'impression de flotter dans les airs.

Cela faisait longtemps qu'elle n'avait pas été avec un homme. Allaient-ils trop vite ? Elle ne voulait pas risquer de blesser Ty ou avoir l'air de vouloir tout contrôler. Elle avait presque trente ans, elle n'était plus une adolescente. Elle devait se comporter de manière responsable. Au prix d'un gros effort, elle rompit leur étreinte et, soudain, l'espace entre eux lui parut aussi profond et vaste qu'un abîme arctique.

— Je ne veux pas que tu te fasses de fausses idées, lui dit-elle, le souffle court.

— Je crois que nous sommes sur la même longueur d'onde, lui répondit-il, nous voulons tous les deux monter à l'étage et nous glisser sous les draps. Vanessa, je te veux dans mon lit, avec moi, entièrement nue.

— Moi aussi, approuva-t-elle en pensant de nouveau qu'elle devait avoir un comportement responsable. Mais je ne peux pas te promettre autre chose de plus que de passer cette nuit ensemble. Nous ne construirons pas notre nid tous les deux, tu comprends ce que j'essaie de te dire ?

Il lui jeta un regard avec une intensité si flamboyante qu'elle sentit sa chaleur corporelle grimper encore de quelques degrés.

— Eh bien, voilà une déclaration des plus formelles, lui dit-il. Vanessa, je ne te demande pas en mariage, si tu ressens l'envie de faire marche arrière ou d'interrompre le cours des choses, dis-le-moi et j'arrêterai tout immédiatement. Sans rancune.

— Je t'apprécie beaucoup, Ty. Je ne veux pas te faire souffrir.

— Je suis un grand garçon, je sais prendre soin de moi-même, lui répondit-il tout en déboutonnant le haut de son pyjama pour y glisser une main.

De l'autre, il l'enlaça et l'attira contre lui. Même si elle l'avait voulu, elle ne pouvait pas lui résister. Alors, elle l'embrassa de nouveau, et se délecta de ses caresses. Il la touchait avec délicatesse et douceur, en accordant une attention particulière à ses seins. Puis il fit glisser ses deux mains le long de son dos et agrippa ses fesses avec fermeté. Elle se serra plus près contre lui.

Dehors, l'orage s'était calmé mais la pluie continuait de tomber. Vanessa ne pouvait rien distinguer dans l'obscurité, mais, par les fenêtres, quelqu'un pouvait les observer. Elle se sentit soudain très exposée. Son harceleur ne se trouvait peut-être pas très loin. Sans compter que Ty avait demandé à deux de ses agents de surveiller sa maison.

— Ton lit, murmura-t-elle. Montons là-haut, maintenant.

Serrés l'un contre l'autre, ils trébuchèrent jusqu'à l'escalier. Ils arrivèrent tant bien que mal à monter les marches, traversèrent le palier et pénétrèrent dans sa chambre qui était deux fois plus grande que la chambre d'amis. Lorsqu'il tâtonna à la recherche de l'interrupteur, elle repoussa sa main.

— J'aime l'obscurité, lui glissa-t-elle à l'oreille.

— Ça me va, lui répondit-il en la soulevant du sol pour la porter jusque sur son lit.

Même si Vanessa était une fervente féministe, se sentir aussi légère qu'une plume dans les bras musclés de Ty renforça son désir. Car, malgré sa délicatesse et son adorable théière aux motifs floraux, Ty était un homme vibrant de virilité.

Il ne leur fallut que quelques secondes pour se déshabiller. Sous les draps frais, ils blottirent leurs corps nus l'un contre l'autre. Ils firent l'amour en parfaite harmonie. Ensemble, tout semblait simple et naturel. Trop évident et beau pour que cela puisse être une erreur.

Le lendemain matin, Vanessa se réveilla dans un lit qu'elle ne connaissait pas, celui de Ty. Nue et incroyablement heureuse, elle glissa une main à côté d'elle en espérant toucher ses épaules musclées ou caresser ses courts cheveux hérissés mais Ty n'était pas là.

Elle ouvrit les yeux et regarda l'oreiller. Ce qu'ils avaient vécu la nuit dernière était-il vraiment arrivé ? Avait-elle réellement fait l'amour, deux fois, avec l'incroyable, superbe et sensible shérif du comté de Tremont ?

Les rayons du soleil resplendissaient dans la chambre par les baies vitrées. D'un coup d'œil au réveil qui se trouvait sur la table de nuit, elle vit qu'il était presque 9 heures. Elle regretta de ne pas s'être levée une heure plus tôt, le programme de leur journée était chargé.

— Ty ? appela-t-elle.

Une des fenêtres était ouverte et elle pouvait entendre des coups de marteau résonner depuis l'extérieur.

— Ty ?

— Oui, je suis dehors !

Elle s'enveloppa du drap et marcha jusqu'à la fenêtre. Ty se tenait sur le toit de la véranda, torse nu, sa ceinture d'outils accrochée aux hanches, son Stetson vissé sur la tête. Sous la lumière du soleil matinal, il lui rappela ces statues anciennes. Mais elle préférait sa peau chaude et douce au marbre glacé. Quand il enleva son chapeau et lui sourit, elle se demanda comment elle avait pu lui résister, ne serait-ce qu'une seule seconde.

— Qu'est-ce que tu fais ? lui demanda-t-elle.

— La nuit dernière, l'orage a fait quelques dégâts. La toiture est neuve, je préfère réparer tout ça sans tarder.

Construire son nid. C'était dans sa nature, il ne pouvait s'en empêcher.

— Très bien, lui répondit-elle en lui rendant son sourire. Je vais appeler les avocats de Greenwell et voir si nous pouvons obtenir un rendez-vous aujourd'hui.

— Attends, lui dit-il en montant l'échelle, pieds nus, jusqu'à parvenir à son niveau pour l'embrasser. Tu es magnifique dans la lumière du matin.

— Toi aussi, lui murmura-t-elle.

Elle garderait cet instant gravé dans sa mémoire pour toujours et le chérirait. Même si leur histoire ne dépassait pas la passion d'une nuit partagée, elle se souviendrait toute sa vie de ce cow-boy torse nu, venu l'embrasser sur une échelle à sa fenêtre.

16

Ty n'avait pas grandi à Greenwell mais il s'y sentait comme chez lui. Au centre de la place principale de la ville avait été installé un belvédère jaune sous lequel le groupe de jazz du lycée jouait chaque dimanche en période estivale. La plupart des commerces bordaient la route principale et à l'angle se trouvait le Charlie's Diner où Ty emmena Vanessa pour prendre le petit déjeuner.

Quand elle avait appelé le cabinet d'avocats un peu plus tôt, la secrétaire lui avait donné rendez-vous à 11 heures, ils avaient donc un peu plus d'une heure pour se régaler. Dès qu'ils furent installés à une table près de la baie vitrée, Darlene, la petite serveuse énergique, apporta au shérif une tasse de café comme il l'aimait : fort et noir. Ty lui présenta Vanessa.

— Vous faites partie de la famille Whitman ? lui demanda la jeune fille en écarquillant les yeux.

— Oui, elle a même grandi au château, ajouta Ty.

— Et vous aviez des liens familiaux avec la femme qui a été assassinée ?

— C'était une cousine éloignée, lui répondit Vanessa. Nous ne nous connaissions pas vraiment bien.

— Son mari est un habitué, ce qui me semble

d'ailleurs plutôt fou, vu la cuisine gastronomique qu'on doit servir au château. Mais il faut croire qu'il ne peut pas se passer des hamburgers et des frites grasses de chez Charlie.

— Quand il vient ici, il est seul ? lui demanda Ty.

— Il retrouve parfois Keith Gable et sa femme top model qui ne mange rien du tout, et une fois je l'ai aussi vu avec le Dr Ingram, lui expliqua-t-elle avant de se tourner vers Vanessa. Comment voulez-vous votre café ?

— Avec un peu de lait, s'il vous plaît. Pouvez-vous me dire ce que vous servez de bon pour le petit déjeuner ?

— Une assiette avec du porridge, du fromage, du bacon et un œuf au plat, tout ce qu'il y a de plus simple.

— Je vais vous en commander une, lui déclara Vanessa.

— Moi aussi, avec deux œufs si c'est possible, et une double portion de bacon.

— C'est noté, leur répondit Darlene avant de disparaître en cuisine.

Ty regarda Vanessa. Elle était vraiment une authentique Whitman. Il existait ce genre de familles, propriétaires des plus grandes superficies de terre ou des plus importants élevages, dans presque toutes les petites villes de l'Ouest. Leurs ancêtres avaient généralement fait partie des premiers pionniers et ils étaient connus et respectés de tous.

— Quand tu étais petite, tu savais que ta famille était riche ? lui demanda-t-il après un moment.

— Je vivais dans un château, Ty. Bien sûr, que je le savais. D'ailleurs j'ai toujours détesté cette sensation d'être différente. Certains enfants s'en prenaient à moi et il m'arrivait souvent de commencer l'année par de belles bagarres.

— Tu étais un véritable garçon manqué…

— Je voulais juste m'intégrer, expliqua-t-elle en prenant la tasse de café que Darlene venait de déposer. C'est drôle que tu parles de cette ancienne époque, figure-toi que je connais l'avocat du cabinet de Greenwell avec qui nous avons rendez-vous, j'ai reconnu son nom, Denny Nussbaum, j'allais à l'école avec lui.

Quand elle baissa le regard vers son café, il reconnut son stratagème. Il avait maintenant compris que, lorsqu'elle ne voulait pas parler de quelque chose, elle détournait les yeux et tentait de changer de sujet de conversation. Il se rendit compte que, plus il la découvrait, plus ses sentiments pour elle grandissaient. Malgré cela, il ne comptait pas laisser filer ce sujet aussi facilement.

— Que s'est-il passé entre ce Denny et toi ?

— C'était un enfant plutôt petit, il était frêle, maigre et il se tenait bizarrement. Et puis, il avait des oreilles…, dit-elle en secouant la tête. Oh ! Il avait de grandes oreilles tombantes. C'était le souffre-douleur de l'école. Les plus grands le surnommaient Denny Dumbo.

Tout le monde avait un jour rencontré quelqu'un comme Denny. Ty se réjouissait de la douce revanche que ces enfants maltraités prenaient ensuite quand ils parvenaient à réussir leur vie alors qu'ils avaient tant souffert dans leur enfance.

— Et maintenant, il est avocat, il s'en est bien sorti.

— Nous étions plutôt proches, reprit-elle, mais un jour, alors que je rentrais de l'école, j'ai vu deux garçons s'en prendre à lui physiquement. J'étais furieuse. Je suis intervenue dans leur bagarre et j'ai frappé ces garçons.

J'en ai fait tomber un par terre, il s'est égratigné le coude et l'autre a pris ses jambes à son cou.

— Tu as sauvé Denny.

— Cela aurait pu nous rapprocher. Nous avions de nombreux points communs, nous étions de bons élèves, mais il m'a repoussée. Il m'a dit qu'il n'avait pas besoin d'une fille pour régler ses problèmes. Après cet incident, nous ne nous sommes plus jamais parlé.

Les enfants étaient si durs entre eux… Ty se pencha au-dessus de la table et prit les mains de Vanessa entre les siennes. Ce matin, elle avait soigneusement relevé ses cheveux et les avait attachés en un chignon serré, coiffure qu'elle devait trouver appropriée pour rencontrer un avocat. Avec son rouge à lèvres rose, Ty la trouvait magnifique.

— Tu avais pourtant fait ce qu'il fallait, lui dit-il.

Darlene les interrompit, déposant sur leurs assiettes respectives leurs petits déjeuners, et attendant ensuite qu'ils goûtent pour voir si les plats leur convenaient.

— C'est aussi bon qu'au château, lui dit Vanessa avec un sourire.

Darlene se tourna vers le cuistot qui les écoutait derrière le bar, lui fit un clin d'œil, puis se pencha vers Vanessa pour lui dire :

— Vous ne pouviez pas lui faire plus plaisir.

Pendant qu'ils mangeaient, Vanessa sortit ensuite la copie du livre de son père qui contenait la nouvelle sur les funérailles de Monsieur Boule de Poils et lut à Ty les passages qu'elle avait surlignés.

— Cette partie fait référence à une formation rocheuse qui ressemble beaucoup à Stonehenge. Tu sais s'il existe un monument ou un site de ce genre dans le coin ?

— Non, cela ne me dit rien, lui répondit-il en haussant les épaules. As-tu apporté la photo de ton père et de ta tante quand ils étaient enfants ?

Elle sortit, d'entre les pages du livre, le Polaroid jauni par le temps et le tendit à Ty. Celui-ci étudia avec attention l'arrière-plan qui était constitué de pins, de trembles et de potentilles à fleurs jaunes. Il laissa échapper un soupir : cette photo pouvait avoir été prise n'importe où.

— Cela ne doit pas être très loin du château, dit-elle. Papa et Dorothy devaient avoir huit et onze ans, ils n'étaient pas assez grands et forts pour pouvoir porter le cercueil de fortune de leur chat sur une très longue distance.

— Sans oublier les décorations pour la sépulture, ajouta Ty.

— Ils l'avaient peut-être décorée avant d'enterrer le chat, répliqua Vanessa.

En observant de nouveau la photo, Ty pensa que Dorothy et le père de Vanessa avaient dû marcher jusqu'à trouver un rocher qui ressemblait à une pierre tombale. Ils avaient alors peint le bord en jaune vif et y avaient dessiné des fleurs bleues avant d'inscrire au centre en noir :

MONSIEUR BOULE DE POILS
STUPIDE CHAT
REPOSE EN PAIX

— Dans la nouvelle de mon père, reprit Vanessa, il décrit leur cortège funèbre. Ils avaient tous les deux des sacs à dos, papa portait une pelle, Dorothy, elle, traînait le petit cercueil sur un brancard bricolé.

— Comme les Arapahos qui transportaient ainsi leurs biens et leurs tipis.

— Tout à fait, acquiesça-t-elle. Il décrit d'ailleurs un enterrement par le feu comme dans les anciens rituels autochtones.

— Il avait un faible pour les enterrements.

— Mon père était un poète, lui dit-elle en finissant son assiette. La plupart des penseurs sont fascinés par la mort.

Ty finit son café puis ils quittèrent le restaurant pour se rendre au cabinet d'avocats de la ville qui se trouvait de l'autre côté de la place.

Le bâtiment en briques haut de deux étages se tenait à côté du seul cinéma de la ville, spécialisé dans la programmation de films d'art et d'essai. Malgré la façade de l'édifice, d'allure modeste, le mobilier du cabinet d'avocats qui se trouvait au premier étage était luxueux. Ty se doutait que la pratique du droit devait être une activité tout à fait lucrative. Il n'y avait pas beaucoup de crimes dans la région de Tremont mais des services juridiques étaient nécessaires pour les transactions immobilières et les ventes entre particuliers, qui pouvaient aussi bien concerner de simples machines agricoles comme des sculptures originales de Brancusi.

Tandis qu'ils se dirigeaient vers l'accueil, le shérif reconnut la réceptionniste, une femme récemment divorcée qui s'appelait Luann et qui fréquentait à présent un de ses agents.

— Nous sommes ici car nous avons rendez-vous

avec Denny Nussbaum, lui expliqua-t-il après lui avoir présenté Vanessa.

— J'ai entendu dire que M. Nussbaum était allé à l'école avec Mme Whitman, lui répondit la jeune femme en regardant son écran d'ordinateur.

— Je vous en prie, appelez-moi Vanessa. Oui, je me souviens très bien de Denny.

Ty eut soudain l'impression que Vanessa ne lui avait pas tout dit de leur relation… Reculant d'un pas, il attendit de voir comment allaient se dérouler ces retrouvailles. Il n'avait a priori aucune raison de se méfier de l'avocat, mais il ne comprenait pas bien les raisons de son comportement distant : si celui-ci avait bien des informations concernant la famille Whitman, pourquoi n'était-il pas entré en contact avec Vanessa ?

Quand il apparut dans le couloir, Denny Nussbaum se précipita vers eux avec la hâte d'un homme débordé et important. Il serra Vanessa dans ses bras de manière maladroite avant de lui présenter ses condoléances :

— J'ai été désolé d'apprendre ce qui était arrivé à ton père.

— Je te remercie.

Après avoir demandé à la réceptionniste de ne pas les déranger, Denny les guida jusqu'à son bureau. Il leur fit signe de prendre place sur les deux chaises sculptées qui avaient l'air d'être des antiquités puis alla s'installer en face d'eux, derrière son imposant bureau.

— Vanessa, j'ai très souvent pensé à toi, tu sais. Mon père a été un des avocats du tien pendant près de vingt ans et il a travaillé avec Dorothy encore plus longtemps.

— J'espère que tu vas pouvoir m'aider aujourd'hui.

— Que puis-je faire pour toi ? lui demanda-t-il. Je dois reconnaître que je me sens un peu coupable de la façon dont notre cabinet a permis à ton père de se départir de ses actifs. John Whitman jetait son argent par les fenêtres. Quand il avait décidé de faire quelque chose, il n'écoutait plus personne ni aucun conseil. Ses voyages dans le sud du Pacifique. S'offrir un siège dans une navette spatiale… Ah, c'était un sacré personnage, n'est-ce pas ?

Elle acquiesça en silence.

— Je me souviens d'une fois, reprit Nussbaum, où il manquait de liquide à Reno et où il a vendu un des chevaux préférés de Dorothy. Heureusement, il a pu ensuite racheter l'animal, sinon je crois que ta tante l'aurait tué. Elle ne l'a d'ailleurs jamais su, il a réussi à gérer son arnaque sans avoir à lui en parler. Ton père était charmant et excentrique, mais aussi totalement irresponsable.

Ty pouvait sentir la colère monter en Vanessa. Elle avait maintenant le feu aux joues et serrait les poings. Nussbaum, lui, semblait ne pas avoir remarqué le changement d'humeur de la jeune femme. Il était aujourd'hui devenu un homme grand et légèrement bedonnant, qui avait manifestement un profond besoin de prouver au monde qu'il était un gagnant.

— Excuse-moi, Denny, le coupa soudain Vanessa. Tu es au courant que mon père est mort d'un cancer contre lequel il s'est battu ces quatre dernières années, n'est-ce pas ?

— Oui, et j'en suis tout à fait désolé.

— Il a investi la plupart de ses actifs dans le développement et la recherche de traitements médicaux expérimentaux, dit-elle, les lèvres tremblantes. Si cela ne t'embête pas, je préférerais ne pas nous éterniser sur ce sujet, j'ai quelques questions à te poser aujourd'hui, après cela, nous nous en irons et tu pourras reprendre le cours de ta journée chargée.

— Bien sûr, oui.

— Il y a vingt ans, il semble s'être produit un événement entre mon père et Dorothy suffisamment important pour que mon père, ma mère et moi quittions le château afin d'aller vivre ailleurs. Nous ne sommes jamais revenus. Est-ce que tu as une idée de ce qui a pu se passer entre eux ?

— C'était à propos de l'héritage et de la façon dont le patrimoine familial allait être partagé, lui répondit-il avec un petit sourire. Mais je ne sais pas si c'est éthique de partager ces documents avec vous.

— Si tu ne peux pas m'aider, protesta Vanessa en se levant d'un bond, dis-moi qui dans ce cabinet pourra me montrer les documents qui concernent la famille Whitman !

— Calme-toi, lui dit Denny en lui faisant signe de se rasseoir.

Vanessa posa ses deux mains sur le bureau avec aplomb. Ty se demanda si elle n'allait pas sauter par-dessus la table pour étrangler l'avocat.

— Ne me dis pas de me calmer !

Nussbaum se leva lui aussi et la regarda avec un air de défi, en levant le menton.

— Qu'est-ce que tu vas faire ? Me frapper ? C'est ta solution à tout problème ?

Inquiet que cette confrontation verbale ne vire à

la violence physique, Ty se leva à son tour et tenta de calmer le jeu.

— Excusez-moi, monsieur Nussbaum, dit-il, est-ce que votre père travaille toujours au cabinet ?

— Il est l'un des associés, pourquoi ?

— Je crois que Vanessa préférerait s'entretenir avec lui.

— Il n'est pas là, lui répondit Nussbaum en se rasseyant dans son fauteuil.

— Eh bien, nous l'attendrons, déclara Vanessa avant de tourner les talons. Bonne fin de journée, Denny.

— Non, non et non, lui dit alors ce dernier en faisant le tour de son bureau pour venir fermer la porte. Je vais tout vous dire.

Sans le regarder, Vanessa lui demanda :

— Que s'est-il passé entre mon père et Dorothy ?

— Un désaccord en rapport avec l'héritage familial, lui répéta-t-il en lui prenant le bras. Vanessa, je suis désolé.

— J'accepte tes excuses, lui dit-elle en retournant s'asseoir. Tout cela s'est produit il y a bien longtemps, tu connais les détails de l'affaire ?

— J'ai commencé à étudier le dossier Whitman il y a environ six mois, leur expliqua-t-il en sortant un dossier d'un des tiroirs de son bureau. Voici un résumé que j'ai préparé pour Lowell Burke, le mari de Bethany.

— Pour quelle raison avez-vous fait cela ? lui demanda Ty.

— Burke travaillait avec Yuri Kirov pour déterminer si la vente de l'empire Simplicity était un investissement financier solide. La plupart de leurs interrogations concernaient le château. Ils voulaient savoir si le père de Vanessa ou elle-même avaient des droits ou des parts sur la propriété. Ils n'en avaient aucun. Rien du tout. Encore une fois, je suis désolé de t'apprendre cela, Vanessa, j'aurais préféré avoir de meilleures nouvelles.

Ty commençait à rassembler les pièces du puzzle. Six mois plus tôt, Vanessa avait commencé à être victime de harcèlement. Cela pouvait être une simple coïncidence, mais c'était à cette même époque que Burke et Kirov avaient lancé leur enquête de vérification.

— Je n'ai jamais pensé que je pouvais être propriétaire du Château Whitman, lui répondit Vanessa en haussant les épaules.

— Quant à cette rupture entre ton père et sa sœur, il y a vingt ans, ajouta Nussbaum, j'ai étudié de nombreuses anciennes affaires de mon père, mais je n'ai jamais pu me résoudre à me plonger dans celle-ci. Quand ta famille et toi êtes partis, j'ai décidé de tourner le dos à tout ce qui concernait les Whitman. Je crois que j'avais toujours espéré et cru qu'on se réconcilierait et qu'on redeviendrait amis, toi et moi.

Ty se sentait mal pour eux deux. Le meurtre de Bethany était le point de départ de cette enquête mais, pour vraiment comprendre ce qui avait pu se produire, Vanessa devait faire un véritable voyage dans le temps et affronter son passé.

— Je le pensais aussi, lui dit-elle, mais une fois que j'en aurai fini avec tout ça et que l'enquête sera close, nous pourrons rattraper le temps perdu.

— Avec joie, acquiesça-t-il en ouvrant le dossier devant lui. Une dernière chose, il faut que tu saches que ta famille a d'étranges habitudes en ce qui concerne les héritages. Pour faire court, voilà comment cela fonctionne. Un enfant hérite de tous les biens, étant bien sûr entendu que les autres proches sont indemnisés. Comme Dorothy était l'aînée, c'est elle qui a obtenu tous les biens et les responsabilités qui allaient avec.

Cet arrangement semblait cohérent pour Ty. Dorothy, avec son caractère calme et posé, était celle qui construisait le nid, le père de Vanessa, plus volage et original, était l'oiseau migrateur et exotique.

— Ton père voulait acheter une île dans les Caraïbes, poursuivit Denny, mais Dorothy a refusé de débloquer autant d'argent. Il a insisté pour prendre des arrangements définitifs afin de ne plus jamais avoir à la consulter. Il a alors été décidé que ce serait Simon, le mari bien-aimé de Dorothy, qui hériterait des propriétés. J'aime à croire que Dorothy et John auraient fini par se réconcilier mais la vie a poursuivi son cours… Ta mère est décédée, Simon a créé le Simplicity et rencontré le succès qu'on lui connaît. Quant à toi, tu es partie à l'université…

— Moi ? répéta-t-elle en regardant Ty et Nussbaum tour à tour. Je n'ai jamais pensé que Dorothy pouvait s'être intéressée à ce que je faisais de ma vie…

— Vanessa, elle t'adorait. Elle s'est même rendue à ta remise de diplôme, déguisée pour que tu ne la reconnaisses pas, lui révéla-t-il en lui tendant le testament de Dorothy et ses dernières volontés. Regarde, elle voulait être certaine que tu ne manquerais jamais de rien et elle ne faisait pas confiance à ton père sur ce point. Alors, plutôt que de te donner les propriétés en héritage, elle a contracté une assurance vie d'une valeur de 4 millions de dollars dont tu es la seule bénéficiaire.

Et son suicide a annulé ce legs, comprit alors Vanessa.

17

Après avoir quitté Denny Nussbaum, Ty et Vanessa marchèrent en silence jusqu'à la voiture du shérif. Puis, tandis qu'ils prenaient la direction de l'autoroute, Vanessa laissa échapper un profond soupir. Une seule question tournait et retournait dans son esprit : pourquoi ? Pourquoi sa tante s'était-elle suicidée ? Elle n'était pas malheureuse. Simon et elle s'aimaient manifestement beaucoup, pour quelle raison aurait-elle voulu mettre fin à ses jours ? Et pourquoi aurait-elle préparé Noël et commencé à coudre une robe pour le bal annuel d'Aspen ? Non, tout cela n'avait véritablement aucun sens.

Vanessa baissa sa vitre et balança la main dans la douce brise d'automne.

— Pourquoi s'est-elle tuée ? demanda-t-elle, à haute voix cette fois.

— Peut-être que ce n'était pas un suicide, lui répondit Ty.

— Mais le Dr Ingram a signé le certificat, cause du décès : suicide, pourquoi faire une telle chose si ce n'était pas la vérité ? s'interrogea-t-elle en se remémorant la conversation qu'elle avait eue avec lui. Cela a d'ailleurs été très difficile pour lui d'annoncer cette nouvelle à Simon.

— Il a pu commettre une erreur.

— Quelqu'un l'aurait remarqué, protesta-t-elle. Il n'était pas seul quand il a pratiqué l'autopsie, Keith Gable était avec lui. Et puis, je me répète : pourquoi ? Pourquoi quelqu'un aurait-il voulu faire croire qu'elle s'était suicidée ?

— Il ne semble y avoir aucun mobile valable, hormis le refus de la compagnie d'assurances de vouloir payer son dû.

— C'est totalement farfelu, lui dit-elle en cherchant sa liste de choses à faire dans son sac à dos. Ah, j'ai oublié de te dire, avant de commencer nos recherches avec le drone, je dois repasser au château.

— Pas de problème, lui répondit-il avec un sourire. J'allais justement te le suggérer. Car, si nous voulons être au plus près de la reconstitution, ton père et sa sœur sont partis de ce lieu.

— Oui, je pense même que la première étape de leur procession pourrait être l'écurie…

Le premier passage descriptif de la nouvelle écrite par son père se référait aux cris plaintifs des autres chats cachés dans l'écurie, à une vieille brouette cassée et à la délicieuse odeur du foin et des pommes.

— Je voudrais aussi voir quelque chose avec Morris, ajouta Ty. Il a découvert plusieurs hypothèses concernant l'entrée et la sortie du meurtrier dans la chambre apparemment fermée à clé. Et il doit avoir obtenu les résultats de l'autopsie.

Vanessa avait été si concentrée sur l'affaire de la disparition de sa tante qu'elle avait presque oublié qu'une enquête était en cours pour le meurtre de sa cousine, Bethany.

— Si Burke est au château, j'aimerais aussi lui dire quelques mots.

— D'après ce que nous a dit Nussbaum, Burke est celui qui l'a contacté avec Yuri Kirov, il y a six mois. Je doute qu'il nous donne de nouvelles informations.

— Tu as peut-être raison, le *timing* est d'ailleurs intéressant, c'est justement à cette période que mon harceleur s'est manifesté pour la première fois.

— Il croyait peut-être que tu savais quelque chose sur la propriété qui pourrait mettre la vente en péril…

Il s'interrompit et jeta un regard vers elle avant d'ajouter :

— Je suis content que Denny et toi ayez pu vous réconcilier.

— Pendant quelques instants, j'ai cru que tout cela n'allait pas bien se terminer, il était un peu énervant, non ? Je mourais d'envie de le gifler.

— En tant que shérif, je ne crois pas que la violence soit une solution mais, oui, il était très agaçant.

— Ses oreilles n'étaient plus aussi grandes que dans mon souvenir, tu crois qu'il a eu recours à la chirurgie esthétique ?

— Peut-être qu'il a grandi et qu'elles sont restées comme elles étaient.

— On ne s'aime jamais comme on est quand on est enfants, ajouta Vanessa. Moi, je haïssais mes taches de rousseur.

Ty conduisait à présent sur une large route, bordée par un fossé. Arrivé devant la troisième maison, il se gara dans l'allée.

— Voici où se trouve le drone, lui dit-il. Tu m'accompagnes ?

— Non, je préfère t'attendre dans la voiture.

— Impossible, lui répondit-il en coupant le moteur. Depuis qu'on t'a tiré dessus hier, je suis devenu ton garde du corps, je ne te quitte donc pas d'une semelle.

— Tu ne crois pas que c'est un peu exagéré ? La voiture n'est qu'à quelques mètres de la maison.

— Non, les vitres ne sont pas pare-balles, dit-il en sortant du véhicule avant de faire le tour pour venir lui ouvrir. Allez, viens.

Vanessa le suivit jusqu'à l'intérieur de la maison où il lui présenta l'homme qui dirigeait les opérations de secourisme dans les zones les plus sauvages de la région de Tremont. Même si Vanessa ne se sentait pas spécialement d'humeur sociable, elle fut polie et aimable, car ce genre de comportement lui paraissait naturel.

Avant de partir, Ty rangea le drone dans le coffre du SUV. Il était rangé dans une boîte en carton qui semblait plutôt légère. Si elle n'était pas une grande fan de technologie, Vanessa ne pouvait s'empêcher d'être fascinée par cette machine. Survoler les zones les plus reculées de la forêt et de la montagne pour collecter des informations grâce à une caméra portative était quand même quelque chose d'assez incroyable.

— Est-ce difficile à manier ? demanda-t-elle à Ty tandis qu'ils remontaient en voiture.

— Pas quand on l'a synchronisé avec le GPS de son téléphone. Je te montrerai, mais s'il te plaît ne dis à personne que nous allons nous servir d'un drone pour nos recherches.

— Pourquoi ?

— Les gens aiment beaucoup ce genre de matériel et je n'ai pas envie que tout le monde joue avec.

Une fois arrivés au château, ils y pénétrèrent par une des entrées latérales. Vanessa se servit de sa carte magnétique et, dès que la porte s'ouvrit, ils furent accueillis par un délicieux parfum épicé, probablement le sauté de légumes de Simon, accompagné de son poulet aigre-doux et de ses nems frits. Dans la cuisine, les woks grésillaient sur le feu. D'après Simon, ces recettes n'étaient pas authentiquement asiatiques mais Vanessa s'en moquait, elle préférait cette version américanisée.

— Je regrette d'avoir pris un petit déjeuner aussi copieux, glissa-t-elle à Ty.

— Oh ! Il doit me rester encore un peu de place pour goûter ces merveilles, lui répondit-il en se faufilant derrière elle jusqu'à la salle à manger.

Mona les accueillit à bras ouverts et guida Ty jusqu'à la table de Morris avant de revenir vers Vanessa :

— Ma chérie, est-ce que tu as faim ?

— Pas pour le moment, merci, lui déclara-t-elle en attrapant un gâteau porte-bonheur chinois dans un bol posé sur le comptoir, je vais juste grignoter ça.

— Ne t'embête pas à lire le message caché, lui dit Mona en lissant les pans de son tablier. Je peux déjà te dire ce qui y est écrit.

— Ah oui ? Et depuis quand es-tu médium ?

— Je ne suis pas médium, juste observatrice, répliqua la gouvernante en posant les deux doigts sur ses tempes avec un sourire. Ton message dit que tu as rencontré l'homme de tes rêves et que vous allez vivre heureux ensemble jusqu'à la fin de vos jours.

Vanessa regarda par la porte de la salle à manger et vit Ty qui se tenait debout devant la table de Morris, une étrange expression sur le visage. Elle ouvrit son petit gâteau, sortit le message et le lut à haute voix :

— Je vais faire un voyage à travers les eaux lointaines.

— Je préfère ma version, déclara Mona en riant.

— Mais ce voyage est possible, lui répondit Vanessa.

Son père lui avait demandé de répandre ses cendres dans trois lieux différents : sur la tombe de la mère de Vanessa, dans les montagnes et dans un océan, où elles pourraient ainsi se disperser dans les endroits les plus exotiques du monde.

— Je prévois de faire un voyage en Californie du Nord, sur une plage où se trouve un phare historique qui est immergé quand la marée monte.

— Je connais cet endroit, murmura Ty qui venait de les rejoindre.

Vanessa se demanda si elle lui avait déjà parlé de ce lieu… ou s'ils étaient encore connectés tous les deux.

— On dit que des sirènes vivent dans les eaux environnantes.

Derrière elle, elle entendit Keith Gable se moquer :

— Encore un conte de fées ? Vanessa, il serait peut-être temps que tu te concentres sur le monde réel.

— Je ne crois pas t'avoir demandé ton avis, lui répondit-elle sèchement.

— Mais tu ferais mieux de m'écouter, continua-t-il. Pourquoi n'as-tu pas passé la nuit au château ?

— Quelqu'un a essayé de me tuer, hier.

— Tu es certaine qu'il ne s'agit pas encore d'une légende ?

— Le shérif lui-même pense que je mérite une

protection rapprochée, lui rétorqua-t-elle en pensant qu'il souhaitait même l'avoir si près de lui qu'elle pourrait passer ces prochains jours blottie dans son lit avec le plus grand plaisir.

— Eh bien, j'espère qu'il saura te remettre sur le droit chemin, tu perds du temps à enquêter sur ce qui est arrivé à Dorothy, tout cela appartient au passé. C'est réglé. Tu ferais mieux de passer à autre chose.

Il était tellement prétentieux… Malheureusement, il faisait partie des proches de Simon et de Dorothy. Si elle voulait qu'il coopère et réponde à ses questions, Vanessa allait devoir faire preuve de finesse. Elle décida de le faire parler de ce qu'il préférait : c'est-à-dire lui-même.

— Quand Simon et toi avez créé la franchise Simple Simon, le restaurant gastronomique ne marchait pas très bien, alors on peut dire que tu as sauvé le navire.

— C'est ce que je veux dire quand je te parle de te concentrer sur le monde réel, Vanessa. Les franchises étaient mon rêve mais cela m'a demandé beaucoup de travail et un marketing intelligent pour faire de ce concept un tel succès.

Keith n'avait pas de problème avec son ego. Au fil des années, Simon et lui s'étaient disputés de nombreuses fois lors de batailles épiques dont tout le monde se souvenait encore. Mais elle ne comptait pas aborder de tels sujets dans la rédaction des mémoires, car elle savait que Simon cherchait à protéger son image de chef, seulement intéressé par sa passion de la cuisine. Elle se demandait quel genre de relation Keith avait entretenue avec sa tante. Il avait dû tout faire pour être en bons termes avec elle, après tout, c'était elle qui finançait leur projet de franchises.

— La mort de ma tante n'est pas une légende, reprit-elle. Son corps a été retrouvé, mutilé par les prédateurs… Et elle est morte seule.

Avant qu'elle puisse continuer à décrire cette tragédie, Ty se rapprocha d'elle et dévia habilement le cours de la conversation afin que celle-ci devienne explosive.

— J'ai l'impression que je suis en train de perdre les pédales, glissa Vanessa à Ty. On dirait que je cherche à m'attirer des problèmes et à m'engager dans des conflits.

— Vraiment ?

— Je me sens si frustrée. Rien de tout ce que nous découvrons ne semble cohérent ni constructif.

— Ce qu'il nous manque, c'est un expert, lui répondit Ty, et l'agent Morris a fait venir le meilleur d'entre eux.

Ty l'emmena jusqu'à la table où il était venu saluer les autres agents et lui présenta le Dr Emily Waters, une médecin légiste qui venait d'Aspen.

— C'est le Dr Waters qui a supervisé l'autopsie de Bethany, lui expliqua-t-il.

— Avez-vous découvert quelque chose d'intéressant ? demanda Vanessa à la jeune femme en lui serrant la main.

— Pas encore, malheureusement, lui répondit celle-ci en lui adressant un sourire éclatant. La cause de la mort est bien un traumatisme crânien, il n'y avait aucune trace de drogue dans son sang. J'ai voulu venir ici pour examiner l'endroit où elle vivait et étudier les éventuels facteurs environnementaux qui auraient pu jouer un rôle dans son décès.

— J'ai déjà collaboré avec le Dr Waters, ajouta

Morris, et elle remarque des choses que la plupart des gens, moi y compris, ont tendance à négliger.

— C'est la raison pour laquelle elle va pouvoir nous aider, lui dit Ty. Si nous parvenons à localiser la sépulture de Dorothy, nous aurons accès à un tas d'informations concernant sa mort, et nous pourrons également déterminer combien de temps son corps a été exposé aux éléments extérieurs, ainsi que le genre d'animaux qui ont pu s'en prendre à ses restes.

— Vous pouvez faire ça ? lui demanda Vanessa qui était impressionnée.

— Les morts gardent bien leurs secrets mais j'ai parcouru les notes d'autopsie du Dr Ingram et je dois vous avouer que je les ai trouvées floues et très approximatives. J'aurais aimé voir des radios ou des photographies.

En entendant cela, Vanessa se sentit encore plus motivée pour poursuivre ses recherches. Elle prenait cette affaire à cœur et il était agréable de se sentir prise au sérieux par une professionnelle.

— Nous vous tiendrons au courant de nos découvertes, lui dit le Dr Waters avant de quitter la pièce.

Malgré sa réticence à parler de leurs projets, Ty avait demandé à deux de ses agents, dont une qui était une spécialiste en électronique, de bien vouloir se joindre à eux.

En sortant son carnet, Vanessa se rendit compte qu'il lui restait une dernière chose à faire avant de partir.

— Je reviens tout de suite, lança-t-elle à Ty en lui serrant le bras.

Une fois dans le grand hall, elle monta les escaliers qui menaient à la bibliothèque. Cette zone du château n'était pas considérée comme une scène de crime, mais la porte était fermée. En jetant un œil par-dessus son épaule, elle vit que Ty l'avait suivie.

— Que fais-tu là ? lui demanda-t-elle en fronçant les sourcils.

— Je ne veux pas te déranger, lui expliqua-t-il mais je veux m'assurer de ta sécurité. Ce qui implique de ne pas te quitter des yeux.

— Alors je vais essayer de ne pas m'enfuir, lui répondit-elle avec un sourire avant de se retourner pour essayer d'ouvrir la porte avec sa clé.

Même si elle était consciente que Ty était sur ses talons, elle vint prendre l'urne qui contenait les cendres de son père et la déposa sur la grande table tout en lui parlant.

— Coucou papa, c'est Vanessa. Nous arrivons à la fin de nos recherches sur la mort de tante Dorothy. Si c'est toi qui as choisi l'endroit où elle repose, c'est qu'il est important. Alors c'est aussi là que je vais disperser une partie de tes cendres, pour honorer ta mémoire et celle de notre famille.

Elle saisit l'urne dans sa main et en dévissa le couvercle. La surface métallique, qui aurait dû être froide, lui sembla aussi chaude que la peau d'un être humain. Son père était là, avec elle. Et même quand ses cendres auraient disparu, il serait toujours présent, car il faisait partie d'elle-même.

18

C'était à présent au tour de Ty de s'organiser. Il s'était entouré d'experts pour gérer la recherche avec le drone. Vanessa, en tant que professeure d'anglais, se chargerait de l'interprétation de la prose de son père, transformant une ode funéraire en une carte métaphorique. L'adjoint Randall les accompagnait, son fusil sur l'épaule, pour parer à une éventuelle nouvelle embuscade. Enfin, il y avait l'agente fédérale, Liz Hurtado, qui savait, mieux que personne, exploiter le drone Phantom 4 Pro et sa caméra. Ty avait de l'expérience dans ce domaine mais il n'avait encore jamais manié de machine aussi perfectionnée.

Suivant le texte des obsèques de Monsieur Boule de Poils, ils se rendirent jusqu'à l'écurie puis descendirent la colline jusqu'au ruisseau. En ce début d'automne, il n'y avait qu'un étroit filet d'eau et les larges berges ressemblaient à ce que le père de Vanessa avait décrit comme de grands coussins de sable et de boue. Si l'on suivait le récit, la procession funéraire partait ensuite vers le sud, en direction des monts Sopris.

— C'est à partir d'ici que ça se complique, déclara alors Vanessa. Mon père décrit le ciel d'un bleu azur, la brise et les rayons du soleil… Mais ces éléments peuvent se trouver n'importe où.

— Préparons le drone, lui répondit Ty.

L'agente Hurtado sortit l'engin, installa son équipement de suivi au sol tout en expliquant le fonctionnement de la caméra, qui pouvait zoomer et dézoomer tout en tournant sur un axe circulaire. Les quatre moteurs rotatifs synchronisés, eux, permettaient à l'objet de pouvoir planer.

— Comme un hélicoptère, conclut Ty.

— À peu près, oui, et nous avons deux batteries supplémentaires, ce qui devrait nous permettre de faire nos recherches sur un rayon d'une cinquantaine de kilomètres. Ce qui n'est pas aussi loin que ce que vous pouvez penser.

— Peu importe, déclara Randall, de toute façon il ne nous reste que quelques heures avant le coucher du soleil. Dites, vous pensez que je pourrais rapporter le drone chez moi pour le montrer à ma fille ?

— Demande aux secouristes, lui répondit Ty.

— Ta fille aime les engins électroniques ? lui demanda Liz Hurtado.

— Oh oui, elle s'y connaît déjà mieux que moi en informatique.

— Si tu as la permission, ajouta Hurtado, je serais ravie de lui apprendre les bases, le monde de demain a besoin de filles calées en technologie !

— Merci, m'dame.

— Prêt pour le décollage ? leur demanda alors Liz Hurtado.

Ty hocha la tête. Quand il regarda Vanessa, il vit qu'elle était rouge d'excitation. Serrant le livre de son père dans ses mains, elle regardait le drone qui s'éveillait en bourdonnant avant de décoller et de commencer à voler à un mètre environ au-dessus du sol.

Hurtado avait relié le système d'exploitation à son téléphone de façon à avoir accès à son GPS et à d'autres bases d'informations.

— Est-ce que les images seront sauvegardées ? demanda Vanessa.

— Absolument. Vous voulez prendre les commandes ?

— Oh oui, lui répondit-elle avec enthousiasme.

Assise au sol, elle s'entraîna à pratiquer les mouvements de base du drone puis, sans surprise, elle accéléra trop brusquement et l'engin piqua avant de venir s'écraser au sol. Elle éclata de rire et Liz Hurtado vint reprendre les manettes.

— Passons aux choses sérieuses, dit-elle en commençant à piloter le drone.

Ty ne put s'empêcher d'être émerveillé par la qualité de la vidéo et la multitude de détails qu'on pouvait voir à une telle hauteur.

— Pourrais-tu redescendre un peu plus bas ?

— Il est difficile de trouver l'endroit idéal, suffisamment haut pour que les rotors ne risquent pas de s'emmêler dans les branches des arbres, mais assez bas pour qu'on puisse voir ce qui se trouve au sol.

— Voici ce qu'on recherche, lui dit Vanessa en lui montrant la pierre tombale artisanale du chat roux.

Après tout ce temps, elle devait avoir bien changé. Si la peinture que son père et sa tante avaient utilisée n'était pas indélébile, elle avait probablement même disparu. Quant à la pierre, elle avait pu s'effondrer ou avoir été enterrée par des éboulements ou des chutes d'arbres.

— Regardez ça, dit soudain Vanessa en s'approchant de l'écran.

— Ce sont les traces d'un feu, il n'y a aucun moyen de déterminer depuis combien de temps les pierres du cercle sont là, mais, dans l'histoire de Monsieur Boule de Poils, mon père parle de jouer *Kumbaya* à la guitare devant un feu de camp. On devrait peut-être se rapprocher ?

— Ton père n'était encore qu'un enfant à cette période, lui répondit Ty. Comment aurait-il su jouer de la guitare ?

— Il avait un imaginaire très développé…

— Comment sais-tu tout ça ?

— L'écriture est une des passions que je partageais avec lui.

Ty comprenait cette complicité entre un père et son enfant. Son père et lui avaient tant aimé chasser ensemble qu'ils avaient passé d'interminables heures dans les forêts et les montagnes du Montana à traquer les bêtes et à faire des randonnées. Certains jours, ils n'avaient même pas besoin de se parler. Ils se ressemblaient et étaient tous les deux très manuels.

— Je vais entrer dans la forêt, je vais donc devoir être prudente, les prévint Liz Hurtado en faisant quelques ajustements sur son écran. Sinon, je vais finir accrochée à un arbre.

— Peux-tu élargir un peu le plan ? lui demanda Ty.

— À cette hauteur nous allons perdre un peu en qualité mais je peux essayer.

Le drone commença à survoler les arbres et les

espaces trop difficiles à explorer. Soudain, dans une grande formation rocheuse qui ressemblait au Rocher de la Sorcière, ils remarquèrent l'entrée d'une grotte. Le drone contourna les bosquets et les fourrés, mais cette zone était particulièrement dense.

— On dirait qu'il n'y a pas eu d'incendies ici, depuis des lustres…

— J'ai entendu dire qu'il y en avait eu un la nuit dernière, pendant l'orage. Un arbre sur la crête a brûlé mais il n'y a jamais eu de feu si près du château.

— Nous avons eu de la chance qu'il ne se propage pas.

Après quelques délicates manipulations, Liz Hurtado ramena le drone jusqu'à eux pour changer la batterie. Après avoir vérifié son GPS, elle leur montra la zone qu'ils venaient d'explorer.

— Nous allons maintenant partir dans l'autre direction, leur expliqua-t-elle.

En voyant Vanessa s'étirer en bâillant, Ty se dit qu'elle semblait aussi souple qu'un chat. Il vint s'asseoir à ses côtés et savoura un instant le calme de la nature environnante en espérant que cette enquête serait bientôt bouclée. Il n'avait qu'une envie, la conduire chez lui et passer la nuit dans ses bras. Une fois leur recherche terminée, il ne comptait pas la ramener au château.

— As-tu pensé à ce que tu feras quand l'enquête sur le meurtre de Bethany sera terminée ?

— Si elle se termine un jour, lui rétorqua Vanessa. Qu'en pensez-vous, agente Hurtado ? Est-ce que Morris est sur le point de découvrir l'identité de son assassin ?

— Nous n'avons toujours pas réussi à localiser l'amant de Bethany, lui répondit-elle. Mais je pense que Yuri Kirov serait le candidat idéal pour avoir une liaison avec elle. Avant d'épouser Macy, il avait la réputation d'être un véritable play-boy. Et c'est son gant que vous avez retrouvé sur le Rocher de la Sorcière.

— Je pense qu'on a déposé ce gant à cet endroit délibérément, intervint Ty.

— À moins que Yuri l'ait laissé tomber, insista Liz Hurtado. De toute façon, si ce n'est pas lui, je soupçonne le mari. C'est un homme sournois et je ne dis pas ça seulement parce que c'est un avocat. Mais le fait que Bethany affirmait qu'ils allaient devenir millionnaires me donne envie de le revoir.

Elle avait fini de changer la batterie et fit décoller le drone une deuxième fois.

Ty se tourna vers Vanessa qui le regardait avec curiosité.

— Pourquoi me questionnais-tu sur mes projets ?

— J'ai pensé qu'après tout cela, tu ne voudrais peut-être plus loger au château.

— Je me suis engagée à rester là-bas pour finir les mémoires de Simon, lui répondit-elle en secouant la tête. J'ai signé un contrat, c'est mon travail et je suis très bien payée.

— Et tu aimes faire ce métier d'écrivain fantôme.

— C'est vrai, j'adore ça, mais tu as raison à propos du château, cet endroit est… dangereux.

C'était l'occasion qu'il espérait. Il pouvait à présent lui proposer de venir s'installer chez lui jusqu'à ce qu'elle ait fini l'écriture de son livre. La plupart du temps, il n'était pas à la maison, elle pourrait avoir tout le calme, le temps et l'espace dont elle avait besoin.

— C'est peut-être un peu précipité mais..., commença-t-il.

— Regardez ! l'interrompit Liz Hurtado. Je vois quelque chose qui ne semble pas faire partie de la végétation, quelque chose d'un jaune éclatant !

Ty se leva d'un bond et se rapprocha de l'écran.

— C'est le rebord de la pierre tombale, peux-tu zoomer davantage ?

L'agente ajusta la mise au point et la tombe de Monsieur Boule de Poils apparut à l'image. Vanessa se mit à danser de joie puis se jeta dans les bras de Ty.

— Nous l'avons trouvée !

Et maintenant, pensa Ty en serrant Vanessa contre lui, où pouvaient bien se trouver les restes de Dorothy...

Après avoir rassemblé les troupes, ils partirent en direction de l'emplacement de la pierre tombale jaune. Vanessa était si excitée qu'elle déviait sans cesse du chemin que l'agente Hurtado leur indiquait en suivant les coordonnées du GPS. En amont du ruisseau, ils traversèrent un champ de rochers qui, selon Vanessa, ressemblait à Stonehenge.

Depuis ce nouveau point de repère, ils pénétrèrent dans un vallon boisé. La sépulture de Monsieur Boule de Poils n'était pas particulièrement cachée, mais elle n'était pas évidente à trouver. Elle semblait intacte et n'avait probablement jamais été découverte. Peu de gens venaient se promener par ici, sur ces terres si proches du château ; cette zone était d'ailleurs privée et la chasse y était interdite.

Quand ils l'aperçurent enfin, Vanessa se précipita jusqu'à la tombe et lut en silence l'inscription :

MONSIEUR BOULE DE POILS
STUPIDE CHAT
REPOSE EN PAIX

Elle se laissa tomber à genoux et caressa du bout des doigts les lettres peintes.

— Je n'ai jamais connu cet animal, dit-elle doucement. Il est mort longtemps avant ma naissance mais j'ai l'impression qu'il fait partie de mon héritage, qu'il est un symbole de ma famille si farfelue. Mon père pensait que cette journée de funérailles était assez importante pour avoir écrit une nouvelle à son propos.

— Il y a malgré tout un petit problème, fit remarquer Ty. Nous ne cherchons pas les restes d'un chat, c'est sur la mort de ta tante Dorothy que nous enquêtons.

— Peut-être que mon père essayait d'envoyer un message, dit-elle après avoir laissé échapper un profond soupir.

— Que veux-tu dire ?

— Et si c'était caché quelque part ici ? Quelle taille peut bien faire le cercueil de ce chat ?

Ty avait du mal à considérer cette boîte métallique comme un véritable cercueil mais, après tout, quelles autres pistes avaient-ils ?

— Probablement celle d'une petite valise.

Vanessa se releva et se mit à faire les cent pas dans la clairière.

— Voyons, dit-elle, si mon père était parmi nous, que me dirait-il ?

— Je ne suis pas très bon en épitaphe, lui répondit

Ty, et je n'ai connu ni ton père ni ta tante mais, si je devais deviner, je dirais que, malgré leurs différends, ils s'aimaient tous les deux profondément. Et c'est ce qui s'appelle de l'ironie, n'est-ce pas ?

— C'est si triste et si vrai. Leur relation était pleine d'ironie en effet. Comme une flèche qui vise le cœur de la cible mais ne l'atteint jamais.

Hurtado et Randall échangèrent un regard avant de se tourner vers Ty.

— Vous ne comprenez pas ? leur demanda Vanessa. Un cœur et une flèche, c'est le dessin qui est gravé sur le médaillon !

Ty savait que le collier, qui se trouvait à présent précieusement rangé dans son coffre chez lui, avait un lien avec tout ça. Ce médaillon avait été le premier indice qui l'avait guidé vers la tante de Vanessa.

— Qu'est-ce que cela signifie ?

— Quand ma tante a demandé à mon père de se charger d'organiser ses obsèques, il a dû saisir l'ironie de sa demande. Elle se tournait vers lui. Même après tout ce temps et leur dispute, elle aimait toujours son petit frère. Ce médaillon est le symbole de leur relation.

Ty l'écouta en silence puis hocha la tête.

— Je crois qu'il va falloir que tu m'en dises davantage.

— Tout est inversé, poursuivit-elle en décrivant des cercles jusqu'à arriver derrière la pierre tombale. Au dos de celle-ci, un petit gribouillage représentait une flèche qui faisait un tour sur elle-même avant de pointer vers le bas.

— Dorothy est enterrée ici, à côté de Monsieur Boule de Poils.

Ty s'empara de la bêche qu'ils avaient emportée et

commença sans tarder à creuser la terre. Quelques minutes plus tard, il toucha quelque chose de métallique. La tombe n'était pas profonde. Rapidement, Randall et lui sortirent une grande boîte du trou.

Celle-ci ressemblait à un coffre au trésor avec des volutes gravées dans les coins et une serrure ornée sur le devant.

— C'est fermé à clé, fit remarquer Ty.

— Tu as une pelle, ouvre-la.

— Attends, dit-il, il ne faut pas faire d'erreurs. Nous devons respecter le protocole. Je ne veux pas que tout tombe à l'eau car nous n'aurons pas eu la patience de faire les choses correctement.

— Tu as raison, approuva Liz Hurtado.

Randall acquiesça lui aussi en silence.

— Je suis la seule personne qui ne fait pas partie des forces de l'ordre, ici, leur dit Vanessa. Alors, dites-moi, que sommes-nous censés faire dans un tel cas ?

Même s'il mourait d'envie d'ouvrir ce coffre, Ty ne voulait prendre aucun risque. Toute cette histoire était déjà suffisamment compliquée, ce n'était pas la peine d'en rajouter.

— Nous allons remettre ce coffre au Dr Waters, le médecin légiste. Elle pourra se servir de rayons X pour regarder à l'intérieur sans forcer la serrure. Et elle nous fera part de ses découvertes.

— Cela semble une bonne idée, approuva Vanessa. Mais je dois d'abord faire quelque chose. Puis-je avoir un moment, s'il vous plaît ?

Randall et l'agente Hurtado s'éloignèrent. Ty, quant à lui, ouvrit son sac à dos et tendit à Vanessa l'urne qui s'y trouvait.

— C'est l'endroit que tu cherchais, le lieu idéal pour disperser les cendres de ton père.

— Oui, je crois qu'il devrait être avec ma tante Dorothy et Monsieur Boule de Poils, dit-elle en prenant deux poignées de cendres et en les regardant glisser entre ses doigts.

Ses mouvements étaient lents et conscients, elle faisait de ce moment quelque chose de sacré et de respectueux. Doucement, elle se pencha vers la tombe et fit glisser sa main sur cette incroyable sépulture.

— J'ai envie de dire quelque chose, murmura-t-elle.

— À toi de voir, lui répondit Ty.

— Adieu, stupide chat, murmura-t-elle alors avec un tendre sourire.

Une fois de retour au château, Ty et Randall remirent le coffre métallique à l'agent Morris et son équipe. Puis, tandis que Vanessa discutait avec Mona dans la cuisine, Ty se surprit à espérer que celle-ci leur trouve de quoi dîner.

— Beau boulot, leur dit Morris. Je ne sais pas si cette découverte va nous aider à résoudre l'enquête concernant le meurtre de Bethany, mais cela va nous permettre d'en savoir plus sur la disparition et la mort de Dorothy.

— Nos recherches ont soulevé de nouvelles questions, et surtout celle-ci : pour quelle raison s'est-elle suicidée ?

— C'est tout le problème avec les affaires classées, les témoins n'ont plus forcément les idées très claires et leurs souvenirs ont pu s'altérer avec le temps. Quant aux preuves et aux indices, ils ne sont plus toujours valables…

Il s'interrompit et observa la grande boîte argentée et ornée de gravures.

— Pourquoi diable l'a-t-il enterrée dans une telle chose ? demanda-t-il en haussant les sourcils. Et pour quelle étrange raison cette femme voulait-elle que ce soit son frère qui se charge de sa dépouille plutôt que son bien-aimé mari ?

Ty avait une intuition à ce sujet… Mais il lui manquait encore une preuve pour pouvoir en parler.

— À quelle heure voulez-vous que nous soyons là pour la reconstitution ? demanda-t-il à Morris.

— 13 heures, mais venez un peu plus tôt pour le déjeuner.

Ty ne se le ferait pas dire deux fois. Il savait qu'il profitait des repas servis au château comme s'il s'agissait d'un restaurant mais il ne se sentait absolument pas coupable. Il se tourna vers Vanessa en regrettant de ne pas avoir pris le temps de lui demander plus tôt où elle avait décidé de passer la nuit. Cependant, il n'y avait pas vraiment de question à se poser.

Elle rentra avec lui dans son chalet et ils célébrèrent leur succès en dégustant des sandwichs accompagnés de bières artisanales locales que Ty gardait au frais.

— Je crois que j'avais plus faim que je le pensais, dit-il à Vanessa en finissant sa dernière bouchée.

— La journée a été longue, lui répondit-elle. Goûte à ces chips, elles sont délicieuses.

Il but une gorgée de sa bière et en savoura la saveur corsée.

— Nous avons été très efficaces, lui dit-il, mais je

crois que, si tu n'avais pas fait partie de cette famille, jamais nous n'aurions pu démêler toute cette affaire.

— Il nous reste à découvrir qui a tué Bethany…

— Crois-tu que l'agent Morris sera contrarié si nous le découvrons avant lui ?

— Je pense qu'il ne sera pas ravi, en effet.

— Peu de gens aiment qu'on leur fauche l'herbe sous le pied, dit-il en pensant qu'il était satisfait de la relation qu'il avait créée avec le bureau fédéral du Colorado.

— C'est ton cas ?

— Je n'ai aucun problème à admettre que, sur ce coup-là, c'est toi qui as remporté la première place, même si cela n'avait rien d'une compétition. Mais je suis heureux d'avoir pu voir les choses de ton point de vue, c'était très instructif.

Alors qu'elle lui souriait, il se dit qu'il aimait la façon dont ils s'entendaient tous les deux. Depuis le jour de leur rencontre, tout entre eux semblait évident et naturel. Ils se complétaient comme les pièces d'un même puzzle. Tout en finissant de dîner, ils parlèrent du drone, de son utilité et de la saison de ski qui approchait. Parfois, ils restaient aussi silencieux et ces plages de calme étaient des moments de douceur et de complicité.

Après qu'ils eurent débarrassé et fait la vaisselle, elle demanda à voir ses projets de bricolage.

— Pour tout te dire, lui répondit-il, je pense à quelque chose de nouveau. Et c'est un peu toi qui m'as inspiré.

— Moi ?

— Tout à fait, lui dit-il en la guidant dans le couloir

jusqu'à une petite pièce avec une fenêtre qui donnait sur le porche.

— Je voulais en faire une salle de gym mais ce n'est pas assez grand, commença-t-il. Ensuite, j'ai pensé en faire une chambre d'amis…

Elle marcha jusqu'à la fenêtre et tira le rideau pour laisser entrer la lumière.

— La vue dans la journée doit être superbe.

— Oui, mais ce n'est pas mal non plus la nuit, ajouta-t-il en pensant que, s'il n'avait pas tant peur pour sa sécurité, il l'aurait bien emmenée faire une promenade au clair de lune. Bref, j'ai finalement décidé d'en faire un bureau. Je vais installer des étagères dans ce coin et mettre ici l'ordinateur…

— Je ne suis pas certaine que ce soit une très bonne idée, lui dit-elle en tournant sur elle-même pour regarder la pièce. Je pense en effet que tu pourrais en faire un bureau mais tu as déjà beaucoup d'espace au palais de justice. Et puis, veux-tu vraiment ramener du travail chez toi ?

Il n'avait pas pensé à son travail. Pas du tout. Ce qu'il voulait aménager, c'était un bureau pour elle, pour qu'elle puisse rester ici et finir de rédiger tranquillement son livre. Ainsi, elle ne serait plus forcée de loger au château. Il avait envie de lui offrir quelque chose qu'elle ne pourrait trouver nulle part ailleurs. Mais il était peut-être un peu tôt pour ce genre de cadeau. Il devait prendre son temps, ne pas précipiter les choses et laisser à cet oiseau exotique une chance de pouvoir déployer ses ailes.

La nuit précédente, quand ils avaient fait l'amour, il avait été incroyablement passionné, et les émotions qu'il avait ressenties étaient plus profondes et puissantes que tout ce qu'il avait jamais vécu. Ce soir, c'était différent. Ils se déshabillèrent en silence, lentement, en prenant le temps de se regarder. Le clair de lune qui passait par la fenêtre de la chambre soulignait la superbe silhouette et la taille fine de Vanessa.

Il fit glisser la main le long de ses hanches puis caressa ses seins. Quand elle se serra contre lui, elle entremêla ses longues jambes avec les siennes. Encore une fois, ils s'accordaient parfaitement. Leurs souffles étaient synchronisés. Ainsi que leurs pouls. Ils parvinrent ensemble à l'orgasme. Heureux.

Il resta allongé à côté d'elle sans parler. Il avait quelque chose à lui dire mais il ne voulait pas rompre ce merveilleux silence.

— J'aime tes cheveux, dit-elle enfin en passant la main dans ses boucles.

— Moi aussi.

— Veux-tu m'accompagner sous la douche ?

— Avec plaisir.

Il avait envie de lui dire qu'il l'aimait. Ces mots étaient nés en lui et grandissaient depuis qu'il l'avait vue et entendue pour la première fois. Mais il savait qu'elle n'était pas encore prête…

19

À son réveil, Vanessa se sentait nerveuse et troublée. Quelque chose n'allait pas dans sa relation avec Ty. Était-ce comme ça qu'elle devait appeler ce qui les liait l'un à l'autre ? Une relation ? Et comment pouvait-elle nommer ce qu'elle éprouvait ? Elle n'avait pas envie de décortiquer les sentiments complexes qu'elle ressentait pour Ty, pourtant elle savait qu'elle allait devoir s'y résoudre.

Avant de quitter le lit, elle appela le bureau du Dr Waters pour savoir s'ils avaient réussi à ouvrir la boîte et commencé l'autopsie des os et du crâne. L'assistant de la légiste lui fit une brève description de l'équipement qu'il comptait utiliser puis lui promit que le Dr Waters la rappellerait dès qu'elle le pourrait. Après avoir enfilé un jean et un T-shirt, elle descendit l'escalier pieds nus.

Ty avait déjà préparé du café et de délicieux arômes de cannelle trahissaient la présence de pâtisseries dans le four.

— Je viens d'appeler le Dr Waters, lui dit-elle en s'asseyant à table.

— Avait-elle du nouveau ?

— Pas encore, non. Son assistant a mentionné

quelque chose de plutôt inintéressant concernant le grossissement du spectromètre à fluorescence... Bref, je dois les rappeler. S'il y a bien quelque chose que j'ai appris pendant les quatre années où je me suis occupée de mon père malade, c'est qu'on n'obtient jamais rien sans insister.

— C'est bien vrai, approuva-t-il en remplissant une tasse de café.

Quand il la déposa devant elle, qu'il l'embrassa sur la joue et lui mordilla l'oreille, elle manqua d'oublier le sentiment de doute qui l'habitait quelques instants plus tôt.

— Quel est le programme pour aujourd'hui ? lui demanda-t-elle.

— Tu veux faire une liste ?

— C'est ce que je fais toujours, oui.

— À 13 heures, nous sommes censés nous trouver au château pour participer à la reconstitution des heures précédant le meurtre de Bethany.

— Ça doit être très précis ? Devons-nous porter les vêtements que nous avions ce jour-là ?

— Je ne pense pas que cela soit nécessaire, mais je ne suis pas contre l'idée de te revoir dans cette jolie chemise bleue.

— Tu te souviens de ce que je portais ?

— Je suis un policier, je suis entraîné à observer et relever le moindre détail, lui répondit-il. En ce qui concerne le château, je pense que nous devrions partir tôt afin de déjeuner avant que tout cela commence.

Pour un célibataire comme Ty, découvrir un moyen de manger des plats gastronomiques à volonté devait être une sacrée aubaine.

— Je n'ai plus rien à manger, ici, expliqua-t-il. Je dois d'ailleurs aller faire quelques courses.

— Je l'inscris sur ma liste.

Il se leva de table et vint lui prendre la main.

— Prends ton café et viens avec moi, lui dit-il.

Il avait fait quelques changements dans la petite pièce qu'il comptait transformer en salle de travail et qu'il lui avait montrée la veille. Il s'y trouvait à présent un bureau, une chaise pivotante et un cahier.

— Où as-tu trouvé tout ça ? lui demanda-t-elle.

— Dans mon garage. J'ai pensé que tu pourrais avoir besoin de quelques fournitures supplémentaires, et j'ai un tas de trucs qui traînent et dont je ne me sers pas.

En regardant par la fenêtre, maintenant qu'il faisait grand jour, elle découvrit que la vue était aussi spectaculaire que ce qu'elle avait imaginé. Elle posa sa tasse de café sur la table, s'assit, ouvrit le cahier et prit le stylo. Son rituel du matin commençait toujours ainsi. Elle inscrivit l'heure de la reconstitution puis quelques produits d'épicerie auxquels elle ajouta du pain et des œufs.

— Il faut autre chose ? lui demanda-t-elle.

— Il faudra passer à la scierie, je veux prendre de quoi construire quelques étagères.

Elle resta un instant immobile, son stylo suspendu au-dessus de la feuille. Les étagères étaient pour cette pièce. Ty était en train de lui aménager un nid à l'intérieur de la maison qu'il s'était construite pour lui-même. Elle l'aimait beaucoup, plus que ça, même. Mais son projet lui faisait peur.

— Je ferais mieux d'aller me préparer, déclara-t-elle en se levant.

— Reste, nous n'avons pas fini la liste, tu disais que tu voulais aussi récupérer quelques-uns de tes vêtements au château.

C'était vrai. Elle voulait aussi emporter le matériel d'enregistrement pour les mémoires de Simon. Mais elle ne pouvait se laisser séduire par son sens de l'organisation.

— Tu dois arrêter ça, Ty.

— Arrêter quoi ?

Il avait l'air innocent mais elle voyait clair dans son jeu.

— Tu es en train d'aménager un espace pour moi chez toi.

— Je veux seulement que tu sois en sécurité.

— Bien sûr, moi aussi je veux l'être. Même si je veux ressembler à mon père, je n'ai pas son côté irresponsable et spontané.

— Vanessa, de quoi parles-tu ? Quel est le problème ?

— Tu penses me construire un nid, mais, à mes yeux, il s'agit plutôt d'une cage.

En voyant son visage changer d'expression, elle comprit qu'elle l'avait blessé, ce qui n'était pas le but de sa démarche.

— Crois-moi, lui dit-il, je ne cherche pas à te forcer à accepter quelque chose que tu ne veux pas. Et t'enfermer dans une cage est bien la dernière chose que je souhaite.

Vanessa sortit de la pièce et monta à l'étage. Ce matin, elle avait pris conscience que Ty et elle démarraient une relation. Ce constat lui avait déjà fait l'effet d'une bombe. Devait-elle s'excuser de ne pas vouloir que tout cela aille si vite ? Cela ne lui semblait pas juste. Elle s'habilla et essaya de retrouver son calme en prenant de profondes inspirations.

Quand elle fut de retour dans la cuisine, elle avait l'intention de faire les choses correctement. Elle allait rester calme. Et alerte. Elle confronta Ty sans faire de détours, déterminée à ne pas se laisser distraire par ses beaux yeux et ses adorables fossettes.

— Écoute, Ty, je ne vais pas te dire que je suis désolée.

— Moi non plus.

La conversation n'évoluait pas du tout comme elle l'avait imaginé. Ils devaient avoir une discussion rationnelle, peut-être même faire une liste des avantages et des inconvénients. Mais après tout, comment pouvait-elle être en colère alors qu'il avait fait tant d'efforts pour lui aménager un nouveau bureau ? Mais d'un autre côté, comment pouvait-il prétendre savoir ce qui était le meilleur pour elle ?

Elle prit sa tasse de café et l'apporta dans l'évier pour la rincer. Puis elle ramassa son sac à dos.

— Je ne crois pas que nous devrions nous rendre ensemble au château.

— D'accord, je vais appeler un de mes agents et lui demander de venir te chercher.

Elle ouvrit la porte d'entrée et sortit sur le porche, où elle s'assit sur le rocking-chair.

— Je vais l'attendre ici, lança-t-elle à Ty par-dessus son épaule.

Elle ne devait pas paraître bien fraîche dans sa chemise froissée, avec son sac à dos qui contenait la dernière partie des cendres de son père. Mais elle ne reviendrait pas sur sa décision. Elle ne s'excuserait pas.

Une fois au château, Vanessa monta dans sa chambre et enfila une chemise en jean. Afin d'éviter de croiser Ty qui n'allait pas tarder à arriver, elle prit le temps de se coiffer, de se maquiller et finit par appeler le Dr Waters, qui n'avait toujours rien à lui dire. Elle réussit ensuite à se tenir occupée et ne redescendit que peu de temps avant 13 heures.

Une fois dans le grand hall, elle rejoignit les autres, y compris Ty qui était à présent vêtu de son uniforme. Morris les avertit qu'ils n'avaient que cinq minutes pour rejoindre l'endroit où ils se trouvaient à l'heure où le meurtre de Bethany était censé avoir eu lieu.

— Je sais qu'il vous sera impossible de suivre le même *timing* de manière exacte mais s'il vous plaît essayez de faire ce qui vous paraît le plus juste. Avez-vous des questions ?

— Oui, à quoi tout cela va-t-il bien pouvoir servir ? demanda Macy.

— Vous êtes tous des témoins, lui répondit-il. Quand le meurtre s'est produit, vous ne saviez pas que ce que vous faisiez alors était peut-être important. En revivant le cours des événements, des détails qui vous paraissaient alors insignifiants peuvent vous revenir à l'esprit.

— Cela me semble peu probable. Jusqu'à présent nous avons été plutôt coopératifs mais je pense qu'il est temps d'appeler nos avocats et de cesser toutes ces absurdités.

— Une jeune femme est morte, la réprimanda son mari. Nous aiderons la police de toutes les manières possibles.

Sans se parler, Ty et Macy montèrent l'escalier et se rendirent sur le balcon, à l'extérieur de la scène de crime, au premier étage. C'est l'agente Hurtado qui avait été choisie pour jouer le rôle de Bethany et elle passa devant eux, entra dans la chambre de Simon et verrouilla la porte derrière elle.

Au lieu de suivre le même itinéraire, Vanessa jeta un coup d'œil dans le couloir pour voir avec qui Bethany s'était disputée avant de s'enfermer. Lowell Burke, le mari de la victime, se tenait là.

— C'est ainsi que tout a commencé, glissa-t-elle à Ty en les rejoignant. Ils se sont disputés à propos d'argent et elle a parlé de millions de dollars.

— Nous ne connaissons pas les détails mais apparemment Burke enquêtait sur les droits de propriété et les arrangements concernant les restaurants Simplicity et Simple Simon.

Elle se souvenait de cette information car le début de cette enquête correspondait au moment où elle avait commencé à se faire harceler à Denver.

— Tu crois que Burke pourrait être le harceleur ?

— Ce serait possible. Il a un côté sournois.

Vanessa s'appuya contre la balustrade et essaya de se rappeler qui elle avait vu dans le grand hall ce jour-là. Chloe Markham ? Mona ? Keith devait lui aussi se trouver au rez-de-chaussée car elle l'avait vu se diriger vers la cuisine de la boulangerie.

— Keith Gable, lui dit Ty. Lui aussi est impliqué dans la vente de la propriété. C'est l'associé de Simon.

— Il semblerait que tout le monde soit de près ou de loin mêlé à cette affaire.

Ils se rendirent ensuite ensemble dans la partie ancienne du château en traversant le grand hall et passèrent devant le bureau aux baies vitrées. Dans l'escalier, au niveau du premier étage, ils croisèrent Martha Ingram qui essayait de se comporter comme si elle était bouleversée.

— Si cela ne vous embête pas de répondre à cette question, lui demanda Ty, qu'est-ce qui vous avait chamboulée quand nous vous avons vue la première fois ?

— C'était George. Il boit trop et il ne se sentait pas bien.

— Je suis désolée, lui répondit Ty.

— Il fait des cauchemars, il se réveille en sueur au beau milieu de la nuit et marmonne des excuses, il répète qu'il est désolé, vraiment désolé, lui répondit-elle avant de se tourner vers Vanessa. Une fois, je l'ai même entendu s'excuser auprès de vous !

Quand elle les quitta, Ty et Vanessa reprirent leur montée.

— Je suis content de voir que nous sommes de nouveau amis, lui dit-elle avec un sourire en coin.

— Plus que des amis, lui répondit Ty en lui prenant la main.

— Que penses-tu de tous ces suspects ? lui demanda-t-elle alors.

— Je ne sais pas, mais quelqu'un dans ce château a tué Bethany.

Ils ne croisèrent personne d'autre et arrivèrent bientôt dans la salle de jeux avec le passage secret.

Burke les attendait.

— Macy a raison, tout cela est une perte de temps.

— Peut-être pas, lui répondit Ty. Dites-moi, je voudrais vous poser une question : avez-vous découvert quelque chose d'inhabituel quand vous vous êtes penché sur les questions de propriété de la famille, il y a douze ans ?

— Quand Dorothy a disparu ? demanda-t-il, l'air soudain moqueur. Je ne peux pas trahir les informations confidentielles de mon client mais je peux vous dire que je n'ai découvert aucun sombre secret. Rien que des insinuations. Pour une raison que j'ignore, Bethany était persuadée que Dorothy voulait lui léguer une fortune. Cependant, je crois qu'elles ne se sont rencontrées qu'une ou deux fois, à peine.

La sonnerie du téléphone de Vanessa les interrompit. Quand elle vit s'afficher sur son écran le nom du Dr Waters, elle s'excusa et s'éloigna pour répondre à l'appel. La médecin légiste avait fait une terrible découverte en analysant les restes découverts dans le petit coffre : Dorothy avait été assassinée.

Les examens prouvaient qu'elle avait reçu une balle derrière le crâne… Elle ne pouvait donc pas être la personne qui avait appuyé sur la détente. Après avoir raccroché, Vanessa se précipita vers Ty et Burke.

— Excusez-nous, dit-elle au mari de Bethany. Je dois m'entretenir avec le shérif.

— Aucun problème. De toute façon, je suis à présent censé retrouver Keith.

Dès qu'il fut loin, elle expliqua à Ty les résultats du nouveau rapport sur la mort de sa tante.

— C'était un meurtre, cela explique tout ! Pourquoi avoir maquillé sa mort en suicide ? Pour cacher le fait qu'elle a été assassinée !

— Mais à l'époque, le Dr Ingram avait conclu à un suicide… Pourquoi aurait-il menti ?

La porte de la salle de jeux claqua soudain et Keith

Gable avança vers eux, poussant George Ingram devant lui.

— Pauvre vieux docteur, dit-il en ricanant. Il s'effondre chaque année un peu plus.

Instinctivement, Ty tenta de prendre son arme, mais Keith braquait déjà la sienne sur lui.

— Oubliez ça, shérif, lança-t-il. Posez votre arme ou je tire sur Vanessa. Puis sur le docteur.

Une fois Ty désarmé, Keith poussa violemment le vieil homme et celui-ci tomba au sol. Vanessa se précipita vers lui pour lui venir en aide.

— Tu ne t'en sortiras pas comme ça, Keith.

— Oh ça, c'est certain ! Mais voilà la petite histoire que nous allons servir à Morris. C'est le docteur qui a tué Dorothy il y a bien longtemps et c'est pour ça qu'il a fait croire à un suicide. Quant à moi, je peux peut-être trouver une manière de m'en sortir en me servant du petit-fils Ingram et de toutes les drogues qu'il consomme. Ce ne serait pas la première fois que les stupéfiants sont mis en cause dans des affaires de meurtre… Le Dr Ingram sera blâmé pour tout ça.

— Jamais je n'aurais pu faire de mal à Dorothy, protesta George. Quand elle a disparu, j'étais bouleversé et effrayé… Et puis lorsqu'on a retrouvé son corps et que j'ai pu l'examiner, je n'ai vu que la balle dans son crâne et Keith m'a persuadé qu'il s'agissait d'un suicide.

Vanessa fusilla Keith du regard.

— Tu es doué pour manipuler les gens… C'est toi qui me harcèles depuis tout ce temps, n'est-ce pas ?

— Je pensais que je pourrais te faire peur.

— Mais je ne suis pas facilement impressionnable…

Dis-moi, Keith, quand as-tu compris que tu avais fait une grosse erreur en tuant Dorothy ?

— Pas avant des années, admit-il. De ton côté, tu ne semblais pas connaître l'existence de cette clause… Puis Lowell Burke s'est mis à fouiner partout. J'ai alors commencé une relation avec Bethany et c'est elle qui me tenait au courant des avancées des recherches de son mari.

Le sourire narquois de Keith dégoûtait Ty.

— Vous êtes fier de vous ? lui demanda-t-il.

— Un peu, oui, répondit-il en haussant les épaules. Dorothy devait mourir, elle freinait nos progrès. Simon et moi avions besoin d'une totale liberté pour tirer parti du patrimoine immobilier et lancer nos franchises. Nous sommes intelligents, notre projet était brillant. La seule personne qui n'était pas enthousiaste à cette idée était Dorothy. Elle ne croyait pas en moi… ni en son mari, d'ailleurs.

— Et Bethany a découvert votre complot, dit Ty. Elle devait avoir beaucoup de pouvoir sur vous, avec toutes les informations qu'elle détenait.

— Je l'ai séduite, j'ai essayé de lui montrer qu'elle se trompait, mais ce qu'elle aimait le plus au monde, c'était l'argent. Maintenant, la dernière chose qu'il me reste à faire, c'est m'occuper de vous trois. Dès que Morris saura que Dorothy a été assassinée et que le Dr Ingram a menti sur la déclaration de décès, il en tirera la conclusion la plus évidente.

— J'ai une dernière petite question, lui demanda Vanessa. Comment as-tu pu entrer et sortir de la chambre de Simon ?

— C'est simple, lui répondit-il en éclatant d'un rire

prétentieux et fier. Je suis descendu le long du mur depuis la bibliothèque jusqu'à la chambre, puis je suis descendu de la chambre au rez-de-chaussée après le meurtre. Puis j'ai jeté ma veste de chef tachée de sang dans la buanderie.

— Nous tuer ne sera pas aussi simple, l'avertit Vanessa. Il y a des policiers dans tout le château, ils entendront les coups de feu.

— Oh ! Je t'en prie, accorde-moi un peu de crédit, je suis plus intelligent que ça…, lui répondit-il avant de lui montrer les flippers derrière eux. Pour commencer, vous allez tous les trois emprunter le passage secret.

Dès qu'elle fut à l'intérieur du passage, Vanessa sentit une puissante odeur d'essence et de gaz, et comprit que Keith avait prévu de mettre le feu au tunnel et de laisser l'incendie se propager jusqu'à la cave à vin.

— Fuis, lui glissa Ty à l'oreille. Cours et sors d'ici aussi vite que tu peux.

— Et toi ? Et le Dr Ingram ?

— Laissez-moi m'occuper de ça, intervint ce dernier, vous direz seulement à Simon que je suis désolé.

Le vieil homme se jeta alors sur Keith. Il n'était pas très robuste et ne semblait pas en si bonne santé, mais il gardait toujours son petit scalpel porte-bonheur dans sa poche. Il poignarda la cuisse de Keith tandis que Vanessa prenait ses jambes à son cou, suivie par Ty. Keith tira une balle et l'étincelle de son arme enflamma le gaz. Vanessa comprit alors qu'ils n'auraient pas le temps de sauver le vieux médecin. Il ne ferait plus jamais de cauchemars…

Épilogue

Trois semaines plus tard, Vanessa se tenait sur la plage de Crescent City en Californie et regardait la mer refluer. Un chemin rocheux émergeait des eaux et permettait de se rendre de la plage à la petite île du phare qui se trouvait au large.

Elle était venue ici tous les jours depuis une semaine pour attendre Ty. Ils n'avaient pas réglé leur différend concernant la construction d'un nid ou le mode de vie des oiseaux exotiques. Il y aurait probablement toujours des conflits entre eux mais elle avait hâte de refaire l'amour avec lui. Et elle se sentait prête à se lancer dans une véritable relation. S'il avait la même envie, il avait encore la journée pour venir la rejoindre.

La vie de Vanessa avait beaucoup changé depuis l'incendie au château. Pour commencer, Denny Nussbaum lui avait versé son héritage avec les intérêts, ce qui l'avait rendue incroyablement riche. Elle avait ensuite décidé de poursuivre son projet avec Simon. À une condition, qu'il accepte d'accorder un chapitre entier à sa tante Dorothy. Enfin, elle avait adopté un chat, qu'elle avait appelé Boule de Poils II.

Simon, lui, se débrouillait plutôt bien, vu la situation… Ayant découvert que son ami et associé, Keith, avait assassiné sa femme bien-aimée, il aurait pu envisager de prendre sa retraite mais, au lieu de ça, il avait travaillé encore davantage, confiant à sa seconde femme, Chloe, les rênes de la franchise Simple Simon.

Tout en gravissant les marches de l'escalier du phare, Vanessa toucha le collier que Ty avait trouvé dans la main de Bethany et qu'elle portait maintenant autour du cou. Ce bijou avait été un indice utile. Certes, Ty n'aurait jamais dû dissimuler cette preuve à Morris, mais Vanessa était heureuse qu'il l'ait fait. Grâce à lui, elle avait pu garder ce collier si précieux à son cœur.

Depuis le sommet du phare, elle regarda vers le sud. Tout au loin, elle le vit approcher. Un homme, à cheval, qui chevauchait dans les vagues scintillantes.

Elle descendit les marches quatre à quatre, son cœur battant à tout rompre.

Quand Ty fut assez près d'elle pour qu'elle puisse distinguer le miroitement dans ses yeux, il se pencha et la souleva de terre pour venir l'asseoir sur ses genoux. Ils s'embrassèrent longtemps.

— Vanessa, épouse-moi, lui murmura-t-il enfin.

— Je ne peux pas te répondre oui, pas encore, lui répondit-elle en l'embrassant de nouveau. Mais je peux te dire que je t'aime.

— Ça fera l'affaire.

TYLER ANNE SNELL

Le poids de la suspicion

Traduction française de
CAROLE PAUWELS

BLACK ROSE

HARLEQUIN

Titre original :
TOXIN ALERT

Prologue

Noah Miller glissa les mains dans ses poches, courba le dos pour tenter de lutter contre le froid, et compta en silence les cadavres.

En temps normal, il aurait été le premier à affirmer que Potter's Creek ne recélait pas la moindre trace de laideur.

Mais aujourd'hui n'était pas un jour normal.

Aujourd'hui, rien ne se déroulait comme d'habitude.

Et il en avait eu le pressentiment bien avant de se rendre en territoire amish, à l'invitation de son père. Rien que cette visite était déjà peu ordinaire, mais ça n'avait rien de comparable avec le spectacle de désolation qu'offrait la ferme des Yoder.

— Vingt-quatre.

La voix de Samuel Miller résonna étrangement dans le silence.

— Vingt-quatre vaches mortes, répéta-t-il, avec un signe de tête dans la direction qu'ils fixaient tous déjà. Surtout, ne touche à rien.

Noah n'en avait pas l'intention, mais il ne fit aucun commentaire. Son père et lui n'étaient pas en bons termes depuis qu'il avait quitté à seize ans le foyer familial.

Quatorze ans s'étaient écoulés depuis, mais le poids

de leurs différences continuait à peser lourdement sur leur relation. Aujourd'hui, qu'il s'agisse de sa famille ou de leur communauté, on ne l'appelait plus qu'en cas d'urgence, et il trouvait la pilule un peu difficile à avaler.

Il avait beau n'habiter qu'à un kilomètre de l'endroit où ils se trouvaient à présent, ce kilomètre faisait la différence entre le monde des amish, et celui des « Anglais », ainsi qu'étaient désignés les non-amish.

— À ton avis, qu'est-ce que ça peut être ? demanda Noah. Du poison ? Un virus ?

Une marée de cadavres couvrait la prairie à perte de vue. Il était loin de s'imaginer cela quand il avait vu le numéro de la communauté s'afficher sur l'écran de son téléphone ce matin.

— Il m'est déjà arrivé de perdre quelques vaches à cause d'une maladie, reprit-il, mais je n'ai jamais rien vu de cette ampleur.

Son père hésita.

— Je ne sais pas, mais ça empire.

— Comment ça ?

Samuel soupira et désigna une grange à proximité.

— Isaiah est à l'intérieur. Il a des plaies noires sur les bras.

— Des plaies noires ? s'étonna Noah.

À la surprise d'avoir été appelé ce matin s'ajoutait maintenant une terrible angoisse. Il connaissait bien Isaiah Yoder, un père de cinq enfants, dévoué et travailleur.

Des vaches mortes dans son pré ? Des plaies noires sur ses bras ?

Tout cela ne présageait rien de bon.

Samuel hocha la tête, l'air solennel.

— Les Haas ont perdu dix vaches, il y a quelques jours. David et ses fils, qui travaillaient dans les champs, sont tombés malades, mais ils se sont remis. Ils pensaient que c'était un virus transmis par le troupeau, ou bien quelque chose dans le sol. Mais je crois qu'il s'agit d'un problème beaucoup plus grave, qui pourrait mettre en danger la communauté.

Même s'il vivait depuis longtemps hors de la communauté, Noah était encore capable de reconnaître quand son père était inquiet. Il pouvait le lire dans la raideur de ses épaules et de sa mâchoire, et le percevoir derrière une intonation exagérément posée.

Et il le comprenait parfaitement.

— Je pense aussi que c'est très grave, dit-il. Il faut conduire Isaiah à l'hôpital.

Son père secoua la tête. La crainte n'était pas une raison suffisante pour contrevenir à leur mode de vie.

— Le médecin « anglais » est en train de l'examiner.

Noah avait l'intention d'insister, mais un mouvement du côté de la grange attira son attention.

Un homme chauve, portant des lunettes à large monture d'écaille, et affichant un air soucieux, venait de sortir du bâtiment.

Lorsqu'il les vit, il leur fit signe de le rejoindre, et ferma la porte d'un geste qui trahissait sa nervosité.

— Ce n'est jamais bon quand un médecin est nerveux, marmonna Noah.

Son père ne dit pas un mot tandis qu'ils s'avançaient pour saluer l'homme. Se présentant à Noah, le Dr Carson s'excusa de ne pas lui serrer la main.

Une sonnette d'alarme retentit dans la tête de Noah, avant même que le médecin en vienne au fait.

— Il semblerait que M. Yoder souffre d'un empoisonnement au bacille du charbon.

Sans leur laisser le temps de réagir, il poursuivit :

— En soi, ce n'est pas nécessairement effrayant. La bactérie *Bacillus anthracis* peut apparaître de façon naturelle dans le sol, et infecter le bétail et les humains. Cependant… Venez jeter un œil à ceci.

Noah et son père suivirent le médecin jusque sous un auvent accolé à la grange, où il désigna une paire de bottes en cuir brun passablement éraflées et usées.

— Ce sont les bottes d'Isaiah. Il les portait quand je suis arrivé.

Le Dr Carson se pencha et, sans les toucher, désigna les talons, sur lesquels on pouvait distinguer des traces de poudre blanche.

— Voici ce que je pense être de la bactéridie charbonneuse.

Samuel et Noah étaient loin de se trouver sur la même longueur d'onde depuis que ce dernier avait quitté la communauté mais, à cet instant, les Miller père et fils eurent le même mouvement de recul horrifié.

— Sous la forme d'une infection bactérienne, la maladie est parfaitement curable si elle est détectée à temps. Mais la dispersion de spores dans l'air est susceptible de provoquer des pneumonies par inhalation, qui peuvent être fatales.

— Mais d'où ça peut bien venir ? demanda Samuel. D'un champ ?

— Je suppose. Mais ce n'est pas ce qui m'inquiète le plus.

Noah n'eut aucun mal à deviner les pensées du Dr Carson.

— Quelqu'un aurait déposé volontairement de la bactéridie charbonneuse dans le champ ? Mais pour quelle raison ?

Le médecin haussa les épaules.

— Si seulement je le savais.

Tandis qu'un vent glacial les enveloppait, chacun se perdit dans ses pensées. Personne n'avait besoin de dire à voix haute que leur état d'esprit était passé d'une inquiétude raisonnable à une profonde angoisse.

Qui pouvait avoir intérêt à viser ainsi la communauté amish ?

Un mouvement sur le chemin de terre qui menait à la ferme arracha soudain Noah à ses pensées.

Quelqu'un courait vers eux. Un adolescent. Et il était terrifié.

Mû par une brutale montée d'adrénaline, Noah se mit à courir dans sa direction. Le médecin et son père lui emboîtèrent le pas.

Lorsqu'ils le retrouvèrent près de la clôture, l'adolescent jeta un coup d'œil aux vaches mortes, sans paraître surpris, puis il se pencha, les mains sur les genoux, pour reprendre son souffle.

— Que se passe-t-il ? demanda Noah. Tu es blessé ?

L'adolescent secoua vigoureusement la tête, et pointa du doigt derrière lui.

— Non, mais... Mon père et mon frère... ont besoin d'aide, ânonna-t-il, le souffle court. Ils se sont effondrés dans le champ, chez nous.

Noah échangea un bref regard avec le médecin.

— Nous devons y aller immédiatement.

Bien que son père n'ait jamais aimé se déplacer autrement que dans des carrioles tirées par des chevaux, il n'émit aucune protestation quand Noah dirigea tout le monde vers son pick-up. Samuel prit même place à l'avant et le guida à travers le village, tandis que, sur la banquette arrière, le médecin interrogeait l'adolescent.

Arrivé à destination, Noah coupa le moteur, électrisé par une nouvelle montée d'adrénaline.

— Doc, allons-y. Papa, tu restes ici.

Il n'eut pas le temps de s'étonner que son père l'écoute. Déjà, le Dr Carson et lui se précipitaient vers le champ.

Hélas, il était déjà trop tard.

Le père et le fils n'étaient pas inconscients dans l'herbe.

Ils étaient morts, le corps couvert de plaies noires.

Mais si le Dr Carson ne pouvait plus rien faire pour eux, il y avait encore des personnes qu'ils devaient aider.

— Isaiah doit aller à l'hôpital, murmura Noah. Je pense que Mme Yoder sera d'accord.

Le médecin hocha la tête.

— Et je dois prévenir les autorités sanitaires.

Il échangea un regard avec Noah, et formula ce que ce dernier pensait depuis le début.

— Je ne comprends pas pourquoi quelqu'un ferait ce genre de choses. Surtout ici.

Noah serra les dents.

— Moi non plus. Mais je suis bien déterminé à le découvrir.

1

Le Dr Carly Welsh se laissa tomber sur sa chaise moins de trente secondes avant que sa cheffe de service entre dans la salle de conférences, tenant un café à la main, et affichant sa tête des mauvais jours.

Alana Suzuki avait été nommée trois ans plus tôt à la tête de la TCD, la Cellule d'information tactique sur les crimes du FBI, juste au moment où Carly intégrait l'équipe, et tout le monde se connaissait suffisamment pour interpréter l'humeur de chacun.

Les nouvelles étaient mauvaises.

Vraiment mauvaises.

Il est vrai que les affaires qui atterrissaient dans leur service ne s'apparentaient pas vraiment à des contes de fées.

— Plusieurs fermes de la communauté amish de Potter's Creek ont été attaquées, déclara Alana, en guise d'entrée en matière.

Elle fit un signe à Opaline Lopez, leur experte en informatique, qui se tenait dans un coin de la pièce.

Ajustant d'une main la fleur en plastique vert fluo qui retenait en un chignon approximatif ses cheveux blond platine parsemés de mèches roses, Opaline attrapa de l'autre une télécommande.

Un bruit mécanique familier précéda la descente de l'écran numérique au fond de la pièce.

Les cinq agents assis autour de la table redoublèrent d'attention. L'agente de liaison de la TCD, Rihanna Clark, et l'assistante administrative d'Alana, Amanda Orton, entrèrent dans la pièce, tenant toutes les deux une tablette tactile entre les mains, et s'assirent tandis que l'écran achevait sa course.

Ce qui apparut dessus n'était pas exactement ce à quoi s'attendait Carly quand on l'avait appelée ce matin.

Assise à côté d'elle, Selena Lopez, sa meilleure amie, qui était aussi la jeune sœur d'Opaline, demanda, d'un ton horrifié :

— Ce sont des vaches mortes ?

Tout le monde dans l'équipe possédait un domaine particulier de compétence.

Chargée de la surveillance et du traçage des suspects, Selena était assistée par une chienne berger allemand, Blanca, qui était devenue la mascotte de l'équipe. Fervente alliée de la cause animale, Selena ne pouvait qu'être horrifiée par ce qu'elle voyait.

Alana hocha la tête et leur accorda une seconde de plus pour analyser la scène.

Le paysage, tout de blanc et de vert, offrait un magnifique écrin à une pittoresque grange rouge.

Ça n'avait rien de commun avec ce qu'on pouvait voir à Traverse City dans le Michigan. Bien sûr, il y avait la baie, spectaculaire et prisée des touristes. Mais cette vue sur l'écran exprimait toute la beauté de la simplicité, rappelant à Carly les excursions qu'elle faisait autrefois à St Joseph County avec ses parents adoptifs.

À l'exception du nombre alarmant de vaches mortes.

— Vingt-quatre, pour être précise, continua Alana. Au début, ils ont pensé que ça provenait du sol, mais…

Elle fit un signe à Opaline, qui fit apparaître les clichés suivants. Sur chacun d'eux se répétait la même scène de désolation.

— Deux autres fermes de la communauté ont été affectées.

Alana n'était pas du genre à dramatiser. Au contraire, c'était une personne très pragmatique et très directe dans chaque aspect de son travail. Cependant, lorsque son regard balaya le groupe, Carly eut l'impression qu'il s'attardait un peu plus longtemps sur elle.

— Mais il y a autre chose, ajouta Alana.

Lorsque le cliché suivant apparut, Carly comprit pourquoi l'attention de sa supérieure s'était portée sur elle.

C'était un gros plan sur un bras constellé de plaies noires.

Carly avait déjà vu ça avant.

— *Bacillus anthracis*, marmonna-t-elle, avant de traduire pour les autres : la maladie du charbon.

Max McRay, leur expert en explosifs, et vétéran de l'armée, secoua la tête.

Il ne s'agissait pas de déni. Simplement, toute allusion à une forme de guerre, qu'elle soit à armes conventionnelles ou bactériologiques, lui rappelait son passé. Son prochain geste, ainsi que Carly avait pu le constater à plusieurs reprises, serait de masser sa cuisse gauche, à laquelle était attachée une prothèse.

Carly n'avait pas fait la guerre, mais elle avait ses propres traumatismes. Son enfer personnel était lié aux produits toxiques et à l'empoisonnement, et Alana était la seule dans cette pièce à savoir pourquoi.

— Le médecin qui a fait les premières constatations a remarqué de la poudre blanche sur les bottes du fermier, expliqua Alana. Puis il a été appelé dans une ferme voisine, où les cadavres d'un père et de son fils ont été découverts. D'après la famille, ils étaient malades depuis plusieurs jours, mais ils croyaient que c'était une forme de grippe et ils ont continué à travailler.

Tandis qu'Opaline faisait défiler les clichés, Aria Calleti, la nouvelle recrue de l'équipe, secoua la tête à l'unisson de Max. Tous deux étaient parents. Aria avaient rencontré l'amour de sa vie lors d'une autre affaire résolue par la TCD, à laquelle elle avait apporté son concours en tant que spécialiste des narcotrafiquants.

— Le médecin a prévenu les autorités sanitaires, qui ont confirmé la dispersion de bactéridie charbonneuse sur toutes les pâtures de la communauté. Le bétail a été vacciné et évacué, et la zone est en cours de désinfection.

— C'était délibéré, murmura Carly.

Alana hocha la tête.

— En effet.

Une vue aérienne de Potter's Creek apparut sur l'écran. La ville était relativement petite, en grande partie amish, et se trouvait sous la juridiction d'un shérif chargé de la sécurité de trois autres villes. Malgré toute sa bonne volonté, l'homme n'avait ni les moyens humains ni les compétences pour faire face à une attaque aussi pernicieuse.

C'était généralement là qu'intervenait la TCD.

Le dernier membre de l'équipe s'exprima finalement.

Axel Morrow avait été promu superviseur lorsque Alana avait pris la direction du service. Même s'il ne manquait pas de rappeler qu'il voulait être considéré comme un collègue et non comme leur supérieur, son autorité n'était jamais remise en question.

— Nous devons donc découvrir le plus vite possible qui se cache derrière ces attaques, dit-il.

— Nous sommes d'accord, approuva Alana.

Tandis qu'elle croisait de nouveau le regard de Carly, celle-ci prit conscience de son attitude crispée et s'inquiéta de l'image qu'elle renvoyait.

Si quelqu'un dans l'équipe pouvait percevoir son léger changement de comportement, c'était bien Axel. Profileur de premier plan, c'était aussi un joueur de poker impossible à battre.

Toutefois, comme elle était diplômée en biochimie, et spécialiste des attaques bactériologiques, on pouvait légitimement penser que sa nervosité était liée à l'affaire. Personne n'était en mesure de deviner que c'était dû à un passé qu'elle s'efforçait de garder secret depuis ses onze ans.

— Puisque la spécialité de Carly est le terrorisme biochimique, c'est elle qui dirigera l'enquête, annonça Alana.

Puis elle invita l'équipe à poser des questions.

— Ça ne peut pas provenir du sol ? demanda Selena. J'ai entendu dire que le bacille du charbon pouvait surgir spontanément.

Carly secoua la tête.

— Non, ici, ce n'est pas naturel. Les spores peuvent survivre des dizaines d'années dans le sol en attendant d'infecter une nouvelle cible, essentiellement des ruminants, mais elles ne recouvrent pas les pâtures sous forme de poudre blanche. Quelqu'un les a répandues délibérément.

— Mais pourquoi s'en prendre aux amish ? demanda Max. Ils vivent paisiblement, sans déranger personne.

— C'est peut-être une vengeance en interne, suggéra Aria, tout en jouant machinalement avec son alliance. Quelqu'un de la communauté qui aurait un compte à régler.

Opaline secoua la tête pour exprimer son désaccord.

— L'un des principes de base de leur religion est le pacifisme. Ce sont de stricts objecteurs de conscience concernant la violence, la guerre... Ils vont même jusqu'à éviter tout contact avec les militaires. Non, vraiment, ils ne sont absolument pas portés sur la vengeance.

— Mais ce sont aussi de fervents adeptes de l'ostracisation, souligna Axel. Ceux qui remettent en question les coutumes sont tout simplement chassés de la communauté, et doivent se débrouiller pour survivre sans aucune aide. Nous pourrions chercher quelqu'un qui aurait été exclu et qui leur en voudrait.

— Et puis, ce sont des humains, après tout, ajouta Selena. Ils pourraient abriter un sociopathe dans leurs rangs.

Le silence retomba sur la salle tandis que chacun réfléchissait.

Observant son téléphone portable posé sur la table, Carly songea qu'elle ne pourrait jamais renoncer à toutes ces technologies plus ou moins nouvelles qui lui facilitaient tellement la vie, ni à son luxueux appartement du centre-ville. Pour autant, cela ne l'empêchait pas d'admirer les vertus de simplicité et d'humilité qui rythmaient chacune des décisions des amish.

Pourquoi s'en prendre à eux ?

Si ça ne venait pas de l'extérieur, alors la ville de Potter's Creek allait être aussi rudement secouée que sous l'effet d'un ouragan.

— Nous pourrons discuter plus longuement du dossier pendant le voyage, dit Axel, en se levant. Nous prenons l'avion dans deux heures.

Alana et lui échangèrent un regard, s'étant probablement déjà mis d'accord avant la réunion. Puis Axel adressa un sourire bon enfant à l'ensemble de l'équipe.

— Et je suggère que personne ne porte ses chaussures du dimanche.

Opaline rit doucement derrière son ordinateur.

— Compris, Selena ? demanda-t-elle à sa sœur. Ça veut dire : pas de talons de plus de trois centimètres. Adieu les escarpins vertigineux.

Même si tout le monde connaissait la passion de Selena pour les chaussures de marques prestigieuses et n'hésitait pas à s'en moquer, la plaisanterie tomba à plat. Carly sentit Selena se crisper à côté d'elle.

— C'est facile de critiquer en restant planquée derrière un ordinateur. Mais si tu étais sur le terrain avec nous, tu saurais que je ne suis pas la dernière pour me battre.

Avec un soupir, Carly intervint avant qu'Opaline ait eu le temps de répliquer.

— Vous savez, je pense que les amish ne se chamaillent pas pour un rien. Vous devriez peut-être vous en inspirer.

— Les amish n'ont pas de sœur comme Opaline, marmonna Selena.

— Et pour cause, je suis unique en mon genre ! répliqua Opaline. Et vous seriez tous bien inspirés de vous en souvenir.

La légère tension qui régnait dans la salle de conférences se dissipa. La main serrée autour de son gobelet de café, Carly sentait la chaleur se communiquer à sa paume. Elle avait envie de boire une gorgée mais s'en empêcha.

Tandis qu'elle se tortillait sur sa chaise, elle surprit le regard interrogateur d'Alana, et devina que sa supérieure ne manquerait pas de lui tirer les vers du nez dès qu'elles seraient seules toutes les deux.

Mais ce n'était pas le moment.

Alana s'adressa une dernière fois à l'équipe, avant de déclarer close la réunion.

— La communauté n'est raccordée ni au réseau électrique public, ni au réseau téléphonique, à l'exception de la salle paroissiale. C'est donc là que vous vous installerez pour travailler. Par ailleurs, comme les amish n'aiment pas beaucoup les contacts avec des personnes de l'extérieur, vous aurez comme intermédiaire Noah Miller. C'est un ancien amish, qui vit maintenant dans une ferme située aux abords de Potter's Creek.

Un ancien amish ?

Carly se redressa sur son siège.

Opaline fit apparaître le cliché suivant.

Ténébreux.

Ce fut la première définition qui vint à Carly en observant l'homme qui fixait l'objectif de l'appareil d'un regard direct et pénétrant.

Grand, les épaules larges, le visage buriné, c'était de toute évidence un homme qui travaillait de ses mains. Il portait un chapeau de cow-boy, une veste en toile enduite, un jean et des bottes. Si ce n'était la longueur de ses cheveux noirs et ondulés, qui lui tombaient aux épaules en une masse indisciplinée, il aurait pu poser pour une publicité vantant les produits fermiers.

En revanche, il ne correspondait pas au cliché du cow-boy charmeur, avenant, et prêt à offrir l'hospitalité au premier voyageur venu. Il y avait dans son regard vert une lueur de colère ou d'agacement, tandis que sa mâchoire crispée trahissait un caractère bien trempé.

Il n'empêche que c'était un homme terriblement séduisant.

Et leur premier suspect.

Rihanna se leva et prit son iPad sur la table de conférence. Professionnelle jusqu'au bout des ongles, elle connaissait suffisamment l'équipe pour se montrer moins formelle quand ils étaient en effectif réduit.

— Je lui ai déjà fait savoir que nous aurions besoin de son aide, et laissez-moi vous dire qu'il est aussi revêche et buté qu'il en a l'air. Néanmoins, il a accepté de nous rencontrer à la salle paroissiale dès notre arrivée.

L'équipe commença à quitter la salle, passant déjà des appels et se préparant au départ. Carly aurait pu les suivre mais, désireuse d'en finir au plus vite avec la corvée qui s'annonçait, elle resta assise.

Dès que le dernier membre de l'équipe eut franchi la porte, Alana se rapprocha d'elle, l'air inquiet.

— Une affaire plutôt rude, dit-elle. Qu'est-ce que ça vous inspire ?

Carly se retint de hausser les épaules, faisant mine ainsi d'ignorer la douleur qui ne la quittait jamais.

Avec ses trente ans d'ancienneté au FBI, Alana Suzuki avait été confrontée à des situations que la plupart des membres de l'équipe n'avaient jamais vécues. Dès lors, rester indifférente à l'inquiétude de Carly reviendrait à traiter par le mépris le drame vécu dans son enfance et l'inévitable traumatisme qui en avait découlé.

Les yeux baissés vers son gobelet de café, Carly opta pour la vérité :

— Honnêtement, je ne sais pas.

Alana posa la main sur son épaule, et cela suffit à lui rappeler qu'elle n'était plus une enfant.

Elle n'était plus dans cette maison, dans cette cuisine...

Non.

Aujourd'hui, elle était une agente du FBI, une experte.

Avec une équipe qui était toujours là pour la soutenir.

Et c'était doublement vrai pour sa supérieure.

Carly sentit sa peur se transformer en résolution.

Alana laissa retomber la main, comprenant que le changement s'était produit.

Lorsqu'elle croisa son regard, Carly était plus déterminée que jamais.

La justice n'était pas simplement un mot pour elle.

C'était une promesse.

Un engagement qu'elle prenait vis-à-vis d'un inconnu qui ne savait pas encore qu'elle allait tout mettre en œuvre pour retrouver le coupable et mettre un terme à ses agissements.

2

Posté devant la salle paroissiale, les mains enfoncées dans les poches de sa veste, les bottes détrempées par la neige poudreuse qui recouvrait encore le sol, Noah suivait des yeux les deux SUV noirs et la berline également noire qui se profilaient au loin.

Il avait passé les seize premières années de sa vie à ne quasiment voir que des carrioles tirées par des chevaux. C'était une vie plus simple, plus vraie. Et il n'était pas sûr d'apprécier le contraste avec cette luxueuse procession qui troublait la quiétude des champs parsemés de modestes constructions.

Le groupe d'amish qui l'accompagnait ne voyait pas non plus cela d'un bon œil. C'étaient tous des hommes honnêtes, humbles, et ils n'aimaient pas l'idée que des « Anglais » envahissent leur communauté avec des insignes, des armes, et leur propre plan.

Noah essaya de ne pas céder au ressentiment, tandis qu'il se rappelait qu'il était lui aussi assimilé à un étranger.

Même si son père l'avait appelé à l'aide, il n'était pas davantage bienvenu que les agents fédéraux.

Les amish de Potter's Creek ne voulaient pas de lui.

Dans ces conditions, il trouvait curieux que l'agente

de liaison de la Cellule d'information tactique sur les crimes du FBI lui ait demandé d'assister à la réunion.

Il ne s'était pas véritablement montré grossier avec elle, mais il n'avait pas non plus accueilli sa demande avec enthousiasme.

S'il était toujours prêt à apporter son aide en cas d'urgence, il préférait en effet rester chez lui, à s'occuper de son bétail et à profiter de la sérénité du paysage.

En attendant, il était la cible de tous les regards, à commencer par ceux d'Isaiah Yoder et de son fils aîné, Isaac. Les amish n'étaient pas violents mais, si un regard pouvait tuer, Noah serait déjà mort.

Le seul qui évitait soigneusement de le regarder, c'était son jeune frère, Thomas. Quand il avait quitté la communauté, Thomas n'avait que trois ans, et il en avait sûrement entendu à son sujet des vertes et des pas mûres.

S'accotant au mur de planches de la salle communale malmené par les intempéries, Noah s'exhorta à ne pas s'apitoyer sur son sort.

Quelqu'un s'en était pris à la communauté, et la mort d'un père et de son fils en avait résulté.

Elmer et Stephen Graber n'avaient pas mérité de mourir comme ça. Personne ne le méritait.

— Je n'aime pas ça, murmura son père, tandis que le premier SUV se garait derrière le pick-up de Noah.

La salle paroissiale se trouvait au milieu du village, à équidistance de chacune des fermes, et les hommes étaient venus à pied.

— Ils sont là pour nous aider, rétorqua Levi Raber, leur chef religieux.

Noah ne le connaissait pas bien, mais il appréciait que l'homme cherche à apaiser les esprits.

Cependant, à en juger par la tension qui émanait du groupe tandis que les SUV déversaient leurs passagers, on ne pouvait pas dire que la tentative de l'évêque soit un succès.

La première personne à les approcher était une femme vêtue d'un tailleur gris anthracite, porté sous un manteau de cachemire noir ouvert. Grande, le teint mat, elle semblait sûre d'elle, et marchait à grandes enjambées, malgré les talons vertigineux de ses bottes en daim noir.

— Vous devez être l'évêque Raber, dit-elle à Levi.

Noah reconnut la voix de la femme à qui il avait parlé au téléphone.

— Je suis Rihanna Clark, dit-elle, sans attendre de réponse. J'assure la liaison entre l'équipe de la TCD, la police locale, la presse et le public. En gros, je fais en sorte que tout le monde soit sur la même longueur d'onde.

Ses lèvres rehaussées d'un fard rose vif esquissèrent un sourire.

— Merci de nous laisser installer notre quartier général dans votre salle paroissiale.

Levi eut un bref hochement de tête.

— On nous a dit que vous auriez besoin du téléphone. L'homme de l'Agence de contrôle des maladies est justement en train de l'utiliser.

— Bien. Il va falloir que je lui parle le plus vite possible. Mais avant…

Tandis qu'elle se tournait vers ses collègues, Noah

observa la réaction vaguement désapprobatrice de son père.

Il ressentait à peu près la même chose.

À la différence du reste de la communauté, il ne détestait pas les étrangers. Pour autant, il n'était pas fou de joie à l'idée qu'une équipe du FBI s'installe à proximité de chez lui. Il chérissait plus que tout sa solitude. Plus vite ils feraient leur travail et enverraient le coupable derrière les barreaux, mieux ce serait.

Ensuite, la communauté pourrait faire son deuil et continuer à l'ignorer, lui et sa petite vie tranquille à quelques kilomètres de là.

En attendant, il se retrancha derrière une expression distante, tandis que Rihanna faisait les présentations.

Il eut cependant du mal à contenir sa surprise quand il découvrit que la première personne à être présentée ne correspondait pas du tout à l'idée qu'il se faisait d'un agent du FBI. C'était en tout cas la plus jolie femme qui lui ait été donné de voir de toute sa vie.

— Voici le Dr Carly Welsh, l'agente spéciale chargée de l'enquête.

La jeune femme souriait, mais son expression contrainte et un rien impatiente n'avait rien d'amical, comme si elle s'agaçait de ces conventions sociales qui l'empêchaient de se mettre immédiatement au travail.

Dans l'esprit de Noah, elle ne ressemblait pas non plus à un médecin. Mais il était vrai qu'il n'avait pas l'habitude de côtoyer beaucoup de monde dans sa paisible ville de province, et qu'il n'avait jamais voyagé au-delà des frontières du canton.

— Ravi de vous rencontrer, dit-elle, en tendant la main à l'évêque Raber.

Puis elle rajusta la capuche de son long manteau noir sur ses cheveux blonds coupés au carré.

Exclu des présentations, Noah n'en capta pas moins l'attention du Dr Welsh, dont les yeux noirs restèrent rivés sur lui tandis que Rihanna présentait les autres membres de l'équipe.

Les photos ne rendaient pas justice à Noah Miller.

Vraiment pas.

Leur intermédiaire avec les amish était un concentré de virilité et, en d'autres circonstances, Carly aurait pu se laisser charmer.

Mais elle n'était pas en vacances dans la région, libre de s'autoriser une aventure avec un séduisant cow-boy.

Elle était là pour arrêter un dangereux meurtrier, qui avait accès à une substance mortelle ayant déjà emporté plusieurs vies.

Et, avant toute chose, elle devait évaluer la personne qui leur servait d'intermédiaire avec la communauté.

À première vue, Rihanna n'avait pas fait le bon choix. Il suffisait de voir les regards d'animosité que lançaient les autres à Noah, et en particulier Isaac Yoder.

C'était à la fois intéressant et préoccupant.

Raison de plus pour mettre son attirance de côté et passer à l'attaque.

— Vous êtes Noah Miller.

On l'avait prévenue que le fermier pouvait se montrer distant, et elle ne voulait pas lui laisser l'occasion de se dérober. Cependant, consciente qu'on n'attrapait pas les mouches avec du vinaigre, elle prit garde que son langage corporel ne manifeste pas trop d'agressivité.

Il hocha la tête.

— Et vous êtes le Dr Welsh, d'après ce que je viens d'entendre.

Avec sa voix de baryton, il n'était pas seulement impressionnant par son physique. Sa façon de parler l'était aussi.

Heureusement, elle ne se laissait pas intimider facilement.

— Appelez-moi Carly.

Il tendit la main, ce que n'avaient pas fait les hommes qui l'entouraient.

— Vous pouvez m'appeler Noah.

Sans plus attendre, elle entra dans le vif du sujet.

— J'ai entendu dire que vous n'aviez pas envie de travailler avec nous. Je me demandais pourquoi.

L'attitude stoïque de l'homme se mua en crispation.

— Comme je l'ai dit à Mme Clark, je ne pense pas être le mieux placé pour vous aider à communiquer sereinement avec la communauté.

Carly croisa les bras. Le froid avait sans doute fait rougir son nez, mais le manteau qui était resté au fond de son placard pendant six mois lui était à présent bien utile, et elle n'en regrettait pas le prix.

— Vous êtes un ancien amish ? Est-ce à dire que vous avez été mis à la porte ?

— J'ai choisi de partir à seize ans. Peu de gens ici ont compris ma décision.

Carly ne connaissait pas cet homme, mais elle devinait qu'il prenait sur lui pour ne pas glisser un regard en coin au groupe d'hommes qui se tenait à proximité.

Durant le vol, Axel avait détaillé à l'équipe les coutumes et croyances des amish. Carly en connaissait certaines, comme la tradition du *Rumspringa*. C'était une période durant laquelle les adolescents étaient autorisés à quitter les leurs pour explorer le monde extérieur. À l'issue de cette parenthèse de liberté, ils devaient décider s'ils voulaient ou non réintégrer la communauté.

— La communication entre nous n'est déjà pas facile, reprit-il. Et cette crise risque encore de compliquer les choses.

Il secoua la tête.

— Vraiment. Je ne pense pas être celui qu'il vous faut.

— Pourquoi êtes-vous parti ? Vous n'avez plus de famille ici ?

— C'est une question très personnelle. Et, sans vous offenser, je n'ai pas besoin d'être amish pour me méfier des étrangers à la région.

Il redressa un peu plus les épaules, renforçant l'impression qu'avait Carly d'un mur dressé devant elle. C'était comme une barrière invisible entre les questions qu'elle voulait lui poser et le passé de Noah.

Familière de ce genre de réactions, elle savait qu'il ne servirait à rien de le brusquer davantage.

— Oui, je suis une étrangère. Et, même si j'ai eu l'occasion de passer du temps à St Joseph County, je ne connais pas Potter's Creek. C'est pour cette raison que je vous pose des questions. Je mène une enquête, et je dois savoir dans quel camp vous vous situez.

Carly enfonça les mains dans les poches de son manteau, appréciant la chaleur du lainage, tandis que sa respiration dessinait de petits nuages de buée dans l'air glacé.

— Je sais déjà que vous avez été vu en train de

réparer une de vos clôtures, laquelle jouxte les pâtures empoisonnées. Je dois donc vous poser la question : avez-vous perpétré cette attaque ?

Noah secoua la tête, la mâchoire serrée.

— Savez-vous qui l'a fait ?

— Non.

— Avez-vous un quelconque intérêt à servir d'intermédiaire entre le FBI et la communauté amish ?

Elle vit un muscle jouer dans sa mâchoire, tandis qu'une lueur d'exaspération passait dans son regard.

— Non.

Carly hocha la tête.

— Très bien. Je vais donc nous rendre service à tous les deux en arrêtant de perdre un temps précieux pour l'un comme pour l'autre. Au revoir, monsieur Miller.

3

Le Dr Carson était aimable et franc, et désireux d'apporter son aide dans la mesure de ses possibilités.

Il était également épuisé. Carly put le constater avant même qu'il ait fini d'exposer la situation concernant les fermes Yoder et Graber.

Opaline avait procédé à de rapides recherches sur lui avant de quitter Traverse City. C'était un homme respecté et apprécié pour ses compétences et son empathie. Mais Carly savait que même les plus vaillants pouvaient craquer sous la pression des événements. Aussi s'empressa-t-elle, dès qu'elle eut obtenu les renseignements dont elle avait besoin, de conseiller au Dr Carson de rentrer chez lui et de se reposer.

— Aria, Max ! appela-t-elle, en élevant la voix pour se faire entendre dans la vaste salle paroissiale.

Interrompant leur conversation avec l'évêque Raber, les deux agents relevèrent la tête. Aria semblait fatiguée. Elle venait d'avoir un bébé, et n'avait repris le travail que depuis quelques jours. Le voyage en avion et le froid qui régnait dans la région semblaient avoir eu raison de ses réserves d'énergie et de sa bonne humeur. En plaisantant, elles évoquaient souvent toutes les deux la possibilité de délocaliser leur bureau à Hawaï, où elles auraient l'impression d'être en vacances toute l'année.

— Je voudrais que vous examiniez les alentours, à la recherche d'un indice que les experts scientifiques ou l'Agence de contrôle des maladies auraient pu négliger. Commencez par la ferme des Graber, et vous inspecterez celle des Yoder sur le chemin du retour.

Carly tourna les yeux vers Selena et Axel, qui discutaient entre eux avec un manque d'enthousiasme évident. Selena caressait distraitement la tête de sa chienne Blanca, tout en donnant l'impression d'avoir envie de se trouver ailleurs.

Apparemment, tout le monde avait grand besoin de sommeil.

— Selena et Axel, je voudrais que vous cherchiez comment le bacille du charbon a pu être acheté, reprit Carly. Faites appel à Opaline pour tout soutien technique. Elle reste stationnée dans nos locaux jusqu'à nouvel ordre. Quant à Blanca, mieux vaut ne pas la laisser divaguer à travers champs tant que nous n'aurons pas une vision plus nette de ce qui se passe. Inutile de lui faire prendre des risques.

— Oui, chef ! répondit Selena.

Sa voix était crispée. Axel lui jeta un coup d'œil avant de hocher la tête. Quelque chose d'étrange se passait entre eux, mais Carly n'avait pas le temps de creuser la question.

— La désinfection est presque terminée. Mais, par précaution, je vous demanderai d'avoir une paire de bottes spécifiquement dédiées à vos investigations sur le terrain. Portez des gants et des lunettes de protection. Si vous vous coupez, utilisez immédiatement la trousse de secours, désinfectez la plaie et bandez-la. Il va sans dire qu'il ne faut n'y toucher ni inhaler la poudre. Si vous en découvrez, prévenez Rihanna, qui assurera la coordination avec l'Agence de contrôle des maladies et avec moi.

L'ensemble de l'équipe hocha la tête.

— Bon courage à tous !

Tandis qu'ils commençaient à sortir, Carly se dirigea vers Rihanna pour échanger quelques mots avec elle. Ce faisant, elle pensait déjà aux questions qu'elle poserait aux amish à qui elle avait été présentée.

À sa grande surprise, elle découvrit qu'ils avaient déjà quitté la salle paroissiale.

Jurant entre ses dents, elle sortit à la hâte, et vit les hommes s'éloigner. L'évêque n'était plus avec eux, mais Noah les accompagnait. Elle croyait pourtant qu'il était parti depuis un moment.

— Excusez-moi ! appela-t-elle.

N'obtenant pas de réponse, elle pressa le pas pour rejoindre le groupe. Elle n'avait retenu que leurs prénoms : Samuel, son fils Thomas, et Isaac, le fils de l'une des victimes. En dehors de cela, elle ne savait rien d'eux.

— Comme ma collègue vous l'a dit, je suis l'agente chargée de l'enquête, et je voudrais commencer dès à présent.

Prenant soin de ne pas laisser son regard s'égarer du côté de Noah, elle concentra son attention sur Isaac. Il était jeune encore, et ne portait pas la barbe, caractéristique des hommes mariés, mais son regard et son attitude trahissaient une impressionnante maturité.

— Si vous le permettez, j'aurais besoin d'une liste des personnes qui pourraient en vouloir aux familles dont les fermes ont été affectées. Et, plus généralement, de tous ceux qui auraient des griefs contre la communauté.

Alors qu'elle s'attendait à une réponse, Carly n'eut droit qu'au silence.

Haussant un sourcil, elle attendit.

Les hommes restèrent immobiles, les lèvres pincées.

— Ohé ? Je vous parle ! Vous m'entendez ?

À sa grande surprise, ils lui tournèrent tout simplement le dos et commencèrent à s'éloigner.

Exaspérée, elle s'apprêtait à réagir, quand Noah toussota.

Sa colère devait se lire dans ses yeux, car le jeune homme leva une main et soupira doucement.

— Ne tirez pas sur le messager, mais ils ont décidé que vos questions devaient d'abord passer par moi, et que je vous communiquerai ensuite leurs réponses.

Carly leva les yeux au ciel.

— Vous êtes sérieux ? C'est parce que je suis une femme ?

Peut-être l'avait-elle imaginé, mais elle crut voir un sourire redresser légèrement le coin des lèvres de Noah.

— Ça n'a rien à voir. Simplement, ils ne font pas confiance aux « Anglais ». C'est leur façon d'être, voilà tout.

Ils suivirent des yeux le groupe qui s'éloignait, la neige fondue dessinant des flaques sous leurs bottes.

D'habitude, c'était avec les coupables que Carly rencontrait des difficultés, pas avec les victimes.

— Écoutez, je peux vous obtenir cette liste, mais sachez déjà qu'elle sera courte.

Carly entendit la défaite dans la voix de Noah, avant

de la lire sur son visage. Il n'avait pas envie d'apporter son aide, mais il le ferait malgré tout.

— Vous aviez pourtant dit qu'ils ne voudraient pas collaborer avec vous, remarqua-t-elle.

Les yeux rivés sur le groupe, Noah haussa les épaules.

— Il est exact qu'ils ne m'aiment pas et ne me comprennent pas, mais ils ont fini par me respecter au fil des années. Ils répondront à mes questions. Dites-moi seulement ce que je dois leur demander.

À ces mots, Carly ressentit une étrange émotion. C'était tout aussi surprenant que la déception éprouvée un peu plus tôt quand il avait refusé de l'aider. Mais elle n'avait pas le temps d'analyser sa réaction.

— Pour commencer, j'ai besoin de la liste, dit-elle, en adoptant un ton tranchant et professionnel. Ensuite, je voudrais faire le tour de la communauté, et rencontrer les habitants individuellement. Ils seront peut-être réticents à désigner un voisin, mais je dois savoir si quelqu'un a manifesté des signes de haine.

Carly avait conscience qu'ils étaient tous les deux des personnes de l'extérieur, mais Noah était quand même plus ou moins informé de ce qui se passait à Potter's Creek. Plus qu'elle, en tout cas.

Noah ne refusa pas ouvertement, mais il consulta sa montre.

— Je peux arranger ça, mais je suggère que nous le reportions à demain.

Il désigna le ciel avant de poursuivre.

— Il ne nous reste plus que trois heures de luminosité. Puis il fera aussi noir qu'au fond d'une mine de charbon.

Il haussa les épaules.

— Je peux toujours vous faire faire le tour, mais vous n'y verrez rien.

— Dans ce cas, nous attendrons demain.

Ils échangèrent leurs numéros, et Noah accepta de venir la chercher le lendemain matin au gîte où elle séjournait.

Maintenant qu'il avait accepté de l'aider, sa posture semblait plus détendue. Et pourtant, Carly voyait bien qu'il ruminait quelque chose. Ce qui n'était pas sans l'intriguer.

Ils se dirent au revoir, mais elle le héla avant qu'il ait atteint son pick-up.

— Noah ?

Il s'arrêta, tourna la tête, et deux yeux vert forêt se posèrent sur elle.

— Oui ?

Carly réduisit la distance entre eux et baissa la voix.

Malgré ses efforts quotidiens pour laisser son passé derrière elle, elle savait que ce qu'elle allait dire n'était que partiellement lié au présent.

Le reste lui venait d'un enseignement acquis dans ce qui lui semblait être une autre vie.

— Ce n'est pas parce que vous croyez connaître les gens qui vivent ici que l'un d'entre eux ne peut pas être responsable de ce qui s'est passé. On ne connaît jamais autrui. Et ce sont parfois les personnes les plus proches de nous qui cachent le plus de choses.

Elle essaya de sourire pour dédramatiser ce qu'elle venait de dire, mais elle n'y avait pas le cœur. La douleur qui ne la quittait pas depuis vingt ans était un rappel constant des monstruosités que pouvait recéler la vie.

— Nous devons trouver le coupable et, pour cela, il nous faut cette liste. Quelqu'un doit bien avoir une idée de qui ça peut être ou, au moins, une théorie.

Noah porta deux doigts au rebord de son chapeau pour la saluer.

— Je ferai de mon mieux.

Trois heures plus tard, l'équipe de la TCD se trouvait à proximité d'une des clôtures de la ferme Yoder. Le soleil se couchait, annonçant l'obscurité et la fin de leur première journée d'enquête.

Une journée où les questions sans réponse s'étaient accumulées.

— Nous n'avons rien trouvé, annonça Max.

Il était appuyé contre le portail en bois, malmené par les intempéries au point qu'il pourrissait par endroits.

Aria, qui s'était écartée pour appeler son mari, le rejoignit. Sa frêle silhouette la faisait souvent passer pour une adolescente, et elle devait se battre au quotidien pour être prise au sérieux. Mais tout le monde dans l'équipe reconnaissait sa pugnacité et ses compétences. Cette fois, pourtant, elle semblait abattue.

— Si l'Agence de contrôle des maladies ou les experts scientifiques sont passés à côté de quelque chose, il n'en reste plus rien. Tout a été nettoyé dans les moindres détails, au point qu'on pourrait croire que rien ne s'est passé.

D'un large geste du bras, elle désigna le pré derrière eux, où se dressait une grange rouge.

Une fine couche de neige poudreuse recouvrait

l'endroit où vingt-quatre vaches avaient été trouvées mortes deux jours auparavant.

Le paysage était toujours aussi magnifique. À couper le souffle, même.

Le contraste entre la blancheur de la neige et le vert profond des sapins était saisissant. L'atmosphère glacée avait une limpidité de cristal, et il régnait un calme étrange. On n'entendait pas le moindre bruit de circulation, et aucune pollution lumineuse ne venait dénaturer l'endroit.

C'était une beauté simple, naturelle.

Ce qui rendait l'attaque bien plus cruelle encore.

— J'ai déjà du mal à comprendre comment, en règle générale, quelqu'un pourrait vouloir faire ça, dit Selena.

Prenant appui contre la clôture, elle soupira.

— Mais s'en prendre à une communauté dont la seule aspiration est de vivre au plus proche de la terre, ça dépasse l'entendement.

— Ce qui fait du coupable quelqu'un de particulièrement vicieux, remarqua Axel. Il ne faut pas avoir de cœur pour empoisonner la terre qui fait vivre toutes ces familles.

Sentant poindre un mal de tête, Carly se massa le front, et fit rouler ses épaules pour essayer d'en dénouer la tension.

Au-delà du drame qui se jouait au présent, elle avait l'impression que son passé lui revenait de plein fouet.

Le silence retomba sur l'équipe, tandis que chacun se plongeait dans ses pensées.

Depuis qu'elle l'avait intégrée trois ans auparavant, la TCD était devenue comme une famille pour Carly.

Cependant, elle aurait été bien en peine de dire à quoi pensaient Selena et Axel à cet instant précis.

Bientôt, elle donna le signal du départ, et chacun regagna son véhicule, ignorant qu'ils faisaient l'objet d'une surveillance de tous les instants.

4

Le gîte, poétiquement nommé le « Château dans les feuilles » était, comme on pouvait le deviner, entouré d'arbres.

Situé juste au-delà des limites de Potter's Creek, il avait le charme suranné d'une carte de vœux ancienne, avec sa grille ouvragée saupoudrée de neige, sa façade peinte en bleu ciel et sa vaste galerie à colonnes blanches.

Par les fenêtres dénuées de volets, on pouvait voir que toutes les pièces étaient éclairées, comme pour manifester, malgré la proximité avec le pays amish, que l'électricité y était la bienvenue.

La maison faisait également honneur à l'esprit de Noël.

Des couronnes de gui ornées de rubans étaient accrochées au-dessus de toutes les portes et fenêtres, tandis que des guirlandes lumineuses couraient le long de la véranda. Deux sapins décorés ornaient le perron, de part et d'autre de la porte, tandis qu'un troisième, beaucoup plus majestueux, trônait dans le salon.

C'était festif et bon enfant.

Ceux qui entraient dans la maison ne l'étaient pas.

Portant des manteaux d'hiver, des bottes, des insignes

et des armes, ils ne correspondaient pas du tout aux critères des amish.

Les trois mystérieux personnages qui s'étaient donné rendez-vous à l'orée du bois ne cadraient pas plus avec les valeurs de la communauté.

— Je veux que vous gardiez un œil sur eux.

La voix était celle d'un homme qui n'avait pas d'insigne, mais qui possédait bel et bien une arme. Elle était glissée dans la ceinture de son pantalon, cachée par son manteau, mais la femme savait qu'elle s'y trouvait. Le jeune homme qui l'accompagnait le savait également. Ils l'avaient vue tous les deux la première fois qu'ils avaient fait la connaissance de l'homme.

Ils se tenaient à bonne distance du gîte, prenant soin de ne pas se faire remarquer.

— Tant qu'ils sont là, ne les lâchez pas d'une semelle, dit-il, en suivant d'un regard d'aigle les hommes et les femmes qui entraient dans la maison.

Une des femmes hésita et regarda le vélo posé contre la rambarde du perron. Puis elle tourna les yeux vers les bois.

L'homme ne tiqua pas, tandis qu'elle balayait du regard la zone où ils se dissimulaient.

— Celle-là, dit-il, quand la femme eut disparu à l'intérieur, celle-là pourrait nous poser des problèmes.

— Ils vont tous nous poser des problèmes, marmonna le jeune homme.

La femme tendit la main et lui toucha le poignet pour l'inciter à se calmer.

— Ils sont peut-être entraînés, mais ils ne sont pas dans leur élément, dit l'homme armé.

Il se massa le menton et sourit. Ce n'était jamais bon signe quand il souriait.

— Il faut que nous ayons toujours une longueur d'avance sur eux et que nous restions sous leurs radars. Et je compte sur vous pour me rapporter tout ce qu'ils diront et feront. C'est bien compris ?

Les lumières du gîte scintillaient à distance. La femme ajusta son bonnet et hocha la tête.

— Bien, dit l'homme.

Et son sourire revint, plus inquiétant que jamais.

— Nous ne voudrions pas que vous rompiez notre accord, n'est-ce pas ?

Ce n'était pas une question à laquelle la femme devait répondre, et elle le savait.

Ce n'était qu'une excuse pour que l'homme entende sa propre voix.

Lorsqu'il s'en alla, elle aurait tout donné pour pouvoir rentrer chez elle.

Mais il avait raison. Ils avaient passé un marché.

Et jamais elle ne prendrait le risque de rompre leur accord.

— Tu fouilleras leurs chambres demain quand ils seront partis, dit-elle.

Et le jeune homme à qui elle s'adressait était le seul à savoir pourquoi elle ne trahirait pas l'homme.

Il se gratta la joue, une habitude qu'il avait prise depuis quelque temps.

— Et ensuite ? demanda-t-il. Qu'est-ce que tu vas faire ?

— Nous protéger.

Elle redressa les épaules et sentit la noirceur emplir

son cœur, tandis que la haine remplaçait son sentiment de culpabilité.

— Même si pour cela il faut leur faire du mal.

Assise dans l'un des fauteuils en bois de la terrasse, une main autour de son gobelet isotherme de café, Carly fut arrachée à la consultation de son téléphone par le bruit d'un moteur.

Noah Miller était un lève-tôt.

Elle aurait dû s'en douter. Il possédait et faisait tourner une ferme avec un personnel réduit, et ne pouvait s'absenter durablement faute de remplaçant. Il avait aussi grandi en terre amish, et avait dans les veines la culture de l'effort et du travail.

Cependant, elle fut surprise de voir son pick-up s'engager dans l'allée.

Quant au petit frisson d'excitation qui la traversa, mieux valait ne pas s'y attarder.

Noah était un mystère, et elle avait terriblement envie d'en savoir plus. Elle avait toujours été de nature curieuse et, en dehors de son expertise dans le domaine des armes biochimiques, c'était aussi cette caractéristique qui, d'après Alana, avait fait d'elle une recrue de choix pour le FBI.

Noah sortit de sa voiture en affichant un petit sourire poli. En revanche, il n'y avait rien de poli dans les pensées qui traversèrent l'esprit de Carly quand elle le vit.

Sa longue veste était ouverte, laissant voir une chemise en flanelle à carreaux rouges et noirs, rentrée dans son jean noir, qu'agrémentait une ceinture à boucle argentée.

Ces vêtements n'avaient rien d'exceptionnel par rapport à ce que Carly pouvait voir dans les boutiques de Traverse City, mais ils lui allaient à la perfection. Et, au milieu des tenues ternes et rudimentaires des amish, ça le faisait sortir du lot.

Il fallait aussi reconnaître que Noah n'était pas du tout vilain à regarder, et Carly commençait à se demander si elle n'avait pas, à première vue, sous-estimé son charme, quand elle avait jugé qu'il avait un style trop classique. En fait, sans son chapeau, elle distinguait mieux ses traits volontaires. Avec son teint hâlé et ses cheveux qui balayaient le col de sa chemise, il ressemblait à un pirate, féroce et indomptable.

C'était une vision très stimulante.

Et le moment était particulièrement mal choisi.

— Bonjour, dit Noah.

Il brandit le gobelet en carton qu'il tenait à la main.

— Je suis venu avec une offre de paix sous forme de café, mais je vois que vous avez déjà ce qu'il faut.

Carly glissa son téléphone dans la poche de sa veste, et fit un effort pour ne pas laisser transparaître son trouble.

— Une offre de paix ? Généralement, c'est quand vous avez fait quelque chose qui a déplu. De quoi s'agit-il ?

Mentalement, elle passa en revue sa chambre, en essayant de se rappeler si elle y avait oublié quelque chose dont elle pourrait avoir besoin, et si elle avait bien verrouillé la porte.

Son insigne était fixé à sa ceinture, et son arme glissée

dans le holster fixé à sa hanche. Quand ils étaient sur une enquête, elle ne sortait jamais sans eux.

— C'est parce que je vous ai dit que je ne voulais pas vous aider, dit Noah, tandis qu'ils marchaient vers son pick-up.

Il lui ouvrit la portière et, si elle n'avait pas eu son gobelet isotherme à la main, peut-être aurait-elle fait un commentaire. Au lieu de quoi, elle accepta ce geste galant et se coula dans le siège.

— Mais vous avez fini par accepter, ce que j'apprécie. Je suis cependant curieuse d'en connaître la raison.

Noah soupira avant de fermer sa portière, puis il fit le tour du véhicule pour se mettre au volant, et déposa le café en surplus à côté du sien dans le porte-gobelet du tableau de bord.

— La façon dont Isaac et les autres se sont comportés avec vous m'a agacé. Puis j'ai compris que je ne faisais pas beaucoup mieux. De plus, même si je ne vis plus à Potter's Creek, ça reste ma ville natale. Si quelqu'un l'attaque comme ça, je dois faire ma part pour la défendre.

— Sans compter que trois fermes ont déjà été visées, et que vous en possédez une vous aussi.

— Ce n'est pas faux, dit-il, en mettant le contact. J'ai plus de raisons d'aider que de décider de m'occuper uniquement de mes affaires. En parlant de ça…

Il prit un bout de papier sur la console centrale, avant de passer la marche arrière.

— J'ai fait quelques recherches hier, et j'ai la liste que vous m'avez demandée.

L'enthousiasme de Carly retomba dès qu'elle eut déplié le papier.

Seuls deux noms y figuraient.

— Vous m'avez prévenue que la liste serait courte, dit-elle. Eh bien, elle l'est.

— Et, honnêtement, c'est plus que ce que j'attendais.

Il lui glissa un bref regard.

— Vous avez quelques connaissances à propos des amish, je suppose ? Ils ne sont pas connus pour être violents, revanchards et meurtriers.

— Ce sont les personnes qu'on ne soupçonne pas de malice qui en sont le plus capables. C'est ce qui rend l'effet de surprise encore plus violent.

Carly sentit son humeur s'assombrir.

— On ne peut pas éliminer quelqu'un de la liste des suspects juste parce que ça semble être une personne gentille.

Noah tiqua.

— Je croyais qu'on était innocent jusqu'à preuve du contraire.

Carly leva les yeux au ciel.

— Dans mon travail, nous ne sommes pas là pour juger une personne ou la faire condamner. Nous devons juste la trouver.

— Je ne me considère pas comme un optimiste de nature, mais vous avez une vision très sombre de la nature humaine. Vous pensez vraiment que celui qui a fait ça appartient à la communauté amish ?

C'était une question que Carly et son équipe s'étaient posée durant le dîner qu'ils avaient partagé au gîte la veille. Ils en étaient venus à la conclusion que c'était peu plausible, mais qu'il ne fallait négliger aucune piste.

— Je ferais mal mon travail si je n'étudiais pas

chaque indice, dit-elle, en choisissant soigneusement chaque mot. Je suis incapable de compter toutes les fois où j'ai entendu des gens dire qu'ils pensaient connaître quelqu'un, après avoir découvert que cette personne avait fait des choses horribles.

— Comme lorsqu'on voit des amis, des voisins et des collègues de travail être interrogés à propos d'un tueur en série.

Carly hocha la tête.

— Exactement. La plupart des gens ne le voient jamais venir.

Du coin de l'œil, elle vit Noah secouer la tête.

— Je ne vois pas quelqu'un de Potter's Creek faire ça. Ils sont humbles et tranquilles.

— Les monstres n'ont pas toujours l'air de monstres. Le plus souvent, ils ont l'air tout à fait normaux.

Tandis que Noah soupirait, elle se tortilla sur son siège, en essayant de trouver un peu de soulagement à la douleur qui lui enserrait la poitrine.

Il était temps de se concentrer sur le papier qu'elle tenait à la main.

— Donc, vous avez trouvé deux personnes qui pourraient en vouloir à la communauté. Leurs maisons font partie de la visite ?

Noah s'arrêta au bout du chemin, et s'engagea sur la route principale. Sur les bas-côtés, la neige avait commencé à fondre, révélant ici et là des plaques de terre sombre et d'herbe.

Il faisait encore froid, mais Carly avait l'impression que la température était montée depuis la veille car son nez ne coulait pas. En cas de besoin, elle avait son bonnet en polaire roulé dans la poche intérieure de sa veste.

— Une seule des deux, répondit Noah. Et ce sera notre premier arrêt.

5

La maison des Zook hébergeait six personnes et, comparée aux cinq autres fermes de Potter's Creek, elle était de taille plutôt modeste.

Cela n'enlevait rien à son charme, cependant.

Le plus âgé des Zook encore en vie avait vu son père bâtir un simple cottage et y ajouter des extensions à mesure que sa famille grandissait.

Cette famille se composait aujourd'hui de Vernon et Sarah, et de leurs enfants Katie, Annie, Eli et Mervin. Ils étaient les seuls à vivre de l'artisanat et du commerce plutôt que de l'élevage. Vernon Zook était en effet charpentier, et possédait un atelier équipé de l'électricité pour faire fonctionner ses machines, ce qui n'était pas une pratique courante.

— Donc, c'est Eli qui nous intéresse, devina Carly, après que Noah lui eut livré quelques informations sur la famille.

Hochant la tête, Noah se gara sur le bas-côté et coupa le moteur.

— Il a seize ans, et il n'a pas un caractère facile.

— C'est plutôt courant chez les adolescents.

— Sans doute, mais il est vraiment sorti de ses gonds quand la fille d'Isaiah Yoder, Rebecca, seize ans également, a refusé qu'il la courtise. Après l'avoir rejeté, elle a commencé à sortir avec l'un des fils Haas.

Pensive, Carly inclina la tête.

Ses cheveux blonds dansèrent autour de son visage, adoucissant un instant son expression. Étrangement, Noah se demanda ce qu'elle aimait faire pendant son temps libre.

— Et comme les fermes des Yoder et des Haas ont été touchées, ça ferait de lui un suspect ? demanda-t-elle, d'un ton dubitatif.

— J'ai l'impression que vous ne savez pas grand-chose sur la façon dont se concluent les mariages chez les amish.

Il redoutait que la remarque ne la vexe, mais elle se contenta de hocher la tête.

— En effet.

— La première des règles, si vous avez l'intention d'être baptisé et de rester dans la foi à l'âge adulte, c'est d'épouser quelqu'un qui a les mêmes projets.

— Votre choix est donc assez limité. Et si une personne vous refuse, cela réduit vos possibilités.

— Il n'y a pas que cela. Tout le monde sait que vous avez été rejeté et, pendant des années, vous allez devoir être le témoin du processus d'engagement du couple, avant de prendre part au mariage.

Détachant son regard du paysage qu'elle contemplait à travers la vitre, Carly tourna la tête vers lui. Il remarqua qu'elle avait des taches de rousseur sur le nez et les pommettes.

C'était mignon. Et ça contrastait avec le pistolet qu'elle portait à la hanche, et qu'il avait remarqué quand sa veste s'était écartée au moment de monter dans la voiture.

— Je ne comprends pas bien, dit-elle. Vous m'expliquez ?

— Tous les couples doivent respecter le même protocole. Ce n'est pas une démarche privée. Les intentions doivent être rendues publiques, et la cour doit se faire en public également. Si vous voulez parler avec l'élu de votre cœur, vous le faites sur le perron, là où tout le monde peut vous voir. Si vous voulez aller à l'église ensemble, vous voyagez dans une carriole ouverte, et généralement accompagné d'un chaperon. En gros, tout ce que vous faites en tant que couple est public.

Noah n'avait jamais expérimenté ce dont il parlait, mais il avait vu suffisamment de fiançailles et de mariages avant ses seize ans pour savoir comment cela se passait.

— Vers ses vingt ans, le jeune homme demande à la jeune fille de l'épouser, mais ils gardent le secret jusqu'au mois de juillet ou d'août. Alors, la jeune fille parle de ses projets à sa famille. Après la communion d'automne, les noms des couples qui veulent se marier sont proclamés à l'église. Les pères annoncent alors la date du mariage, et invitent toute l'assistance.

Noah remarqua avec satisfaction que Carly buvait ses paroles.

— Après cela, les fiancés n'ont que quelques jours avant la cérémonie et la jeune femme aide sa mère à tout préparer. Le jour du mariage, tout le monde participe. Il n'y a pas de demoiselles d'honneur ou de témoins du marié. Ça représente beaucoup de travail, et ce n'est pas quelque chose à quoi vous pouvez vous dérober.

Carly froissa pensivement le papier contenant les deux noms entre ses doigts.

— Ce qui veut dire qu'Eli sera confronté en permanence au rejet qu'il a subi. C'est vraiment remuer le couteau dans la plaie.

— Et la pilule est d'autant plus difficile à avaler pour un garçon qui ne sait pas contrôler sa colère.

Carly jeta un coup d'œil à la maison, avant de sortir son téléphone de sa poche.

Noah fit preuve de discrétion tandis qu'elle rédigeait un SMS.

— Terminons notre tour, et vous pourrez me déposer à la salle paroissiale, dit-elle quand elle eut envoyé son message.

— Et vous irez voir Eli avec votre équipe ?

— À moins que David Lapp soit plus intéressant.

Noah avait déjà pensé au fils aîné d'Abram Lapp avant que le FBI fasse son apparition.

— Pourquoi faites-vous cette tête ? demanda Carly, avant qu'il ait pu prononcer un mot.

— Que voulez-vous dire ?

— Vous faites la grimace comme si vous veniez de mordre dans un citron. J'en déduis que vous connaissez David, et qu'il est plus intéressant qu'Eli.

À son corps défendant, Noah hocha la tête.

— Je ne connais pas toute l'histoire, mais David, qui a dix-neuf ans maintenant, a quitté la communauté il y a six mois.

— Dix-neuf ans… Donc, il n'est pas parti après son *Rumspringa* ?

— Non. Il est parti pour avoir rompu les règles de l'Église. Ce qui est intéressant, car il était revenu de son *Rumspringa* avec l'intention très ferme d'être baptisé le jour de ses vingt ans.

Noah avait mis l'accent sur le mot « intéressant ».

— Quand vous dites qu'il est parti, en fait, il a été chassé ?

— C'est exact. Et, avant que vous posiez la question, tout le monde garde jalousement le secret sur la raison de cet exil. Ils me tolèrent, mais je reste un traître.

L'expression de Carly changea.

Était-ce de la sympathie, ou du regret que son seul contact n'ait pas toute la confiance des personnes qui pouvaient lui être utiles pour son enquête ?

— Où se trouve Lapp, à présent ? demanda-t-elle.

Noah laissa échapper un ricanement amusé. Il tourna la clé de contact et vérifia par-dessus son épaule si quelqu'un venait sur la route.

— Figurez-vous que c'est mon voisin.

— Votre voisin ?

Noah hocha la tête et s'engagea sur la chaussée.

— Je ne l'ai su qu'hier, quand j'ai commencé à poser des questions. J'avais entendu dire que David était toujours dans les parages, mais je le connais à peine, et je n'ai pas souvent l'occasion d'avoir des nouvelles de la communauté.

Il esquissa un sourire.

— Ce n'est pas comme si j'avais monté un groupe de soutien post-amish sur le peu de temps libre dont je dispose.

Carly eut un petit rire, qu'il trouva à la fois plaisant et déstabilisant.

Aussitôt, il s'enjoignit de ne pas s'emballer. Il était là pour donner un coup de main, puis leurs routes se sépareraient. Il n'allait pas craquer pour une agente du FBI uniquement parce qu'elle avait ri de sa plaisanterie.

Le tour se poursuivit de ferme en ferme, et Noah fit de son mieux pour renseigner Carly. Très concentrée, cette dernière prit beaucoup de notes, lui demandant de répéter certains noms de famille, ou de préciser certains détails.

Alors qu'ils terminaient par la grange abandonnée à l'arrière de l'ancienne propriété des Kellogg, elle remarqua :

— C'est curieux, il n'y a aucune décoration de Noël nulle part.

— Les amish célèbrent la naissance du Christ dans un sens strictement religieux. Pas de décoration, pas de sapin, pas de frivolité.

Il n'en avait pas l'intention, mais la façon dont il avait prononcé le dernier mot faisait penser à un enfant se moquant de ses parents.

Ayant remarqué le changement de ton, Carly haussa un sourcil, l'air moqueur.

— Maintenant que vous n'êtes plus amish, rien ne vous empêche de le faire. À moins que ce ne soit pas assez viril pour un cow-boy, d'accrocher des guirlandes sur son perron ?

Il rit.

— J'aime la simplicité. Sans doute un reste de mon éducation. Mais si vous demandez à mon père, il vous dira que mon intérieur regorge de choses inutiles.

Tout comme avant, son intention n'était pas de laisser transparaître son amertume. C'était pourtant le cas.

Non seulement il avait un arbre de Noël des plus modestes, quand il avait toujours été fasciné par les sapins immenses et somptueusement décorés des grands magasins, mais il passait les fêtes tout seul à se morfondre.

Avec le temps, il avait fini par l'accepter.

Plus ou moins…

Lorsqu'ils se dirigèrent vers la salle paroissiale, où une partie de l'équipe de la TCD les attendait, Noah ressentit une étrange déception.

Cela faisait longtemps qu'il n'avait pas eu l'occasion de partager avec quelqu'un la beauté de la ville.

— Merci pour tout, dit Carly. C'est toujours appréciable d'avoir quelqu'un du coin pour nous guider. Google Maps ne nous dit pas tout. Sans vous, nous n'aurions pas su que la route derrière chez les Kellogg était impraticable à cause de la boue, et que plusieurs carrioles y avaient perdu une roue.

— Je vous en prie. J'espère que ça vous aidera à trouver le coupable. Les gens d'ici sont peut-être différents de nous, mais ce sont quand même de bonnes personnes.

Noah se représenta les deux corps dans le champ.

Un père et son fils.

Il serra les doigts autour du volant jusqu'à ce que ses articulations blanchissent.

Lorsque Carly prit la parole, ses mots étaient étonnamment porteurs de la même colère et de la même détermination que les siennes.

— D’une façon ou d’une autre, nous trouverons le coupable et nous le ferons payer. Vous avez ma parole.

Bien qu’ayant conscience de ne pas très bien connaître l’agente Carly Welsh, Noah eut le sentiment qu’il pouvait lui faire pleinement confiance.

6

La propriété était aujourd'hui celle de Noah, mais le panneau en bois suspendu par deux chaînes au-dessus du portail d'entrée indiquait encore le nom des Tuckett.

Noah avait repris l'exploitation cinq ans auparavant, mais il n'avait jamais pensé à remplacer le panneau.

La famille Tuckett était honnête et travailleuse. Certains avaient quitté ce monde, d'autres vivaient encore dans la région. Noah avait mis un point d'honneur à gérer la ferme au mieux de ses capacités, afin de leur rendre hommage. Et le panneau aux lettres presque effacées par le temps était une façon de faire perdurer leur souvenir.

Le portail à peine franchi, l'élan de nostalgie qui s'était emparé de Noah fut remplacé par une vague inquiétude quand il vit un de ses employés, du nom de Mark, s'avancer précipitamment à sa rencontre.

Le jeune homme ôta son chapeau, en affichant un air contrit.

— Bonjour, patron, dit-il, d'une voix embarrassée. J'ai entendu parler de ce qui s'est passé chez les amish. C'est terrible, n'est-ce pas ?

Noah n'avait mis qu'un pied hors de sa voiture, mais il savait déjà où cette conversation allait le mener.

— Oui.

Mark baissa la tête, en triturant son chapeau entre ses mains. Puis il prit une grande respiration, comme pour se donner du courage, et leva les yeux vers Noah.

— Vous savez, normalement je ne ferais pas ça, mais ma femme attend des jumeaux, ce qui n'est déjà pas sans risque. Et s'il y a la moindre possibilité que je l'infecte, et que ça nuise à sa grossesse… Bref, je préfère m'éloigner quelque temps de Potter's Creek.

Et voilà, on y était. Noah savait que la situation aurait des répercussions sur sa ferme, même s'il n'était pas directement visé. Seulement, il ne s'attendait pas à ce que ça arrive aussi vite.

Évidemment, il n'en voulait pas à Mark d'avoir peur pour sa famille. Son jeune employé avait rejoint trois ans plus tôt l'équipe de cinq personnes qui l'épaulaient au quotidien, et son travail lui donnait pleinement satisfaction. Mark n'aurait aucun mal à se faire rapidement embaucher ailleurs.

— Je pense qu'aucun d'entre nous n'aura l'esprit en paix tant que le coupable n'aura pas été arrêté, dit Noah.

Se voulant rassurant, il donna une tape amicale sur l'épaule de son employé.

— Prenez soin de vous. Tout se passera bien ici pour moi.

Mark s'excusa de nouveau, mais ne s'attarda pas.

Sa voiture avait à peine atteint la route principale qu'une autre employée appelait pour elle et son mari.

— Je suis désolée, Noah, dit Marjorie au téléphone. Je ne dis pas que c'est pour toujours. On veut juste attendre de voir ce que l'enquête des fédéraux va donner. En attendant, vous devriez peut-être songer vous aussi à vous éloigner. Venez chez nous, si vous voulez. Notre chambre d'amis vous attend.

Noah accepta sa décision, mais déclina son offre. Il ne le dit pas, mais pour rien au monde il ne quitterait sa ferme.

C'était sa maison.

Et personne ne l'en ferait jamais partir.

Cette décision ne concernait évidemment que lui et, quand un autre cow-boy, Killian, appela pour dire à peu près la même chose, Noah décida que ce ne serait pas juste de demander à sa dernière employée de longue date de continuer à venir.

Regina Tuckett ne réagit pourtant pas comme les autres.

Elle ne répondit pas au téléphone car elle était déjà arrivée à la ferme, et travaillait dans le paddock, équipée de bottes de neige, même si le sol n'était maintenant plus gelé mais simplement détrempé.

Quand il s'approcha, il vit que son expression n'était pas contrite ou embarrassée.

— La clôture a besoin d'être réparée, dit-elle. Je sais que ça tient encore, mais ça ne va pas durer longtemps. J'aurais préféré attendre qu'il fasse beau. Vous savez combien je déteste faire des réparations l'hiver.

Noah éclata de rire.

Il était bien placé pour le savoir, car il avait entendu Regina se plaindre tous les hivers depuis qu'il avait commencé à travailler pour son père, à seize ans. Aujourd'hui, il en avait trente, il était propriétaire de la ferme, et il ne laissait jamais Regina faire seule les corvées.

— Il sera toujours temps de s'en occuper la semaine

prochaine, dit-il. En attendant, ce serait mieux que vous rentriez chez vous.

Regina pivota si vite sur ses talons que sa longue tresse de cheveux gris claqua sur ses épaules. À soixante ans passés, elle était toujours aussi vive que lorsque Noah avait fait sa connaissance quatorze ans plus tôt. C'était en partie dû à une bonne prédisposition génétique – tous les Tuckett vivaient jusqu'à quatre-vingt-dix ans au moins –, mais son caractère opiniâtre devait avoir un rôle dans sa capacité à rester toujours sur le qui-vive.

— Pourquoi je rentrerais chez moi alors qu'il y a du travail à faire ici ? demanda-t-elle, d'une voix plus aiguë que la normale. Vous avez embauché quelqu'un pour me remplacer ? J'aimerais bien voir ça !

Il leva la main pour interrompre sa tirade.

— Absolument pas, Regina ! Les autres ont décidé de ne plus venir à cause de ce qui s'est passé chez les Yoder, les Haas et les Graber. Et je pense que c'est une bonne idée. Nous ne savons pas qui les a attaqués, et si d'autres fermes sont visées. Je ne veux pas vous faire courir de risques.

Regina haussa les épaules en ricanant.

— Si vous pensez que je suis comme les autres, vous ne me connaissez pas, mon garçon. Il y a du travail à faire ici, et personne ne m'empêchera de le faire. Et puis, je sais me défendre.

Regina désigna un fusil posé à proximité. Noah ne l'avait pas remarqué avant, mais le reconnut comme étant celui du père de son employée.

Noah essaya de réfléchir à un argument pour la faire changer d'avis, mais n'en trouva pas.

— Je ne quitterai pas cet endroit avant que le travail

soit terminé, insista-t-elle. Et je défie quiconque de m'ordonner le contraire !

— Je sais d'expérience que raisonner avec vous est un jeu perdu d'avance, dit Noah, en reconnaissant sa défaite. Gardez l'œil ouvert, et méfiez-vous avec ce fusil. Il ne manquerait plus que vous tiriez sur un agent du FBI.

L'expression morose de Regina se fit curieuse.

— Il paraît que vous leur donnez un coup de main ? Vous leur avez fait faire un tour du village, ce matin.

Il hocha la tête.

— Ils avaient besoin d'un guide.

— Vous leur avez présenté votre père ?

Regina n'avait rencontré Samuel que deux fois, et elle ne l'appréciait pas plus que ça.

— Non, nous avons juste échangé quelques mots avec l'évêque, au marché.

Regina secoua la tête et se remit au travail.

— Vous ne devriez pas vous battre pour eux, marmonna-t-elle. Après tout, ils ne se sont jamais battus pour vous.

Noah savait que Regina n'avait pas l'intention de se montrer blessante, mais la remarque lui fit mal.

— Je ne suis même pas certain d'avoir été utile, dit-il. On ne peut pas dire que je sois quelqu'un de très populaire dans les parages.

Regina balaya cette remarque d'un geste de la main.

— Ce que vous avez dit aux fédéraux est déjà bien plus que ce qu'ils auraient obtenu seuls de votre ancienne communauté. Ne vous dénigrez pas. Si vous croyez que vous ne valez rien, alors vous donnez la permission à tout le monde de penser la même chose.

Vous vous rappelez ce que disait papa à propos de la confiance en soi ?

Noah eut l'impression de voir Frank Tuckett dans ses vêtements de travail, essuyant d'un revers de manche la sueur sur son front.

— « Tu es le seul à pouvoir la créer et le seul à pouvoir la briser », répéta-t-il.

Regina hocha la tête.

— Ce n'était pas un sentimental, mais il parlait vrai.

Noah ne pouvait qu'être d'accord avec cette description.

— Je vais voir à l'atelier s'il nous reste des piquets, dit-il, après un moment de silence.

C'était comme ça que ça fonctionnait chez les Tuckett : un silence partagé, et quelques requêtes de travail.

— Si c'est le cas, nous pourrons terminer le boulot ensemble. Ça vous va ?

— C'est parfait.

Noah commença à se diriger vers l'atelier, en frissonnant à cause du courant d'air glacial qui s'insinuait sous sa veste. Si la neige devait recommencer à tomber, il espérait que ça ne durerait pas longtemps.

Certes, la ferme et sa centaine d'hectares étaient magnifiques sous leur manteau blanc, mais ça compliquait terriblement le travail.

Vivre dans un paysage de carte postale, c'était agréable. Mais réparer des clôtures, ou autres corvées de ce genre, avec les doigts gourds, ça l'était beaucoup moins.

Peint en bleu foncé pour donner une meilleure allure au bois usé, l'atelier faisait la moitié de la taille de la grange, et se situait à l'arrière de la propriété. Plus jeune, Noah avait dit au père de Regina que sa couleur évoquait un morceau de ciel nocturne tombé au milieu des arbres. Depuis, il l'avait repeint deux fois, en gardant la même couleur.

Un sourire nostalgique aux lèvres, il contourna le bâtiment et s'arrêta net.

La porte de l'atelier était entrouverte.

En temps normal, il ne se serait pas étonné, car tout le monde y avait accès.

Mais ce n'était pas un jour de travail normal, du fait de l'enquête, compte tenu de l'absence des autres employés.

Si cela n'avait pas suffi à éveiller ses soupçons, la vue du sang sur le sol humide devant la porte aurait eu de quoi l'inquiéter.

Regardant autour de lui, il attrapa la première chose qui pourrait lui servir d'arme : une vieille pelle au manche partiellement fendu.

Brandissant l'outil, il donna un coup de pied dans la porte pour l'ouvrir entièrement, et regarda à l'intérieur.

Personne.

Balayant la pièce du regard, il vit que rien n'avait été dérangé. Mais il y avait des empreintes de pas. Elles se concentraient au centre, avant de faire demi-tour vers la sortie. Comme si quelqu'un avait cherché quelque chose et ne l'avait pas trouvé.

Noah parvint à suivre les traces de pas jusqu'à la clôture, et s'y attarda un moment, en proie à un mauvais pressentiment.

7

— Même moi, qui vis une relation épanouie avec l'amour de ma vie, je reconnais qu'il est extrêmement séduisant.

Assise sur la banquette arrière, Aria vérifiait la sécurité de son arme de service. Carly et elle se trouvaient devant la maison de David Lapp, et s'apprêtaient à aller interroger l'un de leurs deux suspects.

Axel et Selena étaient déjà partis s'occuper d'Eli Zook. Max était au téléphone et n'allait pas tarder à les rejoindre.

Quant à Noah, il ne se trouvait pas dans la voiture avec eux.

Et c'était préférable, étant donné qu'Aria était en train de s'extasier sur lui.

Depuis le siège passager, Carly lui glissa un regard en coin.

Aria haussa les épaules avec désinvolture.

— Quoi ? Je dis juste qu'il est délicieusement ténébreux. Et j'ai remarqué que tu le trouves à ton goût. Ne le nie pas !

Carly leva les yeux au ciel.

Non, elle n'allait pas nier.

Mais elle n'avait pas non plus l'intention d'encourager Aria dans cette voie.

Noah s'était montré un guide agréable, qui avait fait tout ce qu'il pouvait pour l'aider.

Son passé était-il mystérieux ?

Avait-elle envie d'en savoir plus ?

Était-il à ce point séduisant ?

Oui aux trois questions.

Mais Carly ne devait pas oublier qu'elle avait un travail à faire. Un travail qui les avait conduits devant une maison blanche de deux niveaux, au bout d'un chemin de terre qui avait connu des jours meilleurs. Un travail qui leur demandait de s'intéresser à un jeune homme de dix-neuf ans, exilé par les siens.

Heureusement, Max ouvrit la portière du côté passager avant que Carly ait pu répondre à la plaisanterie d'Aria. Il semblait frustré.

— La conversation n'a pas été longue, remarqua Carly.

Max soupira.

— Et, d'après Axel, c'était un interrogatoire express. Les Zook sont aussi accueillants qu'un mur de briques. Le père ne voulait pas que le garçon réponde, et c'est à peu près tout ce que lui-même a dit.

Carly grommela mais ne fut pas particulièrement surprise.

— Je pensais que l'accueil glacial d'hier se serait un peu réchauffé une fois qu'ils auraient compris que nous étions là pour les aider.

Elle descendit de voiture et tira sur sa veste pour dissimuler son arme. Aria suivit, et ils furent bientôt tous les trois au bas du perron.

Une voiture était garée le long de la maison, mais elle semblait ne pas avoir été utilisée depuis longtemps. Il n'y avait aucun bâtiment ni aucune végétation autour.

Étant donné que David et Noah étaient voisins, elle se demanda où commençait la propriété de Noah, mais ne communiqua pas sa curiosité à haute voix.

Cependant, le fait qu'Axel et Selena aient essuyé une rebuffade de la part de la famille Zook lui donnait une raison de parler de Noah.

— Si notre entretien avec David Lapp ne nous mène nulle part, je vais de nouveau faire appel à Noah Miller, et voir s'il est prêt à nous aider.

Les deux agents hochèrent la tête.

Sans étudier leur langage corporel, Carly savait qu'ils étaient prêts à passer à l'action.

Aria avait noté tous les accès. Max se tenait prêt à contrer une réaction violente, ce qui n'était pas rare dans ce genre d'affaires.

Quant à elle ?

Elle avait divisé son attention en deux : à l'affût de toxines dangereuses, et prête à une joute verbale avec David Lapp.

— Je prends les devants, annonça-t-elle.

Carly monta les marches et frappa à la porte.

Sans réponse, elle insista, en se présentant et en demandant à parler à David.

Ne percevant aucun mouvement à l'intérieur, elle décida qu'il était temps de scinder l'équipe afin de couvrir toute la zone.

— Vérifiez le périmètre, mais soyez prudents. Rappelez-vous que nous ne savons rien de ce garçon, à part qu'il a été chassé de la communauté.

— Ce qui est un signal d'alerte, commenta Aria.

— Je suis d'accord.

Max longea la façade du côté gauche, et bifurqua à l'angle. Aria fit de même du côté droit.

Carly resta sur le perron, et tenta de distinguer quelque chose par les deux étroites fenêtres verticales qui encadraient la porte.

Ne voyant pas grand-chose, elle se déplaça vers une autre fenêtre, qui s'avéra être celle de la salle à manger.

De bonne taille, la pièce était encombrée de magazines, livres, papiers, bouteilles de bière… et même des chaussettes sales. Le cendrier débordait de mégots. Des assiettes en carton avec des serviettes en papier roulées en boule et des restes de nourriture jonchaient la table.

— Carly ?

Max apparut à côté d'elle. La voix était directe, pour ne pas dire cassante, et le ton étouffé. Il avait trouvé quelque chose.

— La chambre à l'arrière a été mise à sac. Presque tout est cassé.

Carly repoussa le pan de sa veste et posa la main sur la poignée de son arme.

— Ça me semble une raison suffisante pour jeter un coup œil à l'intérieur. Allons-y.

Ils se déplacèrent ensemble vers l'arrière de la maison, et y retrouvèrent Aria.

La porte de service n'était pas verrouillée et ils ne perdirent pas de temps. Parfaitement synchronisés, ils brandirent leur arme.

L'odeur de renfermé et de saleté les prit à la gorge dès l'entrée.

Ils annoncèrent plusieurs fois leur présence mais n'obtinrent pas de réponse.

Tandis que Max faisait le tour du rez-de-chaussée, Aria s'occupa de l'étage.

Carly se retrouva devant une porte qu'elle prit pour celle d'un placard à côté du réfrigérateur.

Ce n'était pas un placard, mais l'accès à une cave.

Penchée au-dessus de la volée de marches, elle renifla.

L'odeur était différente, mais elle ne parvenait pas à l'identifier.

En tout cas, elle était sûre que quelque chose n'allait pas.

L'estomac noué, elle commença à descendre les marches, les yeux rivés vers le bas.

Au début, la pièce lui parut normale. Elle s'ouvrait de part et d'autre de l'escalier, formant comme une sorte de grande boîte.

Son regard se posa sur les cartons couverts de poussière, les silhouettes volumineuses de quelques meubles recouverts de draps, les objets hétéroclites mis au rebut...

Tandis qu'elle terminait de descendre l'escalier, elle ne vit pas l'homme qui se trouvait dans un recoin sur sa droite.

Mais elle sentit son couteau.

8

Le sang sur sa main faisait regretter à Carly de ne pas avoir gardé ses gants.

C'était étrangement froid et lui procurait une sensation d'angoisse et de vulnérabilité.

Mais le sang n'était pas première préoccupation. Ça venait en troisième ou quatrième position.

Sa principale priorité avait déjà changé trois fois au cours de la demi-heure qui s'était écoulée depuis son agression dans la cave.

Aussitôt, elle avait couru derrière l'homme qui s'était enfui dans les bois. Max était venu à son aide quand il l'avait entendue crier. Aria était restée pour appeler des renforts.

Maintenant, elle avait en tête de le trouver, de l'arrêter, de ne pas se faire tuer.

Pas si facile, n'est-ce pas ?

Carly jura entre ses dents.

Cette fois, c'était de douleur. Une pulsation courait sur le côté droit de son visage. Sa lèvre enflée, là où son attaquant l'avait frappée, battait cruellement.

Et puis il y avait l'entaille sur son avant-bras. La source de sa perte de sang. La raison pour laquelle il lui fallait rattraper le plus vite possible l'homme qui lui avait fait ça.

S'il pouvait attaquer un agent fédéral avec une telle brutalité, il était impossible de dire de quoi il serait capable avec un civil sans défense qui aurait la malchance de se trouver sur son passage.

D'un autre côté, Carly ne s'attendait pas à tomber sur des habitants de Potter's Creek égarés dans les bois, raison pour laquelle son agresseur avait dû filer dans cette direction.

Circuler rapidement à travers un feuillage touffu aurait été laborieux en temps normal. Le faire dans le cadre d'une poursuite était très pénible.

Une contrainte que Carly ressentait tout aussi fort que la poussée d'adrénaline qui l'animait.

Son téléphone vibra dans sa main gauche, et elle accepta l'appel.

— Où es-tu ? demanda Max.

Manquant de souffle, Carly répondit en haletant. Cela faisait presque dix minutes qu'elle courait, et ses blessures lui procuraient de plus en plus de douleur.

— Aucune idée. Il a changé de direction avant que je perde le contact visuel.

Elle entendait des froissements de feuilles et des craquements de branches dans l'appareil. Max était quelque part dans la forêt avec elle, mais il lui était impossible de le localiser tant les lieux étaient vastes.

Elle n'avait pas vu l'homme qu'elle poursuivait depuis au moins trois minutes. Contrairement à Selena et Blanca, elle n'était pas entraînée à la traque. Son domaine de compétence, c'était la biologie. Elle avait déjà ordonné une analyse du bacille du charbon prélevé sur le terrain. Des échantillons avaient été envoyés dans les meilleurs laboratoires du pays.

Ralentissant le pas, elle posa une main contre le tronc d'un arbre pour reprendre son souffle.

— Si je n'ai pas complètement perdu le sens de l'orientation, je dois être en train de me diriger vers l'est.

Une branche craqua derrière elle.

Pivotant sur les talons, elle se trouva nez à nez avec un homme à la silhouette massive.

Avant qu'elle ait eu le temps de réagir, il la plaqua au sol, avec la puissance et la détermination aveugle d'un *linebacker* au cours d'un match de football américain.

Le choc envoya voler l'arme de Carly dans les fourrés.

Elle essaya de se débattre, de lui donner des coups de pied, de viser ses yeux avec ses ongles, mais elle n'était pas de force à lutter avec un tel colosse.

Carly entendait Max crier dans le téléphone, mais toute son attention était concentrée sur son assaillant.

L'assommant d'une gifle violente, il se redressa à la hâte et braqua une arme sur elle.

— Vous savez, dit-il d'une voix étrangement calme, je n'ai aucune envie de tuer un agent fédéral. Mais j'en suis capable.

Comme pour souligner sa détermination, il tira un coup de feu en l'air.

Carly leva les mains, essayant de paraître sensible à la menace. Et, dans la mesure où la main qui pointait une arme sur elle ne tremblait pas, ce n'était pas trop difficile à croire. Sans parler du manque de distance entre eux.

— La condamnation pour le meurtre d'un agent est sévère. Ne faites pas de folie !

Ce fut plus fort qu'elle, elle dut poser la question :

— Qui êtes-vous ? Je suis certaine que vous n'êtes pas David Lapp.

Outre qu'il avait dépassé la trentaine, l'homme avait le crâne rasé, une barbe de trois jours, et il n'avait rien d'un pacifiste.

— À genoux, les mains derrière la tête ! ordonna-t-il.

L'estomac de Carly se noua, mais elle refusa d'obéir.

— Qui êtes-vous ? répéta-t-elle.

L'homme esquissa un cruel sourire qui lui arracha un frisson.

— Vous aimeriez bien le savoir, hein ?

— Je ne sais pas quel genre d'ennuis vous avez, dit-elle, mais vous n'êtes pas obligé de faire ça.

Il agita son arme.

— Obéissez !

Carly s'était déjà retrouvée dans des situations où sa vie ne tenait plus qu'à un fil.

Être tuée en faisant son devoir était toujours une possibilité, Carly en avait conscience, mais elle n'était pas prête à l'accepter maintenant.

Elle ne se sentait pas non plus dans un état d'esprit défaitiste.

La première des tactiques qu'on leur apprenait lors de leur formation, c'était de faire parler l'agresseur le plus longtemps possible en attendant les renforts.

— Où est David Lapp ?

Prudemment, elle commença à se redresser pour se mettre à genoux.

— Si vous devez me tuer, vous pouvez bien me le dire.

L'homme eut un rire sarcastique.

— Je ne vous dois rien, ma petite dame.

Il eut à peine le temps de terminer sa phrase qu'il s'écroula au sol.

Un autre homme avait surgi derrière lui et l'avait assommé à l'aide d'une pelle.

— Noah ?

Noah Miller tenait toujours sa pelle levée comme une batte de base-ball, et respirait vite.

Ses grands yeux verts étaient écarquillés et inquiets. Inquiets pour elle.

— Vous allez bien ? demanda-t-il.

Elle se hâta de récupérer l'arme de l'homme. Reculant de quelques pas, elle la braqua sur lui. Puis, comme il n'avait aucune réaction, elle s'avança pour vérifier son pouls. Son agresseur était sonné, mais toujours parmi eux.

— Je vais bien, dit-elle, en se redressant.

— Vous êtes sûre ? Vous saignez.

Carly était moite d'avoir roulé dans la boue, ainsi que de sang et de sueur, mais elle ne parvenait pas à faire la part des choses. D'autant qu'elle avait mal un peu partout.

Mais, dans l'ensemble, ça allait.

Rien qu'une bonne douche, du savon et un verre de vin ne puissent régler. Et même, pourquoi pas, un verre de whisky ? Après le traumatisme qu'elle venait de subir, elle trouvait qu'elle le méritait bien.

— Certaine.

Noah ne sembla pas la croire. Il avait l'air tellement bizarre avec son chapeau de cow-boy et sa pelle.

Il était aussi terriblement séduisant.

Était-ce à cause de ses traits anguleux, et de ce

quelque chose de résolument viril qui émanait de sa personne ? Est-ce que ça tenait au fait qu'il lui avait sauvé la vie, et qu'il semblait prêt à se battre encore pour elle ?

Carly n'en savait rien, mais elle était troublée.

— Qui est-ce ? demanda-t-il. Et que faites-vous ici toute seule ? Quelqu'un de votre équipe m'a appelé pour savoir si je savais où vous étiez.

Carly essayait de retrouver son souffle. La fatigue la rattrapait. D'un geste las, elle désigna la direction approximative d'où elle était partie.

— Nous sommes allés chez David Lapp pour l'interroger. Il n'était pas là, mais nous y avons trouvé cet homme.

Elle baissa les yeux vers l'inconnu qui gisait à terre.

— Il m'a attaquée, et il s'est enfui dans les bois. Max et moi l'avons poursuivi. Et vous ? Que faites-vous là ? Et avec une pelle, en plus.

— Je cherchais quelque chose dans mon atelier, et j'ai vu du sang au sol. J'ai suivi les traces de pas à l'extérieur, puis j'ai entendu un coup de feu.

Il fit un geste sur la droite.

— La limite de ma propriété se trouve à une centaine de mètres.

— Et vous êtes accouru ici avec une pelle ?

Il haussa les épaules.

— C'est la seule chose que j'avais sous la main.

Des bruits de feuilles froissées et de branches cassées du côté de la ferme lui firent tourner la tête.

— Restez où vous êtes ! cria une voix de femme.

— Ne tirez pas, Regina, c'est moi, dit Noah.

Une femme aux cheveux gris apparut bientôt, braquant un fusil vers eux.

Jetant sa pelle, Noah tendit les mains en signe d'apaisement, et marcha vers elle.

— Carly, voici Regina. Elle travaille pour moi. Regina, je vous présente Carly, une des agentes du FBI.

— J'ai entendu un coup de feu, dit la nouvelle venue, d'une voix suspicieuse.

— C'était lui.

Noah se déplaça pour qu'elle puisse voir l'homme à terre.

— Tout va bien, Regina, vous pouvez baisser votre arme.

Son employée obtempéra.

— Agent fédéral, ne bougez pas ! dit une autre voix.

Max émergea des fourrés, et ce fut au tour de Carly d'intervenir.

— Tout va bien, Max. Tu peux baisser ton arme.

La sueur collait son chemisier à son dos. La douleur irradiait dans tout son bras avec de plus en plus d'intensité.

Les mâchoires serrées, Carly grinça des dents et ravala son gémissement.

Tandis que les autorités locales convergeaient à l'arrière de la propriété de Noah pour embarquer l'agresseur de Carly, les secouristes avaient nettoyé sa plaie et bandé son bras, en lui suggérant de se rendre à l'hôpital.

Mais elle avait plus urgent à faire.

Après avoir retrouvé son arme, égarée dans le sous-bois lors de sa chute, elle avait décidé de retourner chez David Lapp.

Noah s'était immédiatement proposé pour l'accompagner.

À présent, ils se tenaient tous dans la cave, observant avec horreur le fauteuil qui se trouvait dans un recoin de la pièce.

Il n'avait rien d'ordinaire.

Oh ! que non !

C'était un fauteuil métallique, et il était boulonné au sol. Et, comme si ce n'était pas déjà assez effrayant, une grosse corde souillée de sang y était attachée.

Sans parler des taches rouge sombre qui constellaient le sol.

— À quoi David s'est-il trouvé mêlé ? demanda Noah. Est-ce que c'est lui qui a fait ça ? Ou bien, est-ce lui, la victime ?

Carly soupira.

— Si seulement je le savais.

Elle fit signe à Noah de la suivre au rez-de-chaussée.

— Pouvez-vous me dire si vous voyez des choses qui auraient un lien avec la communauté, ou qui expliqueraient l'exil de David ? Ou bien encore, qui permettraient de savoir où il se trouve ?

— Je veux bien essayer. Mais je vous rappelle que, jusqu'à hier, je ne savais même pas qu'il vivait ici.

Carly lui tendit une paire de gants en latex, et ils examinèrent ensemble toutes les pièces de la maison.

Il se montra très précautionneux les rares fois où il déplaça ou souleva un objet, et Carly apprécia son comportement.

Quand ce fut terminé, elle fit le point avec son équipe.

— Nous allons parler à sa famille et, en fonction de ce qu'ils diront, nous intéresser de plus près à Zook. Selena, tu peux faire de nouveau un tour des extérieurs avec Blanca et voir si nous sommes passés à côté de quelque chose ? Axel, focalise-toi sur la maison, et essaie de bâtir un profil sur la personne qui vit ici. Je me suis déjà entretenue avec Rihanna, et nous n'avons toujours pas l'identité de mon agresseur.

Ce qu'elle n'aimait pas dans la responsabilité qui lui incombait en tant que directrice de l'enquête, c'était qu'elle n'était jamais sûre de prendre la bonne décision.

Surtout en disposant d'aussi peu d'informations.

Mais ne rien faire pourrait être pire que de commettre quelques erreurs mineures. Elle devait donc se fier à son instinct.

— Faute de preuves indiquant le contraire, nous pouvons supposer que David Lapp est impliqué dans les attaques au bacille du charbon. Aria et Max, vous allez rester sur notre enquête de départ et chercher où la toxine a été achetée, et comment elle a été transportée au sein de la communauté sans éveiller les soupçons. Ce serait plus facile si nous avions des informations de la part des laboratoires auxquels j'ai adressé des échantillons, ou de l'Agence de contrôle des maladies. Mais ça prend du temps, et vous pouvez suivre d'autres pistes.

Carly reprit son souffle, et le mouvement lui fit mal au visage, là où elle avait été frappée par l'homme à la silhouette de colosse.

— Tout va bien pour vous ?

L'équipe hocha la tête à l'unisson. Chacun était concentré, imprégné de sa mission. Il n'était pas question de plaisanter, comme ils en avaient l'habitude entre eux.

Carly se douta que c'était dû en partie à l'allure affreuse qu'elle avait, et surtout au fauteuil de torture dans la cave.

— Bien. Tout le monde garde son téléphone à proximité et reste sur le qui-vive.

Ils se séparèrent sans ajouter un mot.

Noah semblait dans le même état d'esprit.

Il marcha en tête vers sa voiture, et ouvrit la portière du côté passager avant même que Carly soit arrivée à sa hauteur.

Il resta silencieux jusqu'à ce que la voiture s'engage sur la route principale.

— Ne le prenez pas mal, mais… ce serait peut-être plus facile de vous attirer les bonnes grâces des familles si vous… faisiez un brin de toilette.

Carly se serait vexée si les circonstances avaient été différentes, mais elle comprit qu'il avait absolument raison. Sa veste survivrait avec un bon lavage et un raccommodage stratégique mais, pour l'instant, elle était couverte de boue.

Ce qui n'aurait pas été trop grave si son visage et ses cheveux n'étaient pas dans le même état.

Pourtant, le temps ne jouait pas en leur faveur.

— Le gîte est de l'autre côté de la ville. Ce serait ridicule de faire le détour.

— Je pensais à ma ferme. Elle est juste à proximité.

Carly ne put contenir un petit frisson d'excitation.

— Vous êtes sûr que ça ne vous dérange pas ?

— Je ne vous ferais pas cette proposition si je ne voulais pas que vous l'acceptiez.

C'était une simple question de courtoisie, mais Carly l'apprécia plus qu'elle l'aurait dû.

9

Carly ne voulait pas laisser de traces de boue ou de sang sur le carrelage de la maison de Noah. Il le voyait à sa façon d'hésiter sur le seuil de la cuisine.

— Vous savez, c'est une ferme, dit-il. Elle en a vu d'autres.

Carly secoua la tête. Puis elle regarda autour d'elle, pour regarder comment elle pourrait entrer sans salir le sol.

— Vous m'avez sauvé la vie aujourd'hui. Je peux au moins respecter votre carrelage.

Il rit.

— Ce n'est pas banal, comme remarque.

Il lui fit signe d'avancer.

— Allez, entrez !

Elle hésita encore un instant avant de capituler et le suivit à travers la cuisine, et le couloir, avant d'arriver à sa chambre.

— Je reçois rarement, et la salle de bains d'invités n'est pas vraiment confortable, expliqua-t-il.

Il ouvrit la porte de la salle de bains attenante à sa propre chambre, et se réjouit d'y avoir fait le ménage récemment.

— Il y a des serviettes dans ce placard. Et un savon

neuf dans ce tiroir. Donnez-moi votre veste. Je vais essayer de faire en sorte qu'elle ressemble un peu moins à une peinture de Jackson Pollock.

La voyant hausser un sourcil, il sourit.

— Ça vous étonne qu'un fermier s'y connaisse en art ?

— Je n'ai pas de préjugé, figurez-vous. Mais la comparaison était inattendue.

Baissant les yeux vers sa veste, elle ajouta :

— Et pourtant parfaitement adaptée.

Elle l'ôta en grimaçant de douleur, et la lui tendit.

— Si vous avez besoin de moi, je serai dans la cuisine, dit-il.

— C'est noté.

Carly disparut dans la salle de bains, et Noah quitta la chambre, tout en songeant à la scène qui s'était déroulée dans les bois.

La violence n'était pas un concept nouveau pour lui. Mais en être témoin si près de la communauté où il avait grandi le choquait et lui faisait de la peine.

Au nom du ciel, que pouvait-il bien se passer à Potter's Creek ?

Cette question s'ajouta à celles qui occupaient déjà ses pensées, tandis qu'il essayait de nettoyer la veste de Carly.

Lorsque celle-ci réapparut, les cheveux humides et lissés en arrière, le visage dépourvu de maquillage, il fut médusé par sa beauté naturelle.

Elle irradiait de simplicité.

Carly lissa son chemisier, et parut un instant mal à l'aise.

Puis elle sourit.

C'était inattendu et charmant.

Tandis qu'elle s'approchait, il sentit sa propre eau de Cologne sur elle, et il trouva cela étrangement intime.

— Je crois que j'aurais dû écouter Selena et emporter une deuxième veste.

Elle jeta un coup d'œil à sa veste noire drapée sur le dossier d'une chaise.

— Même d'ici, elle n'a pas fière allure.

— Il faut juste qu'elle sèche. En attendant, je vous ai trouvé quelque chose.

Noah lui présenta un long manteau en lainage couleur feuille-morte.

— Beckett ne l'a porté que deux fois. Il est presque neuf.

— Beckett ? Je n'avais pas compris que vous étiez marié.

— Moi, marié ?

Noah se retint de rire.

— Non ! C'est la sœur cadette de Regina. Sa famille possédait la ferme autrefois. Quand elle rend visite à sa sœur, elle occupe la chambre d'amis, qui était autrefois la sienne.

Carly enfila le manteau, et Noah constata avec satisfaction qu'il était à sa taille.

— C'est très généreux à vous, dit-elle. Un jour, j'ai rencontré l'homme qui louait mon appartement avant moi, et je me suis empressée de changer les serrures.

Noah gloussa.

— Je n'ai pas seulement pris la suite des Tuckett à la ferme. J'ai commencé à vivre ici quand j'avais seize ans.

Carly parut surprise.

Elle n'était pas la seule.

Quand les parents de Regina avaient accepté de le laisser travailler pour eux en échange du gîte et du couvert, les ragots étaient allés bon train.

Et ils avaient empiré quand il avait repris la ferme.

Tout le monde lui posait la même question : pourquoi lui, et pas Regina ou Beckett ?

Noah ne répondait jamais, parce qu'il estimait que cela ne les regardait pas.

Et aussi parce qu'il n'en savait rien lui-même.

— Donc, Regina est comme un membre de votre famille, dit Carly.

Il fut surpris qu'elle ne pose pas de questions.

Son expression était pensive, un peu curieuse, mais respectueuse.

Ça le changeait agréablement de ce qu'il avait l'habitude d'entendre à Potter's Creek quand il était question de son passé.

— Je n'utiliserais pas le mot de famille – Regina serait la première à vous dire qu'elle n'aime pas le sentimentalisme bêtifiant. Mais c'est une amie.

— Et votre employée, aussi ?

Il hocha la tête.

— Quand j'ai repris la ferme, elle m'a demandé deux choses : lui donner un travail pour qu'elle ait une retraite décente, et héberger Beckett lors de ses visites, afin qu'elles ne s'entre-tuent pas.

Noah haussa les épaules.

— Les deux requêtes me convenaient. Regina est loyale et elle travaille dur. Et quand ces deux-là sont ensemble trop longtemps dans la même pièce, les hurlements commencent.

Il grimaça.

— Et, Dieu qu'elles peuvent être bruyantes.

Carly riait doucement quand elle prit soudain son téléphone dans la poche de son pantalon, et plissa le front en regardant l'écran.

Noah en profita pour prendre sur le plan de travail sa cafetière isotherme, et se servir une tasse de café. Chaque fois, il avait l'impression de redécouvrir cette invention quasi magique qui lui permettait de garder son café au chaud, et s'en réjouissait comme un enfant.

Carly soupira.

— Opaline, notre experte en informatique, a du mal à trouver des informations sur David Lapp.

Ses doigts volèrent sur l'écran tactile.

— J'espérais qu'il serait présent sur les réseaux sociaux, ce qui nous aurait permis d'établir son profil…, dit-elle, tandis qu'elle écrivait un message.

Noah l'observait discrètement, étonné par la tension qui raidissait ses épaules.

Chacun de ses jours ressemblait-il à cela ? Était-ce de cette façon que se déroulaient ses enquêtes ?

Le nom de leur unité, la Cellule d'information tactique sur les crimes, n'inspirait pas franchement la facilité et la légèreté.

— Bien, je suis prête, annonça-t-elle, en glissant son téléphone dans la poche du manteau de Beckett.

Voyant qu'elle posait les yeux sur sa cafetière, il proposa :

— Vous en voulez une tasse ?

— Non, merci.

Et, à sa grande surprise, elle fila hors de la maison comme une flèche.

Le père de David Lapp dit que son fils n'était pas chez lui d'un ton tellement réprobateur que Carly le crut aussitôt. Jamais il ne cacherait David dans sa maison. Cela, au moins, c'était clair, même pour une personne de l'extérieur comme elle.

Et elle n'avait même pas encore annoncé la raison pour laquelle ils voulaient lui parler.

— Dans la maison louée par David, il y a un fauteuil dans la cave. Un fauteuil boulonné au sol, avec des cordes. Nous pensons qu'il a été utilisé pour retenir quelqu'un contre son gré.

Tandis que Carly parlait, le visage du patriarche laissa passer deux émotions : de la surprise et du dégoût.

Elle sut, avant même de lui poser la question, qu'il n'était au courant de rien.

Mais elle devait faire son travail.

— Savez-vous pourquoi ce fauteuil se trouve là ?

Abram Lapp secoua si fort la tête que sa barbe trembla.

— Non. Je ne suis même jamais allé dans cette maison.

C'était la première fois, depuis qu'ils s'étaient présentés sur son perron, que l'homme s'adressait directement à elle, et pas à Noah.

C'était un phénomène connu. Quand une personne était en état de choc, elle baissait la garde.

— Il y avait aussi un homme dans la maison, qui s'est enfui à notre arrivée, continua-t-elle.

Elle lui présenta la photo de son agresseur sur son téléphone.

— Vous le reconnaissez ?

Abram se pencha d'un air méfiant.

— Je ne l'ai jamais vu, dit-il. Qui est-ce ?

Carly remit son téléphone dans sa poche.

— C'est ce que nous essayons de découvrir.

Abram parut soudain se rappeler à qui il parlait et se tourna résolument vers Noah.

— Tu crois que David est mêlé à quelque chose de mal ? demanda-t-il.

Noah soupira.

— Je ne sais rien de lui, à part qu'il a été chassé de la communauté. Pouvez-vous nous parler de votre fils ?

Abram parut grandement offensé.

— Si tu m'avais parlé de lui, il y a un an, j'aurais été heureux de te dire qu'il respectait nos enseignements et qu'il était désireux de recevoir le baptême.

— Et maintenant ? insista Carly.

Cela lui valut un regard sévère.

— Maintenant, il vit loin de nous. Je ne sais pas ce qu'il fait, qui il voit... Quand il a quitté la communauté, il nous a quittés.

— Mais il n'est pas parti de lui-même, précisa Noah. L'Église l'a révoqué. Ce n'est pas fréquent envers une personne qui veut être baptisée.

Abram ouvrit la bouche, mais aucun son n'en sortit. Carly en profita pour insister.

— Si David ne détenait pas quelqu'un dans sa cave, alors il est possible que ce soit lui, la victime. Je comprends que vous soyez en colère contre votre fils, mais je suppose que vous seriez quand même affecté s'il lui arrivait quelque chose.

Abram croisa son regard, mais ne fit pas l'effort de répondre.

Noah prit le relais.

— Abram, le FBI est là parce que quelqu'un a apporté la violence et la mort dans la communauté, bafouant les valeurs que vous avez promis de défendre.

Il posa une main sur l'épaule de Carly, et une intense chaleur irradia de sa paume.

En créant un contact physique avec elle, il lui donnait une humanité aux yeux d'Abram.

Et c'était agréable. Au point qu'elle ne s'écarta pas.

— L'agente Welsh n'est là que pour s'assurer que le coupable est identifié et arrêté, et que tout revienne à la normale à Potter's Creek. Alors, s'il vous plaît, répondez à mes questions. Sinon, je vais devoir aller parler à papa…

Il baissa la voix.

— Et ni l'un ni l'autre ne voulons cela.

Noah pressa l'épaule de Carly. Si elle n'avait pas déjà eu une conscience aiguë du contact de ses doigts, elle aurait pu être totalement déstabilisée.

— Nous avons besoin de savoir pourquoi on a demandé à David de partir, dit-elle.

Abram glissa ses pouces sous les bretelles qui retenaient son pantalon, et se campa fermement sur ses pieds.

— Il a désobéi à l'*Ordnung*, répondit-il. Il nous a menti, il nous a volés. Il a été surpris à rôder…

— Pourquoi ? demanda Carly.

Abram secoua la tête.

— Vous avez oublié ce que je viens de vous dire ? demanda Noah, avec sévérité.

— Il n'a pas voulu nous le dire. Même quand il a été menacé d'exil, il a refusé de s'expliquer.

L'homme recula d'un pas, se rapprochant de la porte

d'entrée. À travers la vitre, on pouvait voir une femme à l'intérieur, mais elle ne montra aucune velléité de les rejoindre.

— C'est tout ce que j'ai à dire, conclut Abram.

Il regarda Noah dans les yeux.

— À l'un comme à l'autre.

De retour dans la voiture, Carly laissa libre cours à sa frustration.

— On lui dit que son fils est peut-être en danger, ou qu'il trempe dans une sombre histoire, et il ne nous livre pas le moindre élément à partir duquel nous pourrions travailler ?

Elle avait envie de ronchonner, mais elle essayait toujours de paraître professionnelle.

Elle n'y parvint pas vraiment.

Tournant la tête vers Noah, qui restait silencieux, assis à la place du conducteur, elle demanda :

— C'est comme ça que votre père vous parle ?

Elle n'avait pas prémédité la question. C'était sorti tout seul.

Cette affaire devait bien affecter Noah d'une manière ou d'une autre.

Il tourna la clé de contact.

— Qui vous dit que nous nous parlons ?

Carly n'avait aucune raison d'être sur la défensive vis-à-vis de l'homme assis à côté d'elle. Et pourtant, c'était le cas.

— Je ne comprends pas. Chez les amish, tout est une question de libre arbitre, n'est-ce pas ? C'est pour ça que vous êtes baptisés à l'âge adulte. Donc, si vous décidez de ne pas le faire, ils sont censés respecter votre choix, non ?

Ils avaient peut-être réussi à jouer le jeu de la complicité devant Abram pour le mettre en confiance, mais elle commençait à ressentir les effets du caractère taciturne et introverti de Noah.

— C'est à eux que vous devez poser la question. Pas à moi.

Un mur invisible s'était dressé entre eux. Il y avait quelque chose de définitif dans ses paroles.

Ça ne l'empêcha pas d'insister.

— C'est pour ça que vous êtes parti ? Vous aviez des problèmes avec votre père et les autres ?

Il enclencha la marche arrière.

— La raison de mon départ n'a rien à voir avec l'enquête. Je ne vois pas pourquoi nous devrions en parler.

10

Tard cette nuit-là, lorsque Carly entra dans la cuisine du gîte pour se préparer un dîner rapide, elle fut surprise de voir que Rihanna l'avait devancée.

— Je n'ai pas l'habitude de te voir encore debout aussi tard, dit-elle, avec un sourire.

Rihanna portait toujours son tailleur-pantalon, mais elle avait remplacé ses escarpins par des ballerines.

— Cette affaire n'est vraiment pas comme les autres. J'ai l'habitude d'être tiraillée dans tous les sens – après tout, ça fait partie du métier de coordinateur. Mais là...

Fronçant les sourcils, Rihanna observa son assiette vide. Puis elle soupira et secoua la tête.

— J'ai l'impression qu'il se trame énormément de choses, et je ne parviens pas à en identifier une seule. Je me sens démunie, et je n'aime pas ça.

Carly connaissait ce sentiment. Elle aurait pu dire la même chose, mais elle essaya de se montrer réconfortante.

— Ce qu'il y a de bien avec notre équipe, c'est que nous sommes soudés. Il n'y a pas une personne qui se met plus en avant qu'une autre. Nous sommes un peu comme un groupe de réflexion, entraîné au combat, expérimenté… Et nous avons tous le même but : attraper les méchants.

Carly tapota l'épaule de sa collègue et amie, et ouvrit la porte du réfrigérateur.

— Je sais que cette enquête est comme un gigantesque puzzle, mais nous finirons par assembler correctement les pièces.

Moqueuse, Rihanna leva un poing victorieux.

— Vive notre équipe ! Nous sommes les meilleurs !

Elle semblait moins tendue, mais sa fatigue transparaissait.

— Tu sais, il y a un nom qui ressort un peu partout.

— Noah ? devina Carly.

Rihanna hocha la tête.

— Tu as confiance en lui ?

Carly fut surprise par cette question, et encore plus par sa réponse.

— Je pense qu'il essaie d'aider, alors qu'il n'a rien à gagner. Et ce n'est pas quelque chose que nous avons l'habitude de voir.

— C'est vrai.

— Et toi ? Tu penses quoi de lui ?

Rihanna y réfléchit un moment.

Quand elle se décida à parler, ce ne fut pas non plus ce que Carly attendait.

— Je n'ai pas beaucoup d'informations sur lui, et ça me rend nerveuse.

Elles se souhaitèrent bonne nuit et prirent chacune le chemin de leur chambre, avec un gobelet de nouilles instantanées pour Carly et un sandwich pour Rihanna.

Carly ôta le peignoir qu'elle avait enfilé pour se

rendre à la cuisine, et s'assit en tailleur sur le lit, en T-shirt et sous-vêtements.

Il était presque minuit, et tout le monde avait regagné ses pénates.

Elle avait entendu Selena sortir Blanca une heure plus tôt, mais on n'entendait plus un bruit dans la chambre voisine. Axel, qui ne tenait jamais en place, avait fait les cent pas dans le couloir pendant une quinzaine de minutes. Quant à Max et Aria, elle les avait entendus parler à proximité de la salle de bains une heure plus tôt – quelque chose à propos de leurs enfants respectifs.

Carly remua machinalement sa fourchette dans le gobelet en plastique, et laissa ses pensées vagabonder.

Inévitablement, elle évoqua Noah, et se demanda si elle avait vraiment confiance en lui.

Il avait de bonnes intentions. Mais les intentions n'étaient pas des actions. Elles pouvaient changer à tout moment. Tout cela restait très volatil…

L'agente du FBI chargée de l'enquête éteignit la lumière à 1 h 15. L'obscurité envahit la chambre, et fit basculer la caméra en vision de nuit. Soudain, la petite pièce prit des teintes de gris, de vert et de blanc.

Il la regarda se tourner sur le côté. Son téléphone était posé sur la table de chevet. Une lumière clignotait tandis qu'il se rechargeait.

Elle ne se doutait pas qu'elle était observée, et c'était une excellente chose.

— Ce n'est pas bien de regarder une femme comme ça, dit le garçon à côté de lui.

Il était épouvantablement agaçant.

Et sa mère encore plus.

Elle n'était pas avec eux en ce moment, mais il était certain qu'elle trouverait quelque chose à dire demain quand le garçon lui en parlerait.

Ou alors, elle le toiserait de ce regard désapprobateur qui était sa marque de fabrique.

Il était possible qu'elle ne l'apprécie pas et condamne ses méthodes pour parvenir à ses fins, mais il avait de quoi faire pression sur elle, et il se moquait comme d'une guigne de son opinion.

Elle devait suivre ses instructions.

Ou alors, elle devrait affronter certaines conséquences…

— Je n'aurais pas été obligé de placer cette caméra si tu avais fait ton travail correctement, dit-il au garçon. C'est ta faute, pas la mienne.

Le garçon se tut et adopta une moue boudeuse.

— Tu vas rester assis là jusqu'à ce qu'elle se réveille, et tu me rapporteras tout ce qu'elle dira ou fera. Si elle passe des coups de téléphone, ou si elle reçoit de la visite. Si tu la vois écrire quelque chose, il faudra envoyer notre arme secrète récupérer l'information. C'est compris ?

Le garçon hocha docilement la tête.

— Bien.

Il se leva et s'étira.

Il avait envie d'une bière. Ou plutôt, non, d'un whisky.

Il prit son manteau drapé sur une chaise, et l'enfila. Les clés tintèrent dans sa poche. Quand il fut prêt, il se dirigea vers la rangée de moniteurs installés dans la pièce. On y voyait cinq autres personnes endormies.

— Même chose pour les autres agents, dit-il.

Lorsque Rodney Lee se réveilla à l'hôpital, il faillit tout saccager. Opaline eut connaissance de son identité à peu près au moment où il assommait un aide-soignant et envoyait aux urgences l'adjoint du shérif qui montait la garde devant sa chambre.

Carly reçut le premier appel alors qu'elle se trouvait en voiture avec Noah. Il était presque dix heures du matin, et ils venaient de conclure l'interrogatoire d'Eli Zook et de son père.

Eli était peut-être un adolescent colérique mais, d'après Carly, ça n'allait pas plus loin. À moins qu'ils trouvent des preuves du contraire, elle décida de le retirer de la liste des suspects.

— Lee a été impliqué dans un trafic de voitures volées, et arrêté plusieurs fois pour conduite en état d'ivresse, et possession de stupéfiants…

La voix d'Opaline s'était amenuisée vers la fin. Carly pouvait entendre ses doigts courir sur les touches d'un clavier.

— Sa dernière frasque remonte à trois ans, à Detroit. Après quoi, il a disparu.

— Disparu ? répéta Carly. Comment cela ?

— On a perdu sa trace le lendemain de sa sortie de cellule de dégrisement. Il était censé se présenter à une audience un mois plus tard, mais il n'est pas venu. D'après son propriétaire de l'époque, il est parti en abandonnant toutes ses affaires. Il a même laissé sa voiture dans le parking en sous-sol.

— Personne n'a signalé sa disparition ?

— Sa grand-mère a fait un signalement une semaine après sa sortie de cellule. Mais l'officier chargé de l'affaire a conclu qu'il s'agissait d'une disparition volontaire.

— Et tu as découvert pourquoi il se trouvait à Potter's Creek ? Est-ce qu'il pourrait avoir des liens ici ?

— Pas encore. Sa grand-mère est sa seule parente. Et ses acolytes de l'époque sont tous de Detroit.

Carly laissa échapper un soupir de frustration.

— Il nous faut plus d'informations. David Lapp est notre principal suspect, et ça ne peut pas être une coïncidence qu'un type comme Lee se soit trouvé dans sa cave. Quand il se réveillera de nouveau, il faudra essayer de le faire parler.

Le deuxième appel arriva au moment où Carly demandait à Noah de la déposer devant la salle paroissiale. Depuis qu'elle l'avait interrogé sur son père, il lui faisait la tête. Elle n'aimait pas ça, et elle s'apprêtait à lui demander si elle pouvait l'inviter à déjeuner pour le remercier de son aide quand son téléphone sonna.

Cette fois, c'était Rihanna.

Son intonation était fébrile.

— Carly, Rodney Lee s'est enfui de l'hôpital !

Cela changea immédiatement le reste de la journée de Carly.

Durant le reste du trajet jusqu'à la salle paroissiale, elle passa appel après appel.

Quand elle eut terminé, elle s'autorisa quelque chose qu'elle n'aurait jamais fait : elle posa sa tête contre le dossier de son siège et ferma les yeux.

Lorsqu'elle sentit sur son épaule la main de Noah, elle sursauta et ouvrit brusquement les paupières.

— Nous allons y arriver, dit-il de sa voix de baryton. C'est promis.

Carly n'aimait pas les promesses. Elle n'en faisait jamais, et elle ne croyait pas ceux qui en distribuaient à tout-va. Mais elle crut Noah.

Il se dégageait de lui quelque chose de tellement simple et réconfortant.

Cela faisait bien longtemps qu'elle n'avait pas perçu cela chez quelqu'un. Et c'était étrange que cela se produise avec un homme qu'elle connaissait à peine.

Elle baissa les yeux vers la main de Noah.

Son poids était soudain sa seule préoccupation.

Sa chaleur était la seule sensation qu'elle ressentait.

Les horreurs du monde s'estompèrent.

Serait-ce si compliqué de l'embrasser ?

Quel genre d'évasion lui procureraient ses lèvres ?

Il lui avait sauvé la vie, n'est-ce pas ?

Un baiser pouvait exprimer de la gratitude.

Un baiser pouvait montrer de l'appréciation.

Un baiser…

Le téléphone de Carly sonna de nouveau.

Noah laissa retomber sa main.

Pendant un bref instant, elle fut tentée de ne pas répondre.

Mais on lui avait confié une enquête.

Son équipe avait besoin d'elle.

Des gens mal intentionnés avaient fait leur apparition à Potter's Creek.

Elle devait les arrêter.

Et cela ne pouvait avoir lieu que si elle restait concentrée.

Carly prit l'appel.

Il y avait une note d'excitation dans la voix d'Opaline.

— Je viens de te dégoter une piste dont tu me diras des nouvelles ! J'espère que tu aimes la musique, parce que ça va swinguer.

11

— Si quelqu'un m'avait demandé ce que je ferais pour les fêtes de fin d'année, je n'aurais jamais pensé à ça, dit Carly.

Ses lèvres étaient fardées d'un rouge foncé presque bordeaux, et ses yeux cernés d'eye-liner. Elle portait un jean noir ajusté, et un chemisier rouge dont le profond décolleté en V attirait tous les regards.

On avait du mal à reconnaître la sage agente fédérale qui privilégiait le naturel et la retenue.

Mais ce soir, Carly Welsh n'était pas un membre du FBI.

Elle était juste une femme qui avait rendez-vous avec un homme.

Avec lui.

Dans un bar de la ville située à une demi-heure de Potter's Creek.

— S'infiltrer dans un bar louche avec un ancien amish, pour essayer d'obtenir des infos sur un criminel échappé de l'hôpital ?

Noah grimaça un sourire narquois.

— Je ne sais pas pour vous, mais je commence toujours la saison des fêtes comme ça.

Carly était tendue depuis qu'elle avait reçu l'appel

à propos de l'évasion de Rodney Lee. Le stress avait perduré pendant la réunion avec son équipe et, avant d'entrer dans le bar, elle fit rouler ses épaules pour en alléger la raideur.

— Je savais que vous étiez mystérieux, Noah Miller, mais pas à ce point.

Elle prit une profonde inspiration pour se donner du courage, et hocha la tête.

Puis, contre toute attente, elle prit le bras de Noah, et il sentit l'odeur de son parfum l'envahir.

— Et, à titre d'information, je ne chanterai pas sur scène, malgré ce qu'Opaline a pu suggérer.

Sans le laisser répondre, elle ajouta :

— Jamais. Même pour faire diversion.

Il rit.

— C'est compris.

Le bar s'appelait le Wallflower et, malgré ce nom tout à fait dans la tendance *hipster*, il avait l'allure d'un banal bar de motel comme on pouvait en voir à proximité des aéroports. Cependant, il était situé dans la rue du casino et, à en juger par le discours d'accueil que leur tint la serveuse, il accueillait les clients qui avaient fini de parier leur argent.

— Nous n'acceptons pas les jetons de poker. Juste les cartes bancaires ou des espèces. Si vous n'en avez pas, vous pouvez ressortir. Et on ne pique pas les décorations de Noël, ou vous aurez affaire au patron.

Carly échangea un regard avec Noah, et il vit qu'elle se retenait de rire. Les décorations festives se résumaient à deux Pères Noël lumineux en plastique posés de part et d'autre du bar, quelques guirlandes miteuses rouges et vertes dans la vitrine, et des sapins miniatures en plastique, saupoudrés de neige artificielle, sur les tables.

Rien de tout cela ne paraissait suffisamment précieux pour inciter au vol, mais la serveuse n'avait pas l'air de plaisanter.

— Ce n'est pas un problème, assura-t-il, avec le plus grand sérieux.

— Nous serons sages comme des images, ajouta Carly.

Un autre couple passa la porte, s'attirant les regards suspicieux de la serveuse. Cependant, elle prit leur commande.

Quand elle se fut éloignée, Carly laissa libre cours à son hilarité.

Baissant la voix, elle se pencha pour qu'il puisse l'entendre murmurer. Le geste fit monter vers lui une bouffée de parfum, et il s'efforça de détourner les yeux de son profond décolleté.

Peut-être, après tout, n'était-ce pas une bonne idée d'avoir accepté de se faire passer pour son petit ami…

— Quel accueil ! dit-elle. Remarquez, ça se comprend si elle a quotidiennement affaire à des types comme Rodney Lee.

Elle balaya la salle du regard. La serveuse les avait placés dans une alcôve qui permettait à la fois de surveiller la porte d'entrée, et le couloir menant aux toilettes et à l'issue de secours.

— Je n'y croyais pas vraiment, mais il ne se trouve pas parmi les clients. Et Rob Cantos non plus.

Noah regarda à son tour les consommateurs. La photo qu'on lui avait montrée de Rob, le meilleur ami de Rodney, ne correspondait à aucun d'eux.

— Je n'en reviens toujours pas que votre experte en informatique ait trouvé ce lien. Mais je suppose que c'est le danger des réseaux sociaux. D'une façon ou d'une autre, vous vous retrouvez sur Internet à cause de ça.

— Surtout lorsque, comme Rob, on alimente de manière obsessionnelle ses *stories* de photos et de vidéos, répliqua Carly, narquoise.

La photo qu'elle lui avait montrée était un selfie de Rob et Rodney pris dans ce bar. D'après Opaline, qui opérait depuis Traverse City, c'était l'une des cinquante photos diffusées en six mois où on les voyait ensemble. Une grande partie d'entre elles était géolocalisée au Wallflower, ce qui permettait de conclure que Rodney était un habitué des lieux.

Et s'ils ne trouvaient pas ce dernier, son ami pourrait peut-être les aider…

— Vous pensez qu'il va venir ? demanda Noah.

Il avait baissé le ton pour que le couple assis deux tables plus loin ne puisse pas les entendre.

— Je parle de Rob.

— S'il suit sa routine, oui.

Elle consulta sa montre. Le bracelet était posé sur la partie du bandage qui dépassait de sa manche. Noah se doutait que c'était intentionnel.

Son maquillage dissimulait les quelques marques sur son visage. Il avait dû y regarder à deux fois pour se souvenir de leur emplacement.

Ou alors, il l'avait regardée avec insistance parce qu'elle était éblouissante.

Quant à lui, qui était plus un homme casanier qu'un pilier de bar, il s'était contenté de laisser son chapeau de cow-boy chez lui, et de remplacer son habituelle chemise de flanelle par une classique chemise blanche.

— Donc, on va rester ici à attendre qu'il se montre ? résuma-t-il.

Carly hocha la tête.

— L'équipe n'a pas pu établir de lien entre lui et la communauté amish. Donc, c'est tout ce que nous avons pour le moment. D'après Opaline, toutes les photos ont été prises entre 20 heures et 21 heures.

Elle consulta de nouveau sa montre.

— Ça nous laisse une demi-heure pour repérer les lieux, et essayer de coincer Rodney ou Rob.

— Et sinon ?

Noah ne voulait pas se montrer pessimiste. Il avait simplement besoin de connaître la suite du programme.

— Nous parlerons à la serveuse et au propriétaire. Nous pourrions le faire maintenant, puisque rien ne bouge, mais je préfère attendre encore un peu. Je n'aimerais pas que quelqu'un détale soudain comme un lapin parce qu'il nous a repérés.

Noah l'observa avec une moue amusée.

— Détaler comme un lapin ?

Elle haussa les épaules.

— Filer, si vous préférez. Au centre de formation du FBI, je sortais avec un garçon qui aimait bien employer des expressions démodées. Ça a dû déteindre sur moi, même si nous ne sommes pas restés longtemps ensemble. Dans l'équipe, tout le monde se moque de mes tournures de phrases dignes d'une grand-mère.

Noah n'avait pas de raison de se sentir jaloux, et il n'aurait pas dû se soucier de savoir si elle avait actuellement quelqu'un dans sa vie. Pourtant, la question le taraudait.

Il dut cependant attendre, pour l'évoquer, que la serveuse ait fini de déposer leur commande sur la table.

— Donc, ça veut dire que c'est compliqué pour vous de sortir avec un homme qui fait le même métier que le vôtre ? Ou bien est-ce qu'il y a quelqu'un avec un insigne qui vous attend à la maison ?

Carly prit le temps d'avaler une gorgée de bière, tout en l'observant d'un regard ironique.

— Et moi qui pensais que vous étiez du genre à tremper le bout des doigts de pied dans l'eau pour tester la température, plutôt que de plonger directement.

Noah haussa les épaules.

— Je faisais juste la conversation. Hier, vous m'avez bien demandé si j'étais marié.

— J'ai dit que j'ignorais que vous étiez marié, corrigea-t-elle. Je n'ai pas demandé si vous l'étiez.

— C'est la même chose.

Affichant une moue boudeuse, il observa le fond de son verre de bière.

— Oh ! Ne faites pas cette tête. Je vais vous répondre.

Elle décompta les arguments sur ses doigts.

— Oui, c'est parfois plus facile de sortir avec un collègue parce qu'il comprend les obligations et les risques du métier. Mais ça peut parfois être compliqué. J'ai connu un garçon qui cherchait sans cesse à me dépasser dans le travail. Un jour, il m'a défiée au stand de tir.

— Et vous avez accepté ?

— J'ai gagné, et nous avons rompu ce jour-là.

— Bien joué.

Elle accepta le compliment avec un petit hochement de tête.

— Et pour finir : non, je n'ai personne à la maison, avec ou sans insigne.

Sa bonne humeur vacilla quelque peu.

— Le travail peut être exigeant. Ça ne s'accorde pas toujours avec les dîners romantiques au coin du feu, et les longues balades sur la plage au coucher du soleil. Mais je n'ai aucune amertume. Tout le monde n'est pas fait pour ce genre de vie.

Notant un subtil changement d'humeur, il essaya d'alléger l'ambiance par une plaisanterie.

— Il y en a qui préfèrent les bars avec des décorations de Noël miteuses, et la bière. Et ce n'est pas moi qui leur jetterai la pierre. La simplicité, c'est bien aussi.

— Exact. D'ailleurs, je n'ai jamais aimé la plage. Trop de sable. Trop de touristes…

Elle laissa passer un silence.

— En parlant de loisirs, qu'aimez-vous faire pendant votre temps libre ?

— Oh ! Rien d'exceptionnel. J'aime la randonnée, la pêche… Fabriquer des choses de mes mains… Parfois, je vais prendre un verre en ville avec mes employés. Ou je vais chez eux regarder un match. Mais, le plus souvent, il n'y a que moi, le soleil et la lune.

— Ça semble très agréable, mais un peu solitaire.

Son passé lui revint comme un boomerang, et il se crispa.

Carly dut s'en rendre compte, car elle tendit le bras au-dessus de la table, et lui prit la main.

— Désolée. Je ne voulais pas porter de jugement. C'était juste une observation.

Elle retira sa main aussi vite qu'elle l'avait posée.

— Tout va bien, dit Noah.

Secouant la tête pour chasser les sombres pensées qui envahissaient son esprit, il parvint à esquisser un sourire.

— Je sais que je suis un solitaire. Il a fallu deux ans aux Tuckett pour me convaincre d'aller faire des courses en ville avec eux. Et, à l'époque, c'était compliqué de m'arracher plus que quelques mots.

— Moi aussi, j'étais une enfant taciturne. La première année après mon arrivée chez mes parents, j'ai failli les rendre fous. Pour me faire sortir de ma chambre, mon père en était réduit à essayer de me corrompre avec des bonbons et la promesse de pouvoir regarder de vieux films policiers des années 1950 que j'adorais.

Noah plissa le front, se demandant s'il avait correctement entendu, mais Carly parut réaliser sa perplexité.

— J'ai été adoptée à l'âge de onze ans.

Elle laissa passer un silence.

— Ce sont des gens formidables, et ils ont fait tout ce qu'ils ont pu mais… ma mère biologique a été tuée quand j'avais dix ans, et j'ai eu du mal à m'adapter pendant un moment.

Noah sentit s'attendrir en lui quelque chose qu'il n'aurait pu définir.

— Oh ! Je suis désolé.

Carly eut un petit haussement d'épaules.

— La plupart des gens qui font mon travail ont vécu des événements traumatiques qui ont tout changé. Moi, quand j'étais petite, je voulais devenir astronome. Et finalement, je suis le Dr Poison, comme m'appelait un de mes petits amis. Ce n'est pas terrible comme surnom, mais je suppose que ça résume assez bien la situation. En tout cas, ça a le mérite de marquer les esprits.

Comme une brève averse d'été venant perturber un beau ciel bleu, Noah prit soudain conscience d'une chose.

Carly avait accidentellement évoqué son passé à lui et, pour se faire pardonner, elle lui avait livré des informations personnelles.

Puis elle avait dérapé. Sans le vouloir, elle s'était confiée bien plus qu'elle ne l'avait prévu.

Et ça ne devait pas être évident pour elle.

Une semaine plus tôt, Noah ne connaissait pas Carly Welsh. À présent, il avait l'impression de faire partie du cercle de ses intimes.

Il se sentait même plus proche d'elle qu'il ne l'avait jamais été des femmes qui avaient brièvement partagé sa vie.

Alors, il fit quelque chose qu'il n'avait pas prévu. Même si ce serait mentir de dire que l'idée ne lui avait pas traversé l'esprit.

Il lui prit la main et riva son regard au sien.

Il y avait dans les yeux de Carly de la surprise et de la tristesse, et autre chose qu'il ne parvenait pas à définir.

Il savait que ce n'était qu'un effet de son imagination, mais il lui sembla que le monde autour d'eux disparaissait.

Quand il prit la parole, il pria pour qu'elle accepte ce qu'il allait faire quand il aurait fini de parler.

— Je suis persuadé que vous n'avez aucun mal à marquer les esprits.

Puis, sous le morne regard d'un Père Noël en plastique, il glissa les doigts sous le menton de Carly et l'embrassa.

Et, cette fois, leur environnement se fondit dans un brouillard. Le brouhaha des voix et les claquements de vaisselle dans la salle s'estompèrent dans une lointaine rumeur qui palpitait au rythme de la course du sang dans ses veines.

12

Carly répondit au baiser de Noah avec une fièvre qu'elle ne se connaissait pas.

C'était comme si son instinct avait pris le dessus.

Un instinct mêlé d'un surprenant élan de désir. Enfin, pas si surprenant que ça, mais beaucoup plus intense que ce qu'elle aurait pu imaginer.

Et juste après une conversation qu'elle ne pensait pas avoir.

Elle n'avait pas eu besoin de faire appel à ses compétences en profilage pour savoir que Noah menait une vie solitaire. Et les questions qu'elle lui avait posées lui avaient permis de constater qu'elle avait vu juste.

Puis deux choses s'étaient produites en même temps.

Noah s'était de nouveau replié sur lui-même, comme il l'avait fait dans la voiture lorsqu'elle lui avait demandé pourquoi il avait quitté les amish. Son expression amusée s'était effacée comme sous le coup d'une gomme, et tout son corps s'était crispé.

Elle savait qu'elle en était la cause et se l'était reproché.

En conséquence de quoi, elle avait fait quelque chose d'inhabituel : tandis qu'il se refermait, elle avait ouvert son cœur.

Elle lui avait pris la main. Elle lui avait dit qu'elle ne voulait pas se montrer indiscrète…

Puis le poids de ses propres tourments l'avait conduite à révéler certaines choses. Un surnom. Une horrible façon de la ramener à son passé.

Dr Poison.

Désireuse d'aider Noah à se sortir de l'impasse où elle l'avait poussé, elle était tombée dans le piège de son propre passé.

Et pour finir, c'était Noah qui lui avait sauvé la mise.

Par la grâce d'un geste plein d'attention, humain, il l'avait fait revenir dans le présent, loin de ses sombres et déchirantes pensées.

Sans la connaître vraiment, il avait deviné ce dont elle avait besoin.

Lui.

Elle avait besoin de lui.

Alors, elle lui avait rendu son baiser et, plus encore, elle avait tout fait pour le prolonger.

C'était parfait.

Enfin, jusqu'à ce que l'arrivée d'un nouveau groupe de clients fasse exploser leur bulle.

Elle ouvrit brusquement les yeux, tandis que Noah interrompait leur baiser.

Il ne dit rien, et ce fut mieux ainsi. Immédiatement, ils revinrent à leur scénario initial.

Noah lui prit la main, lui sourit d'un air adorateur, lui laissant l'opportunité d'observer discrètement les arrivants.

Une brusque montée d'adrénaline s'empara d'elle.

— Gagné ! dit-elle. Rob Cantos est là.

Physiquement, il ne ressemblait pas à son ami

Rodney. Tandis que ce dernier était un colosse ivre de violence, Rob était petit, maigrichon, et rieur. Le genre de brave type dont on ne se méfiait pas. Les hommes qui l'accompagnaient avaient en revanche des mines patibulaires.

— On dirait qu'ils vont s'installer au bar, dit-elle. Il est temps de passer à l'action.

Elle prit son sac, et Noah déposa un billet sur la table.

— Voyons si nous pouvons convaincre ce cher M. Cantos de nous parler de son ami.

Rihanna ne remarqua pas la caméra dans sa chambre, mais elle se rendit compte, juste avant d'aller se coucher, que son ordinateur portable avait été déplacé.

Avant cela, quand elle était rentrée de l'hôpital, après s'être entretenue avec le personnel soignant, les adjoints du shérif, et le shérif lui-même, elle avait utilisé son ordinateur pour consulter les dossiers qu'Alana lui avait envoyés.

Le temps que Carly et Noah fassent approuver leur idée de mission d'infiltration, Rihanna avait mis de côté trois éléments qui lui semblaient étranges.

Le premier était une main courante remontant à l'année précédente. Un homme d'une vingtaine d'années, à la peau claire et aux cheveux sombres, avait été vu en train de peindre à la bombe une feuille de marijuana sur la façade d'une grange abandonnée ayant appartenu à la famille Kellogg. Il n'avait pas été arrêté, et les graffitis avaient cessé.

Le deuxième était un *post* sur la page Facebook du comté. C'était un appel à témoin concernant une adolescente ou une jeune femme – l'âge n'était pas précisé – qui rôdait dans Potter's Creek, et qui s'enfuyait quand on essayait de l'approcher.

D'après les commentaires et les nouvelles *stories*, elle n'avait pas été identifiée non plus.

Le troisième élément avait particulièrement intéressé Rihanna. C'était un fil de commentaire sur un site d'actualités en ligne, faisant suite à un article sur le tourisme local. On y parlait d'un promoteur immobilier qui voulait ouvrir un ranch touristique en plein milieu du territoire amish.

Une grande partie des personnes qui commentaient y étaient farouchement opposées. Il y avait assez de fermes dans le pays, et le casino suffisait à lui seul à attirer les touristes. Les autres approuvaient l'idée, mais restaient réalistes. Une commerçante disait notamment qu'elle aurait apprécié d'avoir plus de monde en ville pour développer sa clientèle, mais que les amish ne vendraient jamais leurs terres à des « Anglais ».

Rihanna avait envoyé par mail sur son téléphone la capture d'écran de la conversation, puis elle s'était précipitée dans la cuisine.

Dot, la propriétaire du « Château dans les feuilles », se préparait à regagner sa maison, située à une centaine de mètres du gîte, et parut surprise de l'irruption de sa cliente.

Contrairement à Carly, qui prenait des gants avec les personnes qu'elle interrogeait dans le cadre d'une recherche d'informations, Rihanna alla droit au but.

Dot ne parut pas s'en offusquer, à en juger par la vitesse à laquelle elle réagit en entendant parler du promoteur.

— Oui, je vois très bien de qui il s'agit. Caroline Ferry. Elle vit dans un manoir qui fait trois fois la taille du gîte, et elle n'est même pas mariée. Il paraît qu'elle a cinq personnes à son service.

Rihanna retint le nom de Caroline Ferry, et creusa davantage le sujet.

— Vous savez pourquoi son projet n'a pas abouti ? Si elle a tellement d'argent, elle peut sûrement s'offrir tout ce qu'elle veut.

Dot secoua la tête, tout en affichant un petit sourire ravi.

— Eh bien, non. Elle voulait bâtir le long de la rivière qui traverse trois propriétés appartenant à trois différentes familles amish. Ces familles l'ont envoyée promener. D'après ce qui se disait au marché, elle a essayé de les approcher séparément, de les monter les unes contre les autres mais, pour finir, elle est repartie bredouille.

Le sourire de Dot s'élargit.

— Ça lui aura au moins appris que certains principes ne s'achètent pas.

— Vous ne sauriez pas, par hasard, de quelles familles il s'agit ?

Dot ne prit pas le temps de réfléchir. Elle répondit comme si elle était une candidate à un jeu télévisé, certaine de remporter la victoire.

— Les Kline, les Weaver et les Graber.

Elle inclina un peu la tête, pensive.

— Remarquez, elle aurait peut-être plus de chance maintenant qu'Elmer et son fils sont décédés.

Rihanna hocha la tête. Elle s'était fait la même réflexion.

Elle souhaita une bonne nuit à sa logeuse, puis elle envoya un SMS à Carly pour lui demander de la rappeler dès que possible.

Elle remonta ensuite dans sa chambre pour appeler Opaline.

Et ce fut à ce moment-là qu'elle remarqua quelque chose d'anormal.

Quand elle avait laissé son portable, il était orienté de façon qu'elle puisse jeter de temps en temps un coup d'œil par la fenêtre, sans avoir à tourner la tête.

À présent, il était centré.

Ça ne prouvait rien. Elle l'avait peut-être fait elle-même sans s'en rendre compte.

Elle se tourna pour regarder la porte de sa chambre. Elle ne l'avait pas verrouillée avant de descendre, car les seuls autres résidents étaient des agents du FBI.

Personne ne serait entré dans sa chambre sans demander la permission.

C'était sûrement le manque de sommeil qui rendait son esprit confus.

Décidant de passer à autre chose, elle appela Opaline.

— Superwoman à votre service, répondit l'agente Lopez, en décrochant dès la première sonnerie.

Rihanna éclata de rire.

— Je suis contente que tu sois d'humeur aussi joyeuse. Je voudrais que tu me trouves l'adresse d'une certaine Caroline Ferry, et des informations sur elle. Quand ce sera fait, appelle Carly et fais-lui part de ce que tu as trouvé.

Opaline avait certes une personnalité originale et portée sur la plaisanterie, mais elle savait aussi faire preuve d'un professionnalisme irréprochable.

— Pas de problème. Tu veux que je t'envoie les documents ?

Le regard de Rihanna se posa sur son portable, et elle eut un moment d'hésitation.

— Donne-moi juste les informations par SMS.

Opaline ne posa pas de question.

— Comme tu voudras.

Rihanna resta un moment debout au milieu de la pièce, avant de s'asseoir devant son ordinateur.

Elle l'inclina légèrement pour avoir une meilleure vue sur la fenêtre.

Cette fois, elle prit des repères pour se souvenir de sa position.

Il suivait les faits et gestes de l'agente Rihanna Clark depuis son écran de contrôle. Quand la jeune femme avait quitté sa chambre, le garçon en avait profité pour fouiller son ordinateur. Il avait déjà tenté sa chance dans les autres pièces pendant la journée, mais les agents avaient emporté leur ordinateur, ou ils ne l'avaient pas allumé.

L'agente Clark était la seule à utiliser le sien en permanence.

Mais le temps que le garçon ait pu constater que l'écran d'accueil était verrouillé par un mot de passe, il avait entendu la jeune femme remonter.

Pris de panique, il avait tenté un geste fou.

Il s'était glissé sous le lit.

Il était toujours dans sa cachette en ce moment, masqué par les pans du couvre-lit à motif floral.

Il ne fallait surtout pas qu'il se fasse prendre !

Avec un soupir, l'homme prit son arme et se leva.

Avant de sortir, il jeta un dernier coup d'œil aux écrans.

Tous les autres fédéraux dormaient.

Sauf l'agente Welsh.

Tout comme le garçon, elle représentait un problème dont il allait devoir s'occuper.

Au plus vite.

13

La pluie commença à tomber au milieu de la nuit et Potter's Creek se recouvrit de glace.

Les arbres avaient l'air d'être en cage, et les essuie-glaces peinaient à libérer les pare-brise de leur gangue blanche.

Cela n'empêchait pas la communauté de vaquer à ses occupations. Les routes principales avaient été salées et restaient praticables, et Carly n'aurait eu aucune excuse pour ne pas travailler ce matin.

Son humeur était loin d'être au beau fixe, et le froid n'arrangeait rien.

De même qu'elle s'était endormie en pensant à Noah, elle s'était réveillée avec son image en tête.

Pourquoi ressentait-elle un lien si fort avec quelqu'un qu'elle connaissait à peine ? Ce n'était pas ainsi que les choses fonctionnaient.

En tout cas, elle avait pu constater qu'ils formaient une excellente équipe.

Noah avait joué à la perfection son rôle de petit ami quand ils étaient allés parler à Rob Cantos et ses amis au bar.

Rob était un type engageant, qui leur avait aussitôt offert un verre, et les avait noyés sous un flot incessant de paroles. Cependant, Noah avait su glisser quelques questions intéressantes, sans attirer l'attention.

Ils avaient appris que l'un de ses amis était tombé fou amoureux d'une fille, et qu'il avait tout laissé tomber pour venir en ville et être près d'elle. De fil en aiguille, ils avaient découvert qu'il s'agissait de Rodney, lequel n'était pas son meilleur ami, mais juste une de ses connaissances.

Rob leur avait donné le nom de la fille, Talia, et celui de l'endroit où elle travaillait, mais il n'avait pas la moindre idée du lieu où se trouvait Rodney.

Trouver Talia pour trouver Rodney, voilà le conseil que leur avait donné Rob, dans la mesure où ces deux-là ne se quittaient jamais.

Pour Carly, cela s'apparentait fort à une enquête dans l'enquête, ce à quoi elle ne s'attendait pas quand elle avait quitté Traverse City.

Potter's Creek n'était certes pas exempte de surprises et de rebondissements.

Axel, qui, au volant de leur voiture de location, affichait sa tête des mauvais jours, partageait cet avis.

— J'ai travaillé dans des zones de guerre où je me sentais plus à l'aise que dans cette petite ville.

Il fit rouler ses épaules.

— Il y règne une ambiance étouffante, pleine de non-dits et de chausse-trapes.

À en juger par les cernes qui ombraient ses yeux, il avait besoin de sommeil, songea Carly.

Et puis, il y avait eu ces trois coups de feu tirés à l'extérieur du gîte, pendant que Noah et elle se trouvaient au Wallflower.

L'équipe avait été réveillée en sursaut, et s'était

livrée à une inspection en règle des lieux. Ils venaient juste de terminer quand Noah l'avait déposée devant le « Château dans les feuilles ».

— Ça pourrait être un chasseur, avait suggéré Carly.

Selena, en pyjama de flanelle, avait secoué la tête.

— Pas à cette époque de l'année, et pas ici.

Max avait eu une autre hypothèse.

— Ça pourrait être un adolescent qui s'amuse. Il y a tellement peu de choses à faire ici. Il faut que les jeunes fassent preuve de créativité pour exprimer leur rébellion.

Aria avait haussé un sourcil réprobateur, et Max avait éclaté de rire.

— Quoi ? Ça peut être par ennui aussi. Quelques coups dans la nuit pour se sentir vivant.

Axel n'était pas aussi optimiste.

Finalement, ils avaient mis en place un nouveau plan de travail pour les prochains jours, compte tenu des récentes informations sur Talia et sur Caroline Ferry.

À présent, Carly et Axel roulaient en direction du manoir de la promotrice. À l'écart de la ville, nichée dans la verdure, la propriété n'était finalement pas si éloignée que cela du gîte.

Une fois sur place, ils purent constater que la maison aurait pu héberger une célébrité.

Penché sur le volant, Axel observa les lieux, en exagérant sa surprise.

— Elle travaille dans l'immobilier, tu dis ? Tu es sûre qu'elle n'est pas tueuse à gages pour la mafia ? Baronne de la drogue ? Star de cinéma ?

Carly eut un petit rire, et se pencha sur ses notes.

— D'après Opaline, Caroline Ferry était une

modeste négociatrice en immobilier, qui a vu sa fortune s'accroître considérablement après avoir épousé un homme qui avait le double de son âge.

Axel laissa échapper un sifflement.

— J'étais en train de me dire que, si elle avait pu acheter tout ça avec ses commissions d'agente immobilière, je m'étais trompé de métier.

Une allée circulaire entourant une imposante fontaine en pierre desservait un perron, couvert d'un péristyle soutenu par quatre piliers de marbre, et encadré de statues de lions qui semblaient monter la garde.

On aurait cru l'entrée d'un hôtel, ou d'un palais princier comme on en voyait dans les comédies romantiques.

Deux autres véhicules étaient garés sur le côté, à l'abri d'un auvent. Il s'agissait de luxueuses voitures sportives, mais elles ne semblaient pas spécialement neuves.

Axel désigna le coupé italien rouge.

— C'est la voiture de M. Ferry ?

— Non, il est mort de cause naturelle associée à son grand âge, deux ans après leur mariage.

Axel jeta un dernier regard d'envie à la voiture et soupira.

— Si j'avais su, j'aurais épousé une femme âgée et riche.

Ils se présentèrent à la porte, et furent accueillis par une femme âgée, vêtue d'un uniforme gris, qui les guida jusqu'à un petit salon, où elle leur demanda d'attendre.

Tout cela respirait l'opulence, et Carly ne put s'empêcher, avant même d'avoir posé les yeux sur elle, de se forger une opinion sur la propriétaire des lieux.

Caroline Ferry occupait le haut du panier en termes de fortune, et elle en était fière.

Tout comme elle ne fut pas dérangée le moins du monde par la visite de deux agents du FBI, qu'elle reçut dans son bureau privé.

— Que puis-je faire pour vous ? demanda-t-elle aimablement, après avoir vérifié leurs insignes.

Ses cheveux blond platine étaient noués en un chignon dont pas une mèche ne dépassait. Son maquillage, sa manucure et ses discrets bijoux en or étaient un chef-d'œuvre de bon goût, tandis que sa robe blanche mettait en valeur sa silhouette parfaite.

Jamais Carly n'avait vu de suspecte aussi élégante.

— Auriez-vous l'obligeance de nous accorder quelques minutes de votre temps ? dit Axel.

Si Carly était responsable de l'enquête, elle préférait lui laisser prendre la main en la circonstance. Expert en profilage, il était le mieux à même de conduire cet interrogatoire.

Caroline Ferry désigna deux fauteuils de cuir blanc.

— Mais certainement. Asseyez-vous, je vous prie. Hetty ?

La femme de chambre accourut, presque au garde-à-vous.

— Pourriez-vous nous apporter des rafraîchissements, s'il vous plaît ? À moins que vous vouliez un café ?

Carly s'empressa de décliner, mais Axel opta pour un décaféiné.

Puis ils ne furent plus que tous les trois.

— Votre visite a-t-elle un rapport avec cette horrible affaire d'empoisonnement ? demanda Caroline Ferry.

Carly hocha la tête.

Elle n'était pas surprise que la femme ait évoqué le sujet. Tout le monde en ville savait pourquoi l'équipe était là.

Caroline posa une main sur son cœur et soupira.

— J'ai peine à croire que quelque chose d'aussi épouvantable puisse se passer à côté de chez moi. Après tout, Potter's Creek n'est qu'à un jet de pierre d'ici. Et ces gens sont si modestes. Ils n'ont rien. Je ne comprends pas qu'on puisse s'en prendre à eux. À moins qu'il s'agisse d'un crime de haine ?

Visiblement émue, elle s'accorda une pause.

— Vous savez, Hetty et moi en avons beaucoup parlé. Personne ici n'a de problème avec les amish. Mais nous vivons dans un monde de fous.

Pour le moment, la réaction de Caroline Ferry n'inspirait aucune suspicion à Carly. La femme n'était pas nerveuse. Elle soutenait leur regard. En fait, elle semblait presque contente de leur présence.

Elle échangea un regard avec Axel, qui s'éclaircit la gorge pour ramener sur lui l'attention de leur hôtesse.

— Quand vous dites qu'ils n'ont rien, ce n'est pas tout à fait exact. Ils ont des terres. Et ces terres vous intéressaient, il n'y a pas si longtemps de cela.

Caroline Ferry hocha la tête.

— Oui, bien sûr ! La ferme Graber !

S'avançant sur le rebord de son siège, elle devint grandiloquente.

— Quand j'ai appris ce qui s'est passé, je ne parvenais pas à y croire. D'abord, c'est la famille qui est blessée, puis cette terre magnifique. Quelle tragédie ! Je voulais prendre contact avec eux, mais ça m'a semblé déplacé. Et puis, comme ils n'ont pas le téléphone…

— Vous vouliez prendre contact avec eux ? répéta Carly. Pour quelle raison ?

Caroline Ferry avait-elle voulu profiter de l'occasion pour essayer d'extorquer les terres à ce qu'il restait de la famille Graber ?

Ce serait un mobile plausible.

Et cependant, Carly avait du mal à voir en elle une coupable.

Leur hôtesse balaya cette question d'un élégant geste de la main, comme si elle ne voyait pas d'inconvénient à y répondre.

— Je voulais présenter mes condoléances. D'une veuve à une autre.

La réponse semblait sincère, mais ils avaient une enquête à faire avancer, et ils avaient déjà perdu beaucoup de temps.

— Ce ne serait pas plutôt pour lui proposer d'acheter ses terres, maintenant qu'elle est en difficulté ? demanda Axel.

— Je ne comprends pas.

— Les Graber étaient une des trois familles qui avaient refusé de vous vendre leur terre pour que vous puissiez y construire un ranch touristique. Maintenant que leurs bêtes sont mortes, que leurs employés sont partis, vous avez plus de moyens de pression pour les convaincre.

Caroline Ferry haussa les épaules.

— Oh ! Vous savez, j'ai tourné la page. Dans l'immobilier, il faut savoir se montrer réactif. Quand un projet n'aboutit pas, on se tourne vers autre chose. D'ailleurs, je vais lancer un nouveau programme dans le Tennessee, après le nouvel an.

— Donc, vous n'êtes plus intéressée par la création d'un ranch touristique ? demanda Carly. Juste comme ça ?

Caroline Ferry hocha la tête.

Puis son attitude changea. Elle baissa la voix, sans aller jusqu'au murmure, mais son intonation fut soudain moins pétulante.

— Honnêtement, l'idée m'était venue sur un coup de tête. Le paysage est tellement fantastique. On se croirait dans un film. Et puis, c'était surtout pour mon fils.

Elle avait un fils ? Première nouvelle.

— Votre fils ? demanda Axel.

— Oui, Dylan.

Elle perdit tout à coup beaucoup de sa superbe.

— Il a… disons… connu des moments difficiles. Je lui ai dit qu'il prendrait la direction du ranch, à condition de revenir dans le droit chemin.

Elle soupira.

— Je voyais cela comme une façon de l'arracher à ses démons et de le responsabiliser.

— Que voulez-vous dire ? insista Carly.

Un mélange de honte, de culpabilité et de frustration passa sur le visage de Caroline Ferry.

— Le père de Dylan, mon premier mari, était toxicomane. Après notre divorce, Dylan a traversé une phase de rébellion, et il a commencé à jouer au casino et à perdre de grosses sommes. Comme il ne voulait pas soigner son addiction au jeu, j'ai fini par lui couper les vivres. J'espérais que ça le ferait réagir.

— Et ça a fonctionné ? demanda Axel.

— Oui. Il a suivi un programme de désintoxication,

s'est trouvé un appartement, et m'a promis qu'il était prêt à assumer plus de responsabilités.

— Mais vous avez échoué à acheter les terres, souligna Carly. Je suppose qu'il a dû vous en vouloir ?

Caroline Ferry soupira.

— Il l'a très mal pris, je l'admets. C'est pourquoi il se trouve en ce moment dans une clinique en Floride. Il a replongé quand je lui ai appris la mauvaise nouvelle.

Après cela, ils posèrent encore quelques questions, et vérifièrent les alibis de Caroline Ferry pour la période estimée des attaques.

Ils établirent aussi qu'elle ne connaissait ni David Lapp ni Rodney Lee.

— Je ne comprends plus rien à cette enquête, décréta Axel, quand ils eurent regagné leur voiture. S'il s'agit bien d'une seule et unique affaire.

— Tu penses qu'il y en a deux, dit Carly.

Et ce n'était pas une question. En fait, l'équipe s'était déjà penchée sur cette théorie.

— Ça me semble évident, rétorqua Axel. Notre affaire de départ sur le bacille du charbon nous a mis sur la piste de David Lapp, qui se trouve mêlé à autre chose avec Rodney Lee.

— Il peut s'agir d'une coïncidence, lui opposa Carly.

— Tu y crois ?

— Ça arrive.

Quoi qu'il en soit, ils n'avaient pas de preuves.

— En attendant un éventuel rebondissement, je laisse Max et Aria sur la question de l'achat et du transport du bacille du charbon, décida Carly. Et je relance les laboratoires pour avoir les résultats de mes prélèvements.

— Et ensuite ?

— Quand Opaline aura localisé Talia, Rihanna et toi lui rendrez visite, avec la police locale en renfort. Si Rodney est là, vous l'arrêterez. S'il n'y a que Talia, vous vous contenterez de l'interroger.

Axel hocha la tête, et le fait qu'il approuve le plan d'action de Carly lui insuffla un regain de confiance.

Aux yeux de son collègue, elle se comportait en professionnelle aguerrie.

Et c'était une bonne chose, car la suite de son plan n'avait rien de professionnel.

— Avant, il faut que je récupère ma voiture de location, et que je me rende à la ferme Miller. J'ai un service à demander à notre guide.

14

Regina avait posé son fusil sur l'îlot central de la cuisine.

Noah sirotait son café.

Tous deux fixaient Carly avec la plus grande attention.

— Vous avez vécu tous les deux ici toute votre vie, n'est-ce pas ? demanda-t-elle.

— Pour sûr ! dit Regina, d'un ton bourru.

Noah hocha la tête.

— Pourquoi cette question ?

Elle désigna l'imposante table de ferme, tout en longueur.

— Vous permettez ?

— Allez-y.

Ils se rapprochèrent tandis qu'elle déroulait une carte topographique plastifiée de Potter's Creek. Une étiquette indiquait la date de 2012, mais rien n'avait vraiment changé depuis.

Carly prit un marqueur effaçable, et commença à tracer une ligne sur le plastique.

Noah et Regina se penchèrent, et suivirent le trajet ainsi matérialisé, qui passait par les fermes des Yoder, des Graber et des Haas.

— Voici la route que je prendrais si je voulais

transporter assez de bacille du charbon pour empoisonner trois propriétés. Maintenant, à vous de me dire comment vous feriez.

Elle lança le marqueur à Noah, qui le rattrapa d'une main, tout en affichant un air surpris.

Regina fut la première à donner son avis.

— Eh bien, pour commencer, je ne passerais pas par ces petites rues. Je suivrais la route principale le plus longtemps possible, avant de bifurquer.

— Pourquoi ?

Carly se pencha et ses cheveux balayèrent ses épaules. Noah remarqua qu'elle avait retrouvé un style plus naturel. S'il avait apprécié de la découvrir dans une tenue sophistiquée, il l'aimait bien ainsi. Et sa détermination à résoudre l'enquête était plus attirante qu'un fard pailleté sur les paupières.

— Croyez-le ou non, dans cette zone, il y a moins de circulation sur la route principale que dans les rues adjacentes. Et puis, il y a quelques quartiers avec des rues à sens unique. Si vous les traversez dans une voiture que les habitants ne connaissent pas, vous serez vite repérée.

Il passa au marqueur la route principale, et finit par bifurquer à un carrefour, afin de suivre une voie plus étroite qui sinuait en territoire amish.

À côté de lui, Regina marquait son approbation par quelques onomatopées.

— D'accord, dit Carly, quand il eut fini. Expliquez-moi pourquoi vous êtes passé par là.

— La question serait plutôt : pourquoi je ne suis pas passé de l'autre côté.

Il indiqua une étape sur le tracé original de Carly.

— Ça, c'est la route qui passe derrière la propriété des Kellogg. Elle est abandonnée, ce qui en fait un itinéraire discret, mais…

— Ah oui, c'est celle qui est complètement défoncée et pleine de boue. Je me souviens maintenant que vous me l'avez dit.

Noah hocha la tête.

— Même en été, c'est un enfer pour une voiture normale, et les carrioles à cheval n'y passent pas. Aucun habitant du coin ne l'utiliserait, sauf à pied ou avec un véhicule tout-terrain.

— Pour le chemin du retour, moi j'ai une autre idée, dit Regina.

Elle prit le marqueur, et dessina un trajet alternatif.

— Pourquoi ne pas tout simplement rebrousser chemin ? demanda Carly.

— Parce qu'il n'y a jamais de flic sur cette portion de route. Ne me demandez pas pourquoi. C'était déjà comme ça quand j'étais gamine.

Carly réfléchit un moment, et Noah eut l'impression de voir tourner les rouages de son cerveau.

— Vous pensez vraiment que le coupable a grandi ici ? reprit Noah.

— Je ne sais pas. Contaminer une si vaste surface demande du temps et des efforts, et un véhicule assez grand pour le transport… Il faut aussi quelqu'un qui sache comment manipuler la poudre sans se contaminer…

Elle laissa passer un silence.

— En conclusion, si c'est quelqu'un d'ici, il a pris votre route. Si c'est quelqu'un de l'extérieur, il a suivi mon itinéraire.

À la hâte, elle roula la carte et leur adressa un sourire pressé.

— Merci pour votre aide.

Déjà, elle reculait vers la porte, et Noah comprit avec stupéfaction qu'elle s'en allait.

Sans lui.

Il était déçu... vexé, peut-être. Sans doute même mortifié.

Et il n'aimait pas sa propre façon de réagir.

— Vous avez besoin que je vous accompagne ? proposa-t-il.

Ignorant le regard intrigué de Regina, qui se trouvait prise entre deux feux, il contourna la table.

Carly hésita. Il se demanda même si elle n'avait pas un peu rougi.

Il avait parfaitement conscience d'une tension entre eux, et il savait que c'était à cause du baiser.

Il ne regrettait pas le baiser lui-même, mais la façon dont ça s'était passé. Ils n'en avaient pas parlé depuis, même pas dans la voiture, sur le chemin du gîte.

De son côté, il s'était bien gardé de se demander pourquoi il avait attendu toute la matinée que Carly l'appelle ou lui rende visite. C'était tellement stupide ! Carly Welsh n'était pas là pour faire du tourisme. Et encore moins pour tomber amoureuse d'un fermier du coin.

Oui, mais s'il s'interrogeait sur la possibilité que Carly tombe amoureuse de lui, n'était-ce pas parce que lui-même était en train de tomber amoureux d'elle ?

Était-ce possible ?

Comment pourrait-il être amoureux d'une femme

qu'il ne connaissait que depuis quelques jours ? L'amour était un sentiment plus lent à mûrir.

À moins que le cœur ne connaisse déjà la réponse avant même que le cerveau ne la formule ?

— Vous devriez le prendre avec vous, dit Regina.

Et sa voix ramena brutalement Noah sur terre.

— Vous ferez un bon tandem : pensez, un gars du coin et une étrangère ! En plus, il m'a déjà aidée ce matin pour les travaux les plus physiques, et je n'ai pas besoin de lui ici.

Carly y réfléchit un peu plus longtemps qu'il ne l'aurait voulu, mais elle finit par accepter.

— Vous pourrez au moins vous assurer que je ne détruis pas ma voiture de location sur ces petites routes cabossées.

Noah hocha la tête.

— Ça, c'est dans mes cordes.

Carly se tenait à côté de sa voiture de location. Le front plissé, la moue boudeuse, elle consultait son téléphone.

— Opaline a trouvé l'adresse de Talia, et Axel s'y trouve en ce moment avec la police locale.

Elle ne leva pas les yeux tandis qu'elle s'adressait à Noah.

— J'espère que nous allons enfin découvrir le lien entre Rodney Lee et David Lapp. Au moins, nous pourrons travailler sur de bonnes bases.

Sans un mot, Noah fit le tour du SUV de location et s'installa sans rien dire sur le siège passager.

Un tout nouvel enthousiasme émanait de Carly tandis qu'elle mettait le contact.

— Si nous réussissons à faire parler Talia, notre enquête pourrait faire un pas de géant. Au fait... je ne vous ai pas dit ce que nous avons découvert aujourd'hui ?

— Non, vous ne m'avez rien dit.

— Eh bien, accrochez-vous !

Elle lui parla de Caroline Ferry, et de son fils Dylan. Noah avait croisé plusieurs fois Caroline au marché, mais il ne savait pas grand-chose sur elle, en dehors du fait qu'elle n'avait pas réussi à acheter les terres qu'elle convoitait. Il n'avait jamais rencontré son fils ni son défunt mari.

— Quel serait le mobile de Dylan ? demanda-t-il, quand elle eut terminé. Il voudrait faire payer à la communauté le fait d'avoir brisé son rêve ? Ou ce serait de l'intimidation pour les inciter à vendre aujourd'hui ?

— Aucune de ces hypothèses n'a vraiment de sens. De plus, répandre autant de poudre représente beaucoup de travail pour un résultat incertain.

Elle soupira.

— De toute façon, Dylan Ferry a un alibi. Il se trouve depuis deux mois dans une luxueuse clinique en Floride, où il essaie de soigner son addiction au jeu. En tout cas, c'est ce que nous a dit sa mère. Opaline est en train de vérifier.

Après un bref silence, elle changea complètement de sujet.

— Avec tout ce qui se passe, j'ai failli oublier que Noël est dans quelques jours. C'est Dot qui me l'a rappelé ce matin, en déposant dans la cuisine une assiette de cookies en forme de sapins de Noël. J'espère qu'un jour je pourrai enfin organiser le Noël de mes rêves, avec tous mes proches et mon amoureux, comme dans les comédies hollywoodiennes.

— C'est raté pour cette année, on dirait. Avec une attaque bioterroriste en cours, l'esprit de Noël n'est pas vraiment là.

— Oui et non. Tout est une question d'équilibre entre la lumière et l'obscurité.

— Vous voulez dire qu'il faut voir le bon côté des choses pour que le mauvais ne vous détruise pas ?

— Exactement. Je mène une enquête difficile, c'est vrai, mais je le fais dans un cadre idyllique.

Noah ne put retenir un petit rire.

— C'est un atout que possédera toujours Potter's Creek. On ne peut pas nier la beauté de ses paysages.

— C'est vrai. J'adore mon appartement en ville et mon métier, mais je rêverais de me réveiller devant un tel spectacle tous les matins.

Elle devint lyrique.

— Regardez ce ciel d'un bleu parfait, ces forêts, ces champs à perte de vue… On dirait un tableau ! Ici, on comprend vraiment la beauté de la vie dans sa forme la plus pure.

Carly ne pouvait pas se douter à quel point ses paroles affectaient Noah.

Outre l'attirance qu'il ressentait pour elle, le respect que lui inspiraient sa détermination et son implication dans son travail, il venait de comprendre qu'il pouvait aussi trouver en elle quelque chose qu'il avait cherché toute sa vie : la compréhension.

Ce qu'elle venait de dire, c'était ce qu'il avait tenté d'expliquer pendant des années quand on lui demandait pourquoi il n'avait pas quitté Potter's Creek.

Ça lui donnait envie de sourire.

De sourire vraiment. Parce que, pour la première fois depuis longtemps, il se sentait heureux.

— Et si je cuisinais pour vous ce soir ? proposa-t-il.

Les mots lui avaient échappé avant même qu'il ait eu le temps d'y réfléchir.

— Pour vous permettre de déstresser, et pour vous remercier de tout ce que vous faites.

Elle hésita, et Noah se rendit compte qu'il retenait son souffle.

— Si je me débrouille bien, Dot me laissera peut-être vous apporter quelques cookies de Noël.

Percevant le sourire dans sa voix, Noah rit de soulagement.

— Je n'ai rien contre.

L'atmosphère changea lorsque Noah la guida vers la route qui passait à l'arrière de la propriété des Kellogg.

Carly se gara dans l'herbe.

Il n'était plus question d'esprit de Noël, ni de lumière dans l'obscurité.

Elle sortit du véhicule et s'avança vers le chemin de terre battue.

— On dirait que quelqu'un s'est embourbé récemment, dit-elle.

Noah observa les traces. Il n'était pas nécessaire d'avoir suivi le programme d'entraînement du FBI pour comprendre la situation.

Tout laissait à penser qu'un véhicule s'était engagé trop vite et avait perdu le contrôle, dérapant sur une longue portion du chemin, avant de finir sa course dans le bas-côté, arrachant des touffes d'herbe et creusant de profondes ornières.

— S'il s'agit de la personne qui transportait la poudre…, commença Noah.

— … alors, je suis prête à parier mon insigne que ce n'est pas quelqu'un du coin, termina Carly.

15

Des réponses.

C'était ce que cherchait Carly depuis que leur avion s'était posé.

Elle n'était pas très exigeante sur la quantité.

À la rigueur, une seule suffirait.

À la place de quoi, elle n'avait que des questions.

Il y avait les interrogations standard : qui était derrière tout ça ? Comment opéraient-ils ? Pourquoi ?

Puis il y avait les questionnements plus complexes : où était David Lapp ? Quel était le rôle de Rodney Lee ? Avaient-ils tous les deux un lien avec les empoisonnements au bacille du charbon ?

Enfin venaient les préoccupations plus personnelles : pourquoi Noah Miller était-il aussi séduisant ? Pourquoi ne pouvait-elle s'empêcher de penser à lui ? Son invitation à dîner était-elle en réalité un rendez-vous en amoureux ?

Une heure plus tard, Carly faillit sauter de joie quand la fouille de la chambre de David Lapp leur apporta quelques révélations.

— Il n'y avait personne dans l'appartement de Talia,

lui apprit Axel. Mais il a été saccagé, exactement comme ici. On aurait dit qu'une tornade avait tout balayé.

L'équipe avait déjà procédé à une fouille de la maison de David lors de leur première visite, mais Axel et Carly étaient venus y jeter de nouveau un coup d'œil.

Carly y perdait son latin.

— Mais, pour finir, qui cherche quoi ?

De ses mains gantées de latex bleu, Axel soulevait des objets ici et là.

— Au début, j'ai pensé que David était entré en contact avec Rodney et sa petite amie, et qu'il leur avait volé quelque chose. Ensuite, ils seraient venus ici pour essayer de récupérer leur bien. Ou vice versa. Talia n'a pas d'antécédents, mais Rodney a été lié à des trafics de drogue. David aurait pu s'y trouver impliqué avec lui.

— Au début, répéta Carly. Et que penses-tu, maintenant ?

Axel se redressa, en affichant un sourire triomphant. Il tenait quelque chose entre les doigts. Une photo.

Mais il ne la montra pas tout de suite à Carly.

— Cette chambre et l'appartement de Talia ont été saccagés à peu près de la même façon. Il y avait de la colère et de la passion. Des objets ont été détruits sans raison.

— Celui qui fouillait était hors de lui, c'est ce que tu veux dire ?

Axel lui tendit la photo.

— Je crois qu'il s'agissait de Rodney. Mais il ne cherchait pas quelque chose. Il cherchait quelqu'un.

Le cliché avait été plié plusieurs fois, créant des lignes sur le visage d'une jeune femme. Elle était assise par terre, le dos appuyé contre un lit. Elle semblait timide, un peu effrayée… mais elle souriait quand même.

Carly eut l'impression de se retrouver en elle.

— Qui est-ce ?

— Talia Jones.

Axel s'écarta et désigna le lit, renversé sur le côté, et dont un pied avait été cassé avec une force injustifiée.

— Et c'est le même lit que sur la photo. Tu m'as bien dit que Rob Cantos avait parlé d'obsession pour qualifier la façon dont Rodney parlait de Talia ? Il semblait même rebuté par leur relation.

— Tout le monde dans la bande était plus ou moins choqué.

— Je pense qu'il ne s'agissait pas d'un amour réciproque. Sur une intuition, j'ai demandé à Opaline de vérifier l'historique médical de Talia. Et, au cours des deux dernières années, elle a été admise trois fois aux urgences, pour une commotion cérébrale, une côte cassée et une pommette fracturée.

— Rodney la frappait.

Carly sentait encore des pulsations dans l'entaille que l'homme lui avait faite au bras, et son corps était toujours douloureux par endroits après leur lutte dans les bois.

— Mais, précisa Axel, chaque fois, elle a dit qu'elle était maladroite et qu'elle s'était fait ça toute seule.

— Donc, elle n'a pas porté plainte.

— Non. Et elle n'avait personne pour la soutenir. Ses parents sont morts dans un accident quand elle était petite, et elle a grandi dans un foyer d'accueil. Mais revenons-en à ma théorie : David rencontre Talia. Ils tombent amoureux…

— Ça pourrait expliquer pourquoi il a bafoué les commandements de sa communauté. Par amour, on est prêt à tout.

— Je peux me tromper, mais je pense que David aidait Talia à se cacher de Rodney, et Rodney le savait. C'est pour ça que cet endroit a été saccagé. Il cherchait un indice pour la retrouver.

— Oui, mais que fais-tu du fauteuil à la cave ? Une telle installation demande de la réflexion et du temps. Ça ne ressemble pas trop à Rodney.

Axel soupira.

— Va savoir. Il a peut-être torturé David pour lui soutirer des informations. Mais la mise en scène ne cadre pas avec le profil que j'ai établi de lui.

— Ou alors, il a un complice, suggéra Carly.

— C'est fort possible.

Carly n'en avait pas fini de s'interroger.

— Je me demande s'ils sont liés aux empoisonnements, ou si nous sommes tombés par hasard sur une tout autre affaire.

Dehors, un aboiement retentit. Selena et Blanca étaient sur le terrain.

Et Selena leur fournit une nouvelle réponse quand ils la rejoignirent sur le perron.

— J'ai trouvé des douilles de calibre .22 dans les bois autour du gîte. La scientifique les a récupérées. Et j'ai repéré des empreintes de pas aux abords d'un sous-bois qui offre une vue directe sur la façade principale du « Château dans les feuilles ». Les embusqués étaient au nombre de trois.

Axel se rembrunit.

— Donc, on nous observe.

Carly joua les avocats du diable.

— C'est peut-être de la simple curiosité, et les coups de feu ont été tirés par ennui ou par rébellion, comme l'a suggéré Max.

Selena secoua la tête.

— J'ai repéré d'autres empreintes de pas près de la porte de service. Cette fois, il n'y avait qu'une personne.

Carly sentit ses bras se couvrir de chair de poule.

— Tu crois que l'un des observateurs a voulu y voir de plus près ?

Selena pinça les lèvres.

— Je ne suis pas certaine qu'il se soit arrêté à la porte.

Les autres réponses qu'obtint Carly furent plus rassurantes. Elle avait établi ses quartiers à la salle paroissiale et était en train de jongler entre les appels téléphoniques, quand le numéro de Max s'était affiché sur son écran.

— Nous avons trouvé un fourgon.

Carly poussa un petit cri fort peu professionnel.

— C'est vrai ? Comment ? Où ?

— Comme tu nous as dit que la route était périlleuse pour les véhicules, nous avons fait le tour des garagistes pour savoir si on leur avait confié un camion ou un fourgon à réparer.

— Ce serait incroyablement stupide de ne pas avoir détruit le véhicule accidenté.

— Sauf s'il a été emprunté ou loué. Quoi qu'il en soit, un des garagistes s'est souvenu d'une demande un peu bizarre. Un type voulait que son meilleur mécanicien vienne immédiatement sur le lieu de l'accident pour réparer sur place.

Carly bouillait d'excitation.

— Et tu as son identité ?

— Non, mais nous avons retrouvé le fourgon. Tu ne devineras jamais où je suis.

Max ne lui laissa pas le temps de faire des suggestions, ce qui lui allait très bien. Elle n'avait pas le loisir de jouer aux devinettes.

— Dans le parking souterrain du casino. Et, devine quoi, le fourgon appartient au casino. Officiellement, il était en révision depuis un mois.

— Ils peuvent le prouver ?

— Penses-tu ! Vu la vitesse à laquelle l'information est remontée jusqu'au grand patron, je dirais qu'ils ont été les premiers surpris de le voir réapparaître comme neuf.

Pensive, Carly se mordilla la lèvre inférieure.

— Il faut trouver qui avait accès au fourgon, vérifier les caméras de sécurité, étudier la liste des employés…

Elle se leva, débordante d'énergie sous l'effet de l'adrénaline.

— Je vous rejoins.

La conversation prit fin et Carly rassembla sa veste, ses clés, et ses documents d'identification.

Elle était si concentrée qu'elle ne vit pas la femme qui venait d'entrer, avant de se trouver nez à nez avec elle.

— Je suis désolée, dit-elle. J'ai frappé, mais je pense que vous n'avez pas entendu.

Carly la détailla rapidement. Âgée d'une quarantaine d'années, elle portait une longue robe beige, et un bonnet de toile blanche sur des cheveux châtain clair rassemblés en un chignon strict. Son visage, dépourvu de maquillage, trahissait son inquiétude.

— Ce n'est rien. En quoi puis-je vous aider ?

La femme se tordait les mains, et paraissait avoir beaucoup à dire. Pourtant, elle choisit ses mots avec soin.

— Je sais que vous cherchez le responsable des empoisonnements, et je pense avoir trouvé quelque chose qui pourrait vous intéresser.

— De quoi s'agit-il ?

C'était totalement inattendu. Non seulement une femme de la communauté lui parlait, à elle, l'étrangère, mais elle voulait l'aider.

— Je ne devrais pas vous le dire, alors il faut faire vite.

Elle lui lança un regard apeuré, et Carly eut l'impression de voir un animal pris au piège.

— Qu'avez-vous trouvé ? demanda-t-elle, d'une voix apaisante.

— Je… Je n'en suis pas sûre. Mais laissez-moi vous y conduire et vous verrez par vous-même.

Elle marqua une pause.

— Mais il faut venir seule. Il n'y a qu'à vous que je fais confiance.

Carly l'observa très attentivement.

Elle avait vu quelque chose, c'était certain. Son langage corporel était explicite.

Il fallait qu'elle y aille. Peut-être allait-elle obtenir sa cinquième réponse de la journée.

— Très bien. Montrez-moi.

[illegible]

— Ce n'est pas long [illegible]

La foule [illegible]

[illegible]

— [illegible]

[illegible]

— [illegible]

[illegible]

— [illegible]

[illegible]

— [illegible]

[illegible]

16

Noah avait commencé à cuisiner de bonne heure.

Depuis l'îlot central, Regina suivait les opérations d'un air moqueur, mais gardait ses commentaires pour elle.

Cela dura jusqu'à ce qu'elle surprenne Noah en train de vérifier son téléphone.

Encore une fois.

— Elle a du travail, dit-elle. Et le soleil n'est même pas encore couché. Arrêtez de compter les minutes.

— Je ne compte pas les minutes ! protesta Noah.

Regina n'en crut rien.

— Vous n'êtes pas comme d'habitude. C'est un dîner amical, ou romantique ?

Elle regarda avec insistance le plan de travail où s'empilait toute la belle vaisselle.

— Amical, marmonna-t-il.

Regina ricana.

— Je parie que non.

Et soudain, alors qu'elle ne s'était jamais mêlée de sa vie sentimentale, elle déclara :

— Je l'aime bien.

La surprise de Noah dut se voir, car elle leva les yeux au ciel.

— Eh bien quoi ? J'ai le droit d'aimer les gens, quand même.

Fidèle à elle-même, elle reconnut avec franchise :

— Simplement, ça n'arrive pas souvent.

— Je crois que le mot que vous vouliez employer est « jamais », la corrigea Noah.

Il sourit en disant cela, car jamais il ne se serait permis de mal parler à un membre de la famille Tuckett.

Ils lui avaient offert un endroit rassurant pour apprendre qui il était et ce qu'il attendait de la vie, ne demandant en retour que du respect et du travail.

Regina lui lança un stylo. C'était une gaminerie dont il se moqua en évitant le projectile. Il tomba par terre et termina sa course contre un carton posé sur le sol.

— Ce sont nos vieilles décorations de Noël ?

Noah n'avait jamais été du genre à rougir, mais il sentit une embarrassante chaleur envahir ses joues. Il avait oublié de le cacher avant que Regina vienne faire une pause.

— Mouais. J'ai fait du rangement dans le grenier, et j'ai trouvé ça.

Il prit le carton et le déposa dans le cellier. Loin des yeux, loin du cœur.

Mais pas pour Regina.

— Et qu'est-ce que ce carton faisait dans la cuisine, alors ?

Noah aurait pu mentir, mais à quoi bon ?

— Carly était triste de ne pas être chez elle pour Noël, et ce n'est pas de chance si elle a récolté une enquête dans une ville qui ne le célèbre pas. Alors, j'ai regardé si je pouvais ajouter quelques décorations. C'est la moindre des choses.

Regina plissa les yeux, s'apprêtant à faire un commentaire, quand on frappa à la porte.

Ils échangèrent un regard, puis Regina se laissa glisser de son tabouret et s'empara de son fusil.

Noah attrapa la poêle en fonte qu'il s'apprêtait à utiliser, et ils se dirigèrent vers la porte d'entrée.

De chaque côté du panneau de chêne se trouvaient deux fenêtres étroites, ce qui permit à Noah de voir qui était leur visiteur.

— Je peux compter sur les doigts d'une main les fois où il est venu ici, dit Regina.

Noah lui fit baisser son fusil et lui donna la poêle. Puis il ouvrit la porte, ne sachant pas à quoi s'attendre.

— Papa ?

Samuel Miller n'était pas très grand, mais il était solide. Une vie entière à travailler de ses mains, à éviter les aides et les passe-droits, à respecter loyalement les commandements de sa communauté, tout cela lui donnait une présence incroyable.

Samuel adressa un bref signe de tête à Regina, et reporta son attention sur son fils.

— Je dois te parler. Ça pourrait être important.

— Si on me cherche, je serai dans la cuisine, annonça Regina.

— Tu veux entrer ? proposa Noah à son père. On peut aller dans mon bureau.

Samuel secoua la tête et recula d'un pas.

— Je préfère rester dehors.

Noah aurait voulu demander à son père s'il se sentait

offensé d'avoir dû venir à l'endroit où il vivait, mais ce n'était pas le moment.

— Que se passe-t-il ?

Son père tritura sa barbe.

Il n'aimait pas ce qu'il allait dire. Ça se voyait.

— Ton frère, Thomas, est venu me voir tout à l'heure pour me dire qu'on n'avait pas vu Aaron depuis deux jours.

Noah réfléchit. Le prénom lui était familier mais, avec tout ce qui se passait en ce moment, il avait un peu plus de mal à y voir clair.

Son père l'aida.

— C'est le plus jeune fils d'Abram Lapp.

— Mais alors… c'est le frère de David ?

Son père hocha la tête.

— Ta mère a entendu parler de l'enquête sur David et de ta discussion avec Abram. Alors, j'ai voulu m'assurer moi-même que tout allait bien, et je suis allé discuter avec Abram. Il était encore dehors à travailler, mais sa femme, Willa, m'a reçu.

Il soupira.

— Je la connais depuis longtemps, et j'ai vu tout de suite que quelque chose n'allait pas.

— Comment cela ?

— Elle m'a dit de partir et de ne pas revenir.

— Et elle a dit où était Aaron ?

— Non. Et, avec tout ce qui se passe en ce moment, j'ai pensé qu'il fallait que je vienne te le raconter. Aaron est un bon garçon. Il faut s'assurer qu'il va bien.

— Je suis d'accord. Entre, je vais appeler Carly.

Cette fois, son père ne refusa pas son invitation.

Mais Regina les retrouva dans le couloir avant qu'ils arrivent à la cuisine. Elle avait le téléphone de Noah à la main.

— Un numéro inconnu est en train d'appeler.

Noah ne perdit pas de temps à se demander qui ça pouvait être et prit l'appel.

— Vous êtes Noah Miller ? demanda une voix d'homme, en guise de bonjour.

— Oui. Et vous êtes ?

— L'agent Axel Morrow. Carly est avec vous ?

— Non.

— Vous savez où elle se trouve ? Quand l'avez-vous vue pour la dernière fois ?

Noah n'aimait pas toutes ces questions.

Regina et son père l'observaient avec inquiétude.

— La dernière fois que je l'ai vue, c'est quand je l'ai déposée chez David Lapp, où vous l'attendiez.

— Donc, vous ne savez pas où elle est ?

— Non. Je viens de vous le dire.

Axel jura copieusement, et Noah aurait pu le faire aussi si son père n'avait pas été à proximité.

— Expliquez-moi ce qui se passe, demanda-t-il.

— La dernière fois que nous nous sommes parlé, elle était à la salle paroissiale. Nous devions nous retrouver au casino, il y a de cela une heure maintenant.

— Je suppose qu'elle ne disparaît jamais comme ça quand elle est sur une enquête ?

— Jamais.

Noah retourna à la cuisine et prit ses clés.

Regina et son père suivirent.

Leurs yeux s'écarquillèrent quand ils virent qu'il prenait le fusil.

Carly avait fait l'erreur de se laisser gagner par un sentiment de sécurité trompeur, à cause de la beauté du paysage. Elle n'était pas dans une carte postale. Elle n'était pas en excursion avec ses parents adoptifs.

Non. Elle enquêtait sur une attaque biologique au cœur d'une communauté amish.

Et elle avait été bien naïve de penser qu'ils étaient tous innocents.

Elle avait mis de côté des années de précaution, de scepticisme, traité par le mépris son expérience personnelle et professionnelle.

Et elle allait bientôt découvrir combien ça allait lui coûter.

La brise souleva une mèche de ses cheveux et la plaqua sur sa joue, tandis qu'elle suivait la femme amish à travers un champ, après qu'elle l'eut conduite en voiture sur place.

Au fond se dessinait une grange, et Carly guettait un bruit, cherchait une anomalie, un indice.

Elle voulait comprendre pourquoi son instinct la mettait en garde.

Et pourquoi la femme ne lui avait toujours pas donné son nom.

Elle sortit son arme de son étui, et réalisa aussitôt qu'elle n'était pas chargée.

Pourquoi n'était-elle pas chargée ?

Comment se faisait-il qu'elle ne l'ait pas remarqué ?

Devant elle, la femme continuait à marcher d'un pas décidé, la guidant vers la porte latérale d'une grange abandonnée. Celle-ci se trouvait à cinq cents mètres de la portion de route qu'elle avait inspectée avec Noah un peu plus tôt dans la journée.

La propriété des Kellogg.

La vieille grange que les enquêteurs n'avaient pas encore fouillée.

— Je n'ai pas saisi votre nom, dit-elle.

La femme continua à marcher.

Elle avait toujours soigneusement évité de regarder Carly dans les yeux.

Mais ce n'était pas par timidité. Il y avait autre chose.

Comment ne l'avait-elle pas vu avant ?

— Oh ! Je suis Katherine, prétendit la femme.

Mais sa voix sonnait faux.

Plus elles approchaient de la porte, plus elle perdait la façade d'innocence qui avait fait croire à Carly qu'elle était en sécurité.

— Je ne le crois pas.

La femme hésita.

Elle posa la main sur la poignée de la porte.

Carly baissa la voix pour n'être entendue que d'elle seule.

Quelques pièces du puzzle s'assemblaient.

— Je pense que vous êtes la mère de David Lapp, Willa.

La femme se retourna brusquement.

On voyait qu'elle avait peur.

— Je ne sais pas de quoi vous parlez.

Carly replaça ostensiblement son arme dans son holster – encore qu'elle ne serve pas à grand-chose sans munitions, mais c'était un autre problème.

Elle leva les mains pour montrer qu'elle n'avait pas de mauvaises intentions, et s'avança de quelques pas.

— Je pense que vous êtes la mère de David, et

que ce qui se trouve à l'intérieur de cette grange est un piège imaginé par l'homme qui le cherche ou qui le détient.

Elle avança encore.

— Le mensonge, la trahison, la violence, sont condamnés par votre foi. Et vous n'auriez pas bafoué les règles de votre communauté si votre famille n'avait pas été menacée.

Le regard de la femme fit l'aller-retour entre la porte et Carly.

— Vous devez entrer, dit-elle, comme si elle lisait un script.

Carly fit preuve de la même détermination.

— Je ne le ferai pas.

La femme secoua la tête.

— Vous allez entrer.

— Ça ne doit pas forcément se passer comme ça, Willa.

Carly prit son téléphone.

Personne de son équipe ne savait où elle était.

Et Noah ne le savait pas non plus.

— Je peux vous aider. Je peux aider David.

Willa secoua vigoureusement la tête.

— Il avait disparu depuis deux jours quand j'ai trouvé un téléphone, avec une vidéo de lui. Vous êtes arrivés trois jours plus tard. Il a trop d'avance sur vous, agente Welsh. Je ne peux pas parier la vie de mon fils sur votre capacité à surpasser cet homme.

— Quel homme ? Rodney Lee ?

Willa était douée. Elle donnait l'impression qu'elle réfléchissait, alors qu'elle essayait seulement de gagner du temps.

Quand elle regarda par-dessus son épaule, Carly sut qu'il était déjà trop tard.

Elle avait fait une erreur, et elle allait la payer de sa vie.

17

Se réveiller en ayant mal était un choc pour le corps.

Se réveiller en ayant mal, et découvrir qu'on était suspendue par les poignets à un système de poulie terminée par un crochet… alors là, c'était le comble de l'horreur.

Carly avait l'impression qu'un poignard lui transperçait la tête. Ses tempes battaient avec une régularité mécanique et elle avait du mal à analyser la situation.

Par réflexe, elle enroula les doigts autour du crochet pour soulager la traction sur ses poignets.

Cherchant son souffle, elle baissa les yeux.

Trois détails pénétrèrent son cerveau.

Et ils étaient terrifiants.

Elle était suspendue à quelques mètres du sol, au-dessus de quelque chose qui ressemblait à de la neige, mais qu'elle identifia comme le poison qui avait semé la terreur à Potter's Creek.

Le bacille du charbon.

Il recouvrait le sol de la grange en dessous d'elle en un cercle approximatif.

Cela seul aurait suffi à lui glacer le sang.

Mais elle fit aussi le constat qu'on lui avait ôté tous

ses vêtements, à l'exception de sa culotte et de son soutien-gorge.

Et puis, il y avait le dernier détail, qui changeait tout.

On lui avait entaillé les cuisses et le dos.

Ce n'était pas très profond, ça ne saignait pas trop, mais il s'agissait de trois plaies ouvertes.

Ça voulait dire qu'elle était dangereusement exposée à un agent biologique mortel.

La personne qui avait élaboré cette mise en scène connaissait la façon la plus rapide de tuer avec ce poison.

Un bref instant, Carly songea à sa mère, mais un homme se racla la gorge du côté de la porte.

Elle ne fut pas surprise de découvrir Rodney Lee.

— J'avais peur de vous avoir frappée trop fort, et que vous ne vous réveilliez pas.

Il fit courir ses yeux le long du corps de Carly. Si elle n'oscillait pas déjà entre la douleur, la peur et la colère, elle aurait pu ajouter le dégoût à la liste.

Elle prit le temps de regarder autour d'elle.

Willa n'était nulle part.

— Ne vous inquiétez pas. Vos amis ne viendront pas nous interrompre. Ça prendra au moins une demi-heure à votre équipe pour revenir de la ville. Et encore faudrait-il qu'ils sachent où vous chercher.

Carly n'aimait pas la façon dont Rodney était passé de l'état de brute épaisse à celui de type qui s'écoute parler.

Elle souffrait.

Elle courait un grand danger.

Elle n'avait pas la patience d'écouter pérorer un imbécile.

Alors, elle alla droit au but.

— Pourquoi avez-vous attaqué les amish ? C'est parce que David Lapp a aidé Talia à vous échapper ?

Rodney se tenait à une centaine de mètres d'elle, à cause du bacille du charbon. Même à cette distance, elle vit la colère l'embraser à la mention du nom de David.

— Talia ne m'a pas échappé. Il l'a piégée. Il s'est servi d'elle. C'est moi qui essaie de la sauver.

— Donc, vous ne l'avez pas encore sauvée ?

— Ce petit crétin l'a cachée, comme si c'était une sorte de jeu. Et vous pensez que c'est moi qui suis dangereux.

Carly tiqua tandis que l'air froid lui arrachait un frisson.

Si la poudre s'envolait et qu'elle l'inhalait…

Comment allait-elle s'en sortir ?

Elle ne pouvait pas le faire toute seule.

Elle avait besoin de son équipe.

Ils avaient probablement déclenché une alerte quand ils avaient compris qu'elle n'était pas au casino. Cependant, elle ne savait pas combien de temps elle était restée inconsciente dans la grange.

Même si Rodney avait préparé le piège avant son arrivée, il lui avait quand même fallu du temps pour la suspendre à la poulie, et pour répandre la poudre sans se contaminer lui-même.

La seule chance qu'il lui restait, c'était de gagner du temps jusqu'à ce qu'on la retrouve.

— Où avez-vous obtenu le bacille ? demanda-t-elle. Il n'est pas facile de s'en procurer. Et tout le monde ne sait pas comment le manipuler sans danger.

Elle avait terriblement mal aux bras à force d'essayer de stabiliser son poids en suspension.

Rodney agissait comme s'ils avaient une conversation normale. Axel aurait sûrement adoré ajouter ce détail au profil qu'il avait établi de l'homme.

— Vous seriez surprise des secrets que les gens sont prêts à partager, pour peu qu'on y mette le prix. Et on peut tout trouver sur Internet, vous savez. Même le mode d'emploi de ce poison.

Carly n'en doutait pas. Mais ce qui était moins évident pour elle, c'était la raison de tout ça.

— Donc, si j'ai bien compris, vous cherchez David pour le punir de cacher Talia. Mais vous l'aviez déjà, non ? Vous l'aviez enlevé et séquestré dans sa propre cave.

Rodney se leva, affichant une expression difficilement déchiffrable, qui oscillait entre colère et indignation.

— J'étais sur le point de le faire parler quand vous avez débarqué en ville.

— Vous êtes parti, dit-elle, et David s'est échappé.

Rodney grommela et s'avança, en pointant son arme vers le sol.

— Je l'ai sous-estimé. Ça ne se reproduira pas.

Donc, David était toujours dans la nature, en conclut Carly.

Mais pourquoi ne s'était-il pas manifesté ? Était-il parti avec Talia ?

Et, ce qui dépassait l'entendement, c'était que Willa aide l'homme qui avait torturé son fils.

Elle avait envie de poser la question, d'aller vraiment au fond des choses. Mais il était évident que le plan de Rodney approchait de son terme.

Il enveloppa de nouveau son corps d'un long regard.

Puis il baissa les yeux vers le sol.

— Mais vous n'allez pas m'échapper.

Ce n'était pas comme sa première rencontre avec l'homme dans les bois. Elle avait alors une chance de s'en sortir et pouvait s'y accrocher. Là, elle était totalement vulnérable, et il lui fallait accepter qu'elle ne s'en sortirait pas.

De nouveau, elle pensa à sa mère.

La douleur qui ne la quittait jamais se fit plus prononcée, tandis qu'une vieille angoisse se réveillait. Elle ne voulait pas songer à son père, mais elle était incapable de contrôler le tour que prenaient ses pensées.

Que penserait-il quand il apprendrait que sa fille avait été tuée de la même façon que sa femme ?

Serait-il perturbé ?

Trouverait-il cela poétique ?

La fille qui l'avait fait mettre en prison pour avoir empoisonné sa mère, empoisonnée à son tour.

Ça lui procura un immense regret. Une colère.

Elle ne voulait pas qu'il ressente quoi que ce soit en pensant à elle.

Cette colère se déchaîna sur son ravisseur.

— Pourquoi toute cette mise en scène ? Vous auriez pu disparaître. Quel besoin aviez-vous de vous en prendre à moi ? Pourquoi faire tout ça, et courir le risque de vous faire prendre ?

La voix de Carly était montée d'un cran à chaque question, et elle avait fini en hurlant.

Rodney n'en semblait pas affecté. Il souriait.

— Vous étiez trop proche de la vérité.

Carly comprit que cette phrase signait son arrêt de mort. Il en avait fini avec elle.

Confirmant son intuition, il leva son arme vers sa tête.

Elle ferma les paupières.

Au moins, le poison ne signerait pas sa fin.

C'était une petite consolation.

— Pas un geste.

Une voix de baryton s'était élevée dans l'air glacé, à la place du coup de feu redouté.

Carly ouvrit les yeux.

Noah Miller était entré dans la grange et pointait un fusil sur Rodney.

— Maintenant, baissez votre arme ou je tire.

La puissance et l'autorité de sa voix la surprirent.

— Vous ne me tuerez pas, dit Rodney. C'est contre votre religion.

Tout s'enchaîna.

Rodney et Noah tirèrent en même temps.

Carly cria, s'attendant à être touchée.

Et pourtant, elle ne sentit aucune douleur.

Elle était toujours en vie.

En revanche, Rodney était effondré au sol. Probablement mort.

— Carly ?

La voix de Noah débordait de panique.

Elle était prête à dire qu'elle allait bien, mais elle entendit un bruit étrange au-dessus d'elle.

Elle se démancha le cou pour comprendre de quoi il s'agissait.

— Il a tiré sur la corde !

La balle de Rodney n'avait pas visé sa tête.

Elle était destinée à couper la corde qui la retenait pour qu'elle tombe à terre.

C'était une façon pour le moins alambiquée de parvenir à ses fins, mais terriblement efficace.

— Noah ! Il ne faut pas que je touche le sol.

Sa panique s'étendait à mesure que la corde se libérait.

Noah passa aussitôt à l'action. Il jeta son fusil et courut vers elle.

— Vous ne devez pas le toucher non plus.

Il s'arrêta hors du cercle de poudre et regarda autour de lui.

Il n'avait pas grand-chose à sa disposition pour se protéger, et ne pouvait pas la récupérer sans s'exposer lui-même.

Carly comprit alors qu'elle ne voulait pas qu'il prenne de risque.

Elle avait envie qu'il soit sauf, en pleine santé. Qu'il puisse décorer des sapins de Noël…

Elle ne le connaissait pas depuis longtemps, mais elle préférait se sacrifier plutôt que de lui faire prendre un risque.

Cela signifiait quelque chose. Beaucoup, en fait.

Mais ça n'empêcha pas Noah d'être lui-même : chevaleresque et débordant d'abnégation.

Il ôta son manteau, alors que la corde descendait encore d'un cran.

— Ne touchez pas la poudre ! le mit-elle en garde.

Il n'écouta pas.

La corde céda. Ce fut si rapide que Carly n'eut même pas le temps de crier.

Noah, cependant, avait réagi aussitôt.

Il courut dans la poudre et la rattrapa juste avant qu'elle touche le sol, enveloppée dans son manteau.

— Sortez du cercle en marchant très doucement, dit-elle.

Noah hocha la tête et obéit.

Il la tint contre son torse à la manière d'une mariée, jusqu'à ce qu'ils soient dehors.

Le froid était plus virulent maintenant que les murs de la grange ne le bloquaient plus.

Carly réalisa qu'elle frissonnait.

Il lui fallut quelques secondes pour comprendre que ce n'était pas entièrement dû au froid.

— Est-ce que ça va ?

La voix de Noah était comme un roulement de tonnerre à travers son corps à lui et le sien.

Carly ouvrit la bouche pour essayer de le convaincre que oui, ça allait, surtout maintenant qu'il était là.

Mais ce qui arriva ensuite fut quelque chose qu'elle ne s'était pas autorisé depuis longtemps.

Des larmes.

Elles jaillissaient de ses yeux comme un geyser.

Son corps tremblait, ce qui accentuait sa douleur.

Ils étaient assemblés dehors autour de la grange désaffectée. La TCD, les experts scientifiques, la police locale envahissaient la zone.

Une ambulance avait été dépêchée sur place, mais ce fut Selena Lopez qui conduisit à l'hôpital Carly et Noah. Assis sur la banquette arrière de la voiture, débarrassé de ses chaussures, il la tenait toujours dans ses bras, enveloppée dans son manteau.

Elle affirmait qu'elle se sentait bien, mais le sang séché sur sa peau et ses yeux rougis attestaient du contraire.

— Ils vont s'assurer que tu vas bien, et tu vas les laisser faire, avait crié Selena.

Il était évident qu'elle tenait à Carly, et cette dernière ressentait la même chose. Elle avait cédé et ne disait plus un mot tandis qu'ils roulaient à toute allure vers la ville.

— Comment m'avez-vous trouvée ? demanda-t-elle à Noah.

— Axel a appelé en disant qu'il ne savait pas où vous étiez. Votre experte en informatique a localisé l'endroit où votre téléphone a borné pour la dernière fois. J'ai réalisé que nous n'avions pas encore inspecté la grange. Et puis, j'ai vu votre voiture.

Il la sentit hocher la tête contre lui et trembler.

— C'est Willa Lapp qui m'a attirée jusqu'à la grange. David a été enlevé quelques jours avant que nous arrivions en ville.

Noah se crispa, et elle leva les yeux pour savoir pourquoi.

— Quand Axel a appelé, mon père était à la maison. Il voulait me dire que mon petit frère était inquiet pour son ami Aaron, le frère de David. Quand papa a voulu en parler à Willa, elle l'a chassé.

— Nous avons envoyé la police locale chez eux, dit Selena. Willa et Aaron sont portés disparus.

— Est-ce que quelqu'un sait ce qu'est devenu David ? demanda Carly.

— Non.

Elle soupira.

— Rodney ne le savait pas non plus.

— Il est peut-être avec Talia, suggéra Noah.

Durant le trajet, Carly résuma ce qui avait été dit dans la grange, et Selena l'informa de ce qu'elle avait manqué au casino.

Opaline, Amanda et Alana visionnaient les bandes des caméras du parking, ainsi que celles de la circulation et des magasins environnants pour essayer d'identifier le conducteur du fourgon. Le mécanicien qui avait fait la réparation sur la zone de l'accident avait été payé en espèces. L'argent se trouvait dans un sac à côté du fourgon. Il n'y avait personne sur place. L'appel reçu par le garagiste avait été passé du Wallflower.

— Là où Rodney avait ses habitudes, remarqua Noah.

Selena hocha la tête.

Carly n'était pas aussi enthousiaste.

Ça pouvait se comprendre compte tenu de ce qu'elle venait de vivre.

— Donc, tout ça serait dû à l'obsession de Rodney pour Talia ? demanda-t-elle. L'attaque contre la communauté, l'enlèvement de David…

Noah la sentait sceptique.

— Vous n'êtes pas convaincue, dit-il.

— Ça fait beaucoup de travail et d'ennuis pour un piètre résultat. Ce n'est pas logique.

— Il n'était tout simplement pas doué, remarqua Selena.

Sur ce point, ils tombèrent d'accord.

Mais Carly n'était toujours pas convaincue.

Elle garda le silence pendant les derniers kilomètres.

Noah essaya d'ignorer combien son corps était doux et tiède contre le sien.

18

Carly décida une fois pour toutes qu'il était dénué de sens de faire la liste de toutes les choses auxquelles elle ne s'était pas attendue pendant son séjour à Potter's Creek.

Rodney, David, Talia, le bacille du charbon, le casino et la grange abandonnée des Kellogg : inattendu.

Rencontrer Noah et tomber amoureuse de lui : définitivement inattendu.

Quant à se réveiller dans la maison de ce dernier, percluse de douleurs et copieusement garnie de bandages et de pansements ? Alors, là, ça remportait la palme de l'inattendu.

Se redressant dans le lit, elle attrapa son téléphone sur la table de chevet. Il était deux heures du matin, et il n'y avait pas de nouvel appel, ni de message.

Elle n'avait pas eu l'intention de dormir aussi longtemps, et elle était ravie de ne rien avoir raté. D'un autre côté, leur assaillant ne pouvait plus faire de mal à personne. Il était mort.

Ses trois nouvelles blessures lui faisaient un peu mal quand elle bougeait. Le médecin de l'hôpital avait confirmé qu'aucune n'était profonde. Il les avait désinfectées, pansées, et lui avait administré de puissants antibiotiques.

D'après les tests, elle n'avait pas été exposée. Et son sauveur non plus. C'était ce qui comptait le plus à ses yeux.

Un bruit dans la maison acheva de la réveiller en un instant.

Elle se leva, son téléphone à la main, tous ses sens en alerte.

Ce sentiment de danger s'estompa tandis qu'elle s'approchait de la cuisine.

Lorsqu'elle fut devant la table, il n'en restait plus rien.

— Oh ! Mince ! dit-elle. Qu'est-ce que c'est que tout ça ?

Selena et Axel s'étaient dit qu'elle serait mieux chez quelqu'un de confiance pour se reposer.

Ils avaient pensé à Noah, et celui-ci avait accepté sans hésiter.

Carly n'avait pas pu nier que l'idée lui plaisait. Elle se sentait en sécurité quand Noah était avec elle.

Quand elle avait eu le feu vert du médecin pour quitter l'hôpital, ils étaient rentrés directement à la ferme, et y avaient retrouvé Regina qui s'activait dans la cuisine. Elle avait préparé le repas que Noah avait à l'origine prévu de faire pour Carly, et ils avaient dîné ensemble dans une ambiance paisible, où le silence n'était pas gênant mais au contraire réconfortant.

Carly avait tout apprécié : la chaleur de la cuisine, le calme de la maison…

Et maintenant ?

La cuisine était une explosion de rouge, de vert, d'argent et d'or. Partout ce n'était que guirlandes, paillettes, sucres d'orge… La table était recouverte d'une nappe rouge brodée de flocons, et accueillait en son centre une couronne en rotin ornée de rubans et de bougies.

Pas un seul centimètre carré n'avait échappé à l'esprit de Noël.

Noah, qui était occupé à sortir du four un plateau de biscuits, se retourna.

— Je pensais que vous dormiriez un peu plus longtemps.

Il posa le plateau sur le plan de travail à côté de l'évier, en affichant la mine d'un enfant qui venait de se faire prendre en essayant de découvrir ses cadeaux sous le sapin.

— Au départ, je voulais installer quelques décorations pour notre dîner, mais Regina a pris les choses en mains et, pendant que nous étions partis, elle est allée se ravitailler à la supérette.

Il eut une petite moue contrite.

— Je crois qu'elle y est allée un peu fort.

— Effectivement. Mais c'est charmant… et tellement attentionné.

S'approchant, elle se hissa sur la pointe des pieds pour effleurer ses lèvres d'un baiser.

— Merci.

Il parut gêné.

— Mais… il n'y a pas de quoi me remercier.

— Bien sûr que si. Je vous dois tellement. À commencer par la vérité.

Dans cette grange, tandis qu'elle pensait à sa mère, Carly avait eu conscience qu'un changement s'était opéré en elle.

Malgré son traumatisme, elle aimait ce qu'elle était devenue. Elle aimait son travail, son équipe, le fait de se battre pour la justice.

En revanche, elle s'était toujours protégée de l'amour.

C'était facile de faire semblant, de suivre le mouvement. Quelques histoires de temps en temps, jamais sérieuses, jamais durables. Elle avait une excuse toute prête pour chaque relation qui n'avait pas fonctionné. Généralement, elle blâmait son travail. Parfois elle blâmait les hommes.

Mais la vraie raison, c'était qu'elle était incapable de faire confiance, de baisser la garde.

Et elle avait envie que ça change.

— Quand j'avais dix ans, ma mère est morte d'un empoisonnement à l'arsenic, commença-t-elle, de but en blanc. Les médecins ne comprenaient pas pourquoi elle était malade. Son autopsie a révélé qu'elle avait été empoisonnée à petit feu, jour après jour. Tous ceux qui connaissaient ma mère savaient qu'elle adorait le café. Et moi, je savais que c'était mon père qui le lui préparait. C'est grâce à mon témoignage que mon père a été condamné à perpétuité. J'ai été placée dans une institution, jusqu'à ce qu'un couple merveilleux m'adopte.

Elle soupira.

— Voilà. Vous savez tout.

Elle avait livré son secret le mieux gardé à un homme qu'elle ne connaissait que depuis une semaine.

L'expression de Noah était impassible. Elle ne savait pas comment il allait réagir car elle n'avait jamais parlé de ses parents à personne avant. Il devait bien s'en douter.

— Pourquoi me dites-vous ça ?

— Parce que c'est vous.

La réponse parut lui convenir.

Posant une main sur sa joue, il se pencha et lui donna un baiser si troublant et si prometteur qu'elle se sentit vaciller sur ses jambes.

De la chaleur. De la solidité. Cela décrivait bien Noah. Il était une force de la nature. Une présence paisible et rassurante.

Mais il savait aussi éveiller en elle des émotions moins tranquilles, à en juger par le désir qui l'envahissait. Ses seins douloureusement tendus, son ventre soudain lourd, les battements effrénés de son cœur lui criaient l'évidence : elle désirait éperdument cet homme.

Lorsque Noah interrompit leur baiser, il y avait au fond de ses prunelles une lueur d'incertitude. Sans doute avait-il peur d'aller trop vite.

Alors, elle lui prit la main et le guida vers la chambre.

Le soleil entrait à flots dans la chambre, caressant la joue de Noah. Il lui fallut quelques secondes pour réaliser ce que cela voulait dire.

Il avait dormi après le lever du soleil.

Et ça ne lui était pas arrivé depuis longtemps.

Normalement, il aurait ressenti de la culpabilité d'avoir gâché une matinée de travail en dormant trop longtemps.

Mais pas ce matin.

S'il était encore au lit, c'était parce qu'il avait passé la nuit avec Carly.

Au début, il avait eu peur de la toucher, craignant

de rouvrir ses blessures. Carly ne s'était pas montrée aussi timorée, et ils avaient passé une nuit passionnée, des heures magiques et tendres à tenter de se rassasier l'un de l'autre.

Ce matin, il se sentait bien. Apaisé.

Il avait l'impression que tout était à sa juste place, comme cela devait être.

Le matelas plongea un peu à côté de lui. Il roula sur le côté, et découvrit Carly. Ses cheveux blonds capturaient la lumière du matin. Le T-shirt qu'elle lui avait emprunté noyait le haut de son corps, mais révélait jusqu'à mi-cuisses ses jambes fuselées. Une assiette de biscuits à la main, elle affichait un air penaud.

— Je les aurais bien mangés dans la cuisine, mais j'ai eu peur que Regina ne débarque, et je suis remontée avec. Désolée si ça fait des miettes dans le lit.

Il rit puis, se hissant sur un coude, lui chipa un biscuit.

— Pour ton information, je suis absolument fan des miettes dans le lit.

Et pour étayer son propos, il croqua à pleines dents dans son biscuit en forme de sapin de Noël.

Presque au même moment, le téléphone de Carly sonna sur la table de chevet.

La magie du moment était passée.

Carly reposa dans l'assiette le biscuit dans lequel elle n'avait pas eu le temps de croquer.

Quand elle répondit, elle avait retrouvé tout son professionnalisme.

— Que se passe-t-il, Max ?

Noah ne pouvait pas entendre ce que disait l'agent du FBI mais, à en juger par l'expression de Carly, c'était détonant.

Elle bascula ses jambes au-dessus du matelas, et commença à rassembler ses vêtements.

Il l'imita, tout en essayant de comprendre la conversation d'après les quelques mots qu'il entendait ici et là.

Carly finit par raccrocher.

— Rien d'étonnant à ce que les agissements de Rodney nous aient semblé illogiques et en contradiction avec son profil. Il avait un coéquipier.

19

— Dylan, le fils de la promotrice Caroline Ferry, ne s'est jamais présenté à la clinique en Floride.

Aria s'était mise à l'abri du SUV de location. Un vent glacé soufflait sur la propriété depuis que Carly et Noah l'y avaient rejointe.

Elle portait son gilet pare-balles, auquel était fixé son insigne, et avait l'air d'une femme à qui il ne fallait pas en conter. Petite et mince, elle n'avait pas le physique de l'emploi, mais sa détermination était sans faille.

— L'équipe est à l'intérieur, en train de passer la maison au peigne fin, mais Dylan n'est pas là.

Aria esquissa un sourire.

— J'ai quand même des nouvelles pour toi. Opaline a bien travaillé. C'est elle qui a trouvé l'information sur la clinique. Amanda et Alana ont épluché des centaines de bandes-vidéo de cette propriété, et elles ont réussi à isoler des plans où Rodney apparaissait au volant. Entre parenthèses, ce n'est pas très malin.

Carly hocha la tête.

— Depuis le début, j'ai toujours pensé qu'il ne brillait pas par son intelligence. D'où l'hypothèse d'un complice, qui serait peut-être même le cerveau. Et, en parlant de ça, comment prouver le lien entre Dylan et Rodney ?

Ce n'était pas parce que Dylan semblait le coupable idéal – mobile, moyens d'exécution et absence d'alibi – qu'il fallait le condamner d'avance.

Aria avait une réponse. Et ça changeait agréablement des débuts de l'enquête, où les questions abondaient et où la lenteur était de mise.

— Eh bien, Axel a commencé à penser que, si Dylan était en ville, il y avait de bonnes chances pour qu'il soit allé au casino. C'est peut-être là que la rencontre s'est faite.

Aria sortit son téléphone, et alla dans la galerie photos.

Quand elle eut trouvé le cliché qu'elle cherchait, elle tint son téléphone en hauteur pour que tout le monde puisse bien voir.

— Ça provient des caméras de surveillance à l'extérieur du casino. Et ça remonte à deux mois.

On y voyait deux hommes qui discutaient en fumant, à proximité du perron.

— C'est Rodney, confirma Carly, en désignant l'homme sur la gauche.

— Et l'autre, c'est bien Dylan, précisa Aria. Notez qu'à cette date, il est censé se trouver à la clinique.

Elle glissa son téléphone dans sa poche et continua.

— Max a commencé à interroger les employés du casino. Il s'avère que les deux hommes sont des habitués, et qu'ils ont souvent été vus ensemble au cours des six derniers mois. Ça correspond à peu près à l'époque où le projet immobilier de sa mère a échoué.

— Donc, il n'y a pas de doute, ils se connaissent, conclut Noah. Qu'en a dit sa mère ?

Carly et Aria se tournèrent vers lui, surprises.

Il leva les mains en signe de bonne volonté.

— Désolé. Je ne voulais pas me mêler de l'enquête. Les agents, c'est vous.

Carly secoua la tête.

— Inutile de vous excuser.

Ils avaient décidé de rester discrets et de s'en tenir au vouvoiement en public, mais le regard qu'elle lui lança n'était peut-être pas prudent, compte tenu de la sagacité d'Aria.

Voir Noah se glisser dans la peau d'un enquêteur était à la fois intéressant et stimulant.

Aria les observait avec un petit sourire, mais elle ne fit pas de commentaire, et se contenta de répondre à la question de Noah.

— Caroline ignorait qu'il ne s'était pas présenté à la clinique. Quand nous le lui avons dit, sa première réaction a été d'appeler son comptable. Et il se trouve qu'il manque de l'argent.

— Combien ?

— D'après Alana, suffisamment pour se procurer du bacille du charbon au marché noir.

Carly haussa un sourcil.

— Et Mme Ferry n'avait pas remarqué que l'argent manquait ?

Aria répondit en parlant moins fort, même s'ils se trouvaient dans l'allée, hors de portée de voix pour l'occupante du manoir.

— Tu te souviens du chiffre que nous avions évoqué, concernant sa fortune supposée ? Eh bien, tu peux multiplier par trois, et tu seras encore dans la fourchette basse.

— Donc, même si une somme importante disparaît d'un de ses comptes, il n'y a pas de risque de découvert, et donc d'alerte au niveau comptable. Et comme je suppose qu'elle n'est pas du genre à pointer ses relevés de banque tous les mois, ça peut durer un moment avant qu'elle s'en aperçoive.

— Tu as tout compris. En revanche, compte tenu de l'importance du détournement de fonds, et du lien supposé avec notre enquête, Rihanna a pu nous obtenir une commission rogatoire en un rien de temps.

Carly réalisa qu'il s'était passé beaucoup de choses pendant qu'elle dormait. Si elle n'avait pas eu une confiance absolue dans son équipe, elle aurait pu s'inquiéter.

Déjà, le simple fait de ne pas avoir été présente pour aider ses coéquipiers à résoudre l'enquête lui procurait un sentiment d'angoisse contre lequel il lui était difficile de lutter.

Toutefois, elle était capable d'admettre qu'elle avait besoin de se mettre en retrait après être tombée par deux fois entre les griffes de Rodney Lee.

— Une dernière chose, ajouta Aria. Devine ce que nous avons trouvé dans la cave à vin des Ferry ?

Carly n'essaya même pas. Mais elle frémissait presque d'impatience.

Les réponses affluaient, les pièces du puzzle s'emboîtaient pour offrir une vue, certes partielle mais déjà significative, du tableau général.

— Je t'écoute, dit-elle.

Aria ne la déçut pas.

— Une riveteuse pneumatique, et des fibres dans un emballage ayant contenu de la corde. La scientifique devra faire la comparaison avec la corde utilisée dans la cave de David, et sur toi, mais…

Carly l'interrompit.

— La coïncidence est trop énorme pour que ça ne colle pas.

Elle se tourna vers Noah.

— C'est ça qui me perturbait. Cette histoire de fauteuil ne cadrait pas avec le profil de Rodney. C'est Dylan qui l'a installé. Et c'est lui aussi qui a mis en place le piège dans la grange.

Il sourit comme s'il était fier d'elle.

Elle en fut incroyablement réconfortée.

C'était tellement valorisant.

Aria leur fit part de l'opinion de l'expert en profilage.

— D'après Axel, Dylan est intelligent, créatif, rusé, avec une tendance certaine à la perversité, et il porte en lui une énorme colère. Il a probablement basculé au moment où le projet de ranch touristique a échoué. Aujourd'hui, il veut punir ceux qui, dans son esprit, lui ont causé du tort. Son but n'est pas de les intimider, ni de trouver un levier pour conclure la vente. Il veut tout bonnement les détruire.

— Empoisonner une communauté est une façon lente et sournoise de faire du mal, dit Carly. Et ça lui procure sans doute une plus grande satisfaction encore.

Inévitablement, elle pensa à son père. Elle avait choisi ce métier pour aider les victimes, et il n'était pas innocent qu'elle se soit spécialisée dans les poisons. Dès lors, elle retrouvait une part de son histoire personnelle dans ses enquêtes. C'était certes douloureux, mais peut-être avait-elle besoin de ça pour exorciser ses démons.

À côté d'elle, Noah serrait les poings. Son attachement à la communauté amish perdurait malgré les différends, et il était normal qu'il prenne autant à cœur cette révélation. S'en prendre aux siens, même s'ils l'avaient rejeté, c'était s'en prendre à lui.

— Quel est le rôle de Rodney dans tout ça ? demanda-t-il.

Sachant qu'il y avait maintenant deux suspects, et non plus un, Carly établit une théorie en un temps record.

— Nous savons que Rodney est obsédé par Talia, et qu'il en veut à David. Il est possible qu'il ait reporté sa haine sur la communauté tout entière. Admettons que quelqu'un lui propose de retrouver Talia… Je suppose qu'il serait alors prêt à faire n'importe quoi.

— Donc, tu penses que Dylan s'est servi de Rodney pour parvenir à ses fins, et qu'il avait l'intention de lui faire porter le chapeau ? demanda Noah.

Carly hocha la tête.

— Ça me paraît évident. Dylan est beaucoup trop malin pour se laisser coincer.

— Tout cela est très intéressant, les interrompit Aria, mais nous avons un problème. Dylan n'est pas ici, et nous ne parvenons pas à le localiser. Caroline a gelé tous les comptes de son fils auxquels elle a accès. Donc, s'il a besoin d'argent pour fuir, il devra utiliser des espèces. À supposer qu'il ait déjà retiré suffisamment d'argent dans cette hypothèse, et dispose d'un « trésor de guerre ».

— Pourquoi ne s'est-il pas enfui avant ? demanda Noah.

Carly se mordilla la lèvre inférieure.

— Il voulait peut-être se trouver aux premières loges pour voir les souffrances qu'il a infligées.

Elle réfléchit un instant.

— D'un autre côté, il avait un alibi qui paraissait solide avant qu'Opaline s'y intéresse. Il aurait pu partir avant que ça commence à sentir le roussi…

Carly écarquilla les yeux.

— Oh ! Bon sang !

Une autre pièce du puzzle venait de trouver sa place.

Devant les expressions perplexes d'Aria et Noah, elle s'empressa de s'expliquer.

— Willa semblait préoccupée d'exécuter les ordres de Rodney, mais c'était Dylan qui tirait les ficelles. Même si elle était au courant, ce n'était pas son problème. Ce qui comptait, c'était la sécurité de sa famille.

Tandis qu'elle observait un silence, Noah devina le tour que prenaient ses pensées.

— Willa ne bafouerait pas ses croyances, à moins d'avoir la preuve que sa famille est en danger, dit-il.

— Et, si tel était le cas, elle n'hésiterait pas à livrer quelqu'un – moi, en l'occurrence – à un tueur, ajouta Carly.

Après une petite moue pensive, elle poursuivit :

— Nous savons que Dylan a installé le fauteuil dans la cave de David… Et si David ne s'était pas échappé ? Si Dylan avait décidé de se servir de lui pour faire pression sur une personne de la communauté ? Une mère qui hésiterait à prévenir la police, et qui serait prête à tout pour l'aider à avoir un temps d'avance sur nous, tout en restant loin du feu des projecteurs.

Aria comprit où les menait cette théorie, et prit le relais.

— Dylan rend la ville responsable de sa ruine et lui inflige une punition en retour. Il s'assure le concours de Rodney, en se servant de David, la personne que Rodney déteste par-dessus tout. Puis il s'arrange pour lui faire porter le chapeau.

Les deux femmes échangèrent un regard.

— Ce ne sont que des suppositions, tempéra Aria.

— Sans doute, mais mon instinct me dit que Dylan détient David quelque part. Vous avez fouillé la propriété ?

Au moment où Aria s'apprêtait à répondre, ses lèvres formant déjà le mot « oui », Selena jaillit hors de la maison, précédée de sa chienne Blanca.

Max était sur ses talons.

Aria et Carly furent aussitôt en alerte.

Axel fut le dernier à sortir.

— Nous étions en train de vérifier le système d'alarme de la propriété, expliqua-t-il, quand nous avons repéré une femme qui rampait dans l'herbe près du portail.

Il ne fut pas utile d'en dire plus.

Tout le monde convergea vers la zone désignée.

Selena et Blanca furent les premières sur place, mais ce fut Max qui appela une ambulance.

Axel s'agenouilla près de la femme et vérifia l'état de ses blessures.

Carly reconnut Willa Lapp.

Ses bras étaient lacérés, ses mains écorchées, et sa robe était couverte de sang et de boue, mais elle était vivante.

Avec un faible gémissement, elle roula sur le côté, et ils virent la blessure par balle sur son flanc.

Quand elle aperçut Carly, son regard exprima du soulagement.

— Vous n'avez rien, murmura-t-elle.

Sa voix était faible, épuisée.

Carly observa le chemin emprunté par Willa. Il menait dans les bois.

— D'où venez-vous ? demanda-t-elle. Qui vous a fait ça ?

Willa gémit quand Axel exerça une pression sur sa plaie. Des larmes roulèrent au coin de ses yeux, mais elle répondit.

— Il y a un vieux mobile home de chantier par là.

Elle tendit une main tremblante vers les bois.

— Il a essayé de l'emmener. Alors, j'ai voulu l'en empêcher.

— De qui parlez-vous ? demanda Carly. Qui vous a tiré dessus ?

— Dylan.

Quand Willa prononça ce nom, Carly ressentit l'excitation de la victoire. Ils étaient près du but. Justice allait être faite.

— Dispersion, dit-elle.

Mais tout le monde était déjà en action.

Noah était même de la partie, mais il resta en retrait, calme et vigilant.

Quand ils arrivèrent aux abords du mobile home, Carly lui demanda de ne pas intervenir.

— Sois prudente, murmura-t-il.

Carly hocha la tête.

L'équipe ne prit aucun risque en entrant dans la structure, qu'elle fouilla méthodiquement.

Le contenu de la pièce principale les laissa sans voix.

Une longue table hébergeait une rangée de moniteurs. Chacun d'eux diffusait une vue sur les chambres du « Château dans les feuilles ».

Si leur découverte s'était arrêtée là, cela aurait déjà été suffisant.

Dans l'autre pièce, qui faisait office de chambre, la vue d'un jeune homme ensanglanté horrifia tout particulièrement Carly.

Ligoté à une chaise et bâillonné, il était blessé mais vivant.

Ils se hâtèrent de le libérer et l'aidèrent à se lever.

— Je suis contente de vous rencontrer enfin, David, dit Carly.

À bout de forces, David Lapp s'effondra contre Max.

— Il faut le conduire à l'hôpital, dit Carly. Et ensuite…

Elle n'eut pas le temps de terminer.

Noah venait de faire irruption dans la pièce, le regard hébété, son téléphone à la main.

Il se passait quelque chose de grave.

De vraiment grave.

Carly sentit son sang se glacer dans ses veines avant même que Noah prenne la parole.

— Regina vient de m'appeler. Mon père et mon frère Thomas sont venus à la maison.

La colère faisait gonfler ses narines, mais son regard était dévoré d'inquiétude.

— Et Dylan est passé par là juste au même moment.

Carly retint son souffle.

Noah secoua la tête, comme un boxeur sonné. À l'évidence, c'était un déchirement pour lui d'annoncer la suite.

— Il a pris Thomas. Il a pris mon petit frère.

20

On était à quelques jours de Noël, et Noah était enfin avec sa famille.

À l'exception d'un membre.

Sa mère, Marta, n'avait pas bougé d'un pouce depuis que les voitures officielles avaient envahi sa cour.

La police locale était venue en renfort pour établir un périmètre autour de la propriété des Yoder, et surveiller la grange.

La grange où tout avait commencé.

La grange où le petit frère de Noah était retenu en otage par un homme qui n'avait maintenant plus rien à perdre.

Samuel, le père de Noah, était moins statique que sa femme. Il faisait les cent pas entre les véhicules, tandis que la Cellule d'information tactique sur les crimes du FBI établissait un plan d'action.

Noah aurait voulu aider, mais il avait toute confiance en Carly et en son équipe.

Cependant, il était nécessaire de le répéter à son père, en espérant qu'il finisse par s'en convaincre.

— Elle en est capable. Ils en sont capables. Ce sont tous d'excellents professionnels. Je sais que mon avis n'a pas beaucoup de valeur à tes yeux, mais j'ai confiance en eux.

Ils réussirent finalement à faire bouger Marta. Elle marchait maintenant à côté de Noah, en ouvrant de grands yeux hagards, d'un vert similaire aux siens.

Noah ne savait pas quoi faire. Mais, surtout, il ne savait pas ce qu'il devait ressentir.

Alors que son père avait pris la décision de le considérer comme un étranger depuis qu'il avait quitté la communauté, sa mère avait été choquée par cette attitude. Elle avait affirmé haut et fort qu'elle continuerait à lui parler, et qu'il pourrait toujours venir à la maison quand il le voudrait.

Cela n'avait duré qu'un mois.

Aujourd'hui, il était pris entre les deux, et s'inquiétait pour un frère qu'il connaissait à peine.

— Je ne les connais pas, dit son père.

Et son intonation était dangereusement proche du dégoût.

— Et je ne connais pas cette femme.

Voilà.

Tout était dit.

Ce n'était sans doute ni le moment ni l'endroit, mais Noah sentit monter en lui une colère qu'il contenait depuis des années.

— Tu ne me connais pas non plus, et c'est pourtant moi que tu appelles quand il y a des problèmes ici. Parfois la vie te soumet à des épreuves, et tu dois mettre ta confiance en quelqu'un d'autre que toi-même.

Il n'avait pas eu l'intention de dire ça, et surtout avec

une telle agressivité. Et pourtant il avait envie de dire bien plus. Il avait tant de choses sur le cœur.

Alors, puisque l'occasion lui était donnée, il livra le fond de sa pensée.

— Je connais Carly et son équipe depuis une semaine, et ils ont déjà fait preuve de plus de compassion et d'implication à l'égard de cette ville que la plupart des gens qui vivent ici. Ils ont risqué leur vie et failli la perdre pour nous protéger. Et qu'ont-ils reçu en retour ?

Il retourna son index pour se désigner lui-même.

— Un intermédiaire. Parce que vous n'avez même pas daigné leur parler directement.

Noah secoua la tête d'écœurement, puis il indiqua le groupe qui se tenait un peu plus loin, derrière des barricades dressées pour les protéger du forcené.

Carly portait son gilet pare-balles et son arme sur la hanche. Il aurait voulu être à ses côtés, entrer dans la grange pour l'aider à sauver son frère, et garantir sa sécurité.

Son impression de vulnérabilité galvanisa son besoin de régler ses comptes avec son père.

— Je voudrais juste que tu réalises que toutes les personnes que tu ignores avec un tel dédain sont les mêmes que tu appelles quand tu es au fond du désespoir. Alors, ça n'aide personne que tu restes ici, verrouillé dans ton indifférence envers eux et envers moi.

Ses parents se tenaient tous les deux immobiles.

Noah aurait pu en dire plus, mais il savait que ça ne servirait à rien.

Au bout du compte, quel que soit son âge, quand il était avec ses parents, il avait l'impression d'être encore un petit garçon.

Un enfant qui se sentait perdu depuis des années, parce qu'il avait choisi un chemin différent au lieu de suivre une voie toute tracée, et qu'il avait emprunté ce chemin tout seul.

Enfin, jusqu'à ce qu'il rencontre en route une maison jaune, un cabanon bleu et une famille aimante.

Les Tuckett.

Regina, qui avait essayé de combattre Dylan, qui n'était pas passée loin d'être elle aussi blessée par balle, s'était jetée au volant de sa vieille camionnette pour le poursuivre.

C'était bien plus que son propre père n'en avait jamais fait pour lui.

Sa famille et elle n'avaient jamais été fans de leurs prochains en général. Mais ils lui avaient laissé la possibilité de leur prouver qu'il était digne de faire partie des rares personnes qu'ils appréciaient.

Et ce fut à cet instant, alors qu'il se tenait à côté de l'homme qui lui avait donné la vie, qu'il réalisa une chose.

Le père de Regina ne lui avait pas seulement donné la ferme.

Il la lui avait transmise comme un père laisse un héritage à son fils.

Parce qu'il faisait partie de la famille.

Il lui avait fallu du temps pour comprendre qu'il n'avait jamais été vraiment seul pendant toutes ces années.

Cette soudaine prise de conscience étouffa sa colère.

Ses parents n'étaient pas de mauvaises personnes. Ils avaient consacré leur vie à leur foi. Il ne pouvait pas à la fois exiger d'eux qu'ils acceptent son choix, et ne pas comprendre qu'eux-mêmes avaient fait le leur.

Il laissa échapper un long soupir.

Puis il regarda ses parents.

— Je suis désolé. Vous me manquez parfois.

Une main, petite et rêche, prit la sienne. Sa mère ne souriait pas, mais elle lui pressa les doigts.

— Toi aussi, tu nous manques. Sois-en certain.

Noah ne sut pas quoi répondre. Alors, il se contenta de tenir la main de sa mère, pendant que son père semblait tiraillé.

Observant les champs, celui-ci dit, d'une voix qui tremblait un peu :

— Les clôtures ont besoin d'être réparées, et je ne serais pas contre un coup de main.

Ce n'était pas tout à fait ce que Noah avait espéré entendre, mais c'était un bon début, et il accepta la branche d'olivier symbolique que lui tendait son père.

— Réparer les clôtures, c'est justement devenu ma spécialité au fil des années.

Ils partagèrent un silence. Le premier qui n'était pas empli de perplexité, de déception et de ressentiment.

C'était agréable.

Mais ça ne dura pas longtemps.

Il se passait quelque chose du côté de la Cellule d'information tactique sur les crimes du FBI. Ils étaient en train de se disperser. Axel partait d'un côté, Selena de l'autre. Le reste de l'équipe se répartissait le long de la barricade.

Sauf Carly.

Elle donna son arme à Aria et leva les mains en signe de reddition.

Puis elle traversa le champ à découvert et entra dans la grange.

Thomas Miller était une version plus jeune de Noah. Au point que, s'ils n'avaient pas su qui Dylan avait enlevé, Carly aurait pu le deviner rien qu'en le voyant.

Même s'il était détenu par un homme aux abois qui n'avait pas de stratégie de sortie, il émanait de lui une grande force. Et ses yeux vert forêt, identiques à ceux de son frère, ne laissaient filtrer aucune crainte.

— Je suis seule et sans arme, dit Carly, en gardant les mains levées. Discutons ensemble de la situation.

Dylan Ferry avait connu des jours meilleurs.

Contrairement à sa mère, qui était l'élégance personnifiée, il était évident qu'il ne tenait plus qu'à un fil.

Son costume était déchiré et couvert de boue. Il avait des griffures sanguinolentes sur la joue – sans doute un souvenir de Willa Lapp – et il transpirait malgré le froid.

Cependant, la main qui tenait l'arme pressée sur le flanc de Thomas ne tremblait pas.

Et sa voix non plus.

— Restez où vous êtes, dit-il.

Ils se tenaient contre un des murs latéraux de la grange.

La structure était beaucoup plus petite que le bâtiment abandonné sur la propriété des Kellogg.

C'était une bonne chose puisque cela permettait à Carly de voir la porte de service.

Mais, de façon prévisible, Dylan avait choisi un

endroit stratégique où il pouvait surveiller les deux points d'accès.

C'était pour cette raison qu'il était impossible de donner l'assaut.

En outre, ils savaient que Dylan était instable, et que toute anicroche dans son plan pouvait le faire basculer.

S'il sentait qu'il n'avait aucune chance de s'en sortir, il tuerait Thomas.

Et ça, Carly ne le permettrait pas.

— Calmons-nous, dit-elle, en s'arrêtant à quelques pas de lui. Votre meilleure chance que ça tourne en votre faveur, c'est de relâcher votre otage et de venir avec moi.

— Vous avez trouvé David et Willa ?

Carly s'efforça de garder une expression impassible.

— Oui.

Il ne parut pas contrarié, ce qui intrigua Carly.

— Et Aaron ?

Cette fois, elle ne put s'empêcher de tiquer.

Dylan ricana.

— Vous voyez, j'ai participé à assez de groupes de soutien pour savoir que la meilleure motivation est liée au désir d'apporter le meilleur à sa famille.

Il laissa passer un silence, comme pour créer un effet de suspense.

— C'est pour ça que je ne me suis pas arrêté à Willa.

— Vous avez manipulé son plus jeune fils aussi.

— Exact. Et en ce moment, il est dans un espace public, avec deux sacs de bacille du charbon et un téléphone. Si je ne l'appelle pas dans…

Il consulta sa montre.

Comme le costume, elle avait l'air de coûter cher.

— … sept minutes, il va disperser la poudre dans un système de ventilation. Et pas n'importe lequel. Celui d'un hôpital.

Carly resta médusée un instant.

Puis elle réalisa quelque chose.

— Aaron ne sait pas que nous avons trouvé sa mère et son frère. Vous l'avez menacé de leur faire du mal s'il n'exécutait pas vos ordres.

Dylan eut un sourire machiavélique.

— Vous obtenez l'aide de la mère en menaçant la vie du fils aîné. Et vous obtenez l'aide du fils cadet en menaçant la vie de la mère. C'est le cercle de la vie.

Carly réfléchissait à toute allure.

Elle ne connaissait pas Aaron Lapp, mais sa mère avait failli la faire tuer pour protéger David. Elle ne doutait pas qu'Aaron ferait la même chose pour sa mère.

— L'endroit est cerné. Vous ne pourrez pas vous en sortir. Mais si vous laissez partir Thomas, et si vous demandez à Aaron d'annuler l'opération, il sera tenu compte de votre coopération.

C'était un coup de poker.

Faire appel au côté rationnel d'un homme qui braquait une arme sur un adolescent n'était pas gagné d'avance.

Dylan ne mordit pas à l'hameçon.

— Ma coopération ? Ce ne sont que des mots, agente Welsh. Nous savons très bien tous les deux que, si je suis pris, ce sera ma fin.

— Vous n'avez tué personne.

— Pas directement. Mais j'ai tout orchestré.

Elle avait enfin un aveu. Mais elle ne connaissait toujours pas le mobile.

Elle posa la question.

— Pourquoi vous êtes-vous donné tout ce mal ? Pour punir la communauté ?

L'expression de Dylan se durcit.

— Parce que tout allait bien dans ma vie et, du jour au lendemain, je me suis retrouvé sans argent, sans maison, envoyé en thérapie…

Ses yeux scintillaient de colère et d'indignation, son visage s'empourprait.

— Quand j'ai rencontré Rodney, un nouveau monde s'est ouvert à moi. Enfin, j'allais pouvoir élaborer de grands projets et les mener à bien.

Carly comprit alors qui il était.

Dylan n'était pas un punisseur. C'était un justicier. Dommage qu'il ne soit pas du bon côté.

— Vous avez voulu attaquer la communauté dans ce qu'elle chérissait. Vous avez fait la même chose avec Rodney et les Lapp.

Elle regarda Thomas.

— Et maintenant, vous vous servez de Thomas pour m'atteindre indirectement, à cause de ma relation avec Noah.

La colère de Dylan se transforma en sourire machiavélique.

— Nous vous avons surveillée depuis votre arrivée, agente Welsh. Pour déstabiliser l'équipe, il fallait s'en prendre à sa cheffe. Et comme Rodney a échoué – à deux reprises, qui plus est –, j'ai compris qu'il serait plus efficace de s'en prendre à votre fermier.

Il enfonça brutalement le canon de son arme dans le flanc de Thomas.

— Maintenant, vous allez sortir et dire à tout le monde de ne pas broncher et de me laisser partir.

Sinon, Thomas mourra et, quelque part en ville, un hôpital sera en très mauvaise posture.

Carly voulait continuer à parler. Elle avait envie de connaître l'esprit derrière les actes de destruction et de violence.

Mais elle savait aussi que certains criminels étaient tout d'un bloc. Parfois, il n'y avait pas de logique à chercher. Pas de raison à analyser de façon cartésienne.

Certains ne savaient pas ce qui les faisait agir ainsi. D'autres refusaient de le dire.

Personne n'avait jamais vraiment su pourquoi son père avait empoisonné sa mère. Elle ne connaîtrait peut-être jamais la vérité. C'était comme une épine dans le pied qu'elle traînait depuis ses onze ans, et qui continuerait probablement à la faire souffrir toute sa vie.

Mais il y avait certaines choses qu'il valait mieux apprendre à accepter si on ne voulait pas se laisser dévorer par elles.

Carly considéra qu'il n'y avait maintenant plus rien à demander.

Ils avaient leurs réponses.

Il était temps de conclure.

— C'est bon ? Tu as tout ? demanda Carly dans son micro miniaturisé.

La réponse d'Axel lui parvint dans l'oreillette.

— Oui. On ne bougera pas. Mais il ne passera pas l'appel, même si nous le laissons partir. Tu dois éloigner Thomas de lui avant qu'il monte dans la voiture.

— OK.

Dylan ricana, ignorant du plan B conçu par la TCD.

— Vous aviez une oreillette depuis le début ? Comme dans les films ? C'est très malin.

— C'est surtout très pratique. Ils ont pu suivre notre conversation et sont d'accord pour ne pas intervenir. Votre voiture vous attend. Vous pourrez monter dedans après nous avoir remis Thomas et passé l'appel.

Dylan secoua la tête.

— Il vient avec moi jusqu'à la voiture, et j'appellerai quand je me serai suffisamment éloigné.

Il consulta de nouveau sa montre.

— C'est à prendre ou à laisser, car il ne nous reste plus que cinq minutes.

— D'accord.

— Marché conclu. Maintenant, passez devant nous.

Carly ouvrit la marche.

En secret, elle admirait le stoïcisme de l'adolescent. C'était vraiment un Miller.

Hors de la grange, il régnait un silence impressionnant. La police locale avait fermé le périmètre.

Sur sa gauche, Carly pouvait apercevoir son équipe, tandis que Noah et ses parents se tenaient sur la droite, un peu en retrait.

Tous les yeux étaient rivés sur elle.

Elle se tourna vers Dylan.

— Relâchez Thomas, maintenant, dit-elle.

Dylan montra des signes d'inquiétude devant un tel rassemblement de forces de police.

La main qui tenait l'arme se mit à trembler.

— Non, protesta-t-il. Ce n'est pas ce qui était convenu.

— Dylan, écoutez-moi. Lâchez-le.

Tout ce dont elle avait besoin pour passer à l'action, c'était une ouverture.

Dylan jeta un coup d'œil désespéré vers la voiture, calculant probablement la distance et ses chances d'y arriver.

Thomas, malgré sa jeunesse, n'était pas sans défense. Jetant tout son poids contre Dylan, il le bouscula suffisamment fort pour le faire vaciller.

Carly en profita pour plonger vers l'adolescent, le saisir par les bras, et pivoter avec lui dans la direction où se trouvait sa famille.

Elle eut juste le temps de voir Noah, avant d'être frappée dans le dos par la balle que Dylan venait de tirer.

Le choc la projeta en avant, et elle entraîna Thomas dans sa chute.

Puis les coups de feu volèrent de toutes parts.

Carly avait du mal à respirer, mais elle resta au-dessus de l'adolescent pour faire un bouclier de son corps.

Une voiture démarra.

Ses pneus crissèrent tandis qu'elle s'éloignait à la hâte.

Thomas ouvrit les yeux.

Vert forêt. Exactement comme ceux de son frère.

— Carly !

Sa vision commençait à s'assombrir en périphérie.

Elle vit quelqu'un marcher calmement vers elle et la dépasser.

Max.

Leur plan B.

Elle entendit un coup de feu.

Puis la voiture qui se fracassait contre quelque chose.

Et enfin elle entendit Noah.

Mais elle ne parvint pas à rester éveillée pour lui.

21

Noah passa le matin de Noël à faire des biscuits.

Il avait essayé de les faire en forme de rennes, mais ils n'étaient pas très réussis.

Selena lui dit que ça n'avait pas d'importance, du moment que le glaçage était bien fait. Elle s'en était donc occupée, tandis que Blanca, couchée au pied du sapin, mâchouillait un os en peau de buffle.

Tandis que le reste de l'équipe était retourné au gîte, à l'issue d'une nuit mouvementée, Selena avait accepté la proposition de Noah d'occuper la chambre d'amis.

Elle n'avait pas voulu abandonner son amie et, après ce à quoi il avait assisté la veille, Noah le comprenait très bien.

Voir Carly essuyer un coup de feu était quelque chose qu'il ne voulait plus jamais revoir.

— J'allais dire que je me moquais de leur aspect, et que je les mangerais quand même, puis j'ai entendu parler de glaçage, et je me suis rangée à l'avis de Selena.

La femme du jour entra lentement dans la cuisine. Elle avait échangé le T-shirt prêté par Noah contre une robe rouge et des bottes.

Noah resta bouche bée.

Carly éclata de rire et lui adressa un clin d'œil.

— J'avais pris une tenue adaptée aux fêtes de fin d'année, au cas où l'esprit de Noël s'abattrait sur moi. Mais je te préviens, le look commence et s'arrête avec cette robe.

Elle se hissa avec précaution sur un tabouret.

— J'ai du mal à respirer, et je ne peux pas lever les bras pour me coiffer ou me maquiller.

Noah se rembrunit, se rappelant le moment où on lui avait tiré dessus.

Après que Carly eut servi de bouclier humain à son frère, il avait eu lui aussi l'impression qu'il ne pouvait plus respirer.

Il s'était mis à courir vers elle, avant même que Max ait tiré le coup de feu unique qui avait mis un terme à la course folle de Dylan.

Quand elle avait perdu connaissance avant qu'il arrive à sa hauteur, il l'avait crue morte.

Puis il s'était souvenu qu'elle portait un gilet pare-balles.

Quand elle avait été autorisée à quitter l'hôpital, après qu'on lui eut diagnostiqué une côte fêlée du côté gauche, il avait recommencé à respirer normalement.

— On t'a tiré dessus hier, lui rappela Selena. À ta place, je serais dans mon lit en pyjama.

— De toute façon, tu passes ta vie en pyjama ! répliqua Carly.

Elle rit et adressa un clin d'œil à son amie.

— L'odeur du café est terriblement motivante. D'ailleurs…

Elle se tourna vers Noah.

— Tu peux m'en préparer une tasse ?

C'était une demande toute simple, mais il savait ce

que cela signifiait pour elle, compte tenu de son histoire familiale. Sa mère ayant été empoisonnée à petit feu en buvant chaque jour le café que lui préparait son mari, Carly n'avait jamais accepté de boire un café qu'elle n'avait pas fait elle-même.

Aujourd'hui, elle lui témoignait sa confiance, et cela suffit à donner un nouvel élan à ses projets pour la maison jaune au creux de la vallée.

— Avec plaisir ! répondit-il.

Il alla glisser une capsule dans la machine à café, et écouta Selena faire à Carly le compte rendu de tout ce que celle-ci avait manqué pendant qu'elle était à l'hôpital.

— Dylan est sorti de la salle d'opération et devrait se remettre parfaitement. Le chirurgien a d'ailleurs félicité Max sur la précision de son tir. Ça a suffi à lui faire perdre le contrôle de son véhicule, mais ça ne l'a pas tué.

Selena gloussa.

— Max a dit que c'était la première fois qu'on le complimentait d'avoir tiré sur quelqu'un.

Noah déposa une tasse de café devant Carly, et se mêla à la conversation.

— Bah, ce n'est pas mal, si on considère qu'il a tiré en marchant à travers champs, sur une voiture qui filait à toute allure. En ce qui me concerne, il mérite même les félicitations du jury.

— Ce n'est pas faux, dit Selena, en tendant un biscuit à Carly.

Celle-ci s'empressa d'y mordre à pleines dents, ce qui réjouit Noah.

— Et Aaron ? marmonna-t-elle, la bouche pleine.

Elle sourit à Noah, et reprit d'une voix plus audible.

— Il nous a appris des choses que nous ignorions ?

Sur le lieu de l'accident, Max avait immédiatement récupéré le téléphone de Dylan, et appelé le dernier numéro composé.

Aaron avait répondu, mais il n'avait pas voulu croire Max, jusqu'à ce que Thomas, le frère de Noah, qui était son meilleur ami, lui ait confirmé que tout était terminé.

Par le plus grand des hasards, il se trouvait que la mère d'Aaron, Willa, avait été admise dans l'hôpital qu'il s'apprêtait à saboter.

Aaron s'était aussitôt montré coopératif. Il avait attendu les spécialistes avec les sacs de bacille du charbon encore scellés.

Ceux-ci avaient découvert qu'il s'agissait en réalité de farine.

Apparemment, les fournisseurs de Dylan lui avaient joué un sale tour.

Selena hocha la tête.

— Disons qu'Aaron a comblé les blancs de l'enquête. Tu sais, l'angoissante pièce de surveillance ? Eh bien, Aaron a été contraint d'installer les caméras dans nos chambres et à surveiller nos allées et venues, de façon que Dylan ait toujours un coup d'avance sur nous. S'il refusait, sa mère et son frère seraient tués. C'est plutôt rude pour un jeune de quinze ans qui n'avait jamais été confronté à la violence.

— Ça le serait pour moi aussi, dit Noah, en se faisant à son tour un café.

— Au fait, s'exclama Selena, en frappant dans ses mains, j'allais oublier David Lapp.

— Il s'est réveillé ? s'enquit Carly.

— Non seulement ça, mais il est devenu mon héros.

Sa tasse de café à la main, Noah se hissa sur un tabouret à côté de Carly. Il avait lui aussi manqué beaucoup de choses, étant donné qu'il n'avait pas quitté Carly d'une semelle depuis qu'elle avait été évacuée en ambulance.

— Il se trouve qu'il a rencontré Talia en ville, alors qu'il y faisait des courses pour son père. Il a dit que c'était comme si un éclair avait déchiré le ciel entre eux. Un vrai coup de foudre, quoi. Quand il a découvert qu'elle était prise au piège d'une relation abusive, avec un homme plus âgé qu'elle qui lui vouait une véritable obsession, il l'a cachée à la ferme de ses parents. Évidemment, il a dû déployer des trésors d'ingéniosité pour ne pas se faire repérer. Mais il était obligé de commettre de menus larcins dans le voisinage pour la nourrir et l'habiller. Quand son père l'a sommé de s'expliquer, suite à des remarques des voisins, il a eu peur, s'il disait la vérité, que la présence de Talia dans sa ferme parvienne jusqu'aux oreilles de Rodney.

— Donc, il s'est laissé mettre à la porte pour protéger Talia, dit Noah.

Son intonation trahissait l'admiration qu'il avait pour la compassion de David.

Selena hocha la tête.

— Talia lui a confié ses économies pour qu'il puisse louer une maison, et David a trouvé aussitôt du travail. Il avait l'intention de mettre de l'argent de côté pour quitter la ville avec Talia. Mais Dylan l'a enlevé. David s'est réveillé dans sa propre cave devant un Rodney Lee particulièrement agressif.

Le ton véhément de Selena trahissait sa colère.

— Rodney a torturé David pour lui faire dire où était Talia, mais le jeune homme n'a jamais craqué. Finalement, profitant d'une absence de Rodney, Dylan a emmené David au manoir, où il l'a gardé prisonnier pour faire pression sur Willa.

Carly prit le temps de boire une gorgée de café, avant de demander :

— Et Talia ? Pourquoi n'était-elle pas avec David ?

— Écoute ça : David avait tellement peur pour elle, qu'il avait prévu une cachette où elle pourrait se réfugier s'il se passait quelque chose. Elle s'y est rendue après avoir vu Rodney en ville. À ce moment-là, elle ignorait que David était séquestré. Quand elle a compris que quelque chose ne tournait pas rond, elle est restée là-bas à l'attendre.

— Et où se trouvait cette cachette ? demanda Noah, complètement captivé par l'histoire.

— Nous n'en avons aucune idée. Quand la nouvelle a été diffusée au journal télévisé, hier soir, Talia Jones s'est présentée à l'hôpital et, depuis, elle n'a pas quitté la chambre de David. Elle n'a pas voulu nous dire où elle se cachait et, comme l'enquête est close, nous n'avons pas insisté.

Selena croisa les mains sur la poitrine et soupira, avec un rien d'exagération.

— C'est d'un romantique ! J'espère qu'ils seront heureux…

À ce sujet, Noah tenait de son père une indiscrétion de premier ordre. Samuel, qui avait demandé à Regina de le conduire à l'hôpital pour remercier Carly et son équipe, avait en effet profité de l'occasion pour échanger quelques mots avec lui.

Apparemment, durant sa captivité, David avait pu parler un peu avec Willa. Il lui avait dit qu'il aimait sincèrement Talia, et qu'il avait l'intention de l'épouser quand tout serait terminé. Willa en avait parlé à son mari, qui en avait à son tour parlé au père de Noah.

— Il m'a demandé conseil sur la façon de se comporter avec un enfant qui veut quitter la communauté, avait expliqué Samuel.

— Et que lui as-tu dit ?

Son père, un homme dévot et taciturne, avait soudain montré de lui une facette plus tendre. Ce n'était pas démesuré, mais suffisant pour être remarqué.

— Je lui ai dit qu'il devait apprendre à accepter que nous ayons tous notre propre chemin à suivre, et que ce n'est pas forcément une mauvaise chose.

Puis il avait donné une tape sur l'épaule de Noah et avait demandé à Regina de le reconduire à la maison.

Ce n'était pas pour eux un nouveau départ en fanfare, mais ce n'était pas non plus une fin de non-recevoir.

Noah revint au présent lorsque Carly l'interpella, en se tournant vers lui.

— Tu crois que David essaiera de réintégrer la communauté, étant donné qu'il a été contraint de partir à cause de circonstances extraordinaires ?

Noah fut rapide à répondre.

— Non. Je pense qu'il va rester avec l'amour de sa vie.

Cela lui valut un sourire éblouissant.

Le reste de la conversation fut consacré aux détails techniques et aux procédures administratives, et Noah s'en désintéressa quelque peu.

Ils reçurent la visite de Regina, qui fut la première

d'une longue file de visiteurs, incluant l'équipe de la TCD au complet, et les employés de Noah.

Le matin céda la place à l'après-midi et, pour la première fois depuis qu'il possédait la ferme, Noah découvrit une maison emplie de conversations et de rires.

Noël vint et s'en alla. Ceux qui ne pouvaient pas rendre visite à leur famille les appelèrent en visioconférence. Alana et Opaline se manifestèrent via FaceTime.

Avant le dessert, Noah sentit qu'il était temps de dire enfin la vérité à Carly.

Et de lui poser une question qu'il n'avait jamais envisagé de poser à quiconque avant.

Ce fut ainsi qu'ils se retrouvèrent dans une zone de sa propriété que Carly n'avait pas encore vue, assis sur l'abattant du plateau de chargement de son pick-up.

— Tu as une overdose d'esprit de Noël ? plaisanta-t-elle.

— Au contraire. Je suis partant pour refaire ça tous les ans.

— J'admets que c'est plutôt réussi. Pas tout à fait comme dans les comédies hollywoodiennes si chères à mon cœur, mais c'est un bon début.

Noah aurait bien aimé continuer à plaisanter avec elle, mais il savait que c'était maintenant ou jamais.

Le moment était arrivé pour lui de faire tomber les murs de défense qu'il avait érigés autour de lui, et d'ouvrir son cœur.

— C'était une maison jaune.

Carly tourna vers lui un regard perplexe.

— Une maison jaune ?

Il hocha la tête et désigna un point au loin. Mais il n'y avait rien d'autre qu'un champ et le ciel.

— Il y avait une maison là-bas. Elle appartenait aux Tuckett, et elle a entièrement brûlé, il y a une dizaine d'années. Ils la mettaient à disposition des saisonniers. Avant ça, elle était restée inoccupée pendant vingt ans. La première fois que je l'ai vue, j'avais douze ans. Je traversais la propriété pour rentrer chez moi, après être allé en cachette à la pêche.

Il secoua la tête et soupira, incapable aujourd'hui encore de comprendre le changement qui s'était opéré en lui à ce moment-là.

— J'étais un gamin qui n'avait pas le moindre doute sur son avenir. Et puis, j'ai vu cette maison, et tout a changé. Je voulais… autre chose. Puis, j'ai fait mon *Rumspringa*, et je ne suis jamais revenu à la maison. J'ai eu la chance d'être embauché par les Tuckett, et de pouvoir prendre le temps de réfléchir à ce que je voulais. J'ai pensé partir pour de bon, et j'ai fait quelques voyages pour voir ce qu'il y avait ailleurs. Mais rien ne m'a jamais fait l'effet de cette maison jaune.

Il chercha le regard de Carly.

— C'est pour la maison jaune que je suis parti, et pour elle que je suis resté. Je ne sais pas si ça a du sens pour quelqu'un d'autre que moi mais, quand je suis sûr de quelque chose, je pense à cette maison, et je sais au fond de mon cœur que c'est la vérité.

Ému, il laissa passer un silence.

— Jusqu'à la semaine dernière, cela faisait longtemps que je n'avais pas pensé à cette maison.

Il avait toujours mené une vie réservée, prudente, sans jamais un mot plus haut que l'autre.

Maintenant, il était prêt à ouvrir son cœur. Et il était capable de le crier à tue-tête s'il le fallait.

Il sortit de sa poche un anneau de fortune, qu'il avait façonné avec un bout de guirlande argentée.

— Je n'ai pas eu le temps d'acheter une bague, mais j'en ai eu assez pour savoir que je veux être avec toi. Que ce soit ici ou ailleurs. Veux-tu m'épouser ?

Carly, qui n'avait pas bougé un muscle depuis qu'il avait commencé à parler, le surprit.

Elle éclata de rire.

— Tu t'es vraiment donné du mal, hein ?

Elle tendit la main.

— Passe-moi ce truc au doigt, et embrasse-moi.

— À vos ordres, agente fédérale !

Carly se laissa tomber sur sa chaise moins de trente secondes avant que sa cheffe de service entre dans la salle de conférences, tenant une bouteille de champagne à la main, et affichant un large sourire de satisfaction.

— L'enquête en territoire amish est officiellement bouclée et le coupable est en prison pour très longtemps. Donc, félicitations à vous, Carly, à nous tous, et au futur M. Welsh.

Carly joignit son rire à ceux de l'équipe.

— Ah bon, parce qu'il va prendre mon nom ? demanda-t-elle.

— Pourquoi pas ? dit Alana. Considérant vos excellents résultats dans cette affaire, et votre nouvelle notoriété, je me demande si moi-même je ne prendrais pas votre nom.

Tandis que tout le monde s'esclaffait de bon cœur,

Carly observa sa toute nouvelle bague de fiançailles avec un mélange d'admiration et d'incrédulité.

Ce qui l'étonnait, ce n'était pas que Noah l'ait demandée en mariage, ni même qu'elle ait accepté sans la moindre hésitation, mais que ses collègues n'aient fait aucune plaisanterie à ce sujet.

Après la réunion, durant le traditionnel pot de clôture offert par Alana, elle posa la question à Selena.

— Je ne sais pas, avoua sa collègue et amie. Vous deux, c'est une évidence. Vous êtes faits l'un pour l'autre, et personne ne peut dire le contraire.

Carly était d'accord.

C'était rapide.

C'était peut-être impulsif.

Mais c'était juste.

Évidemment, il y avait eu des discussions, des compromis.

« J'aime mon travail » avait été dit par l'un comme par l'autre. De même que « j'aime ma maison ».

Au lieu de créer un problème, ça avait renforcé leur conviction. Ils trouveraient des arrangements. Ils s'adapteraient.

La seule chose dont ils étaient certains, c'était qu'ils partageraient leur temps entre Traverse City et Potter's Creek.

Pour les détails, ils verraient au fur et à mesure.

Ensemble.

— Tu souris comme une idiote, murmura Selena à son oreille.

Carly sursauta.

— Et toi, tu es terrifiante, dit-elle, en lui donnant

une petite tape sur le bras. Tu devrais te présenter au concours de Miss Terreur.

Selena éclata de rire, ce qui eut pour effet d'attirer l'attention d'Axel.

Carly avait remarqué qu'il regardait beaucoup Selena, ces derniers temps. Il était indéniable qu'il y avait une tension entre eux.

Mais elle n'allait pas jouer les indiscrètes.

Pas maintenant.

Elle avait mieux à faire.

Comme boire du champagne, et penser au beau fermier qui dormirait dans son lit cette nuit.

Un improbable partenariat, de Carol Ericson - N°682

ENQUÊTES À LOS ANGELES – 1/4

Alors qu'à Los Angeles un tueur en série reproduit des crimes commis vingt ans plus tôt, Jake McAllister prend la tête des enquêteurs. Parmi eux une psychologue : Kyra Chase. Discrète, professionnelle, Kyra est un atout pour l'équipe. Pourtant Jake a du mal à cacher sa méfiance à son égard. D'autant qu'il devine chez elle une fêlure, un lien secret avec l'affaire…

Le sceau de la vengeance, de Julie Miller

Qui cherche à nuire à Corie McGuire et à son fils de huit ans ? Quel est l'inconnu malfaisant qui allume des incendies chez eux ? Intrigué par l'étrange acharnement dont est victime sa séduisante voisine, Matt Taylor, pompier à Kansas City, décide de mener l'enquête et découvre bientôt le secret que Corie gardait jalousement pour elle…

Dangereuse méprise, de Barb Han - N°683

Alors qu'elle enquête dans la ville où Autumn, sa jumelle, a disparu, Summer est abordée par deux inconnus menaçants. Au poste de police où elle s'est réfugiée, elle voit bientôt arriver un homme et comprend qu'il s'agit de Dawson, l'ex-mari de sa sœur. Dawson qu'elle n'a jamais rencontré mais qui, la prenant pour Autumn, veut la ramener chez lui pour la protéger…

Le poison de la peur, de Nichole Severn

Camille lit le désarroi dans le regard bleu de l'US marshal Finnick Reed et sent une peur glaciale l'envahir : le tueur en série auquel elle a échappé un an plus tôt vient de s'évader… Finie, l'illusoire sécurité de la planque où elle attendait pour témoigner au procès de son tortionnaire. Il la recherche, elle est sa prochaine proie, et seul Finnick peut encore la protéger…

Retrouvez prochainement,
dans votre collection

BLACK ROSE

Plus fort que le passé, de Cindy Dees - N°684

Stupéfait, Wes fixe Jessica. Que fait-elle dans son ranch ? Comment, après avoir brisé sa carrière militaire, a-t-elle le cran de se présenter chez lui ? Pourtant, au lieu de lui fermer sa porte, il reste là, envoûté par sa beauté… et troublé par la lueur d'inquiétude qu'il lit dans son regard. Une expression de peur profonde qui l'incite à l'accueillir chez lui et à la protéger en dépit du passé…

Un protecteur trop séduisant, de Rita Herron

Sûr de lui, athlétique, incroyablement sexy… Pour Kate, la directrice du nouveau lycée de Briar Ridge, Riggs Benford a tout du parfait garde du corps. Malheureusement, il a également tout du séducteur irrésistible. Y compris une réputation sulfureuse qui dérange Kate… Même si elle sait qu'elle est en danger. Même si elle a bien du mal à ne pas craquer quand Riggs lui jure qu'il la protégera…

Mission : garde rapprochée, de Lena Diaz - N°685

Tandis que Caroline Ashton s'assied face à lui, Luke peine à cacher sa surprise. Pourquoi cette femme élégante, connue de tous à Savannah pour former un couple modèle avec son richissime époux, est-elle venue trouver un simple garde du corps comme lui ? Quand elle le fixe, pourtant, il décèle dans ses yeux bleus une lueur qu'il ne connaît que trop bien, hélas : celle de la peur…

Irrésistible séduction, de Rachel Lee

Cassie est troublée. Dès son arrivée à Conrad, elle a été attirée par Lincoln Blair, mais il s'efforce de la tenir à distance… Une attitude qui change quand Cassie lui révèle que, depuis quelques jours, elle est victime de menaces. Plus touché qu'elle ne l'aurait cru, Lincoln se rapproche d'elle et lui jure de veiller sur elle. Jour et nuit s'il le faut…

Retrouvez prochainement,
dans votre collection

BLACK ROSE

Un ténébreux partenaire, de Marie Ferrarella - N°686

Beau. Brillant. Et, surtout, magnétique. Voilà comment Kari définirait l'inspecteur Esteban Fernandez, son nouveau coéquipier à la police d'Aurora. Un portrait qui s'assombrit bien vite quand Esteban lui jette au visage qu'il déteste travailler en équipe – et en particulier avec une femme...

L'instinct d'une mère, de Delores Fossen

Les malfaiteurs ont disparu et le bâtiment dans lequel ils détenaient les bébés volés est vide... Abattue, Rosalie fixe Austin Duran, l'agent du FBI qui vient de lui annoncer la terrible nouvelle. Ainsi, elle va devoir reprendre ses recherches. Mais, tandis que le découragement la gagne, elle sent l'espoir renaître. Car, cette fois, elle n'est plus seule. Austin est à ses côtés...